HEYNE <

ELLI VOSS

MIT FÜNFZIG ERWARTEST DU MEER

ROMAN

WILHELM HEYNE VERLAG
MÜNCHEN

MIX
Papier aus verantwortungsvollen Quellen
FSC® C014496

Penguin Random House Verlagsgruppe FSC® N001967

2. Auflage
Originalausgabe 04/2021

Redaktion: Steffi Korda, Hamburg
Printed in Germany
Umschlaggestaltung: Hafen Werbeagentur gsk GmbH
Umschlagillustration: Gerhard Glück
Satz: Uhl + Massopust, Aalen
Druck und Bindung: GGP Media GmbH, Pößneck
ISBN: 978-3-453-42352-7

www.heyne.de

TEIL I

SAMSTAG, 13:07 Uhr

Vor sieben Minuten war meine Welt noch in Ordnung. Was heißt *in Ordnung*: Sie war die beste aller möglichen Welten.

Vor sieben Minuten saß ich mit meiner neuen Freundin Lilo an einer Bar, wir tranken Bier aus Krügen, die das Fassungsvermögen einer Babybadewanne hatten, und schunkelten zum alten Holzmichl, dem offenbar ein ewiges Leben beschieden ist. Es war rustikal, aber gemütlich.

Lebt denn der alte Holzmichl noch, Holzmichl noch, Holzmichl noch?

Spoiler: Ja, tut er.

Die Fernfahrer grölten, das Bier floss in Strömen, die Stimmung hätte besser nicht sein können. Auch meine nicht. Denn vor sieben Minuten glaubte ich felsenfest, dass mir das Beste noch bevorstand: die Reise zu meinem Lieblingsitaliener. Nein, damit ist keine Pizzeria gemeint. Mein Lieblingsitaliener heißt Rocco Minelli, er singt göttlich und sieht aus wie eine gelungene Mischung aus Adriano Celentano und Ettore, dem charmanten Eisverkäufer, der mir vor über vierzig Jahren am Strand von Jesolo eine Extrakugel Vanille geschenkt hat.

Per te, la più bella ragazza del mondo.

Das hatte Ettore gesagt, als er mir die Eistüte überreichte mit den drei aberwitzig großen Eiskugeln, und dieser Satz hat sich unauslöschlich in meine Erinnerung eingebrannt. Denn mal ehrlich: Wie oft hört man diese Worte schon im Leben?

Werner hat mir jedenfalls noch nie ein derartiges Kompliment gemacht, was ich ihm aber nicht übelnehme. Der Mann, mit dem man verheiratet ist, ist notwendigerweise aus einem anderen Holz geschnitzt als ein windiger Eisverkäufer, der siebenjährige Mädchen bezirzt, damit sie am nächsten Tag wiederkommen. Werner ist die Ernsthaftigkeit und Zuverlässigkeit in Person, gesegnet mit dem trockensten Humor seit der Erfindung des Entfeuchtungsgeräts. Das Romantik-Gen war leider nicht im Lieferumfang enthalten. Während ich schon beim Anblick eines zuckrig-orangefarbenen Himmels zerfließen kann wie eine Vanillekugel in der Sonne, ist für Werner der Sonnenuntergang nicht mehr als eine astronomische Plattitüde.

Pass auf, was du dir wünschst, hat meine Oma immer gesagt, *es könnte in Erfüllung gehen*. Und ich hatte mir einen zuverlässigen Mann gewünscht nach ein paar feurigen Ettores, die mir am knospenden Beginn meines Liebeslebens das Herz in Stücke gerissen hatten.

Das Ende meiner Sturm- und Drangphase besiegelte Carlos, ein Musikstudent aus Lissabon, mit dem ich drei unvergessliche Nächte verbrachte. In der ersten Nacht schenkte ich ihm mein Herz, in der zweiten machte er es sich darin bequem, in der dritten Nacht möblierte er es mit Wünschen, Hoffnungen und Träumen. Am vierten Tag reiste er ab und nahm mein Herz mit. Ich blieb zurück und löste mich in meine Einzelteile auf.

Werner bewies Geduld und setzte mich wieder zusammen wie ein Puzzle. Dafür werde ich ihm ewig dankbar sein. Und ganz besonders dankbar bin ich ihm für das unglaublich großzügige Geschenk, das er mir zu meinem Fünfzigsten gemacht hat, den ich bald feiern werde: zwei Karten für das Konzert von Rocco Minelli. Weil er weiß, wie sehr ich diesen Sänger verehre. Und weil er ahnte, welche riesengroße Freude er mir damit machen würde. Denn es ist nicht irgendein Konzert in irgendeinem Fußballstadion – nein, es ist Roccos allerletzter Auftritt. Der ultimative Höhepunkt und Abschluss einer gigantischen Karriere. In Italien, an einem apulischen Strand. Gerechnet wird mit fünfzigtausend Besuchern. Und ich werde dabei sein. Ich, Romy Rukovsky, Redakteurin des Frauenmagazins ANNAROSA, Ehefrau von Werner Rukovsky, Mutter von Emma und Tim, Pflegemutter von zweiundzwanzig Orchideen, notorisch unpünktlich, leidliche Hausfrau, unbegabte Köchin, aber überaus begabte Rückwärtseinparkerin, was den Kohl allerdings auch nicht mehr fett machen dürfte.

Sieben Minuten ist es her, dass mein Blick zufällig auf die Armbanduhr meines stumpf im Takt stapfendem Bar-Nachbarn fiel. Punkt eins. Hatte der Busfahrer nicht angekündigt, um »ungefähr dreizehn Uhr« weiterzufahren?

»Lilo, wir müssen los!« Ich zupfte sie am Arm, aber sie schüttelte mich ab wie ein lästiges Insekt.

Ich ließ nicht locker. »Lilo, der Bus!«

»Kuss?«

Jaaa, er lebt noch, er lebt noch, er lebt noch, jaaaa! Er lebt noch –

»Der Bus! Unser Bus!«

»Eine Sekunde.«

Wenn ich mir den Typen ansah, der sie anschmachtete, konnte ich mir nicht vorstellen, dass eine weitere Sekunde irgendwas an der Situation verändern sollte. Er rang sichtlich nach Worten, und Lilo wartete darauf, dass er einen sinnvollen Satz herausbrachte. Subjekt, Prädikat, Objekt, Punkt.

»Leila, du bist – äh, so eine schöne ...«

»Lilo. Ich heiße Lilo.«

»Lilo, ich ... äh, habe noch nie –«

Okay, jemand musste handeln.

Und dieser jemand war ich.

Vor sieben Minuten glaubte ich noch, dass wir eine Chance hätten. Also Werner und ich. Dass wir unseren verfahrenen Ehekarren aus dem Dreck ziehen könnten. Diese Reise war viel mehr als eine Vergnügungsfahrt. Sie war ein Prüfstein.

Vor sieben Minuten beschloss ich, mich nicht weiter über Lilo zu ärgern und allein die Lage zu sondieren. Also hüpfte ich vom Barhocker und schlängelte mich aus der rauchgeschwängerten Gaststube. Genau: Hier wurde immer noch geraucht, denn es handelte sich um eine gesetzlose Zone im Niemandsland, in der offenbar nicht nur der Holzmichl ewig lebt.

Vor der Tür empfing mich die Trostlosigkeit der Autobahnraststätte. Brüchiger Asphalt, Zapfsäulen für alle Arten von Kraftfahrzeugen. Es roch nach Diesel und der Einsamkeit des Fernfahrerlebens. Jenseits einer dornigen Hecke donnerte der Schwerverkehr vorüber. Im farblosen Himmel krächzte ein Krähenschwarm. Ich überquerte einen Parkplatz und einen zweiten, bis ich vor dem Gasthaus stand, in dem der Rest der Truppe verschwunden war.

Unser Bus hatte davor geparkt, daran erinnerte ich mich genau. Ein weiß-blauer Bus mit aufgeklebter Erdkugel. ZACKIG REISEN. MIT DER NUMMER EINS UM DIE WELT.

Ich sah mich um. Nicht die Spur eines Busses. Ich stand vor dem Eingang wie bestellt und nicht abgeholt. Eine Fahne, auf der ein Bär zu sehen war, der an einem Eis schleckte, flackerte traurig im Wind.

In meinem Inneren ratterte ein Supercomputer, der sämtliche mögliche Szenarien aufrief und nach Wahrscheinlichkeit sortierte.

1. Der Bus wurde aufgetankt (wurde er nicht, das hätte ich gesehen, abhaken).
2. Der Bus hatte eine Panne und wurde in diesem Moment repariert (unwahrscheinlich).
3. Dem Busfahrer war langweilig und er fuhr ein paar Runden auf und ab (sehr unwahrscheinlich, denn wer Langeweile nicht erträgt, darf nicht Busfahrer werden).

   An die letzte Option traute ich mich erst ganz zum Schluss zu denken.

4. Sie waren gefahren. Ohne uns. Sie hatten uns vergessen.

Unmöglich. Werner hätte Alarm geschlagen. Hätte er doch, oder? Ich tastete nach meinem Handy. Mist. Das war in meiner Tasche, und die Tasche befand sich im Bus.

»Hallo! Halllooooo!«

Ich winkte einem hochaufgeschossenen Burschen im

gelben Tankstellen-Overall zu, der mit buddhistischer Hingabe die Heckscheibe eines Kleinwagens wusch.

»Haben Sie den Bus gesehen? Der hier stand?«

Er richtet sich auf, legt die Stirn in Falten. »GLOBO TOURS?«

»ZACKIG REISEN!«

»Ach so. Die sind weg«, sagte er und tauchte den Abzieher in einen Wassereimer.

»Was?« Ich musste mich verhört haben.

»Na ja, so vor zehn Minuten. Ungefähr. Vielleicht auch zwölf.«

Das durfte nicht wahr sein. *Bitte, mach, dass das nicht wahr ist.*

Am Horizont tauchte eine taumelnde Gestalt auf. Lilo.

»Sie sind weg!«, schmetterte ich ihr entgegen.

Lilo blieb stehen, fummelte in aller Ruhe eine Zigarette aus einer zerknautschten Packung und steckte sie sich in den Mundwinkel.

»Bin gleich da«, hörte ich sie sagen.

Ich stand da wie angewurzelt.

Und so stehe ich immer noch da. Und fühle, wie mich eine unkontrollierbare Wut packt und beutelt. Gleich werde ich Dinge sagen, die ich später bereue. Oder vielleicht auch nicht.

Vielleicht bereue ich nie wieder was.

Ich hole tief Luft. Schau rauf in den Himmel, alles Gute kommt schließlich von oben.

Und dann brülle ich los.

120 STUNDEN DAVOR

Ich bin die ungekrönte Kofferpack-Königin. Wenn ich etwas beherrsche, dann das. Nicht umsonst habe ich ganze Abende vor dem Bildschirm verbracht und einer japanischen Influencerin dabei zugesehen, wie sie zehn Kimonos in einem Kosmetikbeutel verstaut. Das ist so eine Art Houdini-Trick, nur unter umgekehrten Vorzeichen: Es geht nicht darum, Dinge zu befreien, sondern sie so klein wie möglich zu falten und anschließend in einem viel zu kleinen Behältnis zu verstauen.

Die Influencerin sieht keinen Tag älter aus als zwölf. Sie ist zerbrechlich und zart wie eine Kirschblüte, aber überaus gewieft – so mir nichts dir nichts kriegst du nicht hundert Millionen Follower. Jedenfalls besteht der Trick darin, die Kleidungsstücke fest einzurollen und diese Baumwoll-Maki anschließend gemäß eines hochkomplexen Ordnungssystems zu schichten, sodass am Ende kein Luftmolekül mehr im Koffer Platz hat.

»You see«, zwitschert sie in ihrem entzückenden Englisch und deutet auf ihre winzige Kosmetik-Tasche, in der sie soeben den neunten Kimono versenkt hat, »this is pelfect!«

Ich wähle den mittelgroßen lila Trolley. In Apulien ist Sommer, viele Baumwoll-Maki werde ich nicht rollen müssen. Herrlich! Mein Herz hüpft vor Freude, wenn ich daran denke, dass ich bald in Sandalen und luftigem Kleidchen am Meer stehen werde, Sonne im Herzen, ein Glas Primitivo in der Rechten, während Rocco Minelli mir was Romantisches ins Ohr säuselt. Gut, er wird fünfzigtausend Frauen und einigen vereinzelten Männern gleichzeitig etwas ins Ohr säuseln, aber das tut meiner Freude keinen Abbruch.

Ich wühle in den Kisten, in denen ich die Sommerkleidung verstaut habe, rolle Tops und sogenannte »Freizeit-Hosen« mit hohem Stretch-Anteil und Gummizug zu perfekten Maki und lege sie in den Koffer. *This is pelfect!*

Ob mir das Hängerchen mit den aufgestickten Blumen noch passt? Ziemlich kurz, das Teil. Darf man das mit beinahe fünfzig noch? Mini tragen? Ach was, ich bin eine emanzipierte Frau, die nichts auf Kleidervorschriften gibt. Einfach mal probieren. Also raus aus Jeans und Shirt, rein ins Hängerchen. Dabei summe ich mein Lieblingslied von Rocco Minelli vor mich hin: *Nel tuo cuore non hai mai più di vent'anni.* Im Herzen bist du nicht älter als zwanzig. Hach! Er hat recht, der gute alte Rocco, der kürzlich seinen Fünfundsiebzigsten gefeiert hat. Innerlich kriegt man keine Falten und keine Besenreiser. Das Innere bleibt intakt und braucht weder Creme noch Botox. Ewig jung. Das Drama tritt ein, wenn Inneres und Äußeres auseinanderdriften und der Spalt jedes Jahr ein bisschen größer wird. Wer denkt sich so was Grausames aus?

Ich öffne den Schrank und betrachte mich im Spiegel. Mir blickt eine zerknitterte Hippie-Braut entgegen, die es nie aus Woodstock rausgeschafft hat. Die schulterlangen Haare in einem charakterlosen Braun, ganz ohne

Glanz und Gloria. Frisur kann man das nicht nennen. Die Augen winzig unter den Schlupflidern, der Rest vom Körper aufgedunsen, die Beine ragen wie zwei Baumstämme aus dem Hängerchen.

Nel tuo cuore non hai mai più di vent'anni.

Und wenn schon. Was habe ich erst unlängst der deprimierten ANNAROSA-Leserin geraten, die sich, gebeutelt von der Sinnkrise der mittleren Jahre, vertrauensvoll an mich wandte?

Liebe Franziska,

wir alle wollen lang leben, aber alt werden wollen wir nicht. Wie wir aus diesem Dilemma rauskommen? Wir sollten uns darin üben, das Leben jeden Tag mit frischen Augen zu sehen. Der »kindliche Blick« ist das Geheimnis zum Glück. Die Welt sehen, als ob wir alles zum ersten Mal erleben – dann kehrt auch der Glanz in den Augen zurück.

Tja. Wenn ich die »offizielle« Romy bin, die in der Kolumne ROMY RÄT Ratschläge austeilt, dann weiß ich sehr wohl, wie's geht. Aber bei mir selbst versagen all meine Tipps – vor allem jene, die ich für besonders schlau halte. Ist wahrscheinlich das Gleiche wie mit den Hypnosetherapeuten, die sich nicht selbst hypnotisieren können. Oder mit den Wahrsagerinnen, die alles voraussehen, nur ihre eigene Zukunft nicht. Und nun? Ich versuche, mich mit »frischen Augen« zu sehen. Ändert nix. Vor mir steht eine Frau, der das Hängerchen definitiv nicht steht.

In diesem Augenblick öffnet sich die Tür und Werner betritt das gemeinsame Schlafgemach.

»Aha«, sagt er, als sein Blick auf mich fällt.

»Aha was?«

»Aha nichts.«

Es scheint ihm bewusst zu sein, dass er sich auf einem Minenfeld bewegt.

Er wirft einen Blick in meinen Koffer. »Warum knüllst du alles zusammen?« Werner ist ein Freund des klassisch gefalteten Textils.

»Wie bitte? Rollen ist das neue Falten – hat sich das noch nicht bis in den Dinopark durchgesprochen?«

Dinopark: Das ist unser Spitzname für Werners Arbeitsplatz. Ganz offiziell ist er Vizedirektor der ARCHÄO-OASE, einem Übungsgelände für kleine und große Menschen, die schon immer wissen wollten, wie es sich anfühlt, Archäologe zu sein. Jeder darf dort nach Indiana-Jones-Manier graben, hacken und pinseln. Dass es für den stolzen Eintrittspreis auch ein Erfolgserlebnis gibt, dafür sorgen sogenannte Archäo-Ranger, die das ganze Zeug in der Erde verstecken. Eindeutig nicht mein Lieblings-Spielplatz. Ich würde nicht einen Cent dafür zahlen, auf alt getrimmte Scherben aus der Erde zu pulen. Für dasselbe Ergebnis brauche ich nur unter dem Esstisch zu fegen.

Werner wirft einen metallisch glänzenden, eleganten Trolley aufs Bett.

»Ich bin in drei Minuten fertig«, protzt er. »Keine Ahnung, warum Frauen so lang fürs Packen brauchen.«

Ach, jetzt legt er diese Platte auf.

»Geschwindigkeit ist nicht immer eine Tugend«, gebe ich zurück und kann mir ein Grinsen kaum verkneifen.

»Wie war das?«

»Vergiss es.« Ich winke ab.

Wir haben eine Schrankwand im Schlafzimmer, und das ist wörtlich zu verstehen. Eine ganze Wand mit Schränken, wobei – der Klassiker – sich hinter sechs Türen meine Kleidung verbirgt und nur hinter zwei die von Werner. Archäologen sind genügsame Seelen. Werner besitzt einen aschgrauen Anzug für Feierlichkeiten, einen steingrauen und einen kalksteinbeigen für den Alltag. Dazu ein paar terracottafarbene Polo-Shirts, drei Freizeithosen und Shirts in der Farbe von Sedimentgestein. Werner neigt dazu, wie ein Chamäleon mit seiner Umgebung zu verschmelzen. Außerdem schmerzt ihn jede unnötige Ausgabe. Für Urlaube hat er ein paar farbenfrohe Textilien reserviert, die im obersten Fach seines Schranks auf bessere Zeiten warten: ein paar lustig bedruckte kurzärmelige Hemden (Palmen, Flamingo, Ananas) und karierte Shorts. Seit den Anfängen unserer Ehe vor zwanzig Jahren ist da nix mehr dazugekommen.

Dass Werner diese Klamotten immer noch passen, hängt mit seinem Essverhalten zusammen: kein Zucker nach vierzehn Uhr, kein Weißbrot, nicht einmal vor vierzehn Uhr – und Rohkost, wann immer es geht. Selbstbeherrschung ist sein zweiter Vorname. In dieser Hinsicht unterscheiden wir uns doch erheblich. Ich halte es eher mit Teresa von Ávila: *Wenn Fasten, dann Fasten, wenn Rebhuhn, dann Rebhuhn*. Zufälligerweise gibt's bei mir eben öfter Rebhuhn, wie mein Spiegelbild vortrefflich beweist. Ich seufze, ziehe das Hängerchen über den Kopf, verstecke es in einer unbeleuchteten Ecke im Schrank und schlüpfe wieder in Jeans und Shirt. *You see, this is not pelfect!* Ich warte auf eine Netflix-Serie, in der mir eine Influencerin erklärt, wie man älter wird, ohne maximale Ausschläge auf der nach oben offenen Frust-Skala zu erleiden.

Werner zippt mit einer einzigen eleganten Bewegung seinen Trolley auf. *Sssssit*. Ein beherzter Griff in seinen Schrank, schon zieht er genau den richtigen Stapel heraus. Die Shirts und kurzen Hosen sind so akkurat gefaltet, dass sich an jeder beliebigen Stelle ein rechter Winkel messen ließe. Er will den Stapel schon mit Schwung in den Trolley befördern, als ich ihn aufhalte.

»Warte. Da liegt noch was drin.«

Wir greifen gleichzeitig nach dem Zettel, aber ich bin schneller.

»Gib mir das«, sagt Werner. Ist er plötzlich nervös oder bilde ich mir das ein?

Ich sehe lange genug auf das Papier, um zu kapieren, worum es sich handelt. Eine Hotelrechnung. Hotel Carina**** in Holzenbüttel. Doppelzimmer mit Frühstück.

»Holzenbüttel«, sage ich.

»Internationaler Archäologie-Kongress.«

»Doppelzimmer?«

»Es ging um Konservierungsmaßnahmen an Salzmumien.«

Das klingt ja schon einmal verdächtig. Diese Mumien werden durch das Salz konserviert, ist doch logisch. Was brauchen die noch zusätzliche Maßnahmen?

»Im Iran hat man mumifizierte Leichenteile in einem Salzbergwerk gefunden. Die Männer sind vor zweitausendvierhundert Jahren bei einem Grubenunglück umgekommen.« Er hofft wohl, mich mit dem Wort »Leichenteile« abzulenken, aber da hat er die Rechnung ohne die Wirtin gemacht!

»Werner. Hier steht Doppelzimmer. Du warst doch allein dort, wenn ich mich richtig erinnere. Ich war jedenfalls nicht mit.«

Ich sage das so cool dahin, aber in Wahrheit breche ich innerlich auseinander. Das darf nicht wahr sein. Jetzt ist es also soweit: Archäologe in Midlife-Crisis betrügt seine Frau mit Mitarbeiterin, die bestimmt noch keinerlei Konservierungsmaßnahmen benötigt. Tränen steigen mir in die Augen. Die Schrankwand verschwimmt.

»Sei nicht albern, Romana.«

Immer wenn's ernst wird, nennt er mich bei meinem vollen Namen.

»Ich ertrage diese schmalen Betten nicht, das ist doch keine Erholung.«

»Das kenne ich ja gar nicht von dir.«

Werner, der Sparfuchs, hat noch nie ein teureres Hotelzimmer gewählt, nur weil die Betten größer waren. Jedenfalls nicht, wenn wir gemeinsam verreist sind.

»Es hat gleich viel gekostet wie ein Einzelzimmer.« Er versucht, mir die Rechnung zu entreißen. »Und jetzt werfen wir das weg.«

Wir werfen hier gar nichts weg. Und so schnell kommt er mir nicht davon, Rocco Minelli hin oder her.

»Willst du, dass ich im Hotel Carina anrufe und frage, ob das Doppelzimmer genauso viel kostet wie ein Einzelzimmer?«

»Romana, was ist los mit dir?«

Typisch. Wenn ihm was nicht passt, wechselt er flugs von der Sachebene auf die persönliche Ebene.

»Mit *mir*? Ist das dein Ernst? Du fragst, was mit *mir* los ist?«

Werner hat erstaunlich schnell seine Fassung wiedergefunden. Steht da wie ein gealterter Harry Potter mit seinen runden Brillengläsern, dem schmalen, länglichen Gesicht, dem weißen, aber immer noch vollen Haar. Mein Herr Professor, Doktor der Archäologie, Experte für Keltologie, Wissenschaftler durch und durch. Soeben lerne ich eine neue Seite an ihm kennen. Und an mir. Denn eigentlich bin ich nicht so der eifersüchtige Typ. Was auch damit zusammenhängt, dass ich mich – zumindest am Anfang – für einen ziemlichen Haupttreffer hielt. Werner hat mir später gebeichtet, dass er niemals gedacht hätte, ich würde mich je für ihn erwärmen. Um ehrlich zu sein, ich konnte es selbst kaum glauben. Doch ich war reif gewesen für einen soliden Mann, um nicht zu sagen: überreif. Von den coolen, aber windigen Exemplaren, die sich die Nächte in den Discos (ja, damals hieß das so) um die Ohren schlugen, hatte ich die Nase gestrichen voll.

So war ich etwa fallengelassen worden von Johannes, der Stonewashed-Jeans trug und so viel rauchte, als würde er dafür bezahlt werden. Sein Haargel roch nach Erdnüssen, und das weiße Netzleibchen, das seine definierten Bauchmuskeln nur notdürftig verhüllte, hatte einen leichten Graustich. Er meinte, es müsse nicht so oft gewaschen werden, schließlich könne der Schweiß an den vielen Löchern entweichen und würde an der frischen Luft sofort verdampfen. Ich hatte mich nicht in sein logisches Denken verliebt, sondern in seine Art, die Zigarette zu halten – ganz lässig zwischen Daumen und

Zeigefinger. Wenn er die Kippe zum Mund führte, kniff er zugleich die Augen zusammen, das sah irgendwie verrucht, ja, gefährlich aus. Er war Mechaniker, ich studierte Germanistik und setzte auf den Lady-Chatterley-Effekt: Mädchen aus gutem Hause verfällt Mann aus dem Volk. Dass er mich ein halbes Jahr später für eine Philosophie-Studentin verließ, die nur halb so hübsch, dafür doppelt so breit war wie ich, versetzte meinem Selbstbewusstsein einen enormen Schlag. Ich beschloss, mich fortan aufs Studium zu konzentrieren.

Ich konzentrierte mich so lange, bis ich an einem Wochenende kurz vor Weihnachten auf Carlos traf. Er studierte Klavier, saß in der Fußgängerzone an einem Keyboard und spielte Bach. Ach! Ich schmolz dahin. Wir tranken heißen Tee mit Rum, bis der Abend rum war. Ich verliebte mich Knall auf Fall. Drei Nächte und vier Tage verbrachten wir gemeinsam. Nachdem er nach Lissabon abgedampft war – entgegen aller heißen Schwüre *ohne* mich –, war mein Herz ein Schlachtfeld, auf dem kein Gras mehr wuchs.

Und dann kam Werner. Der jedes Versprechen hielt. Der sich ernsthaft dafür interessierte, was ich studierte und was ich im Leben erreichen wollte. Der mich nie anlügen würde. Schwor er. Das hast du doch geschworen, Werner, hast du oder hast du nicht? Damals, als ich das Hängerchen trug, das ich jetzt verschämt vergraben habe und von dem ich hoffe, dass kein Archäologe es jemals wieder ausgräbt. Damals, als wir gemeinsam eine LP von Rocco Minelli hörten, als Werner mich zum ersten Mal küsste – oder vielmehr ich ihn, weil er so schrecklich schüchtern war und ich wollte, dass endlich was weiterging mit uns. Damals, als er »Du bist die Richtige und niemals, niemals werde ich dich hintergehen« flüsterte.

Ich wedle mit der Hotelrechnung vor seinem Gesicht herum. »War diese .... diese ... Hutkrempe auch in Holzenbüttel?«

»Du meinst Elke Hutschnur? Natürlich, sie ist ja meine Assistentin.«

»Assistentin. Dass ich nicht lache. Ha ha ha.«

Zum Beginn hat Werner nur ein paar Worte fallen lassen: *neue Mitarbeiterin ... Marketingprofi ... direkt von der Uni .... unheimlich wissbegierig ... vielseitig ... ehrgeizig ... Leidenschaft für Archäologie ...*

Irgendwann sah ich sie auf einem Gruppenfoto. Holla, die Waldfee. Lange, blonde Korkenzieherlocken, Schmollmund, dünn wie ein Seegrashalm aus dem Präkambrium. Von einem Abendessen mit ihr weiß ich. Von einem anderen habe ich über drei Ecken erfahren. Und jetzt diese Rechnung vom Hotel Carina. Da kann man doch zwei und zwei zusammenzählen.

»Romana, ich bitte dich.«

»Ich weiß, dass du letzte Woche mit ihr essen warst.«

»Rein geschäftlich!«

»Vielleicht gehst du ja auch rein geschäftlich mit ihr ins Bett! Fräulein Hutschnur, zum Diktat!«

»Es *gibt* kein Diktat mehr, Romana.«

»Du könntest es ja wieder einführen!«

Ich habe Lust auf eine richtige Szene. Mit Tränen, Schweiß und Gezeter von alttestamentarischer Wucht. *Nel tuo cuore non hai mai più di vent'anni.* Blödsinn. Innen drin bin ich jetzt vielleicht gerade mal zwölf, und die ganze Welt hat sich gegen mich verschworen.

»Wenn du mir nicht die Wahrheit sagst, dann –«

Er zieht die Augenbrauen hoch. »Was dann?«

Ultimaten kann er nicht leiden. Wie alles, was ihn unter Druck setzt. Er ist immerhin Vizedirektor. Ein Vizedirektor wird nicht erpresst, der wird maximal umschmeichelt.

»Dann bleibe ich hier. Du kannst allein nach Italien fahren. Von mir aus mit deiner Frau Hutkrempe.«

Und dann werfe ich ihm den Zettel vor die Füße wie einen Fehdehandschuh.

96 STUNDEN DAVOR

»Und dann?«

Wir sitzen in Katas Wohnzimmer. Drei Augenpaare sind auf mich geheftet. Es ist so still, dass man ein Wattepad fallen hören könnte. Ich lasse mir Zeit. Zelebriere den Moment. Nippe seufzend an meinem *Sex on the Beach*, pflücke die Orangenscheibe vom Rand des Glases und knabbere vorsichtig das Fruchtfleisch von der Schale.

»Romy, jetzt sag schon!« Kata setzt mit einem Schwung ihr Cocktailglas auf dem Couchtisch ab und springt auf. »Ich muss in die Küche. Meine süß-sauren Garnelen verschrumpeln auf ihrem Eisbett.«

»Er hat natürlich alles abgestritten«, sage ich. »Was ich für einen Unfug zusammenfantasiere und so weiter.«

»Logisch«, sagt Britt. »Also? Hast du im Hotel Carina angerufen?«

»Natürlich«, sage ich.

»Ja und? Muss man dir denn alles aus der Nase ziehen?« Kata steht im Türrahmen.

»Das Einzelzimmer ist um ein Drittel günstiger als das Doppelzimmer.«

Schweigen.

»Das ist aber noch kein Beweis«, sagt Britt, Inhaberin der Boutique FEENKLEID und große Verfechterin der Gerechtigkeit. »Er kann sich einfach geirrt haben.«

»Oder es ist eine Schutzbehauptung«, sagt Monika und hebt den Zeigefinger. Monika ist Grundschullehrerin und Tatort-Fan der ersten Stunde. Außerdem glühende Minelli-Verehrerin. Sie war grün vor Neid, als ich von Werners großzügigem Geschenk berichtet hatte.

»Wollt ihr immer noch gemeinsam aufs Konzert?«, setzt sie nach.

Monika, ich durchschaue dich. Du rechnest damit, unsere Plätze zu ergattern.

»Schon«, sage ich und lege eine bedeutungsschwangere Pause ein. »Den Rocco lass ich mir nicht entgehen.«

»Also ganz ehrlich«, sagt Britt und beißt die Kirsche von ihrem Cocktailspieß. »Werner ist viel zu bequem für so was. Junge Frauen sind für ältere Männer – entschuldige Romy, aber das ist Fakt – doch die reinste Plage. Wollen die ganze Zeit feiern, essen pausenlos vegane Burger und zu guter Letzt möchten sie ein Kind. Du glaubst doch nicht im Ernst, dass Werner auch nur eine Sekunde auf seinen Lebensstandard verzichtet.«

Da ist was dran, andererseits weiß man aber auch, dass eine neue Liebe Flügel verleiht und Lebensgeister weckt, die man längst zur ewigen Ruhe gebettet hat.

»Mit den jungen Frauen bekämpfen Männer in der Midlife-Crisis ihre Todesangst«, sagt Monika.

»Oha. Da hat aber jemand zu viele psychologische Ratgeber gelesen«, sagt Britt.

»Spar dir deinen Zynismus, ich versuche zu helfen.«

»Also hört mal«, sagt Kata, um gute Stimmung bemüht – schließlich ist es *ihr* Haus, in dem wir sitzen. »Romy ist sonst doch diejenige, die Ratschläge verteilt. Sie wird schon wissen, was sie tut.«

Kata ist entzückend. Sie vergisst nicht, regelmäßig auf meine ROMY-RÄT-Kolumne hinzuweisen. Was vermutlich damit zu tun, dass wir uns von der Arbeit kennen: Sie ist Grafikerin bei ANNAROSA– halbtags, um sich die restliche Zeit um Familie und Haus kümmern zu können. Dennoch fürchte ich, dass die Kolumne mein Renommée in dieser Runde nicht gerade gesteigert hat. Eine Germanistin, die Lebenshilfe erteilt – das klingt nach Staplerfahrer, der zu einer Gallenoperation gerufen wird. Chronisch unterqualifiziert.

»Eine Verdächtigung ist noch lange kein Beweis«, wirft Monika ein. »Stell dir vor, du hast unrecht und er wollte tatsächlich nur ein größeres Zimmer. Das kannst du ihm ja wohl nicht übelnehmen.«

»Tja, das werde ich nie rausfinden«, sage ich.

»Halt, halt.« Britt hebt die Hand. »Natürlich lässt sich feststellen, ob er lügt.«

»Und zwar?«

»Mimik«, sagt sie. »Wenn einer zu viel zwinkert, ist das verräterisch. Auch wenn er deinem Blick länger standhält als notwendig. Oder wenn er falsch lächelt. Bei einem falschen Lächeln siehst du keine Falte um die Augen. Keine Krähenfüße.«

»Zeig doch mal«, bitte ich Britt. »Trockentraining.«

Britt lächelt.

»Und jetzt ein echtes Lächeln«, sage ich.

»Das *war* das echte.«

Oha. Bin ich emotionsblind? Unfähig, ein echtes von einem aufgesetzten Lächeln zu unterscheiden?

Kata schüttelt den Kopf. »So geht das nicht. Sag ihr die Wahrheit, Britt.«

»Botox«, sagt sie. »Aber wirklich nur total wenig.«

Na großartig. Alle lachen.

Britt ist der Nicole Kidman-Typ. Unheimlich groß und dünn, eine Haut wie Pergament, blassblondes, dünnes Haar. Hat früher gemodelt, und wer einmal von seiner Schönheit gelebt hat, den trifft das Älterwerden mit doppelter – oder eher: dreifacher – Wucht.

»Also«, wendet sich Monika mit sorgenvoller Miene wieder an mich, »was wirst du jetzt tun?«

Eins! Zwei oder drei. Du musst dich entscheiden, drei Felder sind frei! Michael Schanze hat mir als Kind schon beim Zuschauen die Schweißperlen auf die Stirn getrieben. Immer diese Entscheidungen, und in der Sekunde, bevor das Licht angeht, wird dir siedend heiß bewusst, dass du falsch stehst.

»Sag ich nur, wenn ich noch was zu trinken bekomme«, murmle ich, um Zeit zu schinden, und Monika bietet mir sofort ihren *Sex on The Beach* an. Ich glaube, sie hat's nicht so mit Sand in den Körperfalten.

»Ich werde nach Italien mitfahren«, sage ich. »Auf der Reise sind wir vierundzwanzig Stunden am Tag zusammen. Da wird sich zeigen, ob er der Mann ist, mit dem ich auch die nächsten zwanzig Jahre verbringen möchte. Es geht also um alles, Kopf oder Zahl.«

»Oh«, macht Monika. »Weiß er das auch schon?«

»Natürlich nicht. Das würde das Ergebnis verfälschen.«

»Das lobe ich mir«, sagt Kata und klatscht in die Hände. »Jeder Mensch hat ein Recht auf ein Geheimnis.«

»Was ist deins?«, fragt Britt.

Kata zupft ihren nachtschwarzen Bob zurecht. »Mein Geheimnis ist, dass ich jetzt die Vorspeise servieren muss. Sonst geht noch was schief, und dann bedankt ihr euch mit Punkteabzug. Das würde ich mir und euch nicht verzeihen.«

Wir lachen. Aber Kata meint das todernst.

Einmal im Monat veranstalten wir das »unperfekte Dinner« abwechselnd bei einer von uns. Wir – das sind vier Frauen aus der Greta-Garbo-Allee, die über sämtlichen Zutaten für das kleine Glück im Speckgürtel verfügen: Doppelhaushälfte mit Kachelofen und Carport, Rollrasen, Faltpool und jede Menge ungelebter Träume im Keller.

Das satirisch gemeinte *unperfekte Dinner* trifft allerdings maximal auf mich zu. Ich bin die Einzige, die keinerlei kulinarischen Ehrgeiz besitzt. Mein Gott, die Kinder sind auch so groß geworden. Werner isst mittags in der Kantine des Dinoparks – und mehr als eine warme Mahlzeit braucht ein ausgewachsener Mann nicht am Tag. Werner schon gar nicht. Für die anderen wäre diese Aussage Blasphemie, weswegen ich das erst gar nicht aufs Tapet bringe. Sie übertreffen einander täglich in der Zubereitung exquisiter Spezialitäten und durchkämmen eine Woche, bevor sie mit ihrem Dinner dran sind, die Stadt nach Peteh-Bohnen, Reisblättern und vietnamesischer Leberpastete.

Laut Menü, das Kata mit der Hand auf Büttenpapier kalligraphiert und im Morgengrauen höchstpersönlich vor unseren Haustüren deponiert hat, soll es heute Abend allerlei »Glückliches aus dem Meer« geben. Von Garnelen über eine »Muschel-Trilogie« bis zur Seetang-Mousse an Preiselbeer-Sorbet zum Nachtisch.

Kata kommt zurück aus der Küche, ihre Sieben-Zentimeter-Absätze machen *klackedi klackedi klackedi* auf dem Industriefußboden. Alles in dieser Wohnung strahlt postmoderne Kühle und Eleganz aus. Wie sie es schafft, ihre Teenager-Jungs so zu bändigen, dass die Doppelhaushälfte auch bei unangekündigten Besuchen aussieht wie aus dem Ei gepellt, ist mir ein absolutes Rätsel.

Wir setzen uns an einen Tisch, der sämtliche Ritter der Tafelrunde beherbergen könnte.

»Und nach welchen Kriterien wirst du deine Beziehung mit Werner abklopfen?«, fragt Britt, die rechts von mir sitzt. »Hast du eine Checkliste?«

»Ich dachte eher an Bauchgefühl.«

Kata serviert die Vorspeise auf Schiefertafeln. Das, was darauf drapiert ist, sieht aus wie ein modernes Gemälde. Viel zu schade, um es mit Messer und Gabel zu zerstören.

»Oh. Mein. Gott«, bricht es aus Monika heraus.

Wenn es ein Ranking der Kochbegabungen in unserer Runde gibt, dann liegt Monika nur knapp vor mir. Kata ist absolute Spitzenreiterin, was die Ästhetik angeht – ein Umstand, der nicht zuletzt ihrem grafischen Auge geschuldet ist.

»Wenn es euch nicht schmeckt, kein Problem«, wirft sie nun ein. »Was übrigbleibt, kriegt Kasimir.«

Kasimir ist die Bartagame, die keine drei Meter Luftlinie von Esstisch in ihrem Terrarium Löcher in die Luft glotzt. Angeblich sind Reptilien der letzte Schrei bei Teenagern, die bereits alles haben. Wie man auf die Idee kommt, sich einen Kaltblüter zu halten, der mit lebendigen Grillen und Asseln gefüttert wird, ist mir allerdings völlig schleierhaft. Ein Ast strahlt mehr Lebensfreude aus als dieses Reptil. Ich bin die Älteste in der Runde und die Einzige, deren Kinder nicht nur aus dem Gröbsten, sondern auch aus dem Haus sind. Der Echsen-Kelch ist glücklicherweise an mir vorüber gegangen.

»Kasimir, ich beneide dich«, sage ich in Richtung des Terrariums, »du musst dich nicht mit Eheproblemen herumschlagen.«

Kasimir starrt durch mich hindurch und zuckt nicht mit einer einzigen Schuppe.

»Du hast keine Ahnung«, wirft Britt ein, »der hat vielleicht Burnout und keiner kommt drauf. Sieht die ganze Zeit Kata und ihre Familie herumspazieren wie auf einem Bildschirm und kann selbst nicht raus.«

Dieser dahingeworfene Satz, der lustig sein soll, trifft mich in meinem Innersten. Verbindet mich vielleicht mehr mit Kasimir, als mir lieb ist? Schon länger fühle ich mich nur noch wie eine Zuschauerin in meinem eigenen Leben. Ich bin davon ausgegangen, dass der Auszug der Kinder mein Leben weniger chaotisch machen würde, dass ich nun mehr Zeit für mich hätte und eine neue, freie Existenz beginnen würde – aber in Wahrheit bin ich verwirrt wie zuletzt in der Pubertät. Ist das der Anfang vom Ende? Oder einfach nur der Beginn der Wechseljahre?

»Lasst es euch schmecken«, sagt Kata.

»Mahlzeit«, sage ich und blicke verzweifelt auf die Schiefertafel.

Mir ist der Appetit vergangen.

48 STUNDEN DAVOR

Liebe Romy!

Ich schreibe Ihnen, weil ich mich bedanken möchte. Sie haben meine Ehe gerettet. Ich konnte es selbst kaum glauben, aber als ich Ihren Trick ausprobiert habe, war von einem Tag auf den anderen plötzlich alles ganz anders. Es fühlt sich an, als hätte ich einen neuen Mann an meiner Seite. Wir sind beide überglücklich und senden herzliche Grüße aus Kreta!!!

M. T.

Ich öffne das Attachment. Ein Mann in den mittleren Jahren, zahllose Lachfältchen um die Augen, hält ein Sektglas in die Kamera, als proste er mir persönlich zu. Er befindet sich auf einer Anhöhe vor einer weißen Steinmauer. Dahinter funkelt ein türkisfarbenes Meer und darüber spannt sich ein Himmel so tiefblau, dass man darin eintauchen möchte. Halleluja, was für ein Idyll.

Ich erhalte hin und wieder Fanpost, aber so eine entzückende Mail hat Seltenheitswert. Ich spüre, wie meine Brust schwillt. Ich, Romy Rukovsky, Germanistin ohne ein einziges Semester Psychologie, habe eine Ehe gerettet. Fantastisch. Ich beschließe, die Nachricht auszudrucken, um sie später in der Redaktionskonferenz vorzulesen. Ich brauche dringend ein Erfolgserlebnis. Und diese Lorbeeren hole ich mir persönlich ab, vor allem von Corinna Drescher, der neuen Chefredakteurin, die immer nur mitleidig lächelt, wenn ich über meine Kolumne spreche.

Beschwingt laufe ich durch den schmucklosen Gang. Man möchte meinen, dass die Redaktion eines Frauenmagazins genauso schick ist wie die Modestrecken auf den Seiten fünf bis zehn. Aber weit gefehlt. ANNAROSA residiert in einer ehemaligen Beamtenburg. Hier wurde seit der Monarchie nicht mehr renoviert, weil man »ohnehin bald umzieht«. Dieses Mantra höre ich, seitdem ich hier arbeite, also seit gut fünfzehn Jahren. Passiert ist – bis auf ein paar Landschaftsaufnahmen, die lieblos an die Wände geklatscht wurden – genau nichts. Was die Lage verschärft, ist die Tatsache, dass die Räume ungefähr zehn Meter hoch sind. Beeindruckend für jeden, der sie das erste Mal sieht, doch eine Katastrophe, wenn es darum geht, sie im Winter zu beheizen. Dank der undichten Fenster zieht es wie auf einem Frachtbahnhof. Und das ist noch nichts gegen die Kühlhauswitterung, die auf den Toiletten herrscht. Man ist nicht gewillt, auch nur eine Sekunde länger dort zu verbringen als unbedingt notwendig.

Ich pflücke meine Fanpost aus dem Drucker und mache mich auf den Rückweg in mein winziges Büro, als ich Kata am Kaffeeautomaten entdecke.

»Mist«, sagt sie. »Der Becher hat sich irgendwo verhakt.«

»Schlag ihn«, sage ich. »Das hilft.«

Sie sieht entsetzt auf ihre Hände. »Meine Nägel haben neunzig Euro gekostet. Bin mir nicht sicher, ob ich sie für einen 50-Cent-Kaffee opfern soll.«

Kata ist auch bei der Arbeit immer nur top gestylt. *Sie kannst du dir zum Vorbild nehmen*, hätte meine Oma gesagt, die mir auch eingeschärft hatte, stets eine »gute Unterhose« zu tragen, falls man mal mit dem Rettungswagen abtransportiert werden muss. Bis heute bin ich mir nicht sicher, was sie damit gemeint hat. Ist eine Unterhose nur dann gut, wenn sie die halben Oberschenkel und die Haut bis zum Nabel bedeckt? Oder reicht es, wenn sie keine Löcher hat?

Meine Fingernägel sind im Gegensatz zu Katas Krallen kostenlos gewachsen, also schlage ich ohne Rücksicht auf Verluste auf den Automaten ein. Ich bin eben die Frau fürs Grobe. Also jetzt mal rein äußerlich gesehen. Was wahrscheinlich damit zu tun hat, dass ich recht robust gebaut bin. »Schwere Knochen«, hat meine Oma es genannt. »Ganzkörper-Airbag« sagt Werner dazu, aber er meint es liebevoll. Rede ich mir zumindest ein. Kata sagt, ich schaue »gemütlich« aus, was auch immer sie damit ausdrücken will.

Jedenfalls gibt die Maschine ein heiseres Röcheln von sich, bevor der Becher mit einem eleganten *fffft* in die Halterung rutscht.

»Du Lebensretterin«, seufzt Kata.

Das heiße Gebräu läuft in den Becher, begleitet von einem Brummen in der Lautstärke eines Presslufthammers. Schon der zweite kleine Erfolg für heute! Der Tag wird glorios enden, das spüre ich in den Eingeweiden.

»Hat's noch lang gedauert?«

»Das unperfekte Dinner? Britt war die letzte. Um drei.«

Um Himmels willen. Da hatte ich schon meine zweite Tiefschlafphase erfolgreich absolviert. Dass ich gute zehn

Jahre älter bin als die »Mädchen«, wie ich sie nenne, zeigt sich nicht zuletzt an meinen abendlichen Gähnattacken, die mich vor Mitternacht ins Bett zwingen.

»Und du? Was ist das?«

Ich reiche ihr das Papier. Sie liest, nippt dabei an ihrem Kaffee. »Wow. Toll. Kannst stolz auf dich sein.«

»Das bringe ich mit in die Konferenz.«

»Gute Idee. Die Drescher hat heute angeblich miserable Laune. Bis dann, muss weitermachen.« Sie geht, ruft mir aber noch was nach.

»Was ist das für ein Trick, Romy?«

»Was meinst du?« Ich bleibe stehen.

»Der Trick, von dem diese Frau da spricht. Was hast du ihr geraten?«

Ich denke nach. Aber da kommt nichts, nicht der Funke einer Erinnerung. Ich lese die Mail noch mal durch auf der Suche nach Hinweisen. *M. T.* Wer zum Geier war das? Was war ihr Problem gewesen? Und was bedeutet »Trick« in diesem Zusammenhang? Diesen Begriff würde ich niemals verwenden, ich verkaufe doch keine Zauberkunststücke. Was sage ich, wenn sie mich bei der Konferenz danach fragen?

»Das krieg ich raus!«, rufe ich Kata zu und eile zurück an meinen Schreibtisch. Die E-Mail-Adresse der Leserin lautet mt@google.com, das hilft mir nicht weiter. Wenn ich ihr zurückschreibe und nach dem Trick frage, sieht es aus, als hätte ich nicht alle Tassen im Schrank.

Die bunten Aktenordner im Regal glotzen mich vorwurfsvoll an. *Siehst du, das hast du jetzt von deiner Unordnung*, unken sie. *Da brauchst du gar nicht erst reinschauen.*

Wahrscheinlich hat mich die Dame aber ohnehin per

Mail kontaktiert, nur die wenigsten schreiben Briefe. Ich gebe »mt« in das Suchfeld meines Posteingangs ein. Fehlanzeige. Ich probiere es mit »Trick« – möglicherweise stand das Wort ja bereits in der Anfrage drin (*Ich hätte gern einen Trick gewusst …*)

Nix.

Tanja vom Lifestyle-Ressort klopft an meine offene Tür. »Kommst du?«

Ich werfe einen Blick auf die Wanduhr, die mitleidslos die Zeit vorantreibt. Elf Uhr. Die Konferenz. Ich stehe auf, greife nach der ausgedruckten Mail. Mir wird schon was einfallen, ROMY RÄT kommt in der Besprechung erst ganz zum Schluss, nach den Diäten und den Tortenrezepten, sogar nach den Tipps für einen gesunden Darm.

Die Konferenz zieht sich quälend in die Länge. Die neue Chefredakteurin hört sich stillschweigend die Vorschläge der Redakteurinnen an, um sie im Anschluss daran zu zerpflücken. Nichts scheint zu passen: Die Meghan-Story war angeblich schon überall drin, die Modestrecke ist eine Zumutung (»Hört mal, wenn ein Model in diesem orangefarbenen Kleid aussieht wie eine Melone, was glaubt ihr, wie sich eine Leserin fühlt, wenn sie Größe 44 mit in die Kabine nimmt? Dieses Bild bleibt draußen. Punkt.«). Ich tausche einen Blick mit Kata. Sie hebt die Augenbrauen.

»Sie brauchen gar nicht so entsetzt zu gucken, Frau Weber«, sagt die Drescher, »Sie kommen auch noch dran.«

Kata wendet sich ihren Nägeln zu. Es ist mucksmäuschenstill im Konferenzraum.

Ich sehe aus dem Fenster. Der Tag, der kühl begann,

hat sich zu einem prächtigen Frühlingstag gemausert. Als ich aufgestanden bin, war Werner schon fort. Er schläft seit unserem Streit in Tims Zimmer unter einem Poster von ZZ Top. Mein lieber, sanfter Sohn war immer schon ein Heavy-Metal-Fan. Jetzt ist Werner, der so oft an Tims Tür geklopft hat, um ihm zu sagen, dass er die Musik gefälligst leiser drehen soll, derjenige, der unter einer Scorpions-Decke liegt. Mir ist das alles ganz recht. Seit einiger Zeit ist er vom lauten Atmer zum Schnarcher mutiert, und ich möchte mir lieber nicht ausmalen, wie sich die nächste Stufe anhört.

Am Morgen habe ich einen Zettel auf dem verwaisten Kopfkissen neben mir gefunden.

Bitte fahr mit mir nach Italien.

Ich wollte ihn noch ein wenig schmoren lassen und habe ihm noch nicht gesagt, dass die Entscheidung längst gefallen ist. Mein Koffer steht seit besagtem Abend fertig gepackt im Abstellraum. Das bedeutet natürlich nicht, dass alles wieder gut ist. Das bedeutet nur, dass ich die Pause-Taste gedrückt habe. Und alles offen ist. Erstaunlicherweise habe ich keine Angst. Ich fühle mich frei und leicht. Was kann mir schon passieren?

Die Chefredakteurin meckert und motzt. Wahrscheinlich wird sie erst aufhören, wenn sie alle zur Schnecke gemacht hat. Nicht einmal die Diättipps finden Gnade vor ihrem gestrengen Auge. »Macht doch mal was Modernes, das unsere Leserinnen wirklich interessiert! Nicht schon wieder Intervallfasten. Ich will was über die Paleo-Diät lesen.«

Paleo-Humbug. Von Werner weiß ich, dass die Menschen in der Steinzeit ganz anders gegessen haben, als in dieser Diät propagiert wird. Das Eiweiß stammte zum allergrößten Teil vom Fisch, nicht vom Fleisch. Doch bevor ich hier unangenehm auffalle, halte ich lieber den Mund.

Gesunder Darm. So. Jetzt bin ich gleich dran. Mein Herz klopft im Dreivierteltakt. Gleich, gleich werde ich die Lobes-Mail vorlesen und meine neue Kolumne vorstellen: Diesmal berät ROMY eine gewisse Gerti, die wissen will, wie sie Mann und Kindern einen Sinn für Ordnung einpflanzen kann. Ein Problem so alt wie die Welt. Interessiert die ANNAROSA-Leserinnen bestimmt brennend.

»Und jetzt«, sagt die Drescher, »an die Arbeit, meine Damen.«

Sesselrücken, aufbrandendes Gequatsche, irgendwer öffnet ein Fenster.

»Aber ich – « Hilflos strecke ich meinen Arm in die Luft. »Ich habe doch noch nicht ... «

Niemand, der mich wahrnimmt. Die Drescher hat mich vergessen. Mich einfach ignoriert. Ich bin Luft für sie.

Mit einem Mal steht sie vor mir. »Frau Rukovsky, hätten Sie die Güte, mich in mein Büro zu begleiten?«

Die anderen verlassen den Raum, Kata klopft mir im Vorbeigehen aufmunternd auf die Schulter und formt ein »wird schon, nur Mut« mit den Lippen.

Corinna Drescher geht vor, ich folge ihr und fühle mich dabei wie eine Schülerin, die von der Lehrerin zum Nachsitzen verdonnert wird. Was bitte habe ich falsch gemacht? Und warum durfte ich weder die neue Kolumne vorstellen noch den Brief vorlesen?

»Setzen Sie sich.«

Mit gestrecktem Zeigefinger deutet sie auf den extraharten Besucherstuhl, der vor ihrem Plexiglas-Schreibtisch steht, und nimmt selbst in einem gepolsterten Aluminium Chair von Vitra Platz. An den Wänden ihres Büros prangen doppelbettgroße farbenprächtige Gemälde. Na bitte, geht doch, wenn ein Wille da ist.

»Sie sind gerne bei uns?«, fragt sie und legt die Handflächen aneinander, als würde sie beten. Ihr Schreibtisch ist blitzsauber, In einer Ecke lauert verschämt ein Laptop in der Größe eines Notizblocks, dünn wie eine Kreditkarte. Hier kann doch unmöglich ernsthaft gearbeitet werden. Und was soll überhaupt diese Frage? Ich arbeite seit fünfzehn Jahren hier, würde es mir nicht gefallen, wäre ich längst gegangen.

»Natürlich«, sage ich.

»Schön. Denn auch wir arbeiten gern mit Ihnen zusammen.«

»Dann ist ja alles wunderbar«, sage ich.

»Bis auf eine Kleinigkeit. Sie haben ROMY RÄT in den vergangenen Jahren zu einer Marke aufgebaut, dafür sind wir Ihnen sehr dankbar.«

Eine Spur von Stolz keimt auf. Vielleicht kann ich ihr ja die Mail immer noch zeigen. »Gern«, sage ich, »ich hätte hier übrigens –«

Noch bevor ich ihr den Ausdruck reichen kann, unterbricht sie mich. »Jetzt allerdings ist es an der Zeit, sich ein wenig ... nun ja, zu verjüngen.«

Ich kapiere nicht. Ich soll mich verjüngen?

»Wir wollen vermehrt die jungen Frauen ansprechen. Haben Sie eine Tochter?«

»Ja, Emma. Sie ist neunzehn und studiert –«

»Na dann wissen Sie ja bestens, was diese jungen Dinger wollen, nicht wahr. Sie nehmen gerne Rat von ihresgleichen an.«

Corinna Drescher lächelt. Ein falsches Lächeln, das erkenne ich sofort. Keine Krähenfüße um die Augen.

»Wir haben uns Folgendes vorgestellt.«

Warum um alles in der Welt sagt sie dauernd *wir*? Wer soll das bitte sein? Sie und der Herausgeber? Sie und der Mutterkonzern? Sie und Gott?

»Betty Dschi wird Ihre Kolumne übernehmen. Eine Influencerin. Lebt von ihren YouTube-Einschaltquoten. Tja, diesen Beruf gab's zu unserer Zeit noch nicht, was.«

»Wer?«

»Oh. Entschuldigen Sie vielmals. Betty Dschi.« Sie malt ein G in die Luft.

Ach so. Betty G. »Und wer ist das?«

»Eine Lebenshilfe-Vloggerin. Also eine Bloggerin, die Videos online stellt und darin Zuschauerfragen beantwortet. Eine Influencerin. Das ist – «

»Danke, aber ich weiß, was eine Influencerin ist«, unterbreche ich sie. »Was hat das bitte mit ROMY RÄT zu tun?«

»Nichts natürlich. Also noch nichts. Die Kolumne wird umbenannt in BETTY RÄT.«

Ich schlucke. Mein Baby. Das ich aus der Taufe gehoben habe. Wird mir nichts, dir nichts verschenkt. An ein Mädchen, das noch in den Windeln lag, als mein Bindegewebe bereits erste Verschleißerscheinungen aufwies. Vor Entsetzen knülle ich die Lobeshymne von M.T. zu einem Ball zusammen.

Ich werde jetzt sicherlich nicht fragen, wer die Zielgruppe dieser Betty sein soll, denn ich kenne die Antwort: Frauen wie ich. Jüngere und ältere. Ich sehe doch selbst diesen Influencerinnen zu, wie sie Spannbettlaken perfekt falten und Herrenhemden zu kleinen Würstchen formen. Die Geister, die ich rief.

»Für Sie haben wir natürlich einen verantwortungsvollen neuen Aufgabenbereich, der Ihrer langjährigen Expertise entspricht.« Die Chefredakteurin legt den Kopf schief. »Sie wissen ja, dass wir unsere Online-Präsenz massiv ausbauen. Nun, dort sind auch einige Foren zu betreuen, unter anderem das hochinteressante und anspruchsvolle Feld der Gesundheit. Wir rechnen mit mehreren tausend Leserinnen, die diese Foren regelmäßig nutzen werden. Und dachten uns, dass Sie perfekt für das Venen-Thema geeignet wären.«

Ich hoffe, mich verhört zu haben.

»Wie bitte?«

»Das Forum wird voraussichtlich *Vene, vidi, vici* heißen – in Ihren Augen bestimmt ein etwas abgeschmackter Wortwitz, aber wir müssen uns von allen anderen Foren unterscheiden, verstehen Sie. Also haben wir einen Werbetext-Guru mit ins Boot geholt. Er ist fürs Naming zuständig.«

Ich verstehe nur noch Guru. Stehe auf wie hypnotisiert. Zurück auf Start, liebe Romy. Das Falsche gewürfelt, Pech gehabt.

»Warten Sie, Frau Rukovsky, da wäre noch was«, sagt sie, als ich schon an der Tür bin.

Meine Gedanken flippern zwischen den Gehirnwindungen hin und her, doing, doing, doing, zack, doing.

»Ja?«

Ich atme tief ein, dann halte ich die Luft an und warte auf einen Satz wie: *Jetzt habe ich Sie aber drangekriegt, nicht wahr?* Oder: *Das war ein Streich, den wir gemeinsam ausgeheckt haben, sehen Sie die kleine Kamera hier?* Oder: *Vene, vidi, vici – haben Sie mir das ernsthaft abgekauft? Ich wollte nur sehen, wie Sie reagieren, haha, kommen Sie, trinken wir einen.*

Die Türklinke klebt an meiner schweißnassen Hand. Ich sehe Corinna Drescher erwartungsvoll an. Wie sie dasitzt hinter ihrem blitzblanken Chefinnen-Schreibtisch aus Glas, im hautengen Rock, der auch im Sitzen keinen Zentimeter hochrutscht, die Beine so elegant übereinandergeschlagen, als posiere sie für Helmut Newton.

Sie lächelt. Diesmal mit Krähenfüßchen. »Schönen Urlaub, Frau Rukovsky.«

24 STUNDEN DAVOR

Es ist erst kurz nach neun, aber ich habe Kata bereits drei Nachrichten geschickt.

Die erste: *Wir sitzen in einem Bus. In einem BUS! Nicht zu fassen.*

Zehn Minuten später: *Der Busfahrer ist uralt. Um die neunzig. Sollte mir was passieren: Du erbst die Orchideen. Bitte regelmäßig düngen.*

Zehn Minuten darauf: *Wir halten schon zum zweiten Mal. Prostata? Es nieselt. Alles mies.*

Kata versucht, witzig zu sein: *Du hast vergessen, deinen neuen Job zu erVENEN, Frau Doktor! Bist hier übrigens Tagesgespräch. Mach keine Dummheiten!*

Als ich das lese, ist mit einem Schlag alles wieder da. Das Gespräch mit der Chefredakteurin, BETTY RÄT, das Venen-Forum. Sie versuchen, mich auszubooten, das liegt auf der Hand. Zu alt fürs Magazin, also, husch husch, aufs online-Abstellgleis. Früher waren Foren was für die Jungen, heute tummelt sich dort nur noch die Generation »Hilfe, ich habe das Internet gelöscht«. Das Gleiche mit Facebook. Nur noch Alte dort – also jene Generation, die auf dem Schulhof mit Murmeln gespielt hat. Und was bedeutet das für meine Zukunft? Soll ich unter allen Umständen bei ANNAROSA bleiben? Oder besser gehen? Aber welchen Chancen habe ich denn noch mit fünfzig?

Ich google mal die Konkurrenz. Betty G.s YouTube-Kanal nennt sich »Du hast nur 1 Life«. Ich sehe eine streichholzdünne, kaum dem Teenageralter entwachsene junge Frau mit Dreadlocks vor einem schwedischen Regal mit allerlei Deko-Plunder stehen: Elefanten, wasserpfeifenartige Gebilde, Tierfiguren aus Glas. Unter dem Video eine endlose Wurst an Kommentaren.

O Gott, du hast mir soooo geholfen!!! Warum kannst du nicht meine Schwester sein?

Ich warte jede Woche auf deine Videos! Du bist die Queen des Internets.

Betty, du bist die Beste! Endlich habe ich kapiert, wie das Leben läuft. Ich <3 dich.

Himmel. Sobald ich diese Influencerinnen sehe, fühle ich mich steinalt. Und kugelrund. Romy von Willendorf. Wenn ich es weiterhin brav mit Churchills »No sports!« halte, wird es auch mit der Unbeweglichkeit demnächst klappen. Und weil die Venen dann irgendwann schlapp machen, werden ich wenigstens meine beste eigene Kundin im Venen-Forum sein. Kein Nachteil ohne Vorteil.

Ich antworte auf Katas Nachricht: *Keine Sorge – für Dummheiten sind hier die anderen zuständig.*

Werner beugt sich zu mir rüber. »Willst du nicht die Reise genießen?«

Genießen? Wovon spricht er?

»Wenn du die ganze Zeit auf deinem Handy herumtippst wie ein Teenager, versäumst du die Landschaft!«

»Welche Landschaft? Das hier ist eine Autobahn.«

»Aber dahinter! Dahinter ist Landschaft.«

»Die kann ich nicht sehen.«

Vor dem Fenster baumelt ein blauer Vorhang aus

einem undefinierbaren Material, der sich zuziehen lässt, wenn einen die Sonne blendet oder man genug hat von der »Landschaft«. Ich wünsche mir auch einen Vorhang auf der anderen Seite, also zwischen meinem und Werners Sitz.

Kata platzt vor Neugier: *Weißt du schon Näheres wegen Hutschnur?*

Menno, einmal habe ich gerade nicht daran gedacht. Klar werde ich Werner auf sie ansprechen. Aber nicht sofort. Nicht am ersten Tag. Zuerst wieder langsam annähern. Die Fühler ausstrecken. Nachspüren, was da noch vorhanden ist an Gefühlen.

Im Moment ist es hauptsächlich Verwunderung: Der Tower des Flughafens war schon zu sehen, aber der Bus ist nicht abgebogen.

»Werner, wir sind gerade am Flughafen vorbeigefahren.«

»Wer hat was von Flug gesagt?«

Mir bleibt der Mund offenstehen. Apulien, das nicht gerade um die Ecke.

»Aber ... äh, wie lange werden wir dann in diesem Bus sitzen?«

»Bis wir dort sind?«

»Ich meine: Stunden. Wie viele Stunden.«

»Wir sind doch gerade erst eingestiegen. Jetzt sei nicht so ungeduldig, Romana.«

Tatsächlich stand auf dem Reise- und Konzertgutschein, den Werner mir gemeinsam mit einem Strauß Tankstellenblumen feierlich überreicht hat, lediglich der folgende Text:

ROCCO MINELLI WARTET AUF DICH!
WANN? AM 25. April um 19 Uhr in der
Bucht von Mattinata.
Und damit es sich lohnt, verbringen wir 4 Tage/Nächte
in BELLA ITALIA,
bella Romana.

Man muss Werner zugutehalten, dass er hierfür seinen gesamten Romantik-Wortschatz aufgeboten hat. In Werners Welt gilt die Wortkombination *Bella* und *Romana* schon als emotionaler Vulkanausbruch, so etwas brächte er im richtigen Leben nicht einmal mit vorgehaltener Pistole über die Lippen. Das war übrigens immer schon so. Der heißeste Moment in unserer Flirtphase war jener, in dem er mir versehentlich Brennnesseltee über die Beine geschüttet hat.

Wir sitzen in Reihe zwölf. Reihe 13 gibt es keine, wie im Flugzeug – der Aberglaube greift um sich. Hinter uns geht's gleich mit Reihe 14 weiter, und da sitzen zwei entzückende ältere Damen, die schon um neun Uhr früh ihre Wurstbrote auspacken. Ohne hinzusehen, kann ich alles rein vom Geruch her fein unterscheiden: Auf einem Brot muss Salami liegen, auf dem anderen Räucherschinken, eins riecht nach nichts – ist wohl Mozzarella drin. Wer fast zwanzig Jahre lang Pausenbrote schmiert, der hat ein Näschen für Wurstsorten. Bei »The Smell of Germany« hätte ich gute Chancen auf einen Juror-Sessel.

Erkenntnis: Ich sitze im Moment zwischen ganz schön vielen Sesseln, auch wenn sich diese nicht in einem Fernsehstudio befinden. Das ist aufregend, aber auch ein Risiko: Denn da kann es sein, dass kein Sessel mehr frei ist, wenn die Musik plötzlich abbricht. Kein Job. Kein Mann. Alles fortgeschwemmt wie Treibgut.

Busfahrten machen mich melancholisch. Ich kann Busse nicht ausstehen. Allein die Sitzbezüge! Für diese psychedelischen Muster, die wohl dabei helfen sollen, Flecken zu verheimlichen, müsste ein weltweites Verbot ausgesprochen werden.

Werner kann meine Empfindlichkeit diesbezüglich nicht nachvollziehen. Für sämtliche Ausflüge der Prähistorischen Gesellschaft, der er ehrenamtlich vorsteht, wird einer dieser Fünfzigsitzer organisiert. Ich fahre nie mit und weiß, warum. Nicht nur, weil es mich nicht interessiert. Sondern weil ich diese Busfahrten abscheulich finde. Du hast keinerlei Kontrolle: Weder über die Auswahl der Musik, noch über die Stopps oder die Temperatur im Inneren des Fahrzeugs. Und deine Nachbarn kannst du dir auch nicht aussuchen. Gut, das ist in der Bahn oder im Flugzeug nicht anders – aber im Zug kannst du zumindest herumspazieren, wenn du Lust dazu hast, und ein Flug ist schneller vorbei als eine Busfahrt durch halb Europa.

Aber wieder mal typisch Werner. Immer auf die Ausgaben achten, jeden Cent dreimal umdrehen. Die gute Nachricht: Wir senken das Durchschnittsalter in diesem Fahrzeug erheblich – Balsam für mein angeschlagenes Selbstbewusstsein.

»Fahren die alle zu Rocco Minelli?«

Werner zögert. Das müsste mir zu denken geben.

»Die steigen vorher aus«, sagt er. »Glaube ich.«

Beim letzten unperfekten Dinner erzählte Britt, dass sie nichtsahnend mit ihrer Mutter in einen Bus gestiegen war, der sie nach Prag bringen sollte. Nach einer Stunde stoppten sie an einem Gasthaus – aber nicht etwa, um zu essen, sondern um in einem Extrazimmer Teppiche zu begutachten. Es war eine Kaffeefahrt! Wir lachten uns schlapp. Britt sagte, sie habe nichts lieber gewollt als auf dem schnellsten Weg wieder nach Hause, doch fliegende Teppiche waren leider keine vorrätig. Und, ja, ich gebe es zu: Wir haben uns ein bisschen über sie lustig gemacht, als sie auf die Toilette ging. Wie um alles in der Welt kann man so naiv sein? Die Fahrt hatte nur vierzehn Euro gekostet, war ja sonnenklar, dass da was nicht stimmen konnte.

Ich sehe mich um: Schick haben sich alle zurechtgemacht. Die Damen glänzen mit neu gelegten Dauerwellen und aufregend gemusterten Langarmblusen, manche tragen sogar Dirndl, während die Herren im sportlichen Loden-Outfit oder im kleinkarierten Hemd eine gute Figur machen. Im Gepäckfach liegen Outdoorjacken in allen Beige- und Ocker-Schattierungen. Ich trage eine blaue Bluse mit kleinen, schwarzen Ankern: eine Vorschau auf unseren Aufenthalt am Meer. Dazu eine dunkelblaue Stretch-Hose, die einige Rieseneisbecher zu vertuschen in der Lage ist und sportliche beige Sneaker, die »exzellenten Laufkomfort auf jedem Untergrund« verkündigten. Ich gebe zu: Im Urlaub ist mir der Bequemlichkeitsfaktor am wichtigsten. Wer blind in sein Fußschmerzen-Unglück hineinläuft, dem ist nicht zu helfen. Als Jacke habe ich meine Drei-Wetter-Funktionsjacke dabei, die wie der gleichnamige Taft eine solide Performance bei jeder Witterung verspricht. In dezentem Mausgrau gehalten verfügt sie über zahlreiche Außen- sowie Innentaschen und eine Kapuze mit Kordelzug, falls es einmal stürmisch werden sollte. Werner trägt eine dunkle Jeans und einen sogenannten »Reisepullover« aus steingrauer Baumwolle. Sportlich, dennoch distinguiert.

Werner sieht im Übrigen immer aus wie aus dem Ei gepellt: Bügelfalten, scharf wie Rasierklingen, Hemden ohne Makel, dezente Krawatten in der richtigen Länge, dunkle, frisch gewienerte Lederschuhe, in denen er sowohl im Ruinenfeld als auch im Sternerestaurant eine gute Figur macht. Und selbst, wenn er den ganzen Tag zwischen Schutt und Asche verbringt, haftet seinem Gewand abends nicht das kleinste Stäubchen an. Es ist mir völlig unbegreiflich, wie das möglich ist. Wenn ich nur zum Supermarkt laufe, prangen danach auf meiner Kleidung geheimnisvolle Flecken, und unter den Schuhsohlen klebt garantiert eine Familienpackung Kaugummis, wenn nicht Schlimmeres.

Bekleidungstechnisch fallen wir in diesem Bus wenigstens nicht unangenehm auf.

Eine Nachricht von Emma. *Seid ihr schon angekommen?* Kuss-Smiley.

Meine Süße. Früher habe ich mir Sorgen gemacht, wenn die Kinder auf Landschulheim-Woche gefahren sind, heute ist es umgekehrt.

Ich schreibe ihr zurück. *Wird noch dauern, melden uns.* Herzchen-Smiley.

Ich seufze leise. Ein bisschen bedauere ich es ja, dass es mit den jährlichen Familienurlauben vorbei ist. Die Kinder haben mittlerweile ihre eigenen Pläne, eigene Lieblingsorte, an die sie reisen. Ein eigenes Leben. Kleines, aber nicht unerhebliches Detail: Ich vermute, dass sie keine Lust mehr haben auf alte Steine. Denn sobald Werner dabei war, mussten die Ausgrabungen in der näheren und ferneren Umgebung ausführlich begutachtet werden. Da gab es keinerlei Diskussion. Ich war immer ein bisschen neidisch, wenn Kata oder Monika von ihren Cluburlauben an der Algarve oder auf Mykonos berichteten, wenn sie von Masseuren mit Zauberhänden schwärmten, von Thalasso-Bädern und Zumba-Kursen, während wir in einer Pension am Gardasee Werners endlosen Ausführungen über prähistorische Pfahlbauten lauschten.

Ich lege mein Handy in die Tasche zurück. Vielleicht sollte ich mich wirklich einmal im Genießen üben, ich habe schon ganz vergessen, wie das geht. Nichts tun. Relaxen.

Unsere Mitreisenden haben sich häuslich eingerichtet, halten kleine Radios ans Ohr, während sie aus Campingbechern Kaffee trinken. Die Wurstbrote sind offenbar verspeist, jetzt wird verdaut. Jene, die sich in Morpheus' Arme begeben haben, tragen einen aufblasbaren Wurm um den Hals, damit der Kopf beim Schlafen nicht auf die Brust kippt. Das sind keine Gruppenreisen-Anfängerinnen wie ich, das sind knallharte Profis. Ist das meine künftige Kundschaft? Sind das die Nutzerinnen, die mir schon bald bei *Vene, vidi, vici* begegnen werden? Die lebhafte Dunkelhaarige aus der zweiten Reihe, deren Lachen durch den Bus schallt? Die beiden rüstigen Ladies in den Jogginganzügen, die seit dem Einsteigen nonstop Karten spielen? Der Mann mit den ausgeprägten Geheimratsecken im senfgelben Pullunder, der seine Gattin, die auch im Bus ihre dunkle Sonnenbrille nicht ablegt, mit Weintrauben füttert?

Gerade, als ich beschließe, mich meinem Schicksal zu ergeben und ein Nickerchen zu machen, bremst der Bus ab und legt sich in die Kurve. Ich ziehe den blauen Vorhang zur Seite. »Was ist los?«

»Ich nehme an, wir halten hier«, sagt Werner ungerührt. Er löffelt Couscous aus einer Tupperdose. Hat sich wohl auf eine längere Fahrt eingestellt.

»Warum?«

»Herr Jöbstl wird schon wissen, warum.«

»Wer?«

»Der Busfahrer.«

»Ach, du kennst den?«

»Sein Name steht in den Unterlagen.«

Seit wann steht der Name des Busfahrers in Reiseunterlagen? Das kommt mir reichlich dubios vor. Die Unterlagen wurden mir übrigens bis zum heutigen Tag vorenthalten. Ich habe Werner nur das Versprechen abgerungen, dass wir auf dem Weg keinerlei Ausgrabungsstätte besichtigen. Nichts Archäologisches, das hat Werner mir hoch und heilig versprochen.

»Eine einzige Scherbe«, habe ich ihm eingebläut, »und der Urlaub ist zerbrochen. Ein einziger Zeh eines Pharaos, so groß oder klein er auch sein mag, und du kannst mir leise Servus sagen.«

Jahrelang habe ich seinen Spleen widerspruchslos hingenommen; dieses eine Mal bin ich dran. Das ist *mein* Urlaub. Es würde *meine* Reise werden.

»Schwörst du?«

»Stein und Bein.«

Das hatte er gesagt.

Ich sehe Werner von der Seite an. In seinem Mundwinkel klebt ein Couscous-Korn. Ich unterdrücke den Impuls, es mit meinem Finger wegzuschnippen. *Du erinnerst dich hoffentlich daran, was du mir versprochen hast*, will ich ihn fragen, rein rhetorisch natürlich, *du erinnert dich doch HOFFENTLICH daran?*

»Alles aussteigen«, schnarrt der Herr Busfahrer ins Mikrofon. »Paaause.«

Ich sehe auf die Uhr. »Das meint er nicht im Ernst«, sage ich. »Wir sind jetzt zwanzig Minuten unterwegs. Wahrscheinlich kann man von hier aus noch auf unser Hausdach spucken.«

Aber Werner steht schon und scheint sich widerspruchslos in die Herde der Schafe einzureihen, die folgsam aussteigen und neben dem Bus auf weitere Anweisungen warten.

»Werner!« Ich ziehe an seinem Reisepulli. »Was soll das?«

»Alles aaaaussteigen«, wiederholt Herr Jöbstl.

»Sind wir schon in Italien?«, ruft eine Frau zwei Reihen hinter uns laut heraus.

Ich lache, drehe mich um. Nasenpiercing, Pumuckl-Frisur in Hellrosa, Jogginganzug mit Glitzer-Applikationen. Abenteuerlustige grüne Augen. Das exotische unter den seniorenbeigen Schafen. Und die Einzige hier, die offenbar allein unterwegs ist. Ich recke meinen Daumen in die Höhe, um ihr meine Solidarität zu bekunden. Sie lacht und reckt ebenfalls den Daumen.

Werner dreht sich nach ihr um. »Wer ist das? Kennst du die?«

Er hat es nicht so gern, wenn ich mit Fremden spreche. Er spricht ja selbst nicht so gerne – und wenn, dann am liebsten mit Unbelebtem.

»Nein«, antworte ich. »Aber was nicht ist, kann ja noch werden. Übrigens: Du hast da was im Mundwinkel.«

Draußen weht ein kühles Lüftchen. Meine Jacke habe ich natürlich im Bus liegen lassen. Aber zurückgehen ist nicht. Methusalem hat sich vor die Tür seines Busses postiert wie ein antiker Wächter vor dem Tor zur Unterwelt und lässt niemanden mehr rein. »Geht mal schön vor! Und viel Spaß.« Er lacht hintergründig.

Wir marschieren wie die Gänse in Zweierreihen vorbei an einem gemauerten Klo-Häuschen. Ich drehe mich um. Bekleidungstechnisch fallen wir jedenfalls nicht auf. Ältere Menschen neigen ja grundsätzlich zum Verblassen – weshalb das so ist, darüber hat Werner erst kürzlich einen Vortrag an der Volkshochschule gehalten: »Erkenntnisse zur garderobentechnischen Beigifizierung der Generation 60 plus.« Damit er im Dinopark intellektuell nicht versauert, beschäftigt er sich nämlich nebenbei mit neuen Erkenntnissen aus der Evolutionsbiologie. Und tatsächlich scheint es so zu sein, dass wir ein Beige-Gen in uns tragen, das ab einem bestimmten Alter angeknipst wird. Die Schöpfung hat sich was dabei gedacht: Ältere Herdenmitglieder waren nicht mehr so stark und schnell wie die Jungen, sie profitierten davon, farblich mit dem sandigen Hintergrund zu verschmelzen, etwa wenn ein hungriger Säbelzahntiger um die Ecke kam. Wenn er nichts als beige Farbflecken sah, dachte der Säbelzahntiger bei sich: *Oh! Keiner zu*

Hause, dann geh ich mal wieder und suche mein Futter woanders.

Der ausgetretene Pfad führt geradewegs in die Prärie. Braugrünes, trauriges Gras unter unseren Füßen, rauchende Schlote am Horizont. Eine Landschaft wie aus *Herr der Ringe*. Das österreichische Mordor. Meine größte Befürchtung: Werner hat mich angelogen und wir sind unterwegs zu einer prähistorischen Siedlung oder einem keltischen Kultplatz. Dann kann er was erleben.

Am Rand der Wiese taucht eine Fabrik mit bröckelnden Mauern auf. Vor der Ruine: ein windschiefes Zelt. Zirkus? Bitte nicht. Ich hasse Zirkus. Die paar Mal, die ich mich den Kindern zuliebe reingezwungen habe, sind unauslöschlich in mein Gedächtnis gegraben. Wenn einer aus dem Publikum dran glauben muss, bin das immer ich. Immer. Einmal hat mich ein Clown in die Manege gezerrt und ich wurde an einem Seil gute zehn Zentimeter über den Boden hinaufgezogen, woraufhin ich in eine nervliche Ausnahmesituation geraten bin – laut Werner: hysterischer Anfall. Ich habe so laut um Hilfe geschrien, dass bereits nach einem Arzt im Publikum gefahndet wurde.

»Das kommt mir komisch vor«, zische ich. »Was sollen wir hier?«

Werner greift nach meiner Hand und lässt sie nicht mehr los. »Ist gleich vorbei«, sagt er, als handele es sich um eine Darmspiegelung. Der weiß doch mehr als ich!

Das Zelt scheint schon lange dort zu stehen. Die Plane, die früher vermutlich einmal weiß war, ist schmutziggrau und zerknittert. Als wir eintreten, schlägt uns der Geruch von altem Gummi und ein Schwall heißer Luft entgegen. In der Mitte der Manege ist eine Leinwand aufgebaut, rundherum Bierbänke. Auf dem Boden Sägespäne. Was wird das? Eine Filmvorführung? Wir setzen uns. Geschnatter. Jemand reicht Hustenbonbons herum. Langsam füllen sich die Reihen. Ich schaue mich um, ob ich die Glitzerpulli-Lady entdecke. Ah, da ist sie ja, lungert auf der letzten Bank herum. Ganz am Rand, wie intelligent. Wir sind wie von Zauberhand in der ersten Reihe gelandet. Ich hebe die Hand, um sie zu grüßen. Sie grinst und zwinkert mir zu.

Hinter einem Vorhang aus fadenscheinigem, bordeauxrotem Samt tritt ein Bürschchen im dunkelblauen Anzug hervor. Er trägt eine schimmernde Krawatte und gewienerte Schuhe.

»Bitte, meine Lieben, ein wenig Ruhe! Unsere Vorführung beginnt in Kürze.«

Auf der Leinwand steht eine Botschaft:

Herzlich willkommen
bei KÜCHENGLÜCK!
KÜCHENGLÜCK bringt das
GLÜCK ZURÜCK!

Ein zweiter Mann betritt die Manege. Offenbar der Star der Aufführung, denn das Geschnatter verstummt augenblicklich. Der Typ ist um die sechzig und nicht minder elegant gekleidet als der erste. Seine dezent gemusterte Seidenkrawatte flimmert im Scheinwerferlicht. Eine beeindruckende Erscheinung. Ein paar der älteren Ladies ordnen noch rasch ihre blauen Locken.

»Was« – er macht eine lange Pause – »was ist uns

wirklich wichtig im Leben? Dass es uns gut geht? Oder dass es unseren Lieben gut geht?« Er breitet in einer theatralischen Geste die Arme aus.

»Dass es der Familie gut geht«, platzt eine Frau heraus.

Er belohnt ihren Mut, indem er auf sie zeigt. »Sie haben ganz recht, liebe gnädige Frau. Wenn Sie bitte einmal aufstehen.«

Sämtliche Blicke heften sich auf die zart errötete Seniorin. Die Dame von Reihe vierzehn. Die mit dem Salami-Brötchen.

»Wie heißen Sie?«

»Schulze-Königmann.«

»Ihr Vorname, bitte.«

»Marianne.« Ganz leise sagt sie das.

»Marianne!«, donnert der Mann. »Was für ein wunderwunderwunderschöner Name.«

Raunen im Publikum. Ich kann das alles gar nicht glauben. Wo sind wir hier gelandet? Ich stupse Werner mit dem Ellenbogen an. »Und was wird das, wenn's fertig ist?«, raune ich.

»Schsch«, macht Werner, als folge er einer hochakademischen Ausführung.

Der Mann Nummer zwei bleibt sinnierend unter einen Deckenspot stehen, das Licht illuminiert seinen nachtschwarzen Hinterkopf.

»Familie!«, wiederholt er – und das Wort steht massiv im Raum wie ein uralter Mauerrest. »Ist. Das. Wichtigste.« Er betont jedes einzelne Wort, als sei es eine Tonne schwer. »Und für die Familie will man doch nur das Allerbeste, nicht wahr?«

In einer geschickten Drehung wendet er sich dem Publikum zu, fixiert jeden Einzelnen lange und intensiv. Man traut sich kaum zu atmen.

»Ich bin Horst Frank«, sagt der Mann, »und das ist mein Assistent Harald. Und Sie sind heute hier, um von uns zu erfahren, wie Sie Ihrer Familie das Allerbeste gönnen, denn man muss auch mal gönnen können, nicht wahr.«

Zaghaftes Lachen im Publikum.

Horst Frank – der kann doch nicht im Ernst so heißen. Klingt wie ein Steward auf dem *Traumschiff*. Und der Assistent hat nur einen Vornamen. Typisch. Wie auf Kommando tritt Harald aus dem Schatten und zieht einen Wagen hinter sich her, über den ein Tuch gebreitet ist. Trommelwirbel. Mit einem beherzten Ruck zieht er das Tuch vom Wagen. Zum Vorschein kommen zu einer Pyramide gestapelte Töpfe und Pfannen.

»Werner«, zische ich.

Ein feines Lächeln umspielt seinen Mund. »Gut, oder?«, sagt Werner, »die machen das spannend.«

»Das ist nicht dein Ernst.«

»Wo bleibt dein Humor, Romana?«

»Humor? Du fragst nach *meinem* Humor?«

Ich bin einen Tick zu laut. Zwei Damen im Jogginganzug machen ganz entsetzt *psst, psst!*, und ein Herr in Trachtenhut und Sandalen schickt mir quer über den Saal einen vernichtenden Blick zu.

Ich weiß nicht, worüber ich mehr entsetzt sein soll: Über diese Farce hier – oder über die Tatsache, dass für Werner die billigste Italienreise gerade gut genug ist. Das muss für die Mitwelt dokumentiert werden. Ich schieße ein Foto und stelle es umgehend in die WhatsApp-Gruppe *Das unperfekte Dinner*.

Wer holt mich hier raus? Bin furchtbar enttäuscht.

Kata schreibt: *Ist das Rocco Minelli? Was hat er mit den Töpfen vor?*

Wir sind in einem Zelt an der Autobahn. Zu Hilfe, schreibe ich zurück.

Britt: *Beileid.*

Werner blickt tadelnd auf mein Handy. Wenn er auch nur ein Wort sagt, explodiere ich.

»Konzentrier dich«, sagt er. »Das ist in spätestens einer Stunde vorbei.«

Der hat sie wohl nicht mehr alle. Ich soll mich konzentrieren? Worauf? Auf die physikalischen Eigenschaften des Pfannenwenders? Nicht mit mir. Ich stehe auf.

Werner greift blitzschnell nach meiner Hand, um mich auf die Bank zurückziehen, aber Horst Frank hat mich schon entdeckt.

»Wunderbar!«, ruft er, »kommen Sie doch zu mir nach vor. Ich bin so einsam hier draußen.«

Gelächter von den Rängen. Ich drehe mich um, scanne das Publikum. Der meint ja wohl nicht mich.

»Ja, Sie!«

Doch. Der meint mich.

Ich deute ihm pantomimisch an, dass ich das Zelt jetzt verlassen werde, vielen Dank auch, aber ich ziehe es vor zu gehen. Da schickt er doch tatsächlich seinen Assistenten, der mir seinen Arm anbietet, damit ich unfallfrei die drei Schritte bis zum Wagen absolviere. Ich bin verhaftet. Oh nein, oh nein. Schlimmer als Zirkus.

Die Glitzerpullifrau in der letzten Reihe grinst. Die

anderen glotzen mit einer Mischung aus Belustigung und Respekt.

Im Handumdrehen stehe ich dort, wo ich niemals landen wollte: Neben Horst Frank, der mich von oben bis unten begutachtet.

»Ich bin Horst Frank«, sagt er, als hätte man das in der Zwischenzeit vergessen können. »Und wie heißen Sie?«

»Romana.«

Ich warte auf ein »wunderwunderschöner Name!«, aber da kommt nichts.

»Romana«, sagt er sinnierend. »So hieß meine erste Liebe.«

Na klar. Das sagt er wahrscheinlich zu jeder Gabi, Heidemarie oder Ottilie, die sich hierher verirrt.

»Sie haben doch bestimmt ein Kind«, fährt er fort.

Ein irritierender Thementwist. Ich sehe an mir herunter. Woran will er das erkannt haben? Am Busen, der vor der Schwerkraft endgültig kapituliert hat? Am Bauch, der den Reflex »Könnte schwanger sein, wenn sie jünger wäre« auslöst? An den schlecht manikürten Fingernägeln?

Ich nicke. Sein Aftershave riecht nach Sportwagen.

»Und Sie sind eine Frau, die Kind und Mann verwöhnt, stimmt's oder hab ich recht?«

Falsche Baustelle, ganz falsche Baustelle.

»Die Kinder sind schon ausgezogen. Es sind zwei.«

Ein Raunen geht durchs Publikum. Zwei Kinder haben sie mir offenbar nicht zugetraut. Schon gar keine erwachsenen.

»Nicht möglich!«, ruft Horst. »Ich dachte mir, ihre

Kinder sind höchstens so groß.« Dabei zeigt er auf sein Knie. »Ein herzlicher Applaus für die junggebliebene Mutti!«

Verhaltenes Klatschen.

Junggeblieben. Mutti. MUTTI. Ich fixiere Werner. Das wird er mir büßen. Ein schönes Geschenk, das er mir da eingebrockt hat. Öffentlicher Pranger und Blamage inklusive.

»Und was machen Sie beruflich, wenn ich fragen darf?«

Ich öffne den Mund, aber da kommt nichts. Was bin ich denn jetzt? Publizistische Venen-Beauftrage? Gesundheitsredakteurin? Foren-Leiterin? Administratorin?

Wäre ich ehrlich, würde ich Folgendes antworten: Ich bin ein All-in-One-Wesen. Eine Journalistin, die versucht, es allen recht zu machen und die nach der Geburt ihrer Kinder auf die Karriere verzichtet hat. Eine Schreibmaschine, die immer Lust hatte auf eine leitende Funktion, doch wenn der Mann bereits eine solche innehat, ist es an der Gattin, zu verzichten, denn irgendwer muss sich ja um Kinder und Haushalt kümmern. Ich bin eine Sprachliebhaberin, die immer tat, worum man sie bat. Die die Lebenshilfe-Kolumne, die vor sich hingedümpelte, zu einer Marke aufgebaut hat, obwohl sie nicht die optimalen Voraussetzungen dafür besaß. Und die damit belohnt wurde, dass man sie strafversetzt hat. Ich bin eine Frau, die mit ihrem Mann nicht nur durch dick und dünn, sondern auch durch brandneu und antik marschiert. Eine Frau, die endlich weiterfahren will, weil sie sich nach körnigem, von der Sonne aufgeheizten Sand und nach dem Meer sehnt, nach dem Rauschen der Brandung. Nach den Kellnern, die alle aussehen, als seien sie einem Cola-Light-Spot entsprungen. Ich bin eine Frau in mittleren Jahren, die es nach der verlorenen Leichtigkeit des Seins bei einem Gläschen Wein dürstet. Und nach der Stimme von Rocco Minelli. Und die wissen will, ob Mann sie tatsächlich noch immer liebt. Oder ob er davon träumt, mit einer blutjungen Mitarbeiterin Ötzis Mageninhalt zu diskutieren.

Aber das geht den Mann in der Mitte der Manege doch alles überhaupt nichts an. Lass mich weiterfahren, Horst Frank.

Deshalb antworte ich kurz und bündig: »Falsch.«

»Wie bitte?«

»Sie haben mich gefragt, was ich bin. Und eines weiß ich sicher: Dass ich hier falsch bin.«

Eisige Stille, die Horst Frank mit einem nervösen Hüsteln zu überbrücken versucht. »Ich liebe schlagfertige Frauen!«, sagt er nach der Schrecksekunde. »Sie sind witzig, meine Liebe, sind Sie noch zu haben?«

Ich suche Werners Blick. Er lächelt gequält. Wenn Horst Frank eins jetzt nicht bekommt, dann ist das eine Antwort.

Aber er scheint sich ohnehin schon wieder gefangen zu haben und rattert seinen vorbereiteten Text herunter. »Täglich!«, deklamiert er, »täglich stehen hier Frauen vor mir, die sich darin überbieten, ihren Liebsten ein schönes Leben zu bereiten.«

Ich bin perplex. In welchem Sonnensystem lebt der?

»Dass dies nicht immer mit der richtigen angemessenen Anerkennung verbunden ist, wissen die Damen zur Genüge. Und hier hakt KÜCHENGLÜCK ein. Sollten Sie einmal frustriert sein oder wenig motiviert, brauchen Sie nur zu unseren Töpfen und Pfannen zu greifen – denn KÜCHENGLÜCK bringt das Glück zurück! Nun erzählen Sie doch einmal, Frau Romana, ob Ihnen die Arbeit im Haushalt immer Freude bereitet. Dazu gehört es ja auch, allerlei Köstlichkeiten auf den Tisch zu zaubern, nicht wahr?«

Sein ausgestreckter Arm zeigt auf mich.

»Genau«, sage ich. »Sie beschreiben das ziemlich gut. Ich zaubere drei Mal täglich Köstlichkeiten auf den Tisch.«

Eine so dicke Lüge, dass sie vor Fett trieft. Ich freue mich schon auf den Moment, wenn ich der Mädelsrunde davon erzählten kann.

Werner fällt die Kinnlade runter. Er weiß, dass ich denkbar ungeeignet bin für diese Kochtopf-Präsentation. Das bedeutet:

a) Entweder wusste er davon und wollte mich absichtlich mit meinen Unzulänglichkeiten konfrontieren, was mehr als fies ist und dazu führen *muss*, dass ich mir über meinen Beziehungsstatus den Kopf zerbreche oder
b) er wusste nichts von dieser Veranstaltung, hat sie aber in Kauf genommen, da die gebuchte Reise ausdrücklich als Kaffeefahrt deklariert war, was ebenfalls für einen heftige Beziehungskrise sprechen würde.

Wie auch immer ich es drehe und wende – was Gutes kommt dabei nicht raus. Ich fixiere Werner, der in Zeitlupe sein Handy aus der Hosentasche friemelt und herumscrollt. Wenn er jetzt ein Foto macht von mir mit der Topfpyramide und auch nur daran denkt, es in unsere

WhatsApp-Familiengruppe *The Rukovskys* zu stellen, ist es vorbei mit uns.

Nein, er macht kein Foto. Er schreibt. Wem? Bevor ich eine Vermutung anstellen kann, steckt er das Handy wieder weg.

Und als dieser Horst mich fragt, für welche Köstlichkeiten ich gerühmt werde – gerühmt! Das muss man sich mal auf der Zunge zergehen lassen –, antworte ich ohne zu zögern: »Linguine, Lasagne mit Fleisch oder gerne auch mit Lachs, Cannelloni, Spaghetti Carbonara.« Weil das all die Speisen sind, die ich in Italien zu essen gedenke. Nachdem ich einen Blick zu Werner geworfen habe, der mit offenem Mund dasitzt und nicht fassen kann, wie unverschämt ich vor Publikum lüge, erinnere ich mich an das umwerfende italienische Büffet, das uns Britt unlängst kredenzt hat, und füge mit einem Lächeln hinzu: »Risotto alla Marinara, Calamari fritti mit ordentlich Knoblauch – und nicht zu vergessen Ossobuco! Aber unbedingt mit Sardellenfilets, wenn Sie wissen, was ich meine. Die filetierten, in Olivenöl eingelegten Sardellen sind so *wahnsinnig* aromatisch, fest und fleischig! Ein Genuss, Herr Horst, das können Sie mir glauben, ein Genuss. Einfach nur großartig.«

17 STUNDEN DAVOR

Liebe Frau Romy,

ich wende mich an Sie, weil ich nicht weiterweiß. Mein Mann hat immer schon jeden Cent umgedreht, obwohl er gut verdient hat. Doch jetzt kommt es mir so vor, als ob sein Geiz im Alter noch zunehmen würde. Nie fahren wir auf Urlaub, obwohl wir es uns leisten könnten. Ich darf grundsätzlich nur bei Discountern einkaufen, und wenn eins der Kinder Geburtstag hat, spendiert er einen Zehn-Euro-Gutschein für eine Kinokarte.

Wie gut erinnere ich mich an diese Anfrage! Es kam immer wieder mal vor, dass ich die Sorgen und Probleme der Leserinnen besser kannte, als mir lieb war – aber bei dieser Nachricht läutete eine Alarmglocke. Oder sagen wir mal: ein Glöckchen. So schlimm war es mit Werner nicht, zumindest damals. Aber ich fragte mich schon, wohin seine Pfennigfuchserei wohl führen würde. Wenn es in die Gasse dieser Leserin war, dann Prost Mahlzeit.

Und was hatte ich ihr damals geantwortet? Daran erinnere ich mich ebenfalls, weil ich länger als üblich an der Antwort herumgedoktert hatte. Ich hatte ihr geraten, mit Geduld und Hartnäckigkeit an ihren Träumen festzuhalten. *Sie werden Ihren Mann nicht grundlegend ändern, vor allem, wenn er keine Bereitschaft dazu zeigt. Aber versuchen Sie, ihm Ihren Leidensdruck begreiflich zu machen, und fragen Sie sich, welche Ängste sich hinter seinem Verhalten verbergen könnten.*

Sie werden Ihren Mann nicht grundlegend ändern. Dieser Satz detoniert in meinem Kopf, als ich mit Werner und den anderen zurück zum Bus trotte. *Fragen Sie sich, welche Ängste hinter dem Verhalten stecken.* Tja. Das klingt ja in der Theorie gut und schön, aber in der Praxis regieren die Gefühle, und da ist nix mit coolem Abwägen.

»Küchenglück«, sage ich zu Werner. »Genau das Richtige für mich. Sag jetzt bloß nicht, dass du davon nichts gewusst hast.«

Er schüttelt den Kopf. »Meine Liebe«, sagt er, »bei der Anmeldung hat nur gestanden, dass es einige Überraschungen auf der Reise geben wird. Ich bin davon ausgegangen, dass du dich über Überraschungen freust.«

Er deutet auf das Ding in meiner Hand. Ein Topflappen in Pril-Blumen-Farben. Den habe ich von Horst Frank dafür bekommen, dass ich mich auf der Bühne zum Affen gemacht habe.

Ich bin alarmiert. »Einige? Wie viele? Was kommt nach Küchenglück? Kuchenglück? Tücherglück? Bücherglück? Sag mir die Wahrheit.«

Es ist eine Gratwanderung. Einerseits ist mir bewusst, dass man einem geschenkten Gaul nicht ins Maul schaut, andererseits möchte ich gerne wissen, worauf ich mich einstellen muss.

Werner schüttelt missmutig den Kopf. »Du bist so unentspannt«, sagt er. »Wir sind auf Urlaub.«

»Genau. Auf Urlaub. Nicht auf Schnäppchentour.«

Ich sehe mich um: Männer, mit Geschirr beladen wie Sherpas, trotten mit gesenktem Kopf zum Parkplatz, die Frauen klumpen in kleinen Grüppchen zusammen und lassen die letzte Stunde Revue passieren. Ich gehe schneller, lasse Werner zurück. Brauche dringend ein paar Momente zum Durchschnaufen.

Neben mir wird eifrig diskutiert.

»Ich hätte den Fleischtopf *Gourmet extra* auch noch nehmen sollen, was meinst du?«

»Du hast doch schon fünf Fleischtöpfe, Maria.«

»Die Wok-Pfanne war einen Tick zu teuer, schade.«

»Seit wann isst Rudi Wok?«

»Man kann ja auch Würste darin braten.«

»Die Japaner kriegen einen Herzinfarkt, wenn sie dich hören.«

»Chinesen, Irmi. Wok ist *chinesisch*.«

»Aber dieser Horst! Wie der einen anschaut. Das geht durch und durch. Er hat mir zugezwinkert, ich meine – so *richtig*. Mit dem ganzen Körper.«

Gekicher.

»Dieser Horst« ist offenbar ein talentierter Herzensbrecher, der die seltene Kunst des Ganzkörperzwinkerns beherrscht.

»Er hat abgebaut, findet ihr nicht?«, fragt die mit den Würsten. »Ich sage nur: deutlich mehr Schuhcreme in den Haaren.«

Ich verlangsame meinen Schritt und schalte mich ein. »Klingt nicht so, als wärt ihr das erste Mal dabei.«

»Das erste Mal? Ich feiere dieses Jahr mein Zehnjähriges!«

Eine kleine Dame mit ausgeföhntem Vokuhila und schicker rote Brille sagt nicht ohne Stolz: »Dreizehn. Ich halte den Rekord.«

Du meine Güte. Was macht die bloß mit dem ganzen Geschirr?

Sie scheint meine Frage in meinem Blick abzulesen, denn sofort sagt sie: »Meistens kaufe ich nur eine Kleinigkeit. Einen winzigen Pinsel. Ein Tee-Ei. Oder ein Bratenthermometer.«

»Klar«, sage ich.

Bratenthermometer. Zum Glück hat Werner nicht mitgehört. Wir besitzen nicht mal ein Fieberthermometer.

Unser Methusalem steht mit verschränkten Armen von dem Bus und begutachtet die Beute. Jeder Einkauf wird kommentiert. Der kriegt bestimmt Prozente von Küchenglück. »Die Pfanne kocht ja von allein, so wie die ausschaut! Respekt, die Damen! Wo wohnen Sie, gnädige Frau? In so einen kleinen Topf passt ja nur ein einziges Ei rein. Wenn Sie einsam sind, rufen Sie mich an, jederzeit bereit nach achtzehn Uhr, wenn der Gatte auf dem Tennisplatz ist!«

Lautes, schmutziges Lachen. Die Frauen kichern nervös. Fünfzig Jahre Feminismus ausgelöscht.

Als alles Küchenglück endlich verstaut ist, startet Herr Jöbstl den Motor. Werner macht einen auf unbeteiligt. Er starrt in die Reiseunterlagen, als wollte er sie auswendig lernen.

Von hinten tippt mir jemand auf die Schulter. Ich drehe mich um. Marianne Schulze-Königmann. »Wie war das so, da draußen zu stehen?«, fragt sie. »Waren Sie sehr aufgeregt?«

»Och, geht so«, antworte ich.

»Ein attraktiver Mann, dieser Horst, finden Sie nicht?«

Werner schaut von seinen Unterlagen auf.

»Geht so«, sage ich.

»Ein Pfau«, sagt Werner.

»Ich dachte, die Präsentation hätte dir gefallen«, sage ich.

»Seit wann machst du Saltimbocca?«

»Ossobuco«, sage ich. »Von Saltimbocca war keine Rede.«

»Aber Ossobuco machst du doch auch nicht.«

»Na und? Das war ja keine Aussage unter Eid.«

Marianne lauscht mit Interesse. »Ich habe für meine drei Männer immer gekocht«, sagt sie. »Und trotzdem sind sie mir weggestorben. Einer nach dem anderen.«

»Aber doch nicht wegen des Essens, nehme ich an«, fragt Werner.

»Wo denken Sie hin«, gibt Marianne zurück. »Trotz! Trotz des Essens! Meine Männer haben es immer sehr genossen.«

»Ich bin leider nicht die geborene Köchin«, sage ich.

»Ach, Schätzchen«, seufzt Marianne. »Kochen kann man *lernen*!«

»Das gilt auch für Männer, nicht wahr?«

»Ihr Mann ist sicher in etwas anderem gut«, vermutet sie.

»Sehr richtig«, sagt Werner. Die Wendung, die das Gespräch nimmt, scheint ihm zu gefallen.

»Was machen Sie beruflich, mein Lieber?«, fragt Marianne.

»Ich arbeite in einem Archäologie-Testgelände.«

»Oh. Das klingt aber interessant. Was wird da getestet?«

Wie oft ich schon bei diesem und ähnlichen Gesprächen zugehört habe. So ist es, wenn man einen erklärungsbedürftigen Beruf hat. Bei mir war das immer einfach. Journalistin. Oh, na klar. Wahrscheinlich Frauenzeitschrift. Bingo. Danke, der Nächste.

Aber Werner. Testgelände! Das klingt zunächst einmal spannend und gefährlich, weil man den Begriff im Zusammenhang mit Luftwaffe oder Atombombentest kennt.

»Bei uns kann man testen, wie es ist, ein Archäologe zu sein«, sagt Werner. »Kommen Sie einfach vorbei, da schaut für jeden was raus.«

ARCHÄO-OASE. DA SCHAUT FÜR JEDEN WAS RAUS.

Das ist der Werbespruch, der auf Frau Hutschnurs Mist gewachsen ist, und der seit Kurzem auf jedem Werbemittel der ARCHÄO-OASE prangt. Hat das was zu bedeuten, dass er die Hutschnur jetzt schon im Bus zitiert? Ich verenge meine Augen zu Schlitzen. Ruhig Blut, Romy, sagt die Stimme der Vernunft. Lass dich nicht irre machen. Deine Reaktion ist überzogen und kindisch. Also gut. Drei Mal tief durchatmen. Na bitte, geht doch.

»Dieses Archäo ... äh, das wäre etwas für meinen Enkel Clemens«, sagt Marianne zu Werner. »Der hat immer schon im Sand die tiefsten Löcher gegraben.«

Das »Er-hat-im-Sand-immer-die-tiefsten-Löcher-gegraben« ist für die Archäologen das, was für Schriftsteller das »Ich-habe-in-der-Schule-immer-die-besten-Aufsätze-geschrieben-irgendwann-schreibe-ich-einen-Roman« ist.

Werner, dessen Konversationsbedürfnis bei Sätzen wie diesen normalerweise umgehend versiegt, beweist erstaunlichen Gleichmut. »Ihr Enkel kann gerne kommen«, sagt er. »Kinder zahlen die Hälfte. Senioren übrigens auch.« Er setzt sein charmantestes Lächeln auf.

»Wie heißt der Park noch mal?« Marianne zückt Zettel und Kugelschreiber.

»ARCHÄO-OASE.«

Was für ein bescheuerter Name. Hat so viele Selbstlaute wie ein Dinosaurier Schuppen. Kaum zu buchstabieren. Und mit »Oase« hat das Ganze nun wirklich nix zu tun. Eine Oase ist ein grüner Fleck mitten in der Wüste, die ARCHÄO-OASE aber ist ein kahler Fleck, umringt von Grün – also das genaue Gegenteil. Sie besteht aus einem abgezirkelten Feld mit zwei Hütten und einem Gebäude, in dem sich die Büros befinden. Flutlicht sorgt für eine anständige Beleuchtung an dunklen Herbstnachmittagen. Das Feld ist in Themenbereiche gegliedert: antike Stadt, Gräberfeld, Schmuck und Statuen, Knochen und so weiter. In einer Hütte holt man das Werkzeug ab – also Spitzkelle, Spatel, Pinsel, Hammer –, in der anderen erfolgt die Bestimmung des Gefundenen. Und gefunden wird immer was, das ist der Sinn der Sache. Ich geb's zu: Ich habe nicht oft in diesem Feld gegraben. Einmal privat, einmal im Auftrag von ANNAROSA (»Also hör mal, wenn das schon das dein Mann ist, dann müssen wir aber auch eine Reportage machen, und du könntest doch gleich ...«) und einmal mit den Kindern. Ich habe ein Ding aus der Keltenzeit ausgegraben. Etwas, das so aussieht wie ein im Kindergarten getöpferter Aschenbecher. Ein Behältnis für – ja, was weiß ich. Eine Zeit lang haben wir darin unser Kleingeld aufbewahrt.

Werner wirft einen kurzen Blick nach draußen. Sein Orientierungsvermögen ist legendär. »Wir dürften uns zwischen Plauderdorf und Reitlingen befinden«, sagt er. »Zehn Kilometer weiter westlich von hier gibt es eine interessante Ausgrabung. Villa Lyrica. Ein römischer Landsitz, Peristylvilla mit wunderbarem Innenhof, wahrscheinlich aus dem dritten Jahrhundert nach Christus.«

Marianne lauscht verzückt. Ich schaue nach draußen und kann nichts erkennen. Am Horizont blasen ein paar Schlote ihren Rauch in den Himmel, zerstreute Siedlungen, dazwischen Äcker. Das war schon immer so: Ein Archäologe sieht nicht nur, was da ist, sondern auch, was einmal da war und mittlerweile verschwunden ist. Für ihn ist die Welt reicher und vielfältiger als für unsereins. Darauf bin ich fast ein wenig neidisch. So, als würden alle die Welt in Schwarz-Weiß betrachten und nur er und einige Kollegen seien in der Lage, sie in Technicolor zu sehen.

Mein Handy meldet sich. Nachrichten aus der Dinner-Gruppe.

Britt: *Konntest du flüchten? Halte uns auf dem Laufenden.*

Monika: *Die Stielpfanne von Küchenglück ist super. Ich sag's nur. Nein, du musst keine mitbringen.*

Kata: *Sag mal, soll ich deine Orchideen gießen? Oder halten sie so lange durch?*

Ich schreibe: *Die Orchideen halten durch. Bei mir bin ich mir nicht so sicher.*

Und gerade, als ich den Satz zu Ende getippt habe,

bremst der Bus schon wieder und fährt von der Autobahn ab.

Rastplatz.

Tankstelle.

Klohäuschen mit Biertisch-Garnitur für lauschige Picknicks.

Ich habe ein Déjà-vu. Und eine Wut im Bauch. Wenn hier die nächste Verkaufsveranstaltung auf uns wartet, bestell ich ein Taxi.

Ich fasse Werner am Ellenbogen. »Was wird das hier, wenn's fertig ist? Erklär mir das, bitte.«

Werner konsultiert die Reiseunterlagen. »Äh. Hm.«

Getuschel unter den Mitreisenden, Hälse werden gereckt, Pullover zurechtgezupft.

»Das ist aber ein hübscher Parkplatz«, bemerkt Marianne und deutet auf die zerrupften Sträucher, die den Asphaltstreifen von der Böschung trennen.

Klopfen im Lautsprecher. Herr Jöbstl macht sich bereit zu sprechen.

»Meine lieben Leute«, hebt er an. »Als euer Fahrer auf dieser wunderschönen Reise muss ich meine gesetzlich vorgeschriebenen Ruhezeiten einhalten.« Leiernder Tonfall, so als läse er den Text ab. »Jetzt ist es so weit. Ich habe mein Pensum für heute bereits um drei Minuten überschritten. Deswegen ist jetzt Schluss. Und weil unsere Stammunterkunft, das Hotel ERIKA, voll ist, habe ich eine Überraschung für euch: Wir übernachten im Motel ZUR GUTEN NACHT. Das Motel befindet sich gleich hinter der Tankstelle, nicht zu verfehlen. Die Zimmer im dritten und vierten Stock sind für uns reserviert. An der Rezeption mit dem Codewort ZACKIG REISEN einchecken. Morgen um zehn geht's weiter. Die Töpfe können Sie ruhig im Bus lassen, die stiehlt keiner. Ihre Koffer werden in die Lobby gebracht. Ich wünsche eine gute Nacht. Buona notte in der Grotte.«

Es ist fünf Uhr. Hellster Nachmittag. Was hat dieser Busfahrer bitte für ein Pensum, wenn das jetzt schon ausgeschöpft ist? Ich sehe mich um. Alle sammeln seelenruhig ihre Siebensachen ein, keiner scheint irritiert. Willkommen im rollenden Irrenhaus.

»Wir sind netto noch keine zwei Stunden unterwegs«, zische ich Werner zu. »Sei ein Mann und schreite ein.«

»Wie stellst du dir das vor? Was soll ich bitte tun?«

»Du gehst nach vor und sagst ihm, dass wir gefälligst weiterfahren. Wenn das in dem Tempo weitergeht, sind wir nächste Woche noch nicht in Italien.«

Jetzt mischt sich Marianne ein. »Bei den Ruhezeiten sind sie sehr streng«, sagt sie und hebt mahnend den Zeigefinger. »Damit ist nicht zu spaßen.«

Wer will denn spaßen? Ich will endlich zum Meer, verdammt noch mal!

Werner ist mir keine Hilfe, seelenruhig schlüpft er in seine Sneakers. Ich dränge mich vor zum Cockpit. Das wollen wir doch mal erst sehen, ob hier wirklich das Ende der Fahnenstange ist. Hinter mir Geschubse, alles drängt zum Ausgang.

Herr Jöbstl schreibt Zahlen in ein Heft, offenbar ein Fahrtenbuch.

»Entschuldigen Sie, aber warum fahren wir nicht weiter? Gibt's ein Problem?« Ich deute mit der Hand hinaus auf die Straße, wo die anderen Autos, Lkw und Busse gemächlich vorüberziehen. Neidisch könnte man werden. »Ich sehe nämlich keins.«

Herr Jöbstl schaut auf, fixiert mich mit einem trüben Blick. »Aber ich«, sagt er nach einer Pause und das nicht gerade freundlich. Wenn nicht sogar dezidiert unfreundlich.

»Und das wäre?«

Er deutet mit dem Bleistift auf seine Brille, ein Relikt aus den Siebzigern. »Grauer Star.«

»Wie bitte?« Ich muss mich verhört haben.

»Katarakt.«

»Nur ... äh, damit ich das richtig verstehe: Mit dem grauem Star – also, da fahren Sie mit dem Bus?«

»Wird bald operiert, keine Sorge.«

Mein Gott, ich sorge mich doch nicht um ihn, ich sorge mich um mich!

»Sie haben aber schon einen Sehtest gemacht, nehme ich an.«

Er zuckt mit den Schultern, so als sei diese Bemerkung an Lächerlichkeit nicht zu überbieten. Dann zieht einen Zettel aus seinem Fahrtenbuch, mit dem er vor meinem Gesicht herumwedelt. »Arbeitsmedizinisches Attest. Sehen Sie hier? Alle zwei Stunden muss ich eine Pause machen.«

Ich werfe einen Blick darauf. Das Papier ist leicht ausgebleicht. Unleserliche Hieroglyphen, ich kann soeben das Datum entziffern: Juli 1986. Mich packt das kalte Grausen.

»Bei Dämmerung sehe ich nicht mehr so gut«, fügt er hinzu. »Besser gesagt: schlecht.« Als ob das irgendwas besser machen würde.

»Gu ... gute Besserung«, stottere ich in meiner Schockstarre.

Eine Hand, die sich an meine Taille schmiegt. Ich zucke zurück. »Können wir?« Werners Stimme an meinem Ohr.

Ich atme aus. Für einen Moment dachte ich, der Alte hätte seinen Krakenarm um meine Mitte gelegt.

»Was ist los, warum bist du so blass, ist dir nicht gut?«

»Los, raus da, schnell.«

Ich stolpere die Stufen hinunter auf den Parkplatz. Werner reicht mir Jacke und Handtasche, zufrieden bin ich trotzdem nicht.

»Dein Herr Jöbstl ist quasi blind!«, zische ich.

»Das ist nicht *meiner*«, mault Werner.

»Du nimmst das einfach so hin, dass unserer Busfahrer den Grauen Star hat?«

Ich fasse es nicht.

»Grauen Star? Nicht ideal, aber offenbar sieht er ja noch genug«, sagt Werner.

Ein Pragmatiker, wie er im Buche steht. Jetzt kommt bestimmt gleich ein historischer Abriss über die Behandlung von Grauem Star.

»Schon die alten Römer haben den Grauen Star mit Nadeln behandelt.«

Bingo.

»Na toll.«

Werner hat gar keine Vorstellung davon, wie egal mir die alten Römer sind. Ich will zu den jungen Römern, verflixt und zugenäht.

»Keine große Affäre«, sagt Werner. »Mit einer Starstichnadel stachen sie direkt ins Auge und drückten die getrübte Linse auf den Boden des Augapfels.«

»Verbindlichen Dank für die Details.«

»Immer gern.«

»Und was hilft uns das jetzt? Soll ich eine Stricknadel organisieren? Wirst *du* die Operation vornehmen? Warum lachst du? Das ist nicht witzig. Bist du so sicher, dass es Jöbstl bis nach Italien schafft?«

Meine Stimme kippt ins Weinerliche, aber das kann mir keiner zum Vorwurf machen. Meine Vorfreude ist zusammengesackt wie ein Kuchen, der zu spät aus dem Ofen geholt wurde. Angekohlt und verschrumpelt. Da hilft auf kein Küchenglück mehr. *Nel cuore no ha mai piu die vent' anni*. Im Moment, lieber Rocco Minelli, ist das leider nicht der Fall. Innen drin bin ich siebzig und nervlich auf hundertachtzig.

Werner dreht sich zu mir, legt seine Hände auf meine Hüften. »Jetzt hör einmal zu, Romy. Ich kann nachvollziehen, dass du dir den heutigen Tag anders vorgestellt hast.« Er drückt mir einen Kuss auf die Stirn. »Aber der Tag ist bald vorbei und morgen wird alles wunderbar. Versprochen.«

Werner riecht, wie er immer riecht: nach einer Mischung aus gelöschtem Lagerfeuer und Colgate 100. Rauchig und minzig zugleich. Nach Heimat riecht er, allzu vertraut. Zwanzig Jahre verheiratet. Das ist ein ganz schönes Stück Weg, das wir gemeinsam gegangen sind.

Sie werden Ihren Mann nicht grundlegend ändern.

Nein, das werden Sie nicht. Und das werde auch ich nicht. Trotzdem würde ich aus heutiger Sicht der Antwort noch ein paar Worte hinzufügen: *Seien Sie so glücklich wie nur möglich. Jeder Augenblick Glück ist nichts, was einem zustößt. Sondern eine bewusste Entscheidung.*

»Gehen wir?«, fragt Werner.
Ich seufze. »Gehen wir«, sage ich.
Er greift nach meiner Hand, drückt sie.
Ich drücke zurück.

15 STUNDEN DAVOR

In unserem Zimmer riecht es, als sei seit der letzten Saison nicht mehr gelüftet worden: ein verstörender Aromamix aus Leberaufstrich und Desinfektionsmittel. Wir stehen am Fenster und atmen sehnsüchtig in den Abendhimmel hinaus, am Horizont die Lichterkette der vorbeifahrenden Autos. Dumpfe Wehmut. Die fahren alle gen Süden, während wir im Motel ZUR GUTEN NACHT unseren Abend verplempern.

Ich seufze gut hörbar. Werner soll ruhig registrieren, dass wir uns langsam aber sicher meiner Frustrationsgrenze nähern.

»Es tut mir leid«, murmelt er kaum hörbar. »Die Pension Erika hat im Prospekt ganz proper ausgesehen. Dass es Umbuchungen geben könnte, darüber stand nichts drin. Ehrlich.«

Was soll man darauf antworten? Es hat ihn ja keiner dazu gezwungen, genau diese Busreise zu buchen, er hat sich aus freiem Willen und im Vollbesitz seiner geistigen Kräfte dafür entschieden.

Ich strafe ihn mit Schweigen.

»Romana«, sagt er. Und nach einer Pause noch einmal: »Romana.«

Danke, aber ich weiß, wie ich heiße.

»Wenn du diesen Jöbstl kennst«, sage ich, »dann

musste dir doch klar sein, dass der jede halbe Stunde seine Augen ausruhen muss.«

»Von einer halben Stunde kann keine Rede sein.«

Gleich platzt mir der Kragen. »Das war zugespitzt, Werner. Absichtlich. Du weißt, dass ich im Kern recht habe. Es geht darum, dass du mich auflaufen lässt. Ich bin davon ausgegangen, dass wir auf dem schnellsten Weg nach Italien fahren. Ganz ehrlich: Ich dachte, wir würden fliegen. Aber gut, das mache ich dir nicht zum Vorwurf. Ich hätte nur gern vorher gewusst, dass die Reise ein Hindernisparcours werden würde.«

Werner glotzt auf seine Handflächen, als sähe er sie zum ersten Mal. »Hast du Handcreme dabei? Ich weiß nicht... Die sind in letzter Zeit so rau. Da ist so ein – Sandsteingefühl.«

»Lenk nicht ab, Werner.«

»Und du unterstell mir bitte nichts. Den Busfahrer kenne ich nur flüchtig, ob du mir glaubst oder nicht. Und was das für eine ... na ja, was es mit der Anreise auf sich hat, habe ich auch erst im Bus mitbekommen. Ich bin genauso überrascht wie du.«

Ich seufze. Urlaube zu organisieren, das ist einfach nicht seins. Ich erinnere mich an unser allererstes gemeinsames Wochenende: Werner buchte eine Pension in Kroatien – damals noch ganz traditionell im Reisebüro – und ich packe zwei Abendkleider ein, ein kurzes und ein langes Schwarzes, weil ich mit mindestens einem Galadinner oder zumindest einer romantischen Candlelight-Szenerie rechnete. Wir landeten in Ljubas windschiefem Bungalow, in dem sie mit vier Yorkshire-Terriern lebte, die einen unwahrscheinlichen Radau veranstalteten, wann immer wir das Haus betraten. Ljuba vermietete die ehemaligen Zimmer ihrer Kinder an Touristen, um sich was dazuzuverdienen. Unter einem Prince-Poster klammerten wir uns in einem Einzelbett aneinander wie zwei Königskinder, die durch eine Flut auseinandergerissen zu werden drohten. Ich zog meine Abendkleider nicht nur nicht an, sondern versteckte sie verschämt unter einem Badetuch, um Werner nicht in Verlegenheit zu bringen. Er war damals Student und ich ahnte, dass dieser Urlaub sein ganzes Erspartes aufbrauchen würde. Da wollte ich ihm die Konfrontation mit meiner enttäuschten Erwartung ersparen.

Romantisch war es dennoch – selbst ohne Candlelight und kleines Schwarzes. Zum Frühstück verspeisten wir auf Ljubas Terrasse Brötchen mit selbstgemachter Stachelbeer- und Kiwi-Konfitüre, die sabbernden Terrier zu unseren Füßen. Abends saßen wir hoch oben auf Steinbrocken wie turtelnde Möwen und sahen der Sonne zu, die tapfer im Meer unterging. Da war ich gleich noch mehr verliebt, wusste ich doch schon damals, dass Werner dem Sonnenuntergang so gar nichts abgewinnen konnte. Er tat es für mich. Und das rechnete ich ihm hoch an.

»Hier.«

Ich werfe eine Tube Handcreme aufs Bett. Eine Art Friedensangebot. Soll er seine Sandstein-Hände damit pflegen, vielleicht fällt ihm dann wieder ein, welche Shoppingerlebnisse morgen auf uns warten.

Ich schließe das Fenster, ziehe einen Vorhang vor, der die Farbe einer überreifen Avocado hat, irgendwas zwischen Tannengrün und Erdlochbraun. Damit harmoniert er wenigstens mit dem Rest des Zimmers. Braun scheint überhaupt die Lieblingsfarbe des Innenausstatters gewesen zu sein. Ich verwende absichtlich die Vergangenheitsform, denn dieser Person muss schon Jahrzehnte in Rente sein, betrachtet man das Mobiliar. Auf dem Boden pflegeleichte Auslegware in Wabenoptik. Das Doppelbett besteht aus zwei aneinandergeschobenen Einzelbetten ohne gemeinsames Haupt. Will man vor dem Einschlafen noch lesen, muss man sich an die Wand lehnen, die auch schon bessere Zeiten gesehen hat. Sauber scheint es zumindest zu sein. Ich öffne den Schrank mit Holzfurnier und inspiziere die Fächer. Es riecht nach Stinkesocken. Ich öffne die zweite Schranktür: eine Stange mit Kleiderbügeln, wenig überraschend. Die Kleiderbügel gehören zu den erschreckendsten Details eines jeden Hotelzimmers. Immer, wenn der Zimmernachbar etwas aufhängt, donnert der Bügel gegen die Wand. Man kennt das. *Tschapamm. Tschapammm. Tschapamm!* Ein nervtötendes Geräusch, das nur noch durch das Zufallen automatisch schließender Zimmertüren getoppt wird. *Flokkk! Flockkkk! Tschapamm. Flokk. Flokkk. Tschapamm.*

In den vergangenen zwanzig Jahren haben wir in zahlreichen Hotelzimmern übernachtet, in besseren und in weniger guten. Wir quetschten uns in winzige Sitzbadewannen, breiteten uns in Kingsize-Betten aus, teilten uns mit den Kindern sogenannte *Familienzimmer*, drückten auf Klimaanlagen-Bedienungsfeldern herum, stritten uns um Fernbedienungen und Kissen, hielten den Zimmerservice auf Trab und versuchten verzweifelt, den Geheimnissen des widerspenstigen Hotel-WLANs auf die

Spur zu kommen. Wir genossen die Aussicht aufs Meer, auf ziegelrote Dächer, weißgetünchte Mauern, auf Schilfgürtel, Moorwiesen und Berggipfel.

Der Blick auf die Autobahn aber ist definitiv eine Premiere. Und auch Jagdmotive sind in anderen Hotels bereits ausgestorben. Nicht im Motel ZUR GUTEN NACHT. Hier hängt ein Gemälde mit einem Hirsch, der die untergehende Sonne anröhrt. Die Sonne glitzert in einem warmen Aperol-Ton. Mein Magen beginnt zu grummeln, im Duett mit dem brunftigen Paarhufer.

»Hunger?«, fragt Werner.

Ich nicke. Während sich bei so manchen Mitmenschen die Verzweiflung auf den Appetit schlägt, wird er bei mir in heiklen Situationen erst recht geweckt.

»Gibt's hier überhaupt ein Restaurant?«

Werner schüttelt in Zeitlupe den Kopf.

»Eine Snack-Bar«, sagt er, »drüben an der Tankstelle."

»Candlelight?«

Er sieht mich mit einem Ausdruck der Verzweiflung an und hebt die Augenbrauen.

»War ein Witz«, sage ich.

»In Italien gehen wir schön essen«, sagt er.

»Klar.«

Italien.

Sehnsucht.

Ganz ehrlich? Ich beneide die KÜCHENGLÜCK-Pfannen ein wenig, die im Bus auf ihre neuen Besitzer warten. Denn manchmal wünschte ich mir, mit Teflon beschichtet zu sein, damit die Enttäuschungen, die das Leben bereithält, einfach an mir abperlen. Manchmal sehne ich mich danach, spülmaschinenfest zu sein: einmal ordentlich duschen, und die ganzen klebrigen Sorgen sind für immer fortgespült. Manchmal wünschte ich mir, hoch erhitzbar zu sein und fester zu werden nach einem Streit anstatt unsicherer und wackeliger.

Ich werfe einen Blick auf mein Handy. Sekündlich trudeln Nachrichten meiner Freudinnen ein.

Ihr müsst abhauen, so lange es noch geht, hörst du? Time to say Goodbye. Wenn es das ist, was ich befürchte: Schnell weg, sonst seid ihr verraten und verkauft! (Britt)

Falls du eine KÜCHENGLÜCK-Pfanne gekauft hast: Nicht in die Spülmaschine damit, auch wenn's draufsteht. Immer schön mit der Hand. (Monika)

Romy, ruhig Blut. Denk dran, worum es eigentlich geht bei dieser Reise. Dass dir klar wird, ob du den Rest deines Lebens mit Werner verbringen willst. Oder eben nicht. Vergiss das nicht, Süße. Ich denk an dich. (Kata)

Kata hat einen Artikel angehängt: *Fünf Anzeichen, dass Ihr Mann Sie betrügt.*

Mein Herz beginnt zu rasen. Diesen Artikel muss ich lesen. Unverzüglich, das kann nicht warten.

Werner steht bereits in voller Montur an der Tür und winkt mit einem bunten Zettel. »Ein Gutschein«, sagt er freudig, »den hat mir die Dame von der Rezeption gegeben. Wir sparen zwei Euro bei jeder Wurst in Sondergröße.«

Na wunderbar. Allein die Kombination »Wurst« und »Sondergröße« erzeugt Bilder, die ich nicht in meinem Kopf haben möchte.

»Eine Sekunde, muss noch wohin«, sage ich und husche mit dem Handy ins Bad, auf das die Bezeichnung *Nasszelle* perfekt zutrifft. Hier wurde seit vielen Jahrzehnten nicht mehr renoviert, die giftgrünen Retro-Fliesen wachsen bis in an die Decke.

Ich setze mich auf den Klodeckel und klicke und scrolle.

Hier, da steht die Wahrheit, schwarz auf weiß:

Ihr Mann benimmt sich eigenartig und Sie vermuten, dass er sich mit einer anderen Frau trifft? Der vermutlich wichtigste Rat: Bewahren Sie Ruhe. Oft steckt eine ganz einfache Erklärung hinter seinem Verhalten. Wenn sich jedoch die Indizien häufen, zögern Sie nicht, ihn auf sein verändertes Verhalten anzusprechen.

1. Sein Arbeitseifer hat sich verdoppelt.

Ihr Mann muss plötzlich eine Überstunde nach der nächsten absolvieren? Er fährt deutlich häufiger zu Tagungen und Kongressen?

Ja und noch mal ja. Ich beginne leicht zu schwitzen.

2. Sein Auto hat sich verändert.

Der Beifahrersitz ist verstellt? Das Auto ist plötzlich aufgeräumt und sieht gar nicht mehr nach Familienkutsche aus?

Hm. Keine Ahnung. Die Kinder sind groß, auf den Beifahrersitz habe ich nicht wirklich geachtet. Ich mache mir eine innere Notiz. Muss ich checken, sobald wir wieder zu Hause sind.

3. Sein Telefonverhalten hat sich verändert.

Er nimmt sein Handy plötzlich überall hin mit und achtet darauf, dass Sie keinen Blick mehr darauf werfen können? Er löscht ganze Chatverläufe?

Nun. Das klingt eher nach mir. Außerdem ist das Handy des jeweils anderen in unserer Partnerschaft tabu. Alles andere ist in meinen Augen indiskutabel.

Werner klopft vorsichtig an die Badezimmertür. »Bist du okay? Ich dachte, du wolltest was essen?«

Aber ja, will ich doch. Ich springe auf, betätige die Spülung. »Bin gleich soweit!«, rufe ich und schließe den Artikel. Muss unbedingt später weiterlesen.

Ich halte meine Hände unter den mageren Wasserstrahl und wage einen Blick in den Spiegel. Diagnose: insgesamt zerrupft, die Äderchen-Landkarte auf den Wangen deutlich ausgeprägter als heute früh. Das verbuche ich unter Hautirritation durch Stress und hoffe inniglich, dass ich nicht auf den letzten Metern vor dem Fünfziger vor lauter Frust um zehn Jahre altere.

Hat sich Werners Verhalten in letzter Zeit verändert? Ja, da waren ein paar zusätzliche Kongresse, an denen er aber unbedingt teilnehmen musste, wie er mir ernsthaft versicherte. Er hat nämlich vor, Siegfried Berghammer zu beerben, den aktuellen Direktor der ARCHÄOOASE, der in drei Jahren in Rente gehen wird, und da macht es einen schlanken Fuß, wenn man so viele wissenschaftliche Tagungen wie nur möglich besucht. Da gab's nicht nur die Konservierungsmaßnahmen an Salzmumien, sondern auch den mehrteiligen Kurs zum geprüften Grabungstechniker, einen Kongress über Textilien im Bronzezeitalter und eine Diskussionsrunde über den heimtückischen Mord an Ötzi. Ich verbiss mir die Frage, was denn ein Archäologie-Freizeitpark mit Wissenschaft zu tun hat – doch gerade jetzt kommt mir dieses Gespräch wieder in den Sinn. Und wenn er an all diesen Veranstaltungen nur teilgenommen hat, um mit dieser Hutschnur Zeit zu verbringen?

Dass der Artikel von Kata kommt, wundert mich im Übrigen nicht. Sie hat eine Zeit lang ihren Mann Florian verdächtigt, sie mit seiner Bankberaterin zu hintergehen, einer smarten Vierzigjährigen im Bleistiftrock und mit glänzend-schwarzer Mähne wie aus einer Shampoo-Werbung. Kata hatte sich gebärdet wie eine Privatdetektivin. Ich konnte sie nur mit Mühe davon abhalten, ihr Handy in Florians Auto zu schmuggeln, um seine Fahrten per GPS zu tracken. Damals dachte ich: Eifersucht ist ein Virus, das sich in Herz und Hirn einnistet, um die Gedanken zu verseuchen. Heute verstehe ich besser, was Kata geritten hat.

Ich mustere mich ein letztes Mal im Spiegel und flüstere meinem Spiegelbild zu: »Hallo. Ich bin Romana. Und ich finde, dass sich mein Mann eigenartig benimmt.« So als stellte ich mich in der Selbsthilfegruppe der *Anonymen Eifersüchtigen* erstmals vor.

Könnte Kata mich jetzt sehen, würde sie mich bestimmt auf den Boden der Tatsachen zurückholen. *Schau dir dieses Mädchen an*, würde sie sagen, *und sieh dir dann deinen Mann an. Ich kann mir schon vorstellen, dass er ein gewisses Interesse entwickelt – aber sie? Nichts gegen Werner, aber was sieht eine Achtundzwanzigjährige in deinem Mann? Glaubst du wirklich, dass sie auf ihn steht, wenn sie keinen Vaterkomplex hat?*

Und wenn die Hutschnur genau das hat? Soll ja vorkommen.

Dann sage ich nur: Willkommen im Rest deines Lebens. Das würde Kata sagen und Champagner nachschenken.

Vom Tankstellenshop führt ein Durchgang in die Snackbar. Helle Fliesen auf dem Boden, rechteckige Tische aus grünem Resopal, eine Bar, an denen ein paar gebeugte Gestalten in Windjacken vor einem Bier hocken. Dazwischen Schlingpflanzen, die wenig Ansprache benötigen.

Werner dirigiert mich zu einem Platz im Eck mit perfektem Ausblick auf den Parkplatz.

Wir studieren die Karte. Sie ist laminiert und bereits durch viele Hände gegangen. An den Ecken franst sie aus. Es gibt verschiedene Arten von Würsten. Brat-, Rostbrat-, Bock-, Weiß-, Curry- und Blutwürste. In Kinder-, Damen- (»für Damen und Senioren«) und Spezialgröße (»für Herren und sehr hungrige Damen«). Wahlweise mit Sauerkraut, Röstkartoffeln oder Gemüsesticks (vegan) – das gesunde Feigenblatt.

Ich entscheide mich für Nürnberger Rostbratwürstchen mit Sauerkraut.

»Bist du sicher? Die sind nicht größer als dein kleiner Finger«, sagt Werner.

Ich bin mir sicher. Denn ich bin nicht so der Wurstfan. Ich bin auch kein Fan von Tankstellenrestaurants, was damit zusammenhängt, dass ich generell kein Fan der Autobahngastronomie bin. Ich gebe zu: Ich esse gern. Ich esse gern gut. Am liebsten Mahlzeiten, die ich nicht selbst zubereitet habe, denn der Aufwand, der mit dem Selbstkochen verbunden ist, überwiegt in den allermeisten Fällen den Genuss. Wenn Werner höflich sein will, meine Kreationen aber nicht ehrlich loben kann, dann sagt er: »Das schmeckt interessant«, was so viel bedeutet wie: *Ich würge das jetzt runter, aber auch nur, weil wir verheiratet sind.*

In diesem Tankstellenrestaurant ist Werner jedenfalls in seinem Element. Er hat sich für eine Bratwurst in Spezialgröße entschieden und hält bereits den Zwei-Euro-Gutschein bereit.

Nie würde er so eine Gelegenheit ungenutzt verstreichen lassen. Er ist der fleischgewordene Rabattcode. Das hat meine Mutter sofort bemerkt, als ich ihn das erste Mal mit nach Hause brachte. Nach dem Essen nahm sie mich beiseite und sagte: »Mit Geld geht dein Werner vorsichtig um. Wie dein Vater!«

Und manchmal frage ich mich, ob ich ihn deshalb von Anfang an so attraktiv fand: Weil er mir dieses Daheim-Gefühl vermittelte. Immer schön alles geordnet, im Regal und im Kopf. Keine versteckten Leichen. Und auf den Minus-zehn-Prozent-Geburtstagsgutschein warten, bevor man sich einen neuen Pulli kauft.

Ich bin da ganz anders gestrickt: Habe ich Geld zur Verfügung, muss es raus. Dann teile ich auch gern und lade Familie und Freunde ein. Das Leben ist kurz, und am Ende zählen die Momente der Freude und nicht jene, die wir wie Dagobert Duck beim Scheine-Zählen im Geldbunker verbracht haben.

Ich muss jedoch zugeben, dass Werners vorsichtiger Umgang mit Geld schon ein wenig abgefärbt hat. Im Lauf der Jahre habe ich es mir zur Gewohnheit gemacht, die Sonderangebote der Supermärkte zu studieren und bei besonders attraktiv scheinenden Schnäppchen auch schon einmal auf Verdacht zuzuschlagen. An Seersucker-Bettwäsche, Tischtüchern mit fröhlichem Blumenmuster und Reserve-Aufsteckbürsten für die elektrischen Zahnbürsten wird es uns für den Rest des

Lebens nicht mangeln. Eine Entwicklung, die Werner mit anerkennendem Wohlwollen quittierte, was bei mir wiederum einen gewissen Widerwillen auslöste. Denn im Grunde meines Herzens bin ich doch immer noch die Frau, die ihr Geld am liebsten mit beiden Händen aus dem Fenster rauswirft.

Unsere Würste werden serviert. Ich trinke Cola light, um das Fett in den Rostbratwürsten durch Zuckerverzicht vorauseilend zu neutralisieren, Werner ein Weißbier. Für die Dauer des Essens habe ich beschlossen, mir sämtliche Gedanken an Frau Hutschnur zu verbieten. Wer isst und dabei wütend ist, verdaut nicht gut. Alte Indianerweisheit.

Ich sehe mich um und entdecke am Resopaltisch zu unserer Rechten die beiden Damen, die im Bus so eifrig Karten gespielt haben. Die ältere legt den Kopf schief, dann hebt sie die Hand und grüßt huldvoll wie die Queen. Auch ihre Frisur könnte vom Hoffriseur der Königin stammen, so perfekt onduliert sind ihre weißen Haare.

Das Ehepaar, das sich während der Fahrt ständig gegenseitig gefüttert hat, sitzt am Katzentisch neben der automatischen Tür und steckt sich gegenseitig Wurststückchen in den Mund. Die sind entweder frisch verliebt oder sie haben einen Vogel-Tick. Fast bin ich ein wenig neidisch. Hat Werner mich je gefüttert? Ein einziges Mal – und da auch nur aus praktischen Erwägungen: In unserem ersten Urlaub verstauchte ich mir nämlich den Arm, als ich auf dem Steinstrand ausrutschte. Am selben Abend schnitt Werner mir die Cevapcici vor und half mir dabei, die Gabel in den Mund zu bugsieren. Das war süß von ihm – doch der romantische Aspekt hielt sich in Grenzen.

Die Rostbratwürste sind knackig und aromatisch, in jedem Fall besser als gedacht. Handfest und bodenständig. In der heutigen Zeit direkt eine Rarität. Früher hat man alles gegessen, und zwar mit Knödeln. Heute suchst du dich im Supermarkt dumm und dämlich, wenn du eine Crème fraîche suchst, die nicht fettreduziert ist. Und alles ist gerührt oder cremig und weicher als weich, so als hätten wir keinen einzigen Zahn mehr im Mund.

Aus dem Lautsprechern dudeln die Hits der Achtziger. Kim Wilde, Prince, UB40. Schleichend setzt zu meiner eigenen Verwunderung Entspannung ein. Madonna trällert »La Isla Bonita« und katapultiert mich schon nach wenigen Sekunden in meine Teenagerzeit zurück. Ich wippe mit dem Fuß im Takt.

Werner schaut auf. »Alles in Ordnung?«

»Aber ja!«

»Warum isst du nicht, schmeckt es dir nicht?«

»Ich esse doch!«

»Du bist angefressen wegen der Töpfe, stimmt's?«

Die Töpfe sind mir egal, würde ich gern sagen. Ein wenig Küchenglück hat noch nie geschadet. Allerdings befürchte ich, dass sich unsere Beziehung grundsätzlich in einen emotionalen Krisenherd verwandelt. Man kennt das doch: Es beginnt mit kleinen Unstimmigkeiten wie falsch zugeknöpfter Bettwäsche, und im Handumdrehen steht man um den Thermomix streitend vor dem Scheidungsrichter. Beziehungsprobleme neigen ja dazu, rasch und unvorhergesehen zu eskalieren. Aber ruhig Blut,

Romy. Bloß keinen Teufel an die Wand malen. Ich tauche mein letztes Rostbratwürstchen in den süßen Ketchup-See und will den Bissen zum Mund führen, als mir von hinten jemand auf die Schulter tippt. Bitte, lass es bloß nicht der Busfahrer sein!

Ich drehe mich um. Nasenpiercing, Pumuckl-Haare, die kenne ich doch! Ich grinse. Sie grinst.

»Bei euch noch was frei? Ist furchtbar voll hier.«

»Na klar!«

Ich rücke zur Seite. Werner guckt grummelig. Ihm ist sichtlich nicht nach Konversation mit einer Fremden.

Frau Pumuckl schält sich aus ihrer Jacke und lässt sich auf die Bank plumpsen. So aus der Nähe sieht sie jünger aus, muss um die fünfunddreißig sein. Klitzekleine mütterliche Gefühle erwachen.

»Romy«, sage ich und strecke ihr die Hand hin. »Also eigentlich Romana.«

»Lilo«, sagt sie. »Eigentlich – auch Lilo.« Sie lächelt und entblößt dabei einen schiefen Vorderzahn, der sich vorwitzig über seinen Nachbarn schiebt. Sie hat eine Stupsnase und einen herzförmigen Mund, ihre Lippen sind lila wie die Glitzerpailletten auf ihrem grauen Jogginganzug, die zwei Worte erkennen lassen:

ELECTRIC WOMAN

Oh ja, das glaube ich ihr aufs Wort. Madame 100.000 Volt. Das T hat allerdings schon gelitten und einige Glitzerpartikel verloren.

»Lilo«, wiederholt Werner und nickt ernst, was so viel bedeutet wie: *Ich hab's geahnt. Mit dieser Frisur kann man ja nur einen bescheuerten Vornamen haben.* »Interessant«, sagt er.

»Meine Eltern sind Fans von Liselotte Pulver. Leider habe ich sie enttäuscht, denn aus mir ist kein Fräuleinwunder geworden.«

»Da wäre ich mir nicht so sicher«, sage ich.

Eltern, die ihren Kindern Namen von Prominenten geben, sind mir immer schon hochgradig suspekt gewesen. Wes Geistes Kind muss man sein, um ein frischgeschlüpftes unschuldiges Wesen nach einer Schauspielerin zu benennen, die in einem gepunkteten Kleid zu Chatschaturjans Säbeltanz auf einem Tisch tanzt?

»Ich bin übrigens der Werner«, sagt Werner und hält ihr die Hand hin. »Einfach Werner. Ohne berühmten Namenspatron.«

»Ach was«, sage ich. »Er ist nach Werner von Siemens benannt, dem Erfinder des Dynamos.«

»Deshalb bin ich auch so dynamisch«, sagt Werner. Die Wurst tut ihm sichtlich gut. Wir lachen alle drei.

»Romana und Werner«, sagt Lilo. »Ich muss schon sagen: Wenn man euch so anschaut – ein tolles Paar.«

Ich sehe an mir herunter. Meint sie, dass wir farblich gut zusammenpassen? Meine maritime Bluse und Werner Reisepulli? Sie hat uns ja noch keine zwanzig Sekunden miteinander erlebt. Höre ich im Übrigen nicht zum ersten Mal: Dass wir angeblich so gut »harmonieren«. Ist das eine Angleichung, die schleichend vonstattengeht, so wie sich Hundehalter und Hund nach einigen Jahren ähnlichsehen?

Jedenfalls liegen mir die Rostbratwürste im Magen wie Betonfinger. Lilo bestellt Bier, ich schwenke um auf Mineralwasser.

Um die Konversation an unserem Tisch anzuheizen,

gebe ich mein Erlebnis mit dem augenversehrten Jöbstl zum Besten.

Lilo lacht laut heraus. »Das hat er erzählt? Ehrlich? Der Jöbstl hat es wirklich faustdick hinter den Ohren – also hört mal zu.«

Und dann weiß sie zu berichten, dass er bei jeder Beschwerde eine andere Krankheit aus dem Hut zaubert, die ihn zum Pausieren zwingt. Einmal ist es ein Gleitwirbel, ein andermal ein Hörsturz, dann wieder ein eingeklemmter Nerv. Eine Bekannte hätte spioniert und sein angebliches Attest gelesen, mit dem er immer herumwedelt. »Wisst ihr, was das ist? Ein Einkaufszettel seiner Frau. Zwei Kilo Mehl, Zitronen, Apfelessig und so weiter. Der hält uns doch alle zum Narren! Außerdem ist er nicht so alt. Er sieht nur so aus.«

Na, das ist vielleicht ein Früchtchen. Ich werfe Werner einen Blick zu. Dein Herr Jöbstl.«

»Er ist nicht mein –«

»Können wir uns darauf einigen, dass er meiner ist?«, fragt Lilo.

Wir lachen.

Lilo erzählt, dass sie gewissermaßen ein Fan von Butterfahrten ist. Sie ist schon nach Grado, Hamburg und Neapel gereist. Sie war in Amsterdam und Paris. Ja, ist denn das die Möglichkeit? So hätte ich sie nicht eingeschätzt. Das ist doch keine Reise für eine Mittdreißigerin! Die gehört nach Mallorca mit abendlichem Rambazamba oder von mir aus nach Teneriffa! Aber was weiß ich schon. Ich habe kaum Kontakt zu Frauen, die fünfzehn Jahre jünger sind, und keinerlei Vorstellung davon, wie die ticken. Vor fünfzehn Jahre standen in unserem

Freundeskreis Cluburlaube hoch im Kurs. Club Méditerranée. Wohnen in einfachen Strohhütten und mit Muschelgeld bezahlen. Gibt's das überhaupt noch?

Immer wieder öffnet sich die Tür, und herein kommen weitere Passagiere aus unserem Bus. Eine dralle Mittfünfzigerin im Hemdblusenkleid mit karmesinroter Mähne und auffälligem Ohrschmuck nähert sich unserem Tisch.

»Das ist ja die Gundi!«, ruft Lilo aus und springt auf. »Wie kann es sein, dass ich dich nicht früher gesehen habe? Gundilein, komm an mein Herz.«

Die beiden drücken einander unter laut bekundeten Freudelauten und wechselseitigen Komplimenten.

»Gut schaust du aus!«

»Und du erst!«

»Ist das der Eiffelturm da an deinem Ohr? Schick!«

»Hast du eine neue Haarfarbe?«

»Die heißt *Einhorn*. Ist mir ein bisschen zu schweinchenrosa geraten.«

»Du verrückte Nudel, schön, dass du dabei bist! Oder wird diesmal wieder die elegante A-Linie gefahren?«

Die beiden kichern.

»Kommt drauf an, was Jöbstl uns kredenzt. Bei den magischen Steckern bin ich sicher nicht mehr dabei, die habe ich zehn Mal erlebt.«

Ich verstehe nur Bahnhof und will Gundi schon zu uns an den Tisch einladen, um sie eingehender zu befragen, da zeigt sie auf eine Gruppe Frauen, die den Stammtisch in Beschlag genommen haben. »Die vermissen mich schon. Ich muss weiter, meine Lieben, wir sehen uns.« Sie verteilt Kusshändchen. Lilo streckt sie den mahnenden Zeigefinger hin. »Und du bleibst bloß diesmal bei uns, hörst du? Du schlimmes Ding.«

Lilo setzt sich wieder zu uns.

»A-Linie? Habt ihr von Kleidern gesprochen?«

»Nicht ganz«, sagt Lilo. »A heißt Abkürzung. Manchmal habe ich keine Lust, an den Präsentationen teilzunehmen. Und dann – na ja, dann nehme ich Abkürzung.« Sie grinst.

»Klingt spannend«, sage ich und schicke Werner einen vielsagenden Blick, der bedeuten kann: Pass nur auf – wenn da noch ein paar weitere Präsentationen auf dem Programm stehen, überlege ich mir, Lilos Strategie anzuwenden.

»Hast du deinen Freund zu Hause gelassen?«, fragt Werner mit einem Mal. Nanu, höre ich da die Sorge heraus, dass ich mich mit Lilo anfreunden und sie mich ihm entziehen könnte? Als ich zur Dinner-Gruppe stieß, war er anfangs auch skeptisch – so als befürchtete er, dass ich mich künftig in der Küche nur noch für meine Freundinnen anstrengen würde. Was nicht der Fall ist: Ich strenge mich für sie ebenso wenig an wie für alle anderen – bloß war ihm das damals noch nicht bewusst.

Lilo schüttelt den Kopf. »Kein Freund, kein Mann«, sagt sie. »Ich bin frei wie ein Vogel, gibt nichts Besseres. Hört euch doch nur diese Worte an: *ver*lieren, *ver*trocknen, *ver*säumen, *ver*heiraten. Da sagt doch schon das Wort allein, dass etwas nicht stimmt. Mich schreckt das ab, ganz ehrlich. Meine drei Geschwister haben die Staatsbürgerpflicht für mich miterfüllt. Jeweils drei Kinder. Glaubt mir: Mehr Enkel können meine Eltern gar nicht verkraften. Außerdem war ich immer schon das schwarze Schaf in der Familie.«

»Wenn schon, dann wohl das bunte«, sage ich.

»Vor allem das hungrige«, lacht Lilo und wirft einen Blick in die Karte. »Für Veganer haben die hier wohl nur Servietten.«

»Du bist Veganerin?«

»Noch nicht. Das scheint mir hier auch nicht der ideale Ort zu sein, um eine zu werden. Aber wer weiß, was das Leben noch so bringt.«

Ich werfe Werner einen warnenden Blick zu. Er möge bitte schön seine Veganerverachtung für sich behalten. Den dazugehörigen Monolog kann ich auswendig aufsagen. *Der Mensch ist Allesfresser von Natur aus! So sind wir gebaut. Der Affe auf dem Baum hat sich noch von Pflanzen ernährt. Erst als der Homo habilis angefangen hat, Fleisch zu essen, konnte das Gehirn um dreißig Prozent wachsen und er ist zum Homo sapiens geworden. Das tierische Protein hat ihn größer und klüger werden lassen. Hätte wir damals nicht angefangen, Fleisch zu essen, könnten wir heute nicht einmal den Unterschied zwischen vegan und fleischfressend kapieren. So einfach ist das.*

»Der Mensch ist ein Alles– «, beginnt Werner, und ich unterbreche ihn harsch. »Schau, Lilo, bei der Dame hier kannst du bestellen.«

Sie ordert eine Blutwurst mit Spezialsauce, Sauerkraut und Röstkartoffeln. Das ganze Programm. »Die Töpfe haben mich wahnsinnig hungrig gemacht«, sagt sie, »aber ich muss zugeben: Dein Auftritt heute war der absolute Knaller.«

Ich wachse gleich um einige Zentimeter. »Hast du das

gehört, Werner? Mein Mann fand das nämlich wenig berauschend.«

»Fürs Burgtheater reicht's nicht«, sagt Werner. »Maximal für Pinocchio. Romy hat geschummelt.«

»Um ehrlich zu sein: Ich bin nicht wirklich eine begnadete Köchin«, sage ich und seufze.

»Und wenn schon«, sagt Lilo. »Die anderen haben dich bewundert, weil du so mutig warst und dem eingebildeten Lackaffen Paroli geboten hast.«

Ich freue mich und grinse. Ein Akt der Verschwesterung, der Werner nicht entgeht.

»Und dabei macht Romy sogar beim perfekten Dinner mit«, sagt er. »Niemand kann Küchenglück besser gebrauchen als sie.«

»Beim unperfekten«, korrigiere ich ihn und berichte Lilo von unserer privaten Kochrunde.

Lilo wendet sich an Werner. »Und du?«, fragt sie. »Kannst du kochen?«

»Wasser«, sagt er und grinst.

»Er ist Archäologe«, sage ich, als ob das alles erklären würde.

»Gibt ja tolle ZACKIG-Reisen zu diversen Ausgrabungen«, sagt Lilo.

Oh nein, gar kein gutes Thema.

»Das hier«, sage ich, »ist meine Reise, die ist Ausgrabungs-frei. Werner hat sie mir zum Geburtstag geschenkt. Wir sind unterwegs zu Rocco Minelli.«

»Zu wem?« Lilo sieht mich mit großen Augen an.

»Rocco! Rocco Min-«

Ich halte inne. Ist es möglich, dass sie ihn nicht kennt? Kann ja wohl nicht sein. Ich summe *Ti amo per sempre*.

Sie schüttelt den Kopf. »Nie gehört«, sagt sie. »Ich stehe auf Capital Bra und Kool Savas.«

»Wie bitte?«

»Deutschrap.«

Alles klar. Da sind offenbar mehr als nur fünfzehn Jahre zwischen uns.

»Weißt du was«, sage ich. »Ich werde dir ein bisschen Rocco Minelli vorspielen. Damit du auf den Geschmack kommst.«

»Und ich dir Capital Bra. Darauf trinken wir.« Sie hebt das Glas. »Cheers, Sister! Wie alt wirst du überhaupt?«

Soll ich die blödeste Gegenfrage stellen, die es überhaupt gibt, nämlich: *rate?* Will ich überhaupt, dass sie mein Alter errät? Und bin ich möglicherweise beleidigt, wenn sie es wirklich tut? Oder möchte ich nur hören, dass ich jünger aussehe?

Werner entscheidet für mich. »Fünfzig«, sagt er. »Ein halbes Jahrhundert.«

Das ist zwar korrekt – vor allem aus archäologischer Perspektive –, klingt aber dennoch nicht übermäßig charmant.

»Mach dir nix draus.« Lilo tätschelt mir den Oberschenkel. »Eine Zahl, sonst nix. Meine Mama hat immer gesagt, vor hundert Jahren haben Fünfzigjährige ausgesehen wie zweihundert. Und die Fünfzigjährigen von heute sehen aus wie die Fünfundzwanzigjährigen von vor hundert Jahren.«

Na, wenn das kein Trost ist.

Werner legt seine Hand auf mein Knie. »Romy sieht nicht nur aus wie eine Fünfundzwanzigjährige von vor hundert Jahren«, sagt er und zwinkert mir zu, »für mich *ist* sie es auch.«

»Ohohooo«, macht Lilo.

Ich schenke Werner ein Lächeln. Da ist wohl jemand um gute Stimmung bemüht.

»Dafür fühle ich mich schon seit fünfundzwanzig Minuten wie hundert«, sagt Lilo und gähnt.

Werner winkt die Kellnerin mit seinem Zwei-Euro-Bon zum Tisch und gibt ihr sogar fünfzig Cent Trinkgeld.

Als wir rübergehen ins Motel ZUR GUTEN NACHT, steht ein runder Mond am Himmel und leuchtet uns freundlicherweise den Weg.

In der Lobby drückt Lilo mir ein Küsschen auf die Wange.

»Bei dir gehen die Pailletten runter«, sage ich.

»Irrtum«, sagt sie. »Ich bin die Gretel und dank der Glitzerdinger finde ich den Weg zurück zu meinem Zimmer.«

»Kommst du?« Werner steht schon beim Lift, tritt von einem Bein aufs andere.

»War super, das wiederholen wir«, flüstert mir Lilo ins Ohr.

12 STUNDEN DAVOR

Eine gute Eigenschaft von Archäologen ist, dass sie genügsam sind. Weil sie wissen, welcher Anstrengung es in früheren Zeiten bedurfte, um den Alltag zu meistern. Wie machte man Feuer in vorgeschichtlicher Zeit? Man musste auf einen Blitzschlag warten und dann das Feuer hüten. Eine eher mühsame Angelegenheit.

Werner ist deshalb immer wieder dankbar für moderne Errungenschaften. Sobald er abends ein Hotelzimmer betritt, bemächtigt er sich der Fernbedienung und zappt auf dem Bett ausgestreckt munter durch das Programmangebot. Einerseits, weil der Fernseher die Feuerstelle des modernen Menschen ist, wie er immer betont – und andererseits, weil ich mich zu Hause erfolgreich gegen ein Fernsehgerät im Schlafzimmer gewehrt habe. Daher wird jede aushäusige Gelegenheit unverzüglich und ausgiebig genutzt.

Kaum habe ich meine Allwetterjacke an den Haken gehängt, ertönt die Kennmelodie der Abendnachrichten. Werner hat sich beide Kissen unten den Kopf gestopft und liegt mit übereinandergeschlagenen Beinen auf der Tagesdecke.

Ich hätte gern noch ein wenig mit ihm gequatscht und versuche es mit einem: »Lilo ist nett, oder?«

»Hmmm«, brummt er, was bedeuten kann: ja, nein,

vielleicht. Was meine Freundinnen betrifft, hat sich Werner immer schon in nobler Zurückhaltung geübt. Zuerst dachte ich, dass er sich nicht für sie interessieren würde. Mittlerweile denke ich, dass er befürchtet, ich könnte mich zu viel für sie interessieren und ihm schleichend abhandenkommen, Madame Hutschnur hin oder her. Er tendiert dazu, alles festzuhalten, was seiner Meinung nach zu ihm gehört. Sein Umgang mit Geld ist nur ein Beispiel für diese Neigung. Er würde auch niemals seinen Arbeitsplatz aus Jux und Tollerei verlassen, um woanders anzuheuern. Loyalität ist in seiner Werteskala ganz oben angesiedelt. Dementsprechend alarmiert hat er auch auf meine Überlegungen reagiert, ANNAROSA möglicherweise zu verlassen.

»Nur, weil sie dir eine andere Aufgabe geben? Ist das dein Ernst?«

»Aber wenn ich mich nicht mehr damit identifizieren kann?«

»Entschuldige, Romy, aber wer hat je behauptet, dass man sich zu hundert Prozent mit seiner Arbeit identifizieren muss? Hier heißt es Opfer in Kauf nehmen für Kontinuität und Sicherheit. Viel wichtiger ist, dass du einen festen Job hast.«

Das ist Werner Rukovsky.

Und ich, Romy Rukovsky? Bin eine unstete Seele. Wenn Werner nicht wäre, hätte ich vermutlich bereits zwanzig Mal meinen Arbeitsplatz gewechselt. Vielleicht auch den Wohnort. Werner hat mich geerdet.

»Ist das nur mein persönlicher Eindruck, oder hast du keine Lust, neue Leute auf dieser Reise kennenzulernen?«, versuche ich es noch einmal.

Keine Antwort.

Ich bin gerade im Bad, als ich ein erstauntes »Gibt's ja nicht!« aus dem Zimmer vernehme. Ist das die Antwort auf meine Frage?

Als ich rauskomme, deutet Werner auf den Fernseher. »Lady Alligator-Fuß ist wieder da!«

»Wer?«

Ich schaue auf den Fernseher und sehe: nix. Doch. Da ist ein Stein. Eine Stele. Grau in Grau. Ich trete näher. Eine Frau ist aus dem Stein rausgemeißelt. Gesicht im Profil. Turmhohe Frisur, Nasenpiercing, interessante Fingerhaltung. Mit ein bisschen Fantasie könnte das Lilo sein.

»Maya«, sagt Werner. »Präkolumbianisch. Ist nach der letzten Ausstellung in Paris einfach verschwunden.«

Ich setzte mich aufs Bett, um Interesse zu heucheln. Sofort überfällt mich allerdings eine bleierne Müdigkeit. Ich frage mich ernsthaft, wie jemand auf die Idee kommt, so einen Riesenstein zu stehlen.

»Was fängt man damit an? Das kann man doch nirgendwo verkaufen, weil es überall als gestohlen geführt wird. Oder stellt sich ein Scheich so einen Stein ins Wohnzimmer?«

»Eine Sekunde, bitte, bin gleich bei dir«, sagt Werner, der sich nun aufsetzt und eine Nummer auf dem Handy wählt. Ruft er tatsächlich bei der ARCHÄO-OASE an? So spät noch? Oder ist es gar nur ein Vorwand, um mit Franziska Hutschnur zu quatschen? Ich höre ihn aufs Band sprechen. Er bittet um dringenden Rückruf wegen Lady Alligator-Fuß. Nun, da sie zurück sei, könne man andenken, sie im nächsten Frühjahr bei der MAYA-

Ausstellung zu zeigen, falls die Versicherungssumme zu stemmen sei.

Ich stehe auf und verschwinde wieder ins Bad. Muss mich dringend mit den Mädels beraten.

In der Unperfekten-Dinner-Gruppe geht's rund.

Melde dich, Puppi, wir warten auf Updates! (Britt)

Wenn ich's mir genau überlege, könnte ich ein Küchenglück-Bratenthermometer brauchen. Also nur, falls du zufälligerweise – (Monika)

Ich glaube, Moni hätte an deiner Stelle mitfahren sollen (Kata). Am Ende des Satzes ein Smiley, der die Zunge zeigt.

Ach, Kinder. Wehmut flutet mein Herz. Kata hat irgendwann mal gemeint, dass die Abenteuer des Lebens nur dazu da sind, um seinen Freundinnen danach alles brühwarm zu erzählen. Ganz unrecht hat sie nicht. Wenn wir unsere Erlebnisse noch einmal im Freundinnenkreis besprechen, dann verlieren die verletzenden Erfahrungen an Kraft und Schärfe und die schönen werden doppelt schön.

Werner hat mir soeben einen blöden alten Stein im TV gezeigt. Beam me up, Scotty, schreibe ich. *Zumindest habe ich eine Freundin gefunden*, *Durch sie ist das Ganze erträglich.*

Werde uns ja nicht untreu! (Monika)

Lass sie doch, auf so einer Reise bist du aufgeschmissen ohne weibliche Zauberkraft. (Britt)

Grüße sie schön von uns und schick ein Foto, wir müssen sie erst genehmigen. Zwinkersmiley. (Kata)

Ich werfe einen Blick in den Spiegel. Meine Gesichtshaut hat die Farbe einer Banane: fleckig, gelb-bräunlich, überreif. Es kostet mich einiges an Überwindung, um das abzuschminken, was ich da sehe. Mein Gott, denke ich, was soll's. In ein paar Tagen bist du fü-. Ich wage das böse F-Wort nicht einmal zu denken, deswegen entfällt es mir auch dauernd. Wie heißt die Zahl noch einmal? Fonf, fien-, fffzig. Falzig. Das wird's sein: Ich werde falzig und sehe aus wie zweihundert. Ich proste mir mit dem Zahnputzbecher zu.

Wie lange ist es her, dass ich mit Werner ohne Unterbrechungen einen ganzen Tag lang gemeinsam verbracht habe? Und wie kann es sein, dass ich mich trotzdem allein fühle? Ich setze mich auf den Klodeckel. Dieser Urlaub in Italien wird Vorbote sein dafür, was mich künftig erwartet. Denn ab nun werden wir – falls sich die Kinder gemeinsamen Reisen verweigern – nur noch als Paar unterwegs sein. So wir das beide wollen.

Beziehungsstatus: Es ist kompliziert, schreibe ich in die Gruppe. *Bitte um Liebeszauber. Einen einfachen. Hab hier weder Spinnenbein noch Katzenschnurrbart.*

Hex hex! (Britt)

Leg ihm die ins Bett! (Kata)

Sie hat ein Bild von einer haarigen Vogelspinne angehängt, das ich sofort lösche.

Muss aber nicht sein, schreibt Monika. Und in Klammer: *(das Bratenthermometer).*

Typisch. Moni denkt nur ans Essen. (Kata)

Essen ist der Sex des Alters. (Monika)

Dann überfriss dich bloß nicht! (Britt)

Ich grinse. Meinen Freundinnen ist es gelungen, meine Stimmung zu heben. Die beste Aufputschpille der Welt.

Werner hat es sich mittlerweile unter der Decke bequem gemacht.

»Du wolltest was wissen vorhin«, sagt er, ohne den Blick vom Bildschirm zu lösen.

»Ich weiß nicht – aber es gefällt mir nicht, wie du mit Lilo sprichst«, sage ich. Ich ziehe meine Reisehose aus und entrolle ein lachsfarbenes Flanellpyjama-Maki.

»Wie rede ich denn mit ihr?«

»Kannst du bitte den Ton leiser drehen? Ich spreche ungern gegen Uschi Glas an.«

Zu meiner Überraschung knipst er das Gerät ganz aus. »Diese Lilo«, sagt er, »die passt so gar nicht in dein Schema.«

»In welches Schema, bitte?«

»Na, wenn ich mir deine anderen Freundinnen so anschaue ... Hast du vor, die ganze Reise mit ihr zu verbringen?«

»Die ganze Reise? Nein, natürlich nicht.«

Ich schlüpfe unter die Decke und schiebe meine kalten Füße unter seine Kniekehlen. So machen wir es seit zwanzig Jahren. »Fußofen« heißt diese Position.

»Es ist *unsere* Reise, Romy.«

»Danke, dass du mich daran erinnerst. Vorhin, bei Lady Krokodil-Bein, war ich mir nicht mehr so sicher.«

»Alligator-Fuß. Das ist was anderes. Das war wichtig.«

»Klar, bei dir ist es immer was anderes. Und immer wichtig.«

»Es ist nur so, dass –«

»Ja?«

»Also, dass ich erwartet hatte, dass wir diese vier Tage gemeinsam verbringen.«

»Tun wir das denn nicht?«

»So wie ich euch heute beobachtet habe, fürchte ich, dass ihr im Bus zusammenkleben werdet, bis wir ankommen. Und dass sie dann vielleicht sogar noch mit uns mitkommt und wir sie nicht mehr loswerden.«

Ich schlage die Decke zurück und schlüpfe mit den Füßen aus seinen Kniekehlen. »Was ist los mit dir? Du bist eifersüchtig? Auf Lilo?«

Ich hätte allen Grund, eifersüchtig zu sein – nicht er! Verkehrte Welt.

Die Nachbarn kehren zurück, und es kommt Leben in die Bude.

Flockck, flockck, Tschapammm! Tschapammm!

»Natürlich bin ich nicht eifersüchtig«, sagt Werner. »Das ist lächerlich. Ich will nur die Zeit, die wir gemeinsam verbringen auch nutzen. Nachher stehen einige Kongresse an, wie du weißt ... Da wird es dann ohnehin eng.«

»Klar«, sage ich. »Mach dir keine Sorgen.«

»Versprochen?«

»Werner, bitte, das ist lächerlich, wenn ich dich zitieren darf.«

»Also versprichst du es mir nicht.«

»Was ist los mit dir? Ist dir die Wurst nicht bekommen?«

»Das bereitet mir einfach Kopfzerbrechen!«

»Was ist *das*? Lilo?«

»Ich habe so eine Vorahnung.«

Seit wann hat Werner Vorahnungen? Ich sehe ihn an, fassungslos.

»Versprich's mir einfach«, sagt er.

»Werner, das ist kindisch. Du bildest dir was ein.«

Er mustert mich mit einem durchdringenden Blick.

»Also gut, versprochen«, sage ich und habe schon wieder vergessen, was eigentlich.

Werner schläft, Arme und Beine von sich gestreckt. Er schnarcht. Die altbekannte Symphonie für eine Säge und eine Nase.

Ich lege mich auf meine Seite, drehe mich zur Wand. Denke an zu Hause, an unsere Doppelhaushälfte mit den vielen Orchideen, die Waschmaschine, die in letzter Zeit so ein komisches Geräusch macht, an Emma und Tim, die vermutlich gerade in ihren WG-Betten liegen. Oder feiern. Meine Gedanken schaukeln einmal auf der einer, dann auf einer anderen Welle. Was habe ich mit zwanzig getan? Wo war ich gewesen? Was erwartete ich von der Zukunft? Hatte ich eine Vorstellung davon, wo ich mit fünfzig stehen würde?

Eine fünfzigjährige Frau – die stand für mich damals schon mit einem Fuß im Grab. Kein Wort hätte ich mit der gewechselt, die lebte doch auf einem anderen Planeten, hatte keine blassen Schimmer von den Dingen, die mich interessierten. Die Zukunft war ein heller Ort, gepflastert mit Ruhm und Geld. Als Studentin fantasierte ich mich in die Rolle der äußerst beliebten Professorin hinein, eine Koryphäe, die von Konferenz zu Konferenz fliegt. Was würde ich heute dem Mädchen von damals sagen? Würde ich sie zurechtweisen? Würde ich sie vor allzu hochfliegenden Träumen bewahren wollen? Das Leben ist kein Film in Dolby Surround und mit schnellen Schnitten, sondern mitunter eine unheimlich enttäuschende Seifenoper mit unbegabten Laiendarstellern, die über ihre eigenen Beine stolpern. Und die Männer – würde ich sie vor ihnen warnen? Ihr klarmachen, dass sie sich bloß nicht zu viel erwarten soll?

Beinahe bin ich eingeschlafen, mehr hüben als drüben, als es in meinem Kopf klopft.

Ich setze mich auf. Herzrasen.

Das ist nicht mein Kopf. Das ist die Tür. Himmel, wer kann das sein? Ich sehe zu Werner hinüber, aber der schlummert selig.

Ja, ja, schon gut. Ich steige aus dem Bett, taumle in den Vorraum, ohne Licht zu machen, lege meine Wange an das kalte Türblatt, hauche: »Ja?«

»Zimmerservice!«

»Was?«

»Sie haben was bestellt.«

»Sicher nicht.«

»Oh doch.«

Diese Stimme. Ich öffne die Tür einen Spalt. Draußen steht Lilo. Sie trägt immer noch ihren Jogginganzug, ihre rosa Haarpracht wurde mit Gel in Form gebracht. Sie hat einen für ihre Begriffe wahrscheinlich dezenten rosa Lippenstift aufgelegt. Ihre Augen leuchten. Sie grinst und entblößt den schiefen Eckzahn.

Ich stoße ein »Wow« hervor und halte meine Hand über die Augen, um sie vor dem grellen Flutlicht im Flur abzuschirmen. »Was hast du vor?«

»Schicker Pyjama!«, sagt sie.

»Ist was passiert?«

»Hier.« Sie hält mir ein Fläschchen entgegen.

»Oh. Oh nein, danke.«

»Na los, nimm schon!«

»Kein Alkohol –«

»Hej, das ist kein Alkohol, das ist Medizin, Romy! MEDI-ZIN! Aus tausend Kräutern. Lies, hier: *Beruhigt Magen und Nerven.* Na? Die Hälfte habe ich schon getrunken, die zweite Hälfte habe ich für dich aufgehoben. Ich dachte ... na ja, dass du das vielleicht brauchen könntest.«

Lilos Liebenswürdigkeit macht mich sprachlos. Sie drückt mir das Fläschchen in die Hand.

»Danke«, sage ich.

»Kommst du mit? Ich geh noch auf einen Sprung an die Bar.«

»Welche Bar?«

»An der Tanke.«

»In dem Aufzug? Da schrumpeln doch die Würste im Wasser.«

Da muss sogar Lilo lachen.

»Also dann«, sagt sie.

»Wenn du auf dem Tisch tanzt, erwarte ich ein Beweisfoto, alles klar, Liselotte Pulver?«

Sie grinst. Dann entschwindet sie elegant in Richtung Treppenhaus. Und ich husche mit meinem Zauberfläschchen zurück ins Bett.

4 STUNDEN DAVOR

Ein strahlender Tag. Der Himmel trägt sein tiefstes Blau, und auch Herr Jöbstl ist bester Laune, als wir beim Bus eintreffen.

»Oha, Frau Salto Bocca.«

»Wie bitte?«

»Er meint Saltimbocca«, zischt Werner mir ins Ohr.

Witzbold. Wir besteigen den Bus, und ich sehe mich um. Keine Lilo weit und breit. Am liebsten wäre mir, wenn sie in unserer Nähe säße, aber das ist im ZACKIG-REISEN-Universum nicht vorgesehen. Da bleibt jeder schön auf seinem Platz.

Die Ersten haben es sich schon bequem gemacht. Es riecht nach Kaffee und frischen Brötchen, die noch rasch im Tankstellenshop besorgt wurden. Die Stimmung ist aufgeräumt. Schon werden Spielkarten gemischt, es wird gelacht, KÜCHENGLÜCK-Pfannen werden durchgereicht und begutachtet.

»So, meine lieben Pappenheimer«, meldet sich Jöbstl übers Mikrofon, »bereit für neue Schandtaten? In wenigen Minuten geht's weiter, ihr könnt schon einmal eure Wörterbücher rausholen, bald sind wir an der Grenze, nicht wahr. Und für die Neuen in diesem Bus ein Tipp: »Far l'amore« heißt nicht »*Liebling, lass uns fahren.* Obwohl, so genau kann man das nicht sagen, hehehe.«

Keiner lacht.

Marianne begrüßt uns mit einem freundlichen Kopfnicken. »Habt ihr gut geschlafen?«

»Wunderbar«, sage ich, denn tatsächlich hat mich Lilos Zaubertrank im Nullkommanichts in einen traumlosen Schlaf befördert. »Und selbst?«

»Zu wenig!«, klagt Marianne, »viel zu wenig! Wir haben uns noch ein Schnäpschen genehmigt – und aus dem einen sind mehrere geworden ...« Sie kichert, und ich beneide sie fast ein wenig um ihren unterhaltsamen Abend.

Jöbstl startet den Motor. Adieu, Motel ZUR GUTEN NACHT. Wir werden uns nicht mehr wiedersehen.

Wie aufs Stichwort öffnet sich noch einmal die pneumatische Tür und eine völlig zerzauste Lilo betritt den Bus. »Verschlafen«, keucht sie, als sie an unserer Reihe vorbeistolpert.

Also doch auf dem Tisch getanzt. Ich drehe mich um, sehe ihr nach, muss grinsen. Was für eine verrückte Nudel. Was für eine liebenswerte, verrückte Nudel.

Der Bus fährt im Kriechgang durch die Kurve und auf die Autobahn auf. Ich atme tief durch und greife nach der Papiertüte. Wir haben uns wie alle anderen vor der Abfahrt im Tankstellenshop ausgerüstet. Croissant und Coffee-to-go. Das Croissant ist so staubtrocken, dass jeder Bissen am Gaumen festpappt. Egal. Ich krümle fröhlich Sitz und Hose voll. Bald sind wir in Italien! Meine Fantasien gehen bereits mit mir spazieren. Schon marschiere ich den Strand entlang, spüre den warmen Sand unter den Sohlen, der in die Zwischenräume meiner Zehen kriecht. Fußabdrücke, die zum Meer führen. Das

Rauschen der Wellen im Ohr, dieses immergleiche süße Geräusch. Über uns der Himmel wie ein blaues straffgespanntes Tuch. Der Saum meiner Sommerhose wird nass, aber das gehört zum original Strandfeeling dazu. Eine Strandbar im Gegenlicht. Leises Gläsergeklimper, Gemurmel, ein plötzliches Lachen. Aus den Lautsprechern tropft »Più bella cosa« von Eros Ramazotti. *Cantare d'amore non basta mai, ne servirà di più per dirtelo* –«

Dann werde ich auch die Kraft haben, Werner zu einer Aussprache zu bewegen.

»Sind wir bald an der Grenze?«, frage ich ihn.

»An welcher?«

»Italien?«

»Warte mal.«

Er sieht sich um. »Wappne dich mit Geduld, Romy. Wenn ich mich nicht irre, ist das da vorn«, er deutet auf den Horizont, wo ich absolut nichts erkennen kann, »Wolkerfludersdorf an der Filz.«

Wie man sich mit Geduld wappnet, weiß ich nicht. Wären wir geflogen ... ach was, hat ja keinen Sinn.

Eine Stimme meldet sich in meinem Rücken. »Kaukasushirsch mit fünf Buchstaben.«

Ich drehe mich um. Marianne sitzt über ein Kreuzworträtsel gebeugt da und knabbert Kekse. Als sie mich bemerkt, hebt sie den Kopf und hält mir die Kekspackung entgegen: »Greifen Sie zu, meine Liebe.«

Ich lehne dankend ab. Ich bin es nicht gewohnt, morgens schon Süßes zu essen, das Croissant hat mir bereits einen halben Zuckerschock beschert.

»Maral«, sagt Werner.

»Was?«

»Der Kaukasushirsch«, sagt er. »Der heißt Maral.«

»Ach, wunderbar!«, ruft Marianne aus. »Ihr Mann ist außergewöhnlich intelligent!«

»Hast du das gehört?«, fragt Werner. Er setzt sich gerade auf und grinst.

»Mhm«, mache ich und hole mein Handy heraus. »Fürchte, ich habe da was überhört.« Man muss seine Eitelkeit nicht noch zusätzlich befeuern. Dazu kommt, dass meinem Telefon sekündlich neue Nachrichten eintreffen.

Du wirst es nicht glauben, Sweetheart, aber Rosa wird ins Schilddrüsen-Forum strafversetzt!

Ich gluckse. Rosa ist die ungekrönte Style-Queen aus dem Mode-Ressort, die ihre Nase so hoch trägt, dass es reinregnet. Künftig wird sie also statt über die neueste Handtasche von Chanel zu schreiben über die Leiden der hormonellen Unterversorgung berichten. Es rührt mich, dass Kata mich zu trösten versucht.

Besser als Nagelpilz, antworte ich.

Mit meinem Glück darf ich das Nagelpilzforum grafisch aufbereiten, schreibt Kata.

Keine Sorge, das Forum habe ich erfunden, schreibe ich zurück.

Sag das bloß nicht der Drescher, die hält das noch für eine Jahrhundertidee. Apropos: Was gibt's Neues an der Ehefront?

Ich linse zu Werner hinüber. Sein Kopf lehnt an der Scheibe. Leises Schnarchen.

Ich: *Schlaf des Gerechten.*

Kata: *Und weiter? Hutschnur?*

Ich: *Aussprache vor dem Minelli-Konzert geplant.*

Zumindest ist das mein Plan. Werner weiß noch nichts

davon, aber alles in mir drängt nach einer Aussprache. Ich stelle mir vor, dass ich Werner nach der Ankunft beiseite nehme, meinen ganzen Mut sammle und jene Fragen stelle, die mir schon so lange auf der Zunge brennen: Was ist das für eine Geschichte mit diesem Fräulein Hutschnur? Was läuft da tatsächlich? Und ist das ein Zeichen für irgendwas, dass du dich mit ihr auch außerhalb der ACHÄO-OASE triffst?

Da war doch noch was. Genau. Katas Artikel. Mit dem war ich noch nicht fertig. Wollen doch mal sehen. Drei Anzeichen, »dass er Sie betrügt« habe ich schon durch, aber was ist mit den restlichen zwei?

4. Sein Verhalten Ihnen gegenüber hat sich verändert.

Ist er in letzter Zeit besonders freundlich und umgänglich? Ein Mann, der betrügt, leidet unter Gewissensbissen.

Diesen Punkt kann ich eindeutig beantworten – und zwar mit Nein. Werner ist schweigsam wie eh und je.

5. Seine Freunde wissen Bescheid.

Männern fällt es schwer, ihre Eroberungen für sich zu behalten. Sie neigen dazu, ihre Heldentaten auszuplaudern, und dazu gehört auch, von der Geliebten zu erzählen.

Interessant. Darüber muss ich nachdenken. So viele Freunde hat Werner nicht, weil er der Meinung ist, dass Freundschaftspflege bei den Frauen besser aufgehoben ist. Wenn ich all die Jahre nicht die Nabelschnur zur Außenwelt aufrechterhalten hätte, würde wir heute noch unbesucht in unserer Wohnung hocken.

Tja. Die Anzeichen, die dieser Artikel aufzählt, helfen mir nicht wirklich weiter. Und ich weiß jetzt schon, dass Werner meine Fragen mit einer wegwerfenden Handbewegung quittieren wirst. *Du bildest dir was ein, Romy.* Aber diesmal lass ich ihn nicht davonkommen. Bist du glücklich, Werner? Willst du wissen, ob ich es bin? Hat unsere Beziehung nach abgeschlossener Kinderaufzucht noch eine Zukunft? Ist unsere Partnerschaft möglicherweise nur noch eine Hülle um ein wachsendes Nichts herum? Und, ganz wichtig: Was können wir beide dazu beitragen, dass es wieder… wenn schon nicht funkt, dann zumindest knistert? Denn seien wir ehrlich: Frau Hutschnur ist Symptom, nicht Ursache. So klar kann sogar ich sehen. Sie zeigt auf, dass es in unserer Beziehung hakt. Nicht mehr und nicht weniger. Also lass uns zur Tat schreiten und Tacheles reden.

Nicht, dass ich mich nach diesem Gespräch verzehre. Ich bin nämlich furchtbar schlecht im Bewahren von Contenance und sage im Affekt Dinge, die ich später bitter bereue.

Meine Versuche, mich in Streitkultur zu üben, sind bisher kläglich gescheitert. Monika, eine Spezialistin in Sachen gewaltfreier Kommunikation, hat einst versucht, uns während eines ziemlich perfekten Dinners in die Geheimnisse wertschätzender Kommunikation einzuführen: »Ich- statt Du-Botschaften, keine Vorwürfe, kein Herauskramen uralter Vergehen, kein *immer*, kein *nie*. Also nicht: *Nie bringst du mir Blumen!* Sondern: *Ich würde mich wahnsinnig über blühendes Gestrüpp freuen.* Nicht: *Immer schaust du anderen Weibern nach, sogar bei der Taufe vom Franzi hast du mit der Taufpatin geflirtet,* vor allem wenn Franzi mittlerweile schon studiert, sondern: *Ich fühle mich nicht ausreichend beachtet.*

Wir aßen Himbeerparfait mit karamellisierten Nüssen und übten gewaltfreie Sätze, bis sie uns aus den Ohren hinausstaubten, und das Erste, was mir beim nächsten Streit mit Werner rausrutschte, war: *Dir geht's die ganze Zeit nur um dich und um deine Ruinen – was wir wollen, das war dir immer schon völlig egal.*

Wenn ich mit Werner ein konstruktives Gespräch führen möchte, werde ich mich also ordentlich am Riemen reißen müssen.

Kata schreibt: *Wenn er dir blöd kommst, tauschst du ihn gegen einen Italiener ein. Gianni oder so. Romy und Gianni, was für ein Paar.*

Ich fürchte, die Umtauschfrist ist abgelaufen, schreibe ich, dann verstaue ich das Handy in meiner Hosentasche. Der Akku schwächelt, und ich wollte doch heute noch mit den Kindern telefonieren.

Werner wacht auf, sieht sich um, ächzt. »O Gott, dieser Lärm«, flüstert er, »unmöglich, dabei zu schlafen ... Wo sind die Kopfhörer?«

»Die hast doch du.«

»Ich? Sicher nicht.« Er zeigt mir seine leeren Hände.

Ich versuche mich zu erinnern, ob ich sie gestern Abend im Koffer gesehen habe. Habe ich nicht. Mist. Mistmistmist. Busfahren für Anfänger, Regel Nummer eins: niemals ohne Kopfhörer. Das Handy vibriert.

Emma. *Mama, warum meldest du dich nicht? Seid ihr schon angekommen?*

Leider noch immer auf der Autobahn. Wir melden uns, bella ragazza. Vielleicht lässt sich die Anreise beschleunigen, wenn ich mich schon einmal sprachlich einschwinge. Wann kommen wir überhaupt an? Ich finde, ich habe ein Recht, das jetzt zu erfahren.

»Darf ich wenigstens nun mal in die Reiseunterlagen schauen?«, frage ich Werner, der sich mit der Hand übers Haar fährt, wie immer, wenn er sich unbehaglich fühlt.

»Ich glaube nicht, dass du das solltest«, sagt er, »dann ist es ja keine Überraschung mehr.«

»Weißt du was? Die Überraschung ist dir schon mehr als gelungen. Übrigens: Wir haben etwas zu besprechen, sobald wir angekommen sind.«

Er schürzt die Lippen und hält kurz die Luft an. Man kann einen Mann kaum mehr erschrecken als durch die Ankündigung einer Aussprache. Auf zum Vier-Augen-Gespräch, Junge! Getoppt werden kann das nur durch die Einberufung zum Elternabend und eine Konvokation des Arztes zwecks eingehenderer Untersuchungen.

Eine Prosecco-Flasche ist bei uns angekommen. Ich lehne dankend ab, Werner nimmt einen kräftigen Schluck, bevor er sie an Marianne weiterreicht, die sie mit einem Laut des Entzückens entgegennimmt.

»Also«, sagt Werner mit einem Augen-zu-und-durch-Ausdruck im Gesicht. »Warum nicht gleich? Bringen wir's hinter uns.«

»Später«, sage ich. »In Italien.«

»Du spannst mich auf die Folter.«

»Perfekt, dann sind wir quitt.« Ich stehe auf.

»Ich gehe«, sage ich sinnloserweise – wie weit soll ich in einem fahrenden Bus schon kommen?

Werner schaut zu mir hoch. »Du besuchst deine Freundin?«, fragt er und runzelt die Stirn.

»Weiß noch nicht«, murmle ich.

Lilo winkt mir zu, als sie mich sieht. »Hey, guten Morgen, schön, dich zu sehen.«

»Hier noch was frei?«

Sie wechselt blitzschnell zum Sitz am Fenster. »Gestern habt ihr mir Asyl gegeben, heute bin ich dran.« Sie grinst.

Ich lasse mich in den Sitz fallen. »Katastrophe. Wir haben die Kopfhörer zu Hause vergessen.«

Sie macht »tztztzt« und deutet auf die Kopfhörer, die eingerollt in ihrem Schoß liegen. »Erste Regel bei Busfahrten –«

»Ich weiß«, unterbreche ich sie. »Und danke noch einmal für … du weißt schon. Für die flüssige Erste Hilfe gestern Nacht.«

»Das ist die zweite Regel«, sagt sie. »Nie ohne Helferlein verreisen. Ich habe das von Ela gelernt.«

»Eine Freundin?«

»Eine sehr gute Freundin«, sagt Lilo und lehnt den Kopf gegen die Scheibe. »Wir waren oft gemeinsam unterwegs. *Girls on Tour* haben wir das genannt. Mit ihr war ich auf meiner ersten ZACKIG-Reise. Und von ihr habe ich gelernt, dass der beste Reisebegleiter der ist, der Dinge dabeihat, die dir fehlen. Sie kennt alle möglichen Tricks, wie man billig durch Europa kommt. Sorry: Sie *kannte*. Ich –« Lilo verstummt plötzlich und starrt auf den Vordersitz.

In meinen Ohren dröhnt überdeutlich der Motor des Busses. Irgendwas ist nicht in Ordnung. Ich traue mich nicht, nachzufragen.

Lilo hält mir ihrer Kopfhörer entgegen. »Hier, nimm.«

»Aber nein, nein, Werner wird's überleben.«

»Klar wird er das. Aber wenn du ihn glücklich machen kannst damit –«

Mein Blick fällt ins Netz vor mir. Reiseunterlagen. Bingo.

»Darf ich?«

»Klar«, sagt sie. »Du kannst dich schon einmal auf die Rollitos gefasst machen.«

»Wie bitte?«

»ROLLITOS. Die Rollkoffer.« Sie wirft einen Blick auf ihre Uhr. »Warte mal – in genau … dreieinhalb Minuten.«

»Was für Rollkoffer?«

»Bist du so naiv oder tust du nur so?«

Hektisch blättere ich Lilos Reiseunterlagen durch.

Da steht's, Blau auf Weiß:

ZWEITER TAG

Wir begrüßen den Morgen mit einem kräftigen Frühstück vom Büffet, das mit erlesenen Spezialitäten aufwartet (Angebot kann abweichen).

Oh, und wie das abweichen kann! Das Croissant mit der Konsistenz von Löschpapier geht nicht einmal in einem Paralleluniversum als erlesene Spezialität durch.

Nach einer angenehm kurzweiligen Fahrt erreichen wir die Raststation ROTER HIRSCH, wo wir bereits erwartet werden.

Sie erhalten die Gelegenheit, VORAB und EXKLUSIV die Sommerkollektion unserer ROLLITOS-Trolleys mit ihren vier

Leichtlaufrollen bewundern zu dürfen. Selbstverständlich können Sie diese gleich vor Ort zu einem SUPERSONDER-PREIS erwerben.
ROLLITOS. DIE FREIHEIT AUF VIER RÄDERN.
Exklusiv bei ZACKIG REISEN

Das kann ich jetzt nicht glauben.

»Sag ich doch!«, bemerkt Lilo, die mitgelesen hat, »Rollitos heißen die Dinger.«

»Na, der kann was erleben.«

»Werner?«

Ich habe große Lust, meinen Ehemann mit meinen neuen Erkenntnissen zu konfrontieren.

Lilo hält mich zurück. »Romy, ich weiß, wie wir aus der Nummer rauskommen. Vertrau mir.«

»Und zwar?«

Sie führt den Zeigefinger an ihre Lippen. »Ist mein Geheimnis. Kein Sterbenswörtchen zu niemandem, hörst du?«

»Was hast du vor?«

»*Wir*«, flüstert sie, »wir haben etwas vor.«

Keine Minute zu früh. Der Bus bremst ab, und Jöbstls Stimme dringt aus den Lautsprechern: »Und jetzt, meine Lieben, ein weiterer Höhepunkt auf unserer Reise nach Italien, nicht wahr. Wer von euch kennt schon unsere Rollitos-Koffer?«

Einige Arme gehen in die Höhe. Das darf alles nicht wahr sein.

»Und wer von euch kann noch einen Rollito gebrauchen?«

Dieselben zeigen noch einmal auf. Lilo und ich enthalten uns vornehm. Wenn ich alles so viel hätte wie Koffer, wäre ich der reichste Mensch der westlichen Hemisphäre. Zumal ich mit meinen neuen fernöstlichen Textilfaltkünsten ab sofort ohnehin nur noch die kleinsten Koffer benutzen werde. Ich werfe einen Blick vor zur Reihe 12. Täusche ich mich oder hebt Werner tatsächlich die Hand?

»Die Koffer gibt's im Internet zu einem Fünftel des Preises«, zischt Lilo. »Aber sag das mal laut. Da wirst du gelyncht.«

Der Bus verlässt die Autobahn und biegt auf einen Parkplatz ein, an dessen Ende sich eine Tankstelle befindet. Das bekannte Panorama der Trostlosigkeit breitet sich vor unseren Augen aus: fünf Zapfsäulen. Etwas nach hinten versetzt das obligatorische Gasthaus mit schmutzigweißen Gardinen. Der Bus nähert sich dem Haus. Auf den Fensterbrettern verstaubte Plastikblumen. Vor der Tür eine Tafel, die die kulinarischen Höhepunkte des Tages ankündigt: *Berner Würstel mit Pommes, Gulasch mit Fächergurke, Toast mit Ei*.

Wir halten. Alle stehen auf. Alle bis auf Lilo und mich.

»Wir warten, bis die anderen draußen sind«, flüstert sie mir zu.

Ich sehe Werner dabei zu, wie er aufsteht, seine Jacke aus dem Gepäckfach friemelt, einen suchenden Blick in den Fond des Busses wirft. Er fahndet nach mir. Ich will schon die Hand heben und winken, aber Lilo legt ihre Hand auf meinen Oberarm. »Den brauchen wir jetzt nicht. Der soll ruhig mit den anderen mitgehen. Keine Zeugen!«

Als alle draußen sind, gibt Lilo das Zeichen zum Aufbruch. Wir stehen auf. Erst als wir vor dem Bus stehen, fällt mir auf, was ich vergessen habe: Jacke und Tasche. Aber die Türen sind schon geschlossen, und Jöbstl schüttelt nur den Kopf, als ich auf die Tür deute.

Werner wiederum steht vor der Tür des Gasthauses und wartet offensichtlich auf mich. Ungeduldig blickt er abwechselnd auf die Uhr und auf sein Handy. Und wohin ist Lilo verschwunden?

Ich höre ein Zungenschnalzen, dann sehe ich einen Kopf hinter dem Bus hervorlugen. »Pssst! In *diese* Richtung«, zischt sie.

Wir verstecken uns hinter dem Bus, bis alle im Restaurant verschwunden sind. Werner steht noch eine Weile vor der automatischen Tür, bevor er ebenfalls das Gasthaus betritt.

Adieu, denke ich, *und viel Vergnügen*.

»Die Luft ist rein«, murmelt Lilo und winkt mich zu sich. »Und jetzt Beeilung, wenn ich bitten darf!«

1 STUNDE DAVOR

Lilo läuft voran, und wir huschen an den Zapfsäulen vorbei bis zum Rand des asphaltierten Quadrats, hinter dem sich der Lkw-Parkplatz erstreckt. Ich folge Lilo mehr schlecht als recht, verschränke während des Laufens meine Arme vor dem Körper, um mich zu wärmen. Jetzt rächt es sich, dass ich nicht früher an die Jacke gedacht habe. Es zieht entsetzlich an diesem Ort. Der Wind fegt über den Asphalt, wirbelt Papier durch die Luft, fährt einem durchs Haar. Der scharfe Dieselgeruch lässt mich die Nase rümpfen.

»Wohin willst du?«, rufe ich Lilos Rücken zu, aber sie dreht sich nicht einmal um. Wir laufen an einer langen Kolonne von Lastern vorbei, deren Wimpel im Wind flattern. Nach dem letzten Lkw biegt Lilo scharf nach rechts ab. Ich traue meinen Augen nicht. Was ist das? Am Rand des asphaltierten Geländes steht eine Hütte. Ein Knusperhäuschen wie aus dem Märchen. Eine Holzschachtel mit zwei kleinen Fenstern, einer Tür, einem Satteldach mit Schornstein, aus dem es raus raucht. Über der Tür ein weißes Schild mit tanzenden Buchstaben: HELGAS PARADIES. Lilo hat schon die Hand an der Klinke.

»Was ist das hier?«

»Nicht weitererzählen«, sagt sie. »Der Jöbstl reißt mir den Kopf ab.«

Wir betreten das Häuschen. Tischlampen mit gehäkelten Lampenschirmen werfen ein schummriges Licht auf die Szenerie. Vielleicht dreißig Leute drängen sich in dem kleinen Raum, hauptsächlich Männer. Wir bahnen uns einen Weg durch den Zigarettenqualm an die Bar. Udo Jürgens teilt uns singend mit, dass er noch niemals in New York war. Lilo greift nach meinem Handgelenk und zieht mich zu zwei freien Barhockern am Ende der Bar.

»Ich auch nicht«, ruft sie mir ins Ohr.

»Was?«

»War auch noch niemals in New York.«

»Wieso darf man hier rauchen?«

»Weil man hier alles darf. Gesetzfreie Zone.«

»So was gibt's nicht.«

»Bei dir zu Hause vielleicht nicht. Aber bei Helga.«

Wir klettern auf die Barhocker. Lilo winkt einer kleinen, gut gepolsterten Frau mit flotter Kurzhaarfrisur, beeindruckendem Vorbau und unzähligen Lachfalten zu, die hinter der Theke Bier zapft. Sie trägt ein schwarzes Shirt mit weißem Namenszug: HELGA. Also ist sie wohl die Chefin. Gut gebräunt ist sie auch, sie dürfte viel Zeit an der frischen Luft verbringen – was man ihr angesichts dieser Räucherkammer auch empfehlen kann.

Lilo trommelt mit den Fingern auf die Bar.

»Mädel!«, ruft Helga gegen die Musik und das Stimmengewirr an, nachdem sie das Bier einem Gast zugeschoben hat. »Erst vor kurzem habe ich zur Anna gesagt: Die Lilo war schon lang nicht mehr hier. Wir haben dich vermisst!«

»Ich euch auch!«, ruft Lilo zurück.

»Ich dich auch!«, ruft ein Typ, der etwa zwei Armlängen entfernt an der Bar steht. Typ Cowboy der Landstraße. Dunkle Jeans, enorme Gürtelschnalle mit Bison.

Ich ziehe Lilo zu mir. »Bist du hier zu Hause?«

Lilo lässt ein glucksendes Lachen hören. »Glaub mir, Romylein: Ich kenne so einige Raststätten besser als mein eigenes Schlafzimmer. Das ist so, wenn man viel unterwegs ist. Ach ja, wir haben genau eine Stunde, bis der Bus wieder losfährt. Und die verbringen wir hier. Na, was sagst du? Super oder super?«

Noch bevor ich den Mund aufmache, taucht Helga plötzlich auf, um Lilo persönlich zu begrüßen. Neben Helga sieht sogar Lilo groß aus, obwohl sie einige Zentimeter kleiner ist als ich. Die beiden Frauen umarmen sich lang und innig. Helga riecht nach Orange, frisch und saftig. Ihre Stimme aber ist rauchig und dunkel.

»Na, Püppi«, sagt sie und streicht über Lilos rosa Schopf. »Ganz schön tief in den Farbtopf gefallen. Wo ist Ela? Wollte nicht mit?«

»Ach«, sagt Lilo und rutscht auf ihrem Hocker herum. »Die ... also die konnte nicht. Das ist übrigens Romana. Wir sitzen im selben Bus. Also im Moment gerade nicht.« Sie zeigt auf mich.

»Herzlich Willkommen an Bord, Romana«, sagt Helga, trocknet ihre kleine, fleischige Hand an ihrer Jeans ab, bevor sie sie mir reicht. »Du hast dir die beste Reisepartnerin ausgesucht.«

»Oha«, sagt Lilo. »Nur keine falschen Hoffnungen wecken.«

»Weißt du«, wendet sich Helga an mich und fasst dabei Lilo um die Schulter, »dieses Mädchen kenn ich nun schon seit fünf Jahren. Du kannst dich auf mein Urteil verlassen.«

Das nimmt ja erstaunliche Dimensionen an. Hat sich Lilo auf ihren Reisen so etwas wie eine zweite Familie zugelegt?

»Helga, ein großes Blondes!«, ruft der Mann mit dem Bisongürtel. »Husch husch, sonst verdursten wir!«

Gelächter aus Männerkehlen.

»Unterbrich mich nicht, wenn ich eine alte Freundin begrüße, Hugo, sonst bekommst du gar nichts, verstanden?«

Der Bisongürtelträger ist sofort ganz still. Helga hat ihren Laden im Griff.

»Wir reden später, okay«, sagt Helga und zwickt Lilo in die Wange. »Was kann ich euch Gutes tun, meine Süßen?«

»Für mich einen Doppelten«, sagt Lilo. »Wacholder. Du auch?«

Schnaps? Am Vormittag?

»Äh. Nein, danke«, sage ich und taste einem Reflex gleich nach meiner Tasche. Natürlich ist sie nicht da. »Leihst du mir zwei Euro?«, zische ich Lilo ins Ohr. »Bekommst du sicher zurück.«

Du meine Güte ist mir das unangenehm. Lilo zieht mit einer schwungvollen Geste einen Zehner aus ihrer Börse. »Aber nicht alles sofort auf den Kopf hauen.« Sie grinst und zeigt mir ihren schiefen Zahn.

»Für mich einen Tee bitte«, sage ich rasch zu Helga.

Sie sieht mich an, als hätte ich einen Mord in Auftrag gegeben. »Warmes Wasser mit Unkraut? Gibt's keins.«

»Kaffee?«

Helga zuckt mit den Schultern, sagt aber zumindest nicht Nein. Und schon ist sie im Menschengewühl verschwunden.

Udo Jürgens ist mittlerweile zum Lob der Rente übergegangen: *Mit sechsundsechzig Jahre, da fängt das Leben an.* Galt wohl nur für ihn. In Puncto Frauen hat er sich ja eisern an jüngeres Gemüse gehalten.

»Du auch?« Lilo hält mir ihr Päckchen hin, aus dem eine Zigarette hervorlugt. Das Warnhinweisbild hat sie mit einem Snoopy-Sticker überklebt.

Der Nein-danke-Reflex steckt tief in mir drin; es ist fünfundzwanzig Jahre her, dass ich das letzte Mal geraucht habe. Aber HELGAS PARADIES setzt anarchische Kräfte in mir frei, denn nach einer Schrecksekunde sehe ich mich in die Schachtel greifen und höre mich *Danke, warum nicht* sagen.

»Das hat aber lange gedauert.«

»Ich musste erst mit meinem Gewissen verhandeln.«

»Darf ich dir was verraten?« Und ohne meine Antwort abzuwarten sagt sie: »Du siehst aus wie jemand, der sich selbst den Spaß am Leben verbietet.«

Nanu. Jetzt kenne ich diese Frau seit wenigen Stunden, und schon bohrt sie fröhlich mit dem Nagel in meinen Wunden herum.

Ich schlucke. »Wie kommst du da drauf?«

Sie zuckt mit den Schultern. »Sorry, aber kommt mir so vor. Ich bin sicher, da drinnen, unter der Schale, da wohnt eine andere Romy.«

Ich schnappe mir einen Löffel, um mich unauffällig darin zu betrachten. Im Löffel wirkt mein Gesicht noch grotesker als im Spiegel. Eine monströs vorgewölbte Stirn, Augen, die meterweit auseinander liegen, ein Mund wie ein Breitmaulfrosch.

»Du versuchst, alles zu kontrollieren, stimmt's? Lass das los, Romy. Kontrolle ist eine Illusion. Du hast nichts unter Kontrolle. Nichts. Wenn du das kapierst, wirst du dich wieder lebendig fühlen. Und dann werden die verrücktesten Sachen passieren.«

Oha. Harter Tobak. Ich lasse den Löffel sinken. Möglicherweise hat Werners Sicherheitsbedürfnis auf mich abgefärbt. Sein Streben nach Stabilität. Bin ich mir selbst abhandengekommen, indem ich versucht habe, mich meinem Mann anzupassen?

»Madame.«

Lilo wartet mit dem Feuerzeug. Ich stecke mir die Zigarette zwischen die Lippen. Im Nu fühle ich mich wie sechzehn. Mein Körper sagt mit jeder Zelle: *Willkommen zurück, liebes Gift*. Es rauscht durch meine Venen, in den Eingeweiden werden Freudenfeuer entzündet, die Synapsen jubeln. Dann muss ich husten. Das war keine gute Idee, Romy. Gar keine gute Idee. Wenn Werner dich sehen könnte. Oder die Kinder. Fast falzig und dann das.

»Und was für eine Romy wohnt in mir drin?«, frage ich, als ich wieder Luft bekomme.

Lilo legt den Kopf schief. »Hm, eine abenteuerlustige, würde ich mal sagen. Eine, die früher jeden Spaß mitgemacht hat. Aber auch eine, die ganz schön sauer werden kann, wenn etwas nicht nach ihrem Kopf läuft.«

Ich ziehe nachdenklich an der Zigarette. Treffer, versenkt. Meine Abenteuerphase ist in der Tat schon ein Weilchen her. Die Jahrzehnte der Kinderaufzucht und der Redaktionsmühle stecken mir in den Knochen. Mein größtes Abenteuer ist heute, vor elf ins Bett zu fallen, ein paar Seiten in einem Liebesroman zu lesen, der in einem Land spielt, in dem es vor Schafen, steilen Klippen und steilen Typen nur so wimmelt, und dann sanft einzuschlummern.

»Du bist der Typ, der im Geheimen Liebesromane liest«, sagt Lilo. »Vorm Einschlafen, damit du von was Schönem träumst.« Sie lächelt und entblößt wieder ihren schiefen Eckzahn.

»Kannst du Gedanken lesen?«

»Nein, aber ich kenne euch«, sagt sie.

»Euch?«

»Na, euch Frauen mit Familie und Mehrfachbelastung. Ihr wollt doch alle dasselbe: einen Lover und Urlaub im Wellnesshotel. Am liebsten die Kombination – super oder super?«

Ich lache laut auf. Diese Frau ist eine Nummer. Wobei: Das mit dem Lover wäre mir viel zu anstrengend. Meine Nerven halten maximal einem einzigen Mann stand. Apropos: Was ist mit Werner? Gehe ich ihm nicht furchtbar ab? Ich aktiviere mein Handy. Null Nachrichten. Akku: fünf Prozent.

Udo ist mittlerweile zum griechischen Wein übergegangen. Helga scheint ein großer Fan zu sein. Ich frage mich, ob sie am Ende ihrer Schicht auch in einen weißen Bademantel schlüpft.

Ich blicke mich um. An einem Stehtisch in der Ecke entdecke ich drei Fernfahrer, die uns unmissverständliche Blicke schicken. Richtiger: Sie glotzen Lilo an. Zumindest vermute ich, dass es Fernfahrer sind, weil sie so aussehen, wie ich mir Fernfahrer vorstelle: Alle drei tragen Holzfällerhemd und Mehrtagesbart, wobei sie sich in Größe und Statur deutlich unterscheiden. Der Schmächtigste trägt eine Baseballkappe, auf der ein Flugzeug und der Schriftzug AIR CONDITION prangen. Der Mittlere hat fleischige Lippen und einen ordentlichen Bauch, der das Holzfällerhemd auf Nabelhöhe zu sprengen droht. Der Dritte ist ein richtiger Fels. Zwei Mal zwei Meter Mannsbild. Wegen der vielen Muskeln kann er seine Arme nicht an den Körper anlegen, sie stehen unentschlossen von seinem Torso ab, als wären sie nachträglich angeschraubt worden.

Helga stellt eine Tasse mit einer schwarzen Brühe auf den Tresen. Die ist für mich. Lilo kriegt ein Gläschen mit einer klaren Flüssigkeit, und Udo singt *Griechischer Wein ist so wie das Blut der Erde, komm, schenk mir ein* – Ich habe Lust, mitzusingen. Lilo nimmt mich am Arm, wir schunkeln. Wenn ich daran denke, dass in diesem Moment, nur wenige Meter von uns entfernt, ein schmieriger Verkäufer die Vorzüge vierrädriger Trolleys in den höchsten Tönen preist und irgendeine unschuldige Seele zu Demonstrationszwecken auf die improvisierte Bühne holt, spüre ich Genugtuung. Du liebe Güte, was haben wir uns da erspart!

Wir prosten einander zu, Lilo mit dem Schnapsglas, ich mit der Tasse.

»Du gehörst auf ein Partyschiff im Mittelmeer oder, keine Ahnung, in einen Club auf einer dieser trendigen Inseln«, sage ich.

»Mit meinem Budget? Könnte schwierig werden. Da bleibe ich lieber beim Italienausflug. Der ist schön billig.«

Ich beuge mich zu ihr. »Ach so?« Da mir Werner nichts verraten hat, bin ich in punkto Kosten bisher auf Mutmaßungen angewiesen gewesen.

»Ja klar. Neunnzkt, das muss man erst mal schaffen.«

Das muss eine akustische Täuschung sein.

»Ich hab dich nicht verstanden, Lilo.«

»Neunundneunzigneunzig.« Sie zuckt mit den Schultern. »Was anderes kann ich mir nicht leisten.«

»Pro Tag oder wie?«

»Nö. Für vier Tage. All in. Super oder super?«

Da bleibt mir erst mal die Luft weg. »Du machst Witze.«

»Was glaubst denn du, warum wir von einer Werbeveranstaltung zu nächsten geschleppt werden? KÜCHENGLÜCK und ROLLITOS finanzieren uns Italien!« Sie tätschelt meine Schulter. »Das ist die Marktwirtschaft. Geschenkt gibt's nix, alles hat seinen Preis.« Sie schaut mich überrascht an. »Hast du das etwa nicht gewusst?«

Das haut mich um. Dass sich Werner anlässlich meines historischen Geburtstags für das günstigste Schnäppchen überhaupt entscheidet, ist ein neuer Tiefpunkt in seiner Sparefroh-Karriere. Vielleicht hätte ich doch Schnaps bestellen sollen.

»Hey, was ist los?« Lilo tippt mir auf den Handrücken. »Klär mich auf.«

Ich kläre sie auf.

»Ich darf zusammenfassen«, sagt Lilo nach einer Weile. »Dein Mann schenkt dir also Konzerttickets und die dazugehörige Reise nach Italien. Und damit das Ganze nicht so viel kostet, wählt er die Tour mit den Werbeunterbrechungen.«

Das hat sie sogar ziemlich perfekt zusammengefasst.

Meine Stimmung, gerade noch hochfliegend, knickt gefährlich ein. Ich deute auf Lilos Glas. »Für mich auch so was«, rufe ich Helga zu.

»Sie wird vernünftig!« Lilo klatscht in die Hände. »Darauf stoßen wir an. Helga, noch einen.«

»Wohl bekomm's, die Damen,« sagt Helga, als sie die Gläschen vor uns abstellt.

»Prost!«, ruft der Schmächtige mit der Schirmkappe.

Lilo dreht sich um, hebt das Glas. »Auf die Liebe und alles, was dazugehört!«, ruft sie ihm zu.

Mehr braucht es nicht. Die drei Männer verlassen wie hypnotisiert ihren Stehtisch.

»Was machen zwei so hübsche Damen an so einem hässlichen Ort?«, fragt der mit den fleischigen Lippen.

Helga wirft ihm einen bösen Blick zu. Ihr PARADIES beleidigen, das geht schon mal gar nicht. Rote Linie überschritten.

Und obwohl der Typ »Damen« gesagt hat – also Mehrzahl –, gleitet sein Blick durch mich hindurch. Tut nicht weh, weil ich ohnehin nicht darauf stehe, von Fernfahrern angebaggert zu werden, aber eigenartig ist es schon.

»Wir haben schon einen Rollkoffer«, sagt Lilo. »Und sind abgehauen.«

»Gut gemacht«, sagt der Fels. »Hier bekommt ihr etwas Besseres als Koffer.« Das Lachen, das aus dem massigen Brustkorb dringt, klingt furchteinflößend.

Selbstbewusst sind die drei ja, das muss man ihnen lassen. Außerdem scheinen sie die Gepflogenheiten des Ortes zu kennen. Die zwei Muskeltiere und der Spaghetti-Tarzan bestellen eine Runde Schnaps für alle und betrachten Lilo eingehend.

»Schöne Haarfarbe«, sagt der Schmächtige.

»Toller Pulli«, sagt der Mittlere.

Haarfarbe? Pulli? Seit wann reden Männer so? Zu meiner Zeit – damit meine ich: Als ich im Disco-Alter war, hat man sich noch mit Kugelschreiber gegenseitig die Telefonnummern auf die Handrücken geschrieben.

»Warum so ganz allein?«, fragt mich der Fels und meint in Wahrheit Lilo, weil er mit einem Auge zu ihr hinüberschielt.

Helga greift ein. »Charly, Guido, Richie! Lasst gefälligst die Damen in Ruhe durchschnaufen, die sind mit dem Jöbstl unterwegs!«

Ui, das wirkt. Wie aufs Stichwort erstarren die drei in ihren Bewegungen und schicken Helga einen entsetzten Blick. Jöbstl scheint auch hier kein Unbekannter zu sein.

Lilo winkt ab. »Ach, die Burschen stören nicht. Hier hat man wenigstens noch Chancen.«

Ich schiele heimlich auf meine Uhr. »Lilo, meinst du nicht, wir sollten langsam – «

»Ach was, die überziehen immer«, sagt sie und steckt sich die nächste Zigarette in den Mundwinkel. »Mach dir keine Sorgen, ich kenne den Typen, der die Koffer vorführt.« Sie äfft seinen Tonfall nach: »Und hier, meine sehr verehrten Damen und Herren, sehen sie unseren Leichtlauftrolley Bello in kackbraun, der ihnen wie ein Hund überallhin folgt, mit dem Unterschied, dass Sie keine Häufchen einsammeln müssen.«

Der Fels lacht so laut, dass die Bude zittert.

Richie (oder ist es Guido?) ruft: »Lilo Guacamola, zeig uns deinen Koffer!«

Keine Ahnung, was der damit meint.

Udo hat ausgesungen, jetzt erklingt Poppiges aus den achtziger Jahren: »The Look of Love« von ABC. Mein Gott, wie lange ist das her! Den Song kann ich tatsächlich mitsingen. Ich versinke in meine eigene Steinzeit, wie Werner es nennen würde. Feuchte Küsse in dunklen Disko-Kellern – oder war's umgekehrt? Vorsichtiges Betatschen, Slow tanzen mit dem Angebeteten. Jede Woche war ich in einen anderen verknallt. Ein Name blieb im Gedächtnis haften: Stefan. Der beste Freund meiner damaligen besten Freundin Conny. Er war Popper und als solcher legte er großen Wert auf Föhnfrisur und Karottenhosen von Fiorucci. Auf seinem Kassettenrekorder hörten wir Bronski Beat, The Communards und OMD. Ich hatte Dauerwellen, die mein Haar auf Jahre hinaus ruinieren sollten. Ich weiß nicht, ob ich mich damals fragte, was aus mir werden würde. Alles, was ich wollte, war eine Vespa. Und Mega-Schulterpolster, die ich per Klettverschluss in meine Blusen und Pullis klebte. Die Erinnerungsfetzen, die am Horizont meines Bewusstseins auftauchen, riechen nach White Linen und Azzaro. Die Tagebücher von damals sind verloren gegangen, ich weiß nur noch, dass ich Stefan schwülstige Liebesbriefe schrieb und von ihm auch welche bekam. Wenn ich Emma und Paul heute davon erzählen würde, wüssten sie nicht, wovon ich spreche. *Briefe? So mit der Hand? Wozu, Mama? Wozu macht man das?* Vor allem aber erinnere ich mich jetzt – genau an dieser Stelle – an den Schmerz, als er mich für meine damals beste Freundin verließ, an den doppelten Verrat. *The first cut is the deepest*. Gegen diesen Fieberkurvenausschlag, den der erste Liebeskummer verursacht, ist alles, was danach kommt, nur ein Zucken.

Emma und Tim. Meine Kinder. Sollte ich mich vielleicht doch mal bei ihnen melden? Ich höre Werners Stimme in meinem Ohr: »Die Kinder sind *erwachsen*. Glaubst du, die wollen, dass ihre Mutter sie alle fünf Minuten belästigt?«

Werners Stimme kann ich jetzt gar nicht gebrauchen. Der Mann, dem die billigste Reise gut genug ist.

»Ich geh mal kurz raus«, sage ich zu niemand Speziellem, es hört ohnehin keiner zu. Brauche dringend frische Luft.

Ich löse mich vom Tresen, kämpfe mich durch Menschentrauben, trete aus den Rauchwolken hinaus auf den menschenleeren grauen Platz. Am Horizont das Dach der Tankstelle, das Restaurant, die Fahnen. Nicht, dass wir noch die Abfahrt des Busses versäumen. Das würde mir gerade noch fehlen.

Ich schaue mich um. Keine Menschenseele zu sehen. Ich schnüffle an meiner Bluse: Sie stinkt, als hätte ich in der Räucherkammer gelegen. Ich atme tief ein und aus, fühle mich seltsam beschwingt. Vielleicht, weil ich schon lange kein Abenteuer mehr erlebt habe? Lilos Leben gibt mir zu denken. Keine Familie, dafür die Freiheit, herumzureisen, ohne Rücksicht zu nehmen. Wäre das etwas für mich? Ich habe lange bereut, nach dem Studieren kein Auslandsjahr absolviert habe. Sobald Familie da ist, ist es vorbei mit dem Reisen allein. Dann bist du eingekeilt zwischen Arbeit, Kindern und Haushalt, tausend Wünschen, Zwängen und Kompromissen.

Als ich an die Bar zurückkehre, erklärt Lilo den Herren gerade meinen Beziehungsstatus.

»Romy ist schon so lange verheiratet! So lange!« Sie breitet die Arme aus.

Offenbar ein trauriges Thema, denn die Fernfahrer setzen eine Leidensmine auf, alle drei. Fernfahrer und Fernbeziehungen beginnen nicht ohne Grund mit der gleichen Silbe. Einer der Typen erzählt, er sei unterwegs nach Helsinki, der zweite fährt nach Warschau, der dritte nach Dresden. Guido, der Schmale, führt Eisenrohre, Richie, der Fleischige, hat Tierfutter geladen, Charly, der Fels, Gasflaschen (Gefahrengut). Alle drei sind verheiratet und haben insgesamt siebeneinhalb Kinder, das halbe steckt noch im Bauch einer Fernfahrerbraut namens Uschi. Ich erfahre so viel, das ich niemals wissen wollte! Die drei richten jedes Wort an Lilo, die halb belustigt, halb gelangweilt zuhört. Mich nehmen sie in Kauf wie den Staub auf der Fensterbank oder Helgas schnarrende Zurechtweisungen.

Ob so eine Fahrerkabine wirklich so gemütlich sei, will Lilo jetzt wissen. Strategischer Fehler.

»Kommt mit«, ruft Guido. »Hausbesichtigung!«

Ich muss einschreiten. Jetzt sofort.

»Oh nein«, sage ich, »danke, aber nein. Wir müssen zurück. Der Bus fährt ab.«

»Mein Gott, du Spielverderberin. Das dauert nur zwei Minuten, hab dich nicht so.« Nach dem dritten Schnaps scheint Lilo nicht mehr so treffsicher zu sein in ihren Entscheidungen, aber das ist jetzt kein guter Zeitpunkt für Grundsatzdiskussionen. Der Fels schickt mir bereits einen warnenden Blick.

Und dann kommt mir die Jukebox zu Hilfe.

Holzmichl.

»Endlich!«, brüllt Hugo mit der Bisongürtelschnalle und hakt sich bei Richie unter. Die beiden vollführen einen experimentellen Tanz, wobei sie die Beine abwechselnd nach vorn schleudern, immer schön außerhalb des Takts.

Helga dirigiert mit einem halbvollen Bierglas, Guido pirscht sich an Lilo an und versucht, sie zu einem Tänzchen zu überreden.

Nie hätte ich mir das vorstellen können, aber ich sehne mich tatsächlich nach meinem Sitz mit den orangefarbenen Rhomben zurück. Außerdem sagt die Uhr: fünf nach.

»Lilo, wir müssen«, rufe ich gegen die Musik ankämpfend.

Ihre Antwort: ein herzhaftes Lilo-Lachen. »Komm, das hören wir noch zu Ende. Glaubst du, die fahren ohne uns? Nie im Leben. Na, was sagst du zur Stimmung? Super oder super?«

»Lilo!«

»Du müsstest dich jetzt im Spiegel sehen. Dieser Gouvernanten-Blick!«

Das reicht mir. Ich bin dann mal weg.

1 MINUTE DAVOR

Ich erinnere mich an einen Leserbrief einer jungen Mutter, die sich darüber beklagte, dass ihr Mann nur das tat, was seine eigene Mutter ihm sagte. Nie folgte er den Ratschlägen oder Bitten von ihr, seiner Frau, immer hatte die Schwiegermutter das letzte Wort. Ein Leben am kürzeren Ast. So fühle ich mich auch in diesem Moment, neben Lilo.

Was hatte ich der Leserin damals geraten?

Ihr Mann kann sich offenbar nicht von seiner Mutter lösen. Sagen Sie ihm klar, dass Sie diese Vorgangsweise respektieren, aber nicht akzeptieren. Als Ehefrau erwarten Sie zu Recht einen loyalen Ehemann. Sollte er nicht gewillt sein, Ihnen entgegenzukommen, müssten Sie sich in letzter Konsequenz klar darüber sein, was Sie möchten: bleiben und die Schwiegermutter in Kauf nehmen. Oder gehen.

Lilo hört ebenfalls nicht auf mich, und auch wenn's in diesem Szenario keine Schwiegermutter gibt: Ich habe mich entschieden.

Ich lege den Zehn-Euro-Schein auf den Tisch. »Stimmt so«, sage ich.

»Glaub ich nicht«, sagt Helga. »Macht nämlich elffuffzich.«

»Die Herren übernehmen den Rest«, sage ich und deute auf die drei Musketiere.

Ich stehe auf, gehe, ohne mich von Lilo zu verabschieden. Raus aus dem PARADIES.

Und nun? Tja.

Jetzt stehe ich hier. Der Wind zerzaust mir das, was man ohnehin schon lange keine Frisur mehr nennen kann. Über mir hängt ein drohend dunkelgrauer Himmel. Das Dröhnen der Lkw in meinen Ohren. Noch niemals in meinem Leben habe ich mich in so kurzer Zeit so lange auf und neben Autobahnen aufgehalten. Was will mir das Schicksal damit sagen? Den ANNAROSA-Leserinnen empfehle ich gern, viele neue »erste Male« in ihrem Leben zu suchen. Wenn wir etwas zum ersten Mal tun, dann fühlen wir uns lebendig. Dann verrinnt die Zeit langsamer und das Leben wird praller. Zeit auf Autobahnraststätten zu verbringen zählt definitiv nicht dazu.

Ich drehe mich um. Ist Lilo mir gefolgt? Nichts zu sehen. Also gut. Ich werde Jöbstl bitten, noch ein paar Minuten zu warten. Vielleicht ist er so freundlich und fährt am PARADIES vorbei.

Dann atme ich tief ein.

Und laufe los.

TEIL II

5 MINUTEN DANACH

Vergessen werden ist schlimmer als Sitzen gelassen werden. Sitzen gelassen wird man vorsätzlich. Absichtlich. Da weiß der andere ganz genau, was er tut. Vergessen wird man unabsichtlich. Beiläufig. Weil der andere nicht an dich denkt. Oder weil du ihm gleichgültig bist.

In meiner zitternden Hand das Handy. Ein Prozent Akku. Kein entgangener Anruf. Das kann ich jetzt nicht glauben. Dafür gibt es nur eine einzige Erklärung: Werner hat sich nicht gemeldet, weil sie noch irgendwo hier sind. Er kann mich nicht vergessen haben, unmöglich.

Ich klicke auf seinen Namen. *Flumm.* Das Display geht aus. Akku tot. Dann eben persönlich. Ich stürze durch die elektrische Tür ins Restaurant. Die müssen ja hier wohl wissen, wo sich die Truppe versteckt. Vielleicht gibt's noch ein Hinterzimmer mit Bonuskoffern.

Im Festsaal wird bereits eifrig zusammengeräumt. Holzpaneele, wohin man schaut, auf der Decke, an den Wänden, ein trauriges Beispiel architektonischen Scheiterns. Zwei Männer rollen die übrig gebliebenen Trolleys hinaus. Einer der Typen sieht aus wie Elvis. Der andere ist eine vollschlanke Variante von Florian Silbereisen.

»Entschuldigung«, keuche ich, »aber wo sind die anderen?«

»Die anderen Koffer?«

»Die anderen Leute!«

Die beiden sehen mich verständnislos an.

»Na die Reisegruppe! Die gerade hier war!«

»Ach so, die«, sagt Elvis und rollt einen Trolley vor die Tür.

»Die sind nicht mehr da«, sagt Reserve-Florian, so als sähe ich das nicht.

»Wohin?« Meine Stimme überschlägt sich.

Nun kommt auch noch eine Kellnerin rein und stapelt die Stühle übereinander. Der Krach ist schwer erträglich.

»Raus«, sagt er. »Zum Bus.«

»Ja und?«

»Was – und?«

»Ich sehe keinen Bus.«

»Dann wird er gefahren sein«, lautet Florians Urteil.

Ich stürme raus ohne Gruß. Danke für Nichts.

Draußen steht Lilo und raucht.

»Keine Aufregung«, sagt sie präventiv. »Die *müssen* auf uns warten.«

»Ruf an«, fordere ich sie auf. »Ruf sofort an.«

»Wen?«

»Na das Reisebüro! ZACKIG REISEN, aber zackig!«

»Samstagnachmittag? Die haben geschlossen.«

»Dann den Jöbstl. Den Busfahrer.«

»Von dem habe ich keine Nummer.«

»Ach, gib einfach her.«

Sie reicht mir ihr Handy. Dann rufe ich eben Werner an. Grünes Telefon-Icon. Null, sechs, sechs, neun – oder war es noch eine Null? Du meine Güte, ich scheitere schon an den ersten Ziffern. Vor meinem inneren Auge: eine leere, weiße Fläche. Ich erinnere mich an keine einzige mickrige Zahl. Der Fluch der Digitalisierung.

»Die kommen gleich wieder«, sagt Lilo. »Sie checken, dass wir nicht da sind, dann drehen sie um.«

»Ach ja.«

»Ja, natürlich, was glaubst *du* denn? Möglich, dass mich niemand vermisst. Aber dein Werner wird ja wohl Alarm schlagen.«

»Wir hätten früher zurückgehen sollen.«

Ich bin *etwas* verärgert, um es freundlich auszudrücken. Hätten wir uns mit den drei Helden der Landstraße nicht verplaudert, bräuchten wir hier jetzt nicht dumm herumstehen.

»Hätte, hätte, Fahrradkette.« Lilo zieht hektisch an der Zigarette. So entspannt, wie sie tut, ist sie wohl doch nicht.

Ich schaue in die Ferne. Auf der Autobahn donnern die Laster in einer langen stinkenden Kolonne vorüber. Flugzeuge zeichnen Schnittmuster in den Himmel. Schön langsam meldet sich mein Magen. Die Zigarette war auch nicht die beste Entscheidung meines Lebens. Ich bin nicht nur auf Lilo wütend, sondern auch auf mich.

Lilo bietet an, zwei Sandwiches zu kaufen. Ich bleibe hier und überwache den Platz. Mein Herz zieht sich zusammen, während die Minuten verrinnen. *Komm zurück, komm zurück*, wiederhole ich innerlich wie ein Mantra. Und kann es immer noch nicht fassen. Was ist bitte schön passiert? Ich kann mir nur vorstellen, dass Werner dachte, ich sitze immer noch neben Lilo, und er sich deshalb nicht darum gekümmert hat, ob ich tatsächlich zurückgekehrt bin. Aber dass zwei fehlende Reisende tatsächlich niemandem auffallen?

Und mit einem Mal bin ich wieder elf und stehe vorm Landschulheim in Tirol und warte auf meine Klassenkameraden. Es schneit, es ist bitterkalt und ich friere, aber gleich kommt der Bus und lädt mich und meine Skier – damals noch mit Fangriemen – ein. Denn heute ist das Abschlussrennen auf der roten Piste, die ganze Woche haben wir auf das Rennen hingefiebert, und ich musste doch noch aufs Klo, weil ich so nervös war. Meine Freundin Conny sagte, sie würde im Bus einen Platz für mich freihalten, und ich wartete und fror und sah den Leuten zu, die auf der anderen Straßenseite vorüberspazierten. Wenn ich einen lila Skianzug sah, dann bedeutete es, dass der Bus gleich kommen würde. Bei einem schwarzen Skianzug müsste ich noch ein wenig warten. Ich spürte meine Finger nicht mehr, so kalt war mir, und irgendwann begann ich zu weinen vor Enttäuschung und Frust und Angst.

»Hühnchen oder Mozzarella?«

»Was?« Ich zucke zusammen. Ich habe Lilo nicht kommen hören.

Sie hält mir zwei in Plastik eingeschweißte Sandwiches entgegen. »Hey, sorry«, sagt sie leise.

»Schon okay. Ich nehme das mit Mozzarella.«

»Nicht die Sandwiches. Ich meine die Lage, ich die ich dich gebracht habe. Tut mir leid.«

»Ich habe mich auch selbst in die Lage gebracht, bin ja erwachsen«, sage ich und reiße die Plastikverpackung auf. »Hat sich bei dir schon jemand gemeldet?«

»Nope«, sagt sie. »Aber jetzt kann's nicht mehr lang dauern.«

Der Mozzarella schmeckt nach nichts, das Toastbrot nach Styropor. Nach drei Bissen habe ich genug. »Handy bitte.«

Ich rufe die Auskunft an und frage nach der Nummer von Dr. Werner Rukovsky.

Die Dame am anderen Ende sagt: »Das ist eine Geheimnummer.«

Ich bleibe ruhig. Ganz ruhig. »Ich bin seine Frau.«

»Ich kann Ihnen die Nummer trotzdem nicht geben.«

»Es ist dringend. Sehr dringend.«

»Es tut mir leid, ich –«

»Was heißt da *Tut mir leid*? Hören Sie, wir sind VERGESSEN worden! Auf der Autobahn! Ich muss meinen Mann sofort sprechen. Sonst passiert noch was Fürchterliches.«

Ich weiß zwar nicht, was, wäre an ihrer Stelle aber jetzt höchst alarmiert. Außerdem: Wie kann es sein, dass diese Frau etwas über meinen Ehemann weiß und es mir nicht sagt? Eine völlig absurde und untragbare Situation.

»Vielleicht rufen Sie die Polizei?«

»Sie geben mir jetzt Ihren Vorgesetzten, haben Sie gehört? Ich möchte Ihren Chef sprechen.«

»Der ist heute nicht da.«

»Dann geben Sie mir die Vorgesetzte ihres Vorgesetzten!«

Irgendwo muss ja eine Frau sitzen, die Verständnis hat für meine Anfrage. Tüüüüüt. Tüüüüüt. Hat die doch tatsächlich aufgelegt. Ich bin fassungslos. Und wieso um alles in der Welt hat Werner eine Geheimnummer? Fürchtet er sich vor Archäologie-Groupies?

Ich bin kurz davor, das angebissene Sandwich in die Tonne zu werfen, aber Lilo kommt mir zuvor. »Bist du wahnsinnig? Das esse ich!« Sie reißt es mir aus der Hand, stopft es in drei Bissen in sich rein. Einen gesegneten Appetit hat sie ja. »Die kommen gleich um die Ecke, Romy, wirst sehen«, kaut sie. »Können ja wetten.«

Wetten? Ich habe nichts mehr, das ich verwetten könnte. Nichts außer meinen Ärger und meiner Verzweiflung.

Als ich Betty G. googelte, bin ich bei Betty C. (Verwechslungsgefahr!) vorbeigestolpert, einer Atem-Influencerin. Sie füllt ihren Vlog mit Atemtechniken und atmet ihren Followern was vor. 300.000 Abonnenten. Und diese Betty C. zeigt, wie man von hundert auf null kommt. Linke Handfläche auf den Unterbauch, Augen schließen, tief in den Bauch einatmen, Atem anhalten und dann die Luft in Zeitlupe aus dem Mund strömen lassen. Genauso das, was ich im Moment brauche. Ich stelle mich also kerzengerade hin, lege die linke Hand auf den Bauch und atme langsam und bewusst ein und aus.

»Was soll das werden, bitte?«

Ich öffne die Augen.

Lilo starrt mich an. »Bist du schwanger oder was?«

»Pass mal auf, meine Liebe: Das sind Atemübungen. Fürs innere Gleichgewicht.« Dass ich mir das bei einer Atem-Influencerin abgeschaut habe, muss ja niemand wissen.

»Bei mir würde das auch wirken. Aber nur mit Zigarette. Also wenn ich bei jedem Einatmen an der Zigarette ziehe.«

Jetzt muss ich lachen. Die ganze Konzentration im Eimer. Also wieder auf die Gegenwart fokussieren. Ich dehne meine Arme über dem Kopf. »Ich brauche ein Ladekabel«, sage ich. »Und einen Plan. Einen guten, wenn ich bitten darf.«

»Sonst noch was?«

Eine Lilo, die einmal ganz still ist. Der Satz liegt mir auf der Zunge. Aber ich spreche ihn nicht aus. Wir sind hier in einer Ausnahmesituation, da eskaliert es schon mal. Weg mit der Goldwaage.

Als ich elf war und vor dem Landschulheim zitterte, wartete ich übrigens vergeblich auf den Bus. Sie waren gefahren. Ohne mich. Ich erinnere mich bis heute an das nagende Gefühl der Ohnmacht und an den Abgrund der Enttäuschung, der sich vor mir aufgetan hatte. Dann ging ich zurück in die Lobby, die Augen tränenblind, und eine junge Frau kam hinter der Rezeption hervor, ich sehe sie noch vor mir. Ihr langes, dunkles Haar, das ihr ins Gesicht fiel, das Dirndl, das sie trug, ihre tröstenden Worte. Ich durfte mit ihr nach hinten ins Büro gehen und bekam eine heiße Schokolade. Der Chauffeur des Hotels brachte mich mit dem Auto zur Talstation der Seilbahn. Dann fuhr ich allein rauf zu den anderen. Ein Moment, an dem ich mich beinahe erwachsen fühlte. Ich hatte ein Problem allein gelöst. Ganz allein.

Wenig später sitzen wir auf der Bank vor dem Gasthaus. Elvis und Florian verstauen die Rollkoffer in einem ROLLITOS-Lieferwagen.

»Na, immer noch da?«, fragt Elvis sinnloserweise. »Sollen wir euch mitnehmen?«

»Fahrt ihr nach Italien?«, will Lilo wissen.

»Fast«, sagt Florian. »Nach Unterstrutzbach in den Gasthof Peine. Gibt ein sensationelles Gulasch dort.«

»Klingt toll«, sagt Lilo. »Aber ich glaube, wir warten noch ein bisschen.«

Als sie fahren, winken sie uns zum Abschied. Nette Jungs.

Und dann der Geistesblitz. ANNAROSA. Das ist es. Die Telefonnummer steht im Internet. Ich rufe mit Lilos Handy in der Redaktion an.

Kata ist erstaunt, mich zu hören. »Vergessen? An einer Raststation? Das ist nicht dein Ernst.«

Höre ich da ein Kichern oder ist das ein Laut der Entrüstung? Egal. Ich instruiere sie. »Du bist doch Journalistin, Kata.«

»Grafikerin.«

»Egal. Du arbeitest bei einer Zeitschrift. Schon mal was von investigativem Journalismus gehört? Mach bitte Werners Handynummer ausfindig. Ich kann das gerade nicht. Mein Handy ist tot. Richte ihm aus, dass er mich so schnell wie möglich auf Lilos Handy anrufen soll, sonst passiert was Schlimmes. Was ganz Schlimmes. Du weißt schon, Lilo ist meine neue Reisebegleitung. Und hier ist ihre Nummer: Null null ... äh. Lilo, wie ist noch mal deine Nummer?«

Lilo diktiert mir die Ziffern, die ich postwendend weitergebe.

Kata macht sich dankenswerterweise Notizen, denn ich höre sie nach ein paar Minuten wiederholen: »... auf Lilos Handy ... mit dem Schlimmsten ... Und das wäre?«

»Überlege ich später.«

»Du weißt aber schon, dass das mit investigativem Journalismus bei uns nicht so weit her ist? Ich heiße nicht Wallraff mit Nachnamen.«

»Danke für die Info. Das hier ist übrigens ein Notfall.«

»Hör mal, wenn du zurückkommst, machen wir eine Story draus. Ich sehe schon die Überschrift vor mir: FAMILIENDRAMA: ZWEIFACHE MUTTER AN TANKSTELLE AUSGESETZT.«

»Weißt du was, Kata? Gut, dass du Grafikerin bist und keine Journalistin.«

»Höre ich da eine leise Ironie heraus?«

»Eine laute«, sage ich. »Ich lege jetzt auf.« Muss die Leitung freihalten, falls Lilo einen Anruf bekommt.

»Aye aye, Käpt'n«, sagt Kata.

Nachdem ich Lilo das Handy zurückgegeben habe, schließe ich die Augen und lege meine Handflächen auf die Ohren, nur ganz sachte, ohne zu pressen. Das Motorengedröhne klingt mit ein wenig Fantasie jetzt wie an eine Küste anbrandende Wellen. Oh ja, könnte ich mir gleich patentieren lassen: das Raststätten-Meer. Kostet nichts und Liege muss man auch keine besetzen. Der dezente Geruch nach Benzin stört keineswegs. Man könnte sich ja vorstellen, dass da gerade ein Öltanker vorbeischippert.

Was ist eigentlich aus Conny geworden? Conny, die mir damals den Platz neben sich freihalten wollte. Wir haben uns geschworen, für immer befreundet zu bleiben. Für *immer*. Was für ein Wort, wenn man elf ist. Ich habe jedenfalls nie wieder etwas von ihr gehört. Als Facebook aufkam, habe ich versucht, meine Schulfreunde wiederzufinden, aber die Frauen waren alle verheiratet und unter ihren Mädchennamen nicht mehr auffindbar.

Der Himmel verdüstert sich. Dunkelgraue Wolke ziehen auf und verdecken nach und nach den Himmel. Ein Gewitter ist genau das, was mir gerade noch fehlt.

In diesem Moment zweigt ein Bus von der Autobahn ab und rollt gemächlich auf das Restaurant zu. Ich springe auf. Na endlich. Wir sind gerettet. Sie sind da. Wurde aber auch Zeit.

»Hab ich's doch gewusst«, meint Lilo. »Die ganze Aufregung umsonst.«

Fieberhaft überlege ich mir die passende Begrüßungsrede für Werner. Auf jeden Fall müssen die Worte »egoistisch«, »blind« und »wirklich zu blöd« vorkommen. Und es wird ganz sicherlich keine weichgespülte Ich-Botschaft, sondern ein knallharter Du-Vorwurf mit allem, was Gott und die gewaltfreie Kommunikation verboten haben.

Der Bus bleibt ächzend stehen und die Reisenden steigen aus. Komisch, an die Frau mit den roten Haaren kann ich mich gar nicht erinnern. Und der kleine Mann mit dem Kapuzenpulli? Ich fahnde angestrengt nach bekannten Gesichtern. Jetzt rächt sich meine Unaufmerksamkeit. Seltsam angezogen sind sie auch. Trotz frischer April-Temperaturen sind die Leute gekleidet, als würden sie sich auf den Bahamas vom Pool zur Bar begeben: Die Männer tragen kurze Hosen und Polo-Shirts – einer sogar mit Achselhemd – die Damen gerüschte Strandkleider und Sandalen, fast allen steckt eine Sonnenbrille im Haar. Wo ist eigentlich der Jöbstl?

Die Erkenntnis setzt schubweise ein. Auf dem Bus steht gar nicht ZACKIG REISEN. Da steht GLOBO TOURS.

Lilo hat es auch schon erkannt. »Das ist nicht unser Bus. Und dafür habe ich jetzt die Zigarette weggeworfen?«

Wir stehen vor dem Restaurant wie ein Begrüßungskomitee, das zum falschen Eingang gerufen wurde – mit hängenden Armen und langen Gesichtern. Die Reisegruppe marschiert an uns vorbei, niemand würdigt uns auch nur eines Blickes.

»Mist«, sage ich.

Lilo wirft mir einen Blick zu. »Okay, und jetzt?«

Wir setzen uns wieder.

Es ist ganz still, zumindest so still, wie es neben der Autobahn sein kann. Schweigend sehen wir dem Busfahrer dabei zu, wie er um den leeren Bus herumgeht und mit dem Fuß gegen die Reifen tritt. Dann überquert er den Busparkplatz und verschwindet in Richtung von HELGAS PARADIES.

»Ich drehe eine Runde, kommst du mit?«, fragt Lilo.

Ich schüttle den Kopf. Jetzt kann's ja nicht mehr lang dauern. Ich bin davon überzeugt, dass Kata alle Hebel in Bewegung setzt, um Werner zu kontaktieren. Und dann kann er was erleben.

Kurz darauf ist Lilo schon wieder zurück. Völlig aufgedreht. »Weißt du, wohin der Bus fährt? Rate mal. Nein, rate nicht, da kommst du nie drauf. Ich sag's dir: nach Grado. Ans Meer.«

»Schön«, sage ich.

»Schön? Das ist alles?«

»Was erwartest du? Ein Freudengeheul?«

»Die fahren in unsere Richtung!«

»Wunderbar, nur leider ist es nicht unser Bus.«

»Aber es könnte unserer sein. Ich habe gezählt, wie viele da reingegangen sind. Und ich weiß, wie viele Sitze der Bus hat. Ist dasselbe Modell wie unserer. Da müssten noch fünf Plätze frei sein. Wir fahren einfach mit denen mit.«

»*Einfach*. Aha.«

»Na klar! Wir schmuggeln uns hinein und die Sache ist geritzt.«

»Vielleicht ist das deine Art zu reisen, Lilo. Meine ist es nicht. Ich schmuggle mich nicht in fremde Busse hinein, wo kämen wir denn da hin?«

»Nach I-TA-LI-EN, meine liebe Romy! Nach Italien, dorthin kommen wir! Und wenn wir erst einmal über die Grenze sind, fahren wir unserem Bus mit dem Zug nach. Oder wir trampen. Was weiß ich. Irgendwie werden wir sie schon einholen.«

Irgendwie?

»Ich habe kein Geld, Lilo. Nicht einen müden Cent. Ich bleibe hier und basta.«

Über ihre Idee lasse ich mich erst gar nicht aus. Hirnrissig bis dorthinaus. Aber wenn dir ein Gesprächspartner einen völlig absurden Vorschlag macht, dann schmettere ihn nicht ab – damit beschwörst du nur eine nervenzehrende Diskussion herauf –, sondern bringe ein Argument vor, dem der Gesprächspartner folgen kann. Weisheit aus Romys Kommunikations-Baukasten, unzählige Male in der ROMY RÄT-Kolumne zum Besten gegeben.

Außerdem erwarte ich minütlich unseren Bus zurück. Wahrscheinlich ist die nächste Ausfahrt weiter weg, und schließlich müssen sie ja den ganzen Weg zur Raststation auch wieder zurückfahren.

»Mir ist kalt«, sagt Lilo. »Ich geh da mal rein, spionieren.« Sie deutet auf das Gasthaus. »Und du?«

»Ich bleibe«, sage ich trotzig wie ein Kind.

Lilo zuckt mit den Schultern. Und schon ist sie fort.

Nie hätte ich gedacht, dass ich den Jöbstl einmal vermissen werde. Aber genau das tue ich. Ich vermisse seine schnarrende Stimme, ich vermisse Mariannes sympathischen Kommentare, ja, sogar die KÜCHENGLÜCK-Pfannen vermisse ich. Ich vermisse meine Jacke, ich vermisse meine Geldbörse. Ich reibe meine Schultern mit den Händen. Es ist mir schrecklich unangenehm, Lilo auf der Tasche zu liegen. In so einer Lage war ich noch nie. Immer hatte ich Geld in Reichweite. Und wenn nichts in der Geldbörse war, gab's in der Nähe einen Bankautomaten. Ohne Geld bist du nicht nur mittellos – du bist völlig verloren, denke ich jetzt. Du kannst dich nicht rühren, bist auf Mildtätigkeit angewiesen. Da merkst du erst, wie sehr das angemalte Papier dir Macht verleiht. Und Freiheit.

Werner hat ja immer den sprichwörtlichen Notgroschen in seinen Hosentaschen: Zwei Zwei-Euro-Münzen, mit denen er sich – falls alle Stricke reißen – entweder einen Cappuccino, einen Blutdrucktest in der Apotheke, einen Schokoriegel oder ein Päckchen Papiertaschentücher kaufen kann. Er ist da sehr diszipliniert und konsequent – für etwas anderes als für genau diese definierten Zwecke dürfen die Münzen nicht verschwendet werden.

Geld ist übrigens ein häufiges Thema bei ROMY RÄT. Vor allem dann, wenn Partner unterschiedlich damit umgehen. Für den einen ist es Mittel zum Zweck, für den anderen heiligt es Ersteres. In gar nicht so seltenen Fällen geht es darum, dass sich ein Paar plötzlich einschränken muss, etwa weil einer die Arbeit verliert. *Plötzliche Einschränkung*. Nichts anderes passiert mir gerade. Auch wenn ich davon ausgehen kann, dass es sich nur um einen kurzen Zeitraum handelt. Andere haben es da schon schwerer. Einer älteren Leserin, die ihre Villa verkaufen musste, weil die Firma ihres Mannes bankrottging, riet ich, *sich auf die kleinen Dinge zu fokussieren, die Ihr Herz erfreuen. Dinge, die nichts kosteten. Die Blumen, der Gesang der Vögel, ein Gespräch mit der Nachbarin*. Gott, was war ich blauäugig! Wenn mir heute jemand raten würde, mich auf die kleinen Dinge auf dieser Raststätte zu fokussieren, um mich von meinen größeren Problemen abzulenken, würde ich ihm den Eimer mit Waschwasser neben der Zapfsäule über dem Kopf leeren. Ganz abgesehen davon, dass ich nicht wüsste, was diese *kleinen Dinge* sein sollten. Das abgeschabte Holz auf der Bank, auf der ich gerade sitze? Die Tafel mit den Eissorten, die schief im Schaufenster des Shops hängt? Die Benzinwolke, die regelmäßig zu mir herüberweht?

Die Reisegruppe kommt aus dem Gasthaus. Jeder zweite trägt einen unhandlichen Karton. Als Letzte kommt Lilo. Sie winkt mir fröhlich zu und nähert sich mit federndem Schritt.

»Heizdecken«, sagt sie. »Um ein Haar hätte ich auch eine gekauft.«

Der junge Busfahrer verstaut das zusätzliche Gepäck fachmännisch im Bauch des Busses.

»So, los geht's, aufstehen, Madame«, sagt Lilo und wedelt mit den Händen. »Die fahren gleich los.«

»Ich bleibe hier. Hat wer angerufen?«

Lilo checkt ihr Handy. »Nope.«

Was ist da los? Warum melden die sich nicht?

Ein Windstoß fährt mir in die Bluse. Ich fröstle. Werner, das wirst du mir büßen. Ich werde dich teilhaben lassen an jeder einzelnen Minute auf dieser Raststätte, und du wirst mir zuhören müssen. Gnadenlos. Zaghaft beginne ich, mich mit Lilos Idee anzufreunden, auch wenn ich noch Einwände vorbringe. »Wir sind doch nach zehn Sekunden aufgeflogen«, sage ich. »Wie soll das funktionieren?«

»Lass mich nur machen. Eins kann ich dir sagen: Gemütlicher wird's hier nicht mehr. Nur kälter. Schweinekalt. Und du willst doch zu diesem Ronny Pirelli, wenn ich mich recht erinnere.«

»Rocco Minelli.«

»Sag ich doch.«

»Und wenn das nicht klappt?«

»Was soll schon passieren? Jetzt sei doch nicht so ein Hasenfuß!«

»Aber eins sag ich dir: Wenn die uns mitten auf der Autobahn aussetzen –«

»Zu viele Krimis geguckt?« Sie fährt sich mit den Fingern durchs Haar. »Jetzt nur noch ein wenig hübsch machen, dann geht's los. Wer weiß, wann der nächste

Bus vorbeikommt, der nach Italien fährt. Das ist unsere Chance.«

Seufzend erhebe ich mich. Wenigstens ist es ein Hoffnungsschimmer am Horizont, demnächst doch noch nach Italien zu kommen.

Wir hängen uns an den letzten Passagier dran. Noch würdigt uns keiner eines Blickes. Der Strand von Grado taucht vor meinem geistigen Auge auf. Bilder habe ich unzählige davon gesehen: die erhöhte Strandpromenade mit ihren Cafés und Restaurants, die gelb-blauen Sonnenschirme, die in militärischer Formation die Gäste erwarten, der Sonnenuntergang, der von den Terrassen aus genossen wird. Ein Schluck Wein. Ein paar Grissini.

Da steht er. Der Bus. Hell erleuchtet. Strahlend. Ich lasse Lilo den Vortritt. Wir gehen den Gang entlang. Besetzt, besetzt, besetzt. Manche der Reisenden schauen uns neugierig an, andere misstrauisch. Besetzt, besetzt, besetzt. Und zwar alles. Bis auf den allerletzten Platz.

Ich stupse Lilo an. »Wo sind da bitte fünf Plätze frei?«

»Oha«, macht Lilo.

Mathematik scheint nicht ihre größte Stärke zu sein. Wir wenden. Jetzt so tun, als sei nichts passiert und auf dem schnellsten Weg wieder raus. Das erregt Aufmerksamkeit. Immer mehr Leute drehen sich nach uns um.

Lilo tut so, als zähle sie die Reisenden. »Drei-, vier-, fünfundzwanzig, sechsundzwanzig –«

In einem ramponierten Glitzerpulli wirkt die ganze Aktion besonders glaubwürdig.

Der junge Busfahrer steht breitbeinig mitten im Gang und beäugt unser Schauspiel. Er sieht stark aus. So stark, als könnte er eine dreihundert Jahre alte Eiche aus der Erde reißen. Einfach so. Unterarme, so dick wie meine Oberschenkel. Wir laufen direkt auf ihn zu.

»Vorsicht, Lilo, da vorn!«, zische ihr zu.

»What are you doing?«, fragt er streng.

Der kalte Schweiß bricht mir aus.

»I am counting«, erwidert Lilo, als sei es das Selbstverständlichste der Welt. »The passengers in this bus.«

»Why?«

»Well, because I have to. It's our job. We are from the ministry of –«

Wie bitte? Oh nein, nein, neinneinnein. Ich halte den Atem an.

»... finance.«

Ich huste unwillkürlich. Ministry of Lies. Wir kommen vom Lügenministerium.

»Finance?« Jetzt wird er hellhörig.

»It's because of the – öh, taxes. The taxes.«

Steuern sind immer eine plausible Antwort.

So leicht lässt sich der Busfahrer aber nicht beeindrucken. Ich will nur raus, während Lilo sich in ihren Lügen verheddert.

»Which taxes?«

»Tourism.«

»Show me your ID-Card.«

»We are undercover agents.«

Ich muss mir das alles ganz genau merken, um es Kata, Britt und Monika hinterher haarklein erzählen zu können. Der einzige Lichtblick.

Lilo dreht sich zu mir um. »Hast du einen Ausweis dabei?«

Was für eine Frage. Ich habe doch nicht einmal eine Tasche!

Also kramt sie umständlich in ihrem Rucksack und händigt dem Fahrer schließlich eine Karte aus. Es ist mucksmäuschenstill im Bus.

Der Typ beäugt den Ausweis misstrauisch. Die Falte zwischen seinen Augen vertieft sich. Ich schätze ihn auf Anfang dreißig. Markanter Typ, gutaussehend, bestimmt Bodybuilder. Er trägt ein hellblaues Hemd, das bis zu den Ellenbogen aufgekrempelt ist. Seine auffallend großen Augen stehen ein wenig vor. Er hebt den Blick und fixiert uns.

Stille.

»I'll call my boss«, sagt Lilo. »Now.«

Wo hat sie das gehört? Im Agentenfilm?

Sie holt ihr Handy heraus und tippt drauf herum. Dann hebt sie den Zeigefinger zum Zeichen, dass wir ruhig sein sollen, und beginnt zu plappern. »Ja, also ... ja, hm, natürlich ... Das habe ich ihm auch gesagt, ja ja, was muss ich jetzt –? Ach so, hm ... jaaa klar, ja, ja, ja, hmh, hmmmh, natürlich, sowieso, okay. Hier greift der Paragraf siebzehn, Absatz drei. Und der Paragraf hundertfünfundzwanzig, Abschnitt zwei. Ja, wir werden uns genau ansehen, ob wir die Staatsanwaltschaft einschalten oder nicht.«

Während sie spricht, sieht sie immer wieder hoch zum Busfahrer, der die Arme vor der Brust verschränkt hat. Seine Miene ist versteinert. Eine kleine ältere Dame neben uns hat eine Chipstüte geöffnet und knabbert ohne Unterlass, während sie unsere Vorstellung gebannt verfolgt.

Mir ist mittlerweile alles egal. Und wenn die Polizei kommt, dann kommt sie eben und bringt uns zurück in bewohntes Gebiet. Auch gut.

Lilo ist offenbar fertig mit ihrer Vorstellung. Sie wirft das Handy in den Rucksack. »Everything's okay«, sagt sie mit einer Selbstsicherheit, die an Arroganz grenzt. »We have to leave the bus. Immediately. The task force is arriving soon.«

Task force! Ihre Unverfrorenheit kennt keine Grenzen. Sie hält ihre Hand auf und der Busfahrer gibt ihr die Karte zurück. Dann tritt er tatsächlich zur Seite. Das ist alles völlig surreal.

Pfffffft macht die Tür, bevor sie sich öffnet.

Wir klettern die Stufen runter und spazieren erhobenen Hauptes über den Parkplatz. Wie es sich für Steuerbeamtinnen unserer Klasse geziemt.

»Lilo, bist du verrückt? Wen hast du angerufen?«

»Die Zeitansage.«

»Wie bitte?«

»Na, was denkst du denn? Das Finanzministerium vielleicht?«

»Und der Ausweis? Was war das?«

»Die Mitgliedskarte vom Fitnessclub. *Forever fit.*«

»Lilo?«

»Hmm?«

»Das machen wir nicht mehr, ist das klar?«

Sie schaut ostentativ zur Seite.

»Hast du mich ... Lilo? Schau mich an. Hast du mich verstanden?«

Einer Frau, die sich mit einer Fitnessclub-Karte als Finanzprüferin ausweist, der ist alles zuzutrauen.

»Ja-ha. Jetzt krieg dich wieder ein, ich geh da sowieso nie hin«, sagt sie und kramt in ihrem Rucksack. »Bauch, Beine, Po ist mir viel zu anstrengend. Eine Schufterei, für die du auch noch zahlen darfst. Nö, also wirklich nicht.«

»Du bist verrückt«, sage ich. »Völlig plemplem.«

Lilo bleibt stehen, grinst. Ihr schiefer Eckzahn blitzt hervor, auf ihrer Oberlippe hat sich ein Schweißfilm gebildet. »Ist doch alles gut gegangen. Jetzt mach nicht so ein Theater. Lust auf eine Entspannungs-Zigarette?«

4 STUNDEN DANACH

Wir sitzen auf *unserer* Bank. Soeben ist mir aufgefallen, dass in der Lehne etwas eingeritzt ist: L + M in einem Herzchen. Wackelige Buchstaben in einem etwas unförmigen Herz, dennoch steigen mir beinahe die Tränen in die Augen vor Rührung.

An der Zapfsäule steht *unser* Tankwart. Er muss Mitte zwanzig sein, ist auffallend mager, am Hals tätowiert und befüllt die Tanks der eintrudelnden Autos mit unnachahmlicher Lässigkeit.

Der Himmel ist dunkelgrau und der Wind pfeift heftig. Lilo hat dem Tankstellenshop-Betreiber zwei kuschelig-warme Autodecken abgetrotzt, in die wir uns einwickeln. Der Tee aus dem Automaten ist ekelhaft süß, aber er wärmt wenigstens ein bisschen von innen.

Wir haben es uns also eingerichtet auf unserer Bank und überwachen mit Argusaugen den Platz. Immer wieder einmal ist ein Bus dabei, der seine Passagiere vor dem Restaurant ausspuckt. Manche trauen sich kaum, uns anzuschauen, wenn sie an unserer Bank vorbeigehen, wahrscheinlich aus Angst, dass die beiden traurigen Gestalten in den karierten Decken einen leeren Kaffeebecher zücken und aggressiv zu betteln beginnen.

»Ich sag dir was«, sagt Lilo und zündet sich die hundertste Zigarette an. Und dann: Stille.

»Ja?«

Lilo bläst den Rauch durch die gespitzten Lippen. »Die kommen nicht mehr.« Sie lehnt sich zurück. »Das war's, Darling. Ende der Vorstellung. Ich fahr zurück.«

»Ach ja? Und wie?«

Sie zuckt mit den Schultern. »Autostopp oder so.«

Autostopp! Verrückt. Nie im Leben.

»Doch, die kommen«, sage ich trotzig.

Etwas in mir hält unerschütterlich an dieser Überzeugung fest. Außerdem: Übermorgen ist mein Geburtstag. Den werde ich doch wohl nicht auf einer Tankstelle begehen.

Ich halte die Hand auf: »Handy bitte«, sage ich.

Kata geht nach dem ersten Läuten ran. »Sorry, aber Werner hat eine Geheimnummer«, sagt sie.

»Na klar hat er die! Ich dachte, ihr findet sie heraus!« Da hat man Journalistinnen als Freundinnen – und dann das.

»Ach so«, sagt sie leise. »Du, die Drescher hat uns heute wirklich malträtiert. Ich mache in Zukunft keinen Samstagsdienst mehr, darauf kann sie Gift nehmen.«

»Willst du mir damit sagen, dass du aufgegeben hast?«

Ich erwarte heftigen Widerspruch.

»Na ja«, sagt sie. »Ich weiß ehrlich gesagt nicht weiter – aber die Mädels, die hatten ein paar Ideen. Warte mal.« Rascheln. Sie scheint nach etwas zu kramen.

Lilo hebt fragend die Augenbrauen. Ich sehe zu ihr hoch und zucke mit den Schultern.

»Ach ja, hier«, sagt Kata. »Britt meint, du sollst einen Hubschrauber chartern, der dich rausholt.«

»Aha«, sage ich. »Freu mich, dass ihr darüber lachen könnt.«

»Hey, Süße, wir arbeiten an deiner Stimmung. Jetzt sei doch nicht so. Monika meint, dass sie mal einen Tatort gesehen hat, das war so ähnlich. Ein Mann hat seine Frau an einer Raststätte zurückgelassen, sie wollte dann zu Fuß heim über die Autobahn, dabei hat sie ein Lkw –«

»Danke bestens für die Aufmunterung.«

»Gern geschehen. Und Romy: Ich versuch's natürlich weiter.«

Ich reiche Lilo das Handy. »Wenn du solche Freundinnen hast, brauchst du keine Feindinnen.«

»Ach«, sagt Lilo leise. »Sei doch froh, dass du überhaupt welche hast.«

Ich seufze. Wo sie recht hat, hat sie recht.

Und mit einem Mal meldet sich ein nagendes Gefühl, das ich so gut kenne: Sorge. Was, wenn Werner sich nicht meldet, weil er schlicht und einfach nicht mehr telefonieren *kann*? Weil etwas passiert ist? Weil etwa der Bus über einer Schlucht hängt oder nach einem Bremsmanöver umgekippt ist? Dieser Jöbstl verfügt vermutlich nicht mehr über die allerflinksten Reaktionen. Vor meinem geistigen Auge sehe ich den Bus mitten auf der Autobahn wenden und als Geisterfahrerbus ...

Romy, reiß dich zusammen. Ich schüttle den Gedanken ab und zwinge mich, ins Hier und Jetzt zurückzukehren.

Lilo dreht sich zu mir. »Wie ist er eigentlich?«

»Wer?«

»Werner. Wie ist er so?«

Im ersten Moment weiß ich gar nicht, was ich antworten soll. So wie man sich schwertut, etwas zu beschreiben, mit dem tagtäglich zu tun hat. Weil es einem einfach zu nahe ist.

»Zuverlässig«, sage ich. »Also wirklich extrem zuverlässig. Pünktlich. Wenn er etwas anfängt, dann hört er auch damit auf. Er ist konsequent. Und genau.«

»Klingt, als würdest du deinen Bankberater beschreiben.«

Ich lache auf. »Gar nicht so daneben«, sage ich. »Sparsam ist er nämlich auch.«

»Aber wenn du ihn anpreisen müsstest, wie würdest du ihn beschreiben?«

Tja. Ich überlege. Wenn ich ihn anpreisen müsste, dann würde ich von seinem Humor erzählen. Von seiner Fähigkeit, ganze Runden stundenlang zu unterhalten. Ich würde seinen beruflichen Ehrgeiz schildern, der darin wurzelt, dass er uns als Familie schlicht und einfach ein schönes Leben bieten möchte. Ich würde von seinem unbestechlichen Orientierungssinn erzählen und von seiner Engelsgeduld, wenn es darum geht, mir eine Route in einer fremden Stadt telefonisch näherzubringen. Ich würde von seiner Leidenschaft für die Antike erzählen, aber auch über seinen Gleichmut, wenn es darum geht, mit den Zumutungen des Alltags zurechtzukommen. Ich würde sein Verhandlungsgeschick und sein Geerdetsein loben. Glück, das ist für Werner immer das kleine, das erreichbare Glück. Der nächste Schritt. Als die Kinder klein waren, saß er abends in ihrem Zimmer und erzählte ihnen mit eigenen Worten die Sagen des Altertums nach, während ich im Flur stand und atemlos zuhörte, wie Daidalos seinem Sohn Ikarus ein Gefieder bastelte und beide über die Meere und Inseln flogen wie Vögel. Den Absturz ließ Werner aus, er erwähnte ihn mit keinem Wort. Er ließ Ikarus leben, tauschte kurzerhand das Ende aus, damit die Kinder nicht schlecht träumten. Eine Liebenswürdigkeit, die noch heute in mir nachklingt.

Zu Lilo sage ich: »Ich hätte es schlechter treffen können.« Klar: Herzklopfen, Endorphinräusche und Schmetterlingskolonien im Bauch kann man nach zwanzig Jahren nicht mehr erwarten. Dafür gibt's massenhaft Oxytocin – das Bindungshormon, das Stress abbaut und den Blutdruck senkt. Und auch wenn Werner haargenau weiß, wie er mich zur Weißglut treiben kann, bleibt er der Mann, mit dem ich mein Leben verbringe. So dachte ich jedenfalls. Vor Madame Hutschnur. Und vor diesem Urlaub.

Lilo beugt sich zu mir. »Hey, heulst du? Brauchst du nicht, wir kommen hier schon wieder weg.«

»Das sieht ihm nicht ähnlich«, schniefe ich. »Das sieht ihm überhaupt nicht ähnlich. Werner ist total verantwortungsvoll. Er würde mich nie einfach so *vergessen.*«

Ich erwarte irgendeine freche Ansage, aber Lilo nickt bedächtig. »So schätze ich ihn auch ein«, sagt sie.

Und dann erzählt sie plötzlich von ihrem Job in der WUNDERBAR, offenbar eine alkoholische Ambulanz für verletzte Männerseelen. Wie oft sei es passiert, dass ihr ein frisch Verlassener sein Leid geklagt habe, und nie, sagt Lilo, nie hatten sie es kommen sehen. »Die Männer sagen immer: ›Ach, für uns war doch alles in Ordnung! Eine gute Beziehung! Ich weiß gar nicht, was sie WILL!‹ Während die Frauen innerlich schon einen dicken, fetten Schlussstrich gezogen haben. Weil sie es gründlich satthatten. Deshalb sag ich zu den Männern: Fragt eure

Frauen, ob sie immer noch so glücklich sind wie am Anfang. Und wenn nicht, dann tut verdammt noch mal was dafür. Sonst dürft ihr euch nicht wundern, wenn sie gehen. So lala durchschwindeln – das reicht den Frauen nicht.«

»Ich will ja gar nicht gehen«, sage ich. »Nur bin ich mir nicht sicher, ob ich bleiben möchte.«

Lilo stutzt. »Das ist mir jetzt zu hoch.« Sie wirft den Zigarettenstummel auf den Boden und tritt ihn mit dem Sneaker aus. »Werde mal nachforschen, ob ich uns was zum Knabbern besorgen kann. Kommst du mit?«

»Ich bleibe.«

Der dünne Tankwart mit dem Hals-Tattoo wirft mir ein paar Worte zu, bevor er in Richtung Shop stapft.

Ich kann ihn nicht verstehen.

Er formt die Hände zu einem Trichter. »Probleme?«

»Alles bestens!«, rufe ich ihm zu und ringe mir ein Lächeln ab.

Er bleibt stehen. »Weil Sie seit Stunden hier herumsitzen!«

»Ich bewundere die Aussicht.«

Er dreht sich um, damit er sehen kann, was ich sehe: ein Dach, darunter mehrere Zapfsäulen, Autos, schwarze Eimer mit Wasser, um die Scheiben zu putzen, die Anzeige mit den Treibstoffpreisen. Alles Dinge, die mich noch nie interessiert haben. Aber für den Moment der Ort, an dem sich möglicherweise mein Leben entscheidet. Es ist doch immer so: Die Szenerie um einen herum gewinnt an Bedeutung, sobald sich etwas darin abspielt, was für einen wichtig ist. Und so ist es auch mit dieser Raststätte.

Der Tankwart zuckt mit den Achseln, dann verschwindet er im Tankstellenshop, und ich versuche, den Bus gedanklich anzulocken. Gleich bist du da, *put put put*, gleich biegst du um die Ecke, gleich, lieber Bus, gleich, gleich wirst du kommen und uns auflesen, du bist schon ganz nah. Ich steigere mich in eine Beschwörungstrance hinein. *Bus, Bus, Bus* denke ich mit jedem Herzschlag.

Die Einzige, die ich damit anlocke, ist Lilo.

»Auf, auf, Prinzessin«, sagt sie außer Atem. »Helga lädt uns ein. Ich habe ihr erzählt, was passiert ist. Sie hat Mitleid und ein Ragout. Auf was davon hast du Lust?«

»Danke«, antworte ich. »Aber ich muss den Platz überwachen.«

»Sie wird Mario Bescheid geben, er hält die Augen offen.«

»Mario?«

Sie deutet auf ihren Hals. Ach so, der Tankwart. »Ihr Sohn?«

»Neffe.«

Ein Familienunternehmen also. Schön, langsam lernen wir alle hier kennen. Wie im Urlaub, nur ohne Urlaub. Und die Bank muss man auch nicht reservieren, die bleibt automatisch für uns frei.

6 STUNDEN DANACH

Nie hätte ich gedacht, dass ich HELGAS PARADIES ein zweites Mal in diesem Leben betrete würde.

»Arme Mädchen!«, ruft Helga schon von Weitem.

Mädchen, sie hat Mädchen gesagt. Lilo und ich schauen uns an, grinsen. Als wir die Bar erreichen, stehen zwei Schnäpse für uns bereit.

»Geht aufs Haus«, sagt Helga. »Ex und hopp, wenn ich bitten darf. Der Hirsch ist gleich fertig. Ihr habt doch Hunger, oder?«

»Und wie«, sagt Lilo.

Folgsam kippen wir den Schnaps runter und mir wird augenblicklich innen und außen warm.

Das PARADIES hat sich mittlerweile geleert. Unsere drei Freunde von vorhin sind fort. Ein Paar mittleren Alters sitzt stumm vor seinem Bier. Andere Paare beim einander Anschweigen beobachten und froh sein, dass es bei einem selbst noch nicht so weit ist: Das ist ein Spiel, das ich gern mit mir selbst spiele. Werner und ich, wir streiten noch, und ich deute das als gutes Zeichen. Gefährlich wird es erst, wenn die Kommunikation zur Gänze zum Erliegen kommt.

Die Frau hebt den Kopf, schaut den Mann an, der sein Bierglas mit den Händen umfängt. Er sieht für einen Moment auf, dann fixiert er wieder den Schaum in seinem Bier. Die Frau, eine untersetzte Blondine mit einer hochkomplizierten Flechtfrisur und dunkelrotem Lippenstift, seufzt.

»Hier spielt die Musik«, sagt Lilo und zupft mich am Ärmel.

Helga ist hinter der Bar hervorgekommen und winkt uns. Sie öffnet eine Tür, auf der WC steht, und wir folgen ihr einen zugigen, weiß gekachelten Gang entlang bis zu einer weiteren Tür, auf der die Worte PRIVAT – KEIN EINTRITT prangen.

Dahinter verbirgt sich eine kleine Kammer, kaum acht Quadratmeter groß, in der Mitte ein Tisch, auf dem ein gelb-rot karierten Wachstuch ausgebreitet wurde, darauf zwei Gedecke. Durch ein winziges, vergittertes Fenster fällt trüb das Licht herein. In der Ecke schnurrt ein Radiator. Es ist mollig warm. Am liebsten würde ich meinen Kopf auf Helgas enormen Busen legen und eine Runde heulen. Es gibt noch gute Menschen auf dieser Erde. Wir sind einem Engel begegnet.

»Für meine vergessenen Mädels«, sagt Helga und deutet auf den Tisch. »Setzt euch schon einmal. Ich bringe den Hirsch.«

»Na, was sagst du jetzt?«, fragt Lilo, als Helga verschwunden ist. Sie setzt ein triumphierendes Lächeln auf. »Zu viel versprochen?«

»Lilo, du bist mir unheimlich.«

»Ach«, sagt sie, »nur praktisch veranlagt.«

Und dann ist Helga schon wieder da und stellt einen Topf, aus dem es dampft und köstlich riecht, in die Mitte des Tisches. »Das ist halt mein Hubsi«, sagt sie und serviert uns mit einem enormen Schöpflöffel Ragout.

»Hoffentlich nicht«, sagt Lilo.

Helga lacht laut auf. »Du bist mir vielleicht eine! Nein, mein Hubsi hat den Hirsch erlegt. Im Finsterwald. Ein Zwölfender, lasst es euch schmecken.«

Das Leben hat Humor: An einem Tag bekommst du ein perfektes Dinner im Angesicht einer Bartagame serviert, und am nächsten Tag verkostest du einen selbst geschossenen Hirsch in einer Besenkammer an einer Tankstelle. Wenn ich mich entscheiden müsste, würde ich mich allerdings immer wieder für das Ragout entscheiden, denn es ist köstlich. Bissen für Bissen ein Genuss. Ohne Chichi. Ohne Punktevergabe. Erst jetzt fällt mir auf, dass ich hungrig bin wie ein Wolf.

»Ich mag's wild«, sagt Lilo mit vollem Mund. »Ganz mein Geschmack.«

Helga sieht uns zu, und ich habe urplötzlich diesen Großmutter-Moment, obwohl diese Frau kaum mehr als ein paar Jährchen älter ist als ich. Sie trägt das, was man unter einer »praktischen Kurzhaarfrisur« versteht und eine schicke Brille mit rotem Gestell. Überhaupt ist alles praktisch an ihr: die Gesundheitsschuhe, die kurz geschnittenen Nägel, die Hose mit hohem Elasthan-Anteil.

»Es tut mir leid«, sage ich mit vollem Mund, »dass wir dir solche Umstände bereiten.«

»Ach was!« ruft Helga aus und schüttelt den Kopf. »Am Abend habe ich Zeit, da ist nur wenig los. Die Fernfahrer kochen sich selbst was auf dem Spirituskocher. Das Essengehen ist für die viel zu teuer.«

»Aber dass du noch Lust hast zu kochen ... nach einem anstrengenden Tag im Paradies!«

»Ach«, gibt sie zurück, »ich habe da so meine Tricks. Das Ragout habe ich an meinem freien Tag zubereitet, zehn Kilo, und dann portionsweise eingefroren. So hat auch Hubsi immer was zum Essen.«

»Ihr Mann«, sagt Lilo und zeigt mit der Gabel auf Helga. »Ein Jäger. Die beiden sind ein Traumpaar.«

»Bist du auch Jägerin?«, will ich nun vor ihr wissen.

»Noch nicht, aber bald mache ich den Jagdschein, damit ich Hubsi begleiten kann. Ich freu mich schon darauf.«

»Worauf?«, fragt Lilo und schöpft noch ein wenig Ragout in ihren Teller, »auf das Aufstehen um drei Uhr früh?«

»Ich bin sowieso ein früher Vogel«, sagt Helga. »Aber wisst ihr, das ist schon so schön, da oben auf dem Hochsitz. Wenn die Sonne aufgeht und die Vögel dir was vorzwitschern. Da kannst du das Wild gut beobachten. Ihr müsst mich mal im Wald besuchen.«

»Machen wir«, sagt Lilo und zwinkert mir zu. »Aber vorher müssen wir noch nach Italien. Wir haben dort nämlich was zu erledigen.«

Helga klatscht in die Hände. »Jetzt aber zu euch«, sagt sie. »Eure Männer haben euch sitzenlassen? Ich *liebe* solche Geschichten.«

Lilo deutet auf mich. »Romy. Ich habe ja keinen. Also: Mann.«

»Na ja«, sage ich. »Ich hoffe, es war ein Versehen.«

Helga zuckt mit den Schultern. »Ihr seid übrigens nicht die Ersten, die hier gestrandet sind«, sagt sie. Sie deutet mit dem rechten Zeigefinger auf ihren linken Daumen. »Da war einmal dieser Mann, der eines seiner drei Kinder vorn an der Raststätte vergessen hat. Haben nicht sorgfältig genug nachgezählt. Na, kann passieren. Dann die Frau, die nach dem Tanken ohne Mann und ohne Hund weitergefahren ist. Ist ihr aufgefallen, weil es im Auto nicht mehr gestunken hat. Wegen dem Hund. Ihr versteht.«

Wir lachen.

Helga deutet auf Lilo. »Und du? Wieso hast du keinen Mann? Bist doch eine Hübsche! Kannst fünf haben an jedem Finger. Meine drei Cowboys waren ganz wild auf dich! Die haben mich noch gelöchert, wollten wissen, wie du heißt.«

Lilo seufzt. »Danke, bin schon bedient.«

»Schlechte Erfahrungen?«, setzt Helga nach.

»Die Deckel, die ich kennenlerne, passen nicht auf den Topf«, sagt Lilo.

»Klar«, sage ich. »Gibt ja auch nur vier Milliarden Männer auf dieser Welt.«

Lilo kratzt mit der Gabel den letzten Rest des Ragouts vom Teller. »Vier Milliarden? Klingt nach viel«, sagt sie, »ist es aber nicht. Von den vier Milliarden sind eineinhalb Milliarden zu jung und eineinhalb Milliarden zu alt. Vom Rest ist die Hälfte verheiratet, zwanzig Prozent nicht mein Niveau, zwanzig Prozent nicht mein Typ, neun Prozent nicht an Frauen interessiert. Bleibt ein Prozent. Davon leben die allermeisten nicht in meiner Gegend, und von denen, die es tun, sind neunundneunzig Komma neun Prozent militante Veganer oder Beckenrandschwimmer.« Sie zuckt mit den Schultern. »Ihr wisst schon: Büroklammern-Verbieger. Gebrauchsanweisungs-Leser. Na ja. Typen, mit denen ich nix anfangen kann. Am Ende sind drei oder vier übrig. Auf der ganzen Welt. Wenn's hochkommt. Und die musst du erst mal finden. Viel Vergnügen.«

Stille.

»Aber da gibt's doch so Börsen im Internet, oder?« Helga wischt mit den Händen durch die Luft.

»Ja, ganz toll. Super Idee«, sagt Lilo. »Das ist so wie ... Moment, lass mich kurz nachdenken. Stell dir vor, du wünscht dir ein Pony zu Weihnachten und unterm Baum liegt dann ein Gutschein für den Friseur. So ähnlich ist das mit den Männern aus dem Internet. Immer was anderes drin, als draufsteht. Total kompliziert zum Zusammenbauen und am Ende hält es nicht. Wie Überraschungseier für Erwachsene.«

Helga steht auf. »Ich glaub, ich muss was zum Trösten holen«, sagt sie. »Wartet einen Moment.«

»Ich wollte ja immer mit einem Koch zusammen sein«, sagt Lilo, als Helga draußen ist. »Die Schönheit vergeht, aber der Hunger bleibt.«

Diese Frau ist praktisch veranlagt, das muss man ihr lassen. »Deshalb habe ich auch zu kellnern begonnen nach der Schule. Weil ich auf den Stewardess-Kapitän-Effekt gesetzt habe. Aber die meisten Köche habe ich nicht einmal zu Gesicht bekommen. Konnte ich also schon mal abhaken.«

»Du bist jung«, sage ich. »Du hast noch Zeit.«

»Das hat Ela auch geglaubt«, sagt Lilo. »Das glauben alle. Dass sie noch so viel Zeit haben.«

Gerade als ich fragen will, was mit Ela passiert ist, stürmt Helga mit einer Flasche Hausgebrannten herein. »Für euch meinen Besten«, sagt sie und füllt drei

Schnapsgläser bis an den Rand. »Runter damit, meine Damen!«

Puh, ist das scharf. Teufelszeug. Ich kneife die Augen zusammen.

»Was murmelst du?«, fragt Lilo.

»Hab mich nur bei meiner Leber entschuldigt.«

»Nichts gewohnt, die liebe Romy! Trinkt man in eurer Ecke denn nichts Anständiges?«

»Das ist Zirbenschnaps«, gibt Helga zu bedenken. »Reine Medizin.«

»Na dann«, sage ich und stürze den Schnaps hinunter.

»Ein zweiter auf die Liebe«, sagt Helga.

»Glaubst du daran?«

»An den Schnaps?«

»An die Liebe.«

»Ich glaube zuerst einmal an das Hirschragout«, sagt Helga. »Das ist so was Ähnliches wie Liebe. Es macht dich in diesem Moment glücklich. Und darum geht's doch, Mädels, oder? Im Moment ganz da zu sein. Mit allem, was man hat. Wer weiß schon, was später kommt? Keiner. Aber ein voller Bauch ist ein voller Bauch. Da gibt's nix zu diskutieren.«

Helga ist eine Philosophin. Das wird man wahrscheinlich zwangsläufig, wenn man Chefin einer Bar ist.

Helga füllt die Gläschen so schnell wieder nach, dass wir mit dem Zuprosten nicht nachkommen.

»Also, ich glaube eigentlich auch an die Liebe«, sagt Lilo.

»Ach – plötzlich?«

»Na ja«, sagt Lilo. »Wenn man gar keine Hoffnung mehr hat, kann man sich ja gleich eingraben.«

»Erzähl«, fordert Helga sie auf.

Lilo schüttelt den Kopf. »Gibt nichts zu erzählen. Fast nichts.«

»Dann möchte ich die Geschichte hinter dem *fast* hören.«

»Ach, vergesst es. Romy, worauf trinken wir?«

»Ein dritter auf die Ehe«, murmle ich. »Und auf unsere Männer, die im Grunde ihres Herzens gute Kerle sind.«

Eigenartig, wie sich die Gefühle im Kreis drehen, seit Werner verschwunden ist. Ich weiß überhaupt nicht mehr, was richtig und was falsch ist.

Helga klopft mir auf die Schulter. »Recht hat sie, die gute Rimowa.«

»Romana«, sage ich. »Aber Rimowa ist vielleicht gar nicht so falsch. Wenn ich weiterhin so viel Gulasch esse, kannst du mich irgendwann rollen.«

Wir heben einen nächsten auf die Rollkoffer, denen wir heute siegreich entkommen sind.

»Und jetzt will ich alles über diesen geheimnisvollen Bernd wissen«, sagt Helga.

»Bernd?«, frage ich. »Wer ist das?«

Lilo wird blass und knallt ihr Schnapsglas auf den Tisch. »Woher weißt du das? Und warum schaut ihr mich so an?«

»Ela hat ihn das letzte Mal erwähnt«, sagt Helga. »Das habe ich nicht vergessen.«

»Ach, Ela«, sagt Lilo.

»Also?« Helga lässt nicht locker.

»Da gibt's nichts zu erzählen. Bernd war mein bester Freund.«

»War?«

»Bis er gesagt hat, dass er seit Jahren in mich verknallt ist. Einfach so.«

»Ist doch schön, darauf trinken wir!«

»Darauf trinken wir *nicht*«, sagt Lilo. »Habt ihr sie noch alle? Der hat mich jahrelang belogen. So einen brauch ich nicht in meinem Leben.«

»Nur weil er sich nicht früher geoutet hat? Du bist ja mächtig streng.«

»Na hör mal! Was würdest du sagen, wenn dein bester Freund sogar eine Freundin vortäuscht, nur damit du keinen Verdacht schöpfst? Alles Lüge.«

Ich tausche einen Blick mit Helga. Das verstehen wir jetzt beide nicht, aber Lilo wird wohl ihre Gründe haben.

»Leute, wenn er sich nicht einmal *das* traut, wie soll ich mit dem eine Beziehung führen? Könnt ihr mir das verraten?« Sie schiebt Helga ihr Glas hin, auf dass es noch einmal befüllt werde, und sieht dabei aus wie Emma, wenn sie Liebeskummer hat. Eingeknickt, so als trage sie das ganze Gewicht der Welt auf ihren Schultern. Es ist das erste Mal, dass ich eine Verletzlichkeit bei Lilo wahrnehme, eine Dünnhäutigkeit, die sie durch ihre freche Art nur notdürftig überspielen kann.

»Du darfst nicht so streng sein mit den Männern«, sagt Helga und tätschelt ihr die Hand. »Der Arme war zu schüchtern. Der hat das doch nicht böse gemeint.«

»Was stört dich daran?«, frage ich. »Dass er es dir so spät gesagt hat? Dass er sich dir überhaupt anvertraut hat? Ein bemitleidenswerter Kerl, hat er das wirklich verdient?«

Helga stimmt mir vorbehaltlos zu. »Hör dir das an, Schnuckelchen. Und nimm es dir zu Herzen.«

Lilo lässt den Inhalt ihres Schnapsglases kreisen als handele es sich um Wein, der atmen müsse. »Außerdem weiß der alles von mir. Wirklich alles. Unmöglich, dass er mich danach immer noch mag, der kennt mich in- und auswendig! Und kann zum geeigneten Zeitpunkt alles gegen mich verwenden.«

»Jetzt aber mal halblang!« Helga hebt die Stimme. Gleich wird's ein Geschrei. »Weißt du was, Prinzessin: Du lässt keinen zu nah an dich heran. So. Das ist meine Diagnose. Fang damit an, was du willst.«

Lilo hat andere Vorstellungen von der Liebe. »Ich wünsche mir so ein Zack Bumm«, erklärt sie. »So ein richtiges ... na ja, Feuerwerk. Ich brauche keinen weiteren *Freund*. Das ist langweilig. Freunde habe ich genügend.«

Ich sehe sie ratlos an.

»Na so einen Blitz, bei dem dann alles klar ist. Für beide. Dass man da nicht mehr lange herumlabern muss.«

»Ein sprechender Blitz«, sage ich. »Klingt vernünftig.«

»Ich nehme an: Blitz in Verbindung mit Märchenprinz«, sagt Helga.

»Bingo«, sagt Lilo. »Wenn man nicht an Wunder glaubt, dann passieren sie auch nicht.«

Helga schenkt nach. »Auf die Wunder, die noch passieren«, sagt sie, als wir die Gläser heben. »Und ich wünsche dir, dass sie nicht blau sind.«

Danach wird meine Erinnerung brüchig.

Irgendwann sage ich »Mir ist so komisch«, daraufhin bugsieren mich vier starke Hände durch den Raum in eine angrenzende Kammer.

Ich will nur liegen, Augen zu, an nichts mehr denken.

Du meine Güte, mir ist so übel!

Irgendwer knipst das Licht an. An den Wänden hängen Geweihe und ausgestopfte Tiere aller Art. Das dreidimensionale Zeugnis von Hubsis Jagdleidenschaft. Ein Vieh mit gedrechselten Hörnern blickt auf mich runter. Es kommt mir vor, als hätte der Fuchs, der auf einem ausrangierten Schreibtisch steht, gerade mit den Ohren gewackelt. Pardon, Lauscher heißt das korrekt.

»Das hätte die Zigarren-Lounge werden sollen«, sagt Helga. »War Hubsis Idee. Du siehst ja, was draus geworden ist.« Sie deutet auf die Couch. »Hier kannst du dich ausruhen«, sagt sie. »Wir wecken dich, wenn was passiert.«

Sie verlässt mit Lilo den Raum, und ich bleibe allein zurück.

Ich setze mich auf die Couch, ziehe unter größter Anstrengung die Schuhe aus. Meine guten Reiseschuhe, mit denen ich noch nicht viel gegangen bin. Ich bewege die Zehen. Was für ein Tag. Ich werde mich hinlegen und fünf Minuten entspannen.

Ich strecke mich auf dem Sofa aus. Der Bezug riecht nach kaltem Rauch und etwas Süßlichem.

Ich hebe den Blick und sehe einen Hirschkopf von unten mit Schnauze und allem Drum und Dran, daneben tänzelt ein ausgestopfter Marder auf einem Ast. Unappetitliche Leichenparade. Ich stelle mir Helga vor, wie sie in Gesundheitssandalen auf dem Hochstand hockt und Wildsäue mit dem Fernstecher beobachtet, während Hubsi die Flinte entsichert.

Grrrrrrm. Grrrrrm.

Was zum Geier ist das für ein Geräusch?

Grrrrrrm!

Ich setze mich auf.

Grrrrrrrm!

»Schau nicht so blöd.«

Das darf ja wohl nicht – ist da irgendwo einen Fernfahrer versteckt?

»Ja, du! Jetzt bist du überrascht, was?«

»Hallo? HALLO?«

»Nichts hallo. Ich bin hier. Genau über dir.«

Ich hebe den Blick. Der Hirsch nickt. Er nickt mir zu! Das ist ja wohl nicht möglich. Herrgott, Helgas Hausgebrannter hat's aber in sich! Ganz ruhig, Romy, ganz ruhig. Du schließt einfach die Augen und konzentrierst dich auf deinem Atem. Ja, genau. Ruhig ein- und wieder aaaaausatmen.

Ich habe Halluzinationen. Brauche einen Krankenwagen. Muss aufstehen und den anderen Bescheid geben. Ich versuche mich zu bewegen, aber meine Beine gehorchen mir nicht. Auch meine Arme liegen nur schlaff neben meinem Körper, ich kann nicht einmal den Kopf heben.

»Du hast deinem Mann versprochen, dass du bei ihm bleibst auf dieser Reise, oder? Hast du oder hast du nicht?« Der Hirsch schon wieder. Ich will »Ja« stöhnen, nur damit dieser Spuk aufhört, aber nicht einmal das gelingt mir.

»Das muss bestraft werden«, sagt der Hirsch.

Auch gut. Ich bin bereit, alles zu ertragen, wenn er nur aufhört zu reden.

Es kommt mir vor, als würde er das Maul aufreißen.

»Jetzt bist du dran«, donnert er und fällt im nächsten Augenblick von der Wand. Oh nein, oh nein, zu Hilfe! In einem Abwehrreflex strecke ich Hände vor und drehe den Kopf zur Seite. Ich will schreien, brüllen, so laut ich kann, aber kein Ton dringt aus meiner Kehle. Nicht das leiseste Ächzen. Warum hilft mir denn keiner?

»Romy, was ist los mit dir? Hey.« Jemand rüttelt an meiner Schulter. »Alles in Ordnung?« Eine Stimme, fern, im Nebel. »Tut mir leid, dass ich dich wecken muss. Aber ich habe eine Mitfahrgelegenheit organisiert. Wir müssen los, hörst du?«

Mir ist übel. So furchtbar übel. Unter unendlicher Anstrengung öffne ich die Augen. Und sehe direkt in Lilos besorgtes Gesicht.

Zitternd setze ich mich auf. Lilo hilft mir dabei. Mein Herz tost in meinem Brustkorb. »Der Hirsch«, keuche ich, »er wollte mich bestrafen.«

»Mhm, klar«, sagt Lilo. »das war das Fleisch. Das liegt mir auch im Magen.«

»Lilo, nein, im Ernst! Der Hirsch. Er hat – also: gesprochen. Er hat mir Vorwürfe gemacht.«

Warum sieht sie mich so komisch an? Ist da Mitleid in ihren Augen? Das ertrage ich nicht.

»Das kannst du mir glauben, Lilo, ich sage die Wahrheit.«

Ich werfe einen Blick zur Wand. Das Geweih hängt da, als sei nie was passiert. Friedlich und stumm. Völlig unverdächtig. Na warte, du hinterlistiges Vieh. Dich krieg ich.

Lilo kniet vor mir auf den Boden, steckt meinen rechten Fuß in den Schuh, murmelt »Gut machst du das«

und »Gleich haben wir's« und »Alles wird gut«. Wie eine Altenpflegerin, die es mit einer besonders widerspenstigen Patientin zu tun hat.

Wo bin ich hier überhaupt? Und warum hört dieses verdammte Zimmer nicht auf, sich zu drehen?

»Du musst ein bisschen schneller machen, Romy, sonst fahren sie uns davon.«

»Wer? Und warum?«

»Erklär ich dir später. Komm jetzt.«

Sie nimmt meine Hand, zieht mich hoch. Meine Knie zittern. Ich halte mich an der Wand fest und bemühe mich, keines der Tiere auch nur eines Blickes zu würdigen.

Es geht zurück durch den gekachelten Gang in die Gaststube.

Stockdunkel ist es in HELGAS PARADIES. Die Bar spiegelblank geputzt. Durch die offenen Fenster dringt kühle Nachtluft.

»Und Helga?«, frage ich Lilo. Ich möchte mich verabschieden, nicht einfach so davonschleichen.

»Die lassen wir schön schlafen. Du willst doch nach Italien, oder?«

Die Nacht ist schwärzer als der stärkste Espresso. Auf dem Parkplatz neben den Zapfsäulen steht ein hell erleuchteter Bus wie ein rettendes Raumschiff. Ich stütze mich auf Lilos Arm.

»Das ist nicht unser Bus«, sage ich.

Ich möchte heim. Ich möchte schlafen. Vergessen. Alles vergessen.

»Das ist unser *neuer* Bus. Sie nehmen uns nach Bologna mit, also jammere nicht herum.«

»Werner«, ächze ich. »Hat er sich gemeldet?«

»Nö«, sagt Lilo. »Zwölf Anrufe in Abwesenheit, aber die waren alle für mich.«

Mein Kopf platzt gleich. In meinem Magen schwappt es gefährlich. Die Augen sind verklebt. So fühlt es sich an, wenn man seine Sünden büßt. Romy, Romy, Romy. Ein halbes Jahrhundert alt und dumm wie ein Teenager.

»Zeig her«, murmle ich. »Zeig mir dein Handy.«

»Nicht jetzt, sonst ist dieser Bus auch noch futsch.«

»Aber ich hab doch gesagt, kein –«

»Kein was? Kein Bus? Hör mal zu, Prinzessin.« Jetzt ist sie wütend. Bleibt stehen. Funkelt mich an. »Tut mir leid, dass es dir nicht so rosig geht. Aber ich versuche alles, dass du rechtzeitig zu deinem Konzert kommst, alles klar? Also fauch mich bitte nicht an.«

Ist ja schon gut. Ich werde nichts mehr sagen.

Wir erklimmen die Stufen. Lilo steht hinter mir und schiebt an. Geschafft.

Im Bus ist es still. Alles schläft, einsam wacht der Busfahrer in seinem hydraulischen Sitz. Er begrüßt Lilo mit einem verschwörerischen Grinsen. Ich weiß nicht, was die beiden im Schilde führen, jedenfalls haben sie, wie's scheint, einen guten Deal ausverhandelt. Jung ist er, höchstens Mitte dreißig. Sieht aus wie der Bruder des Grado-Chauffeurs. Die schwarzen Haare sind sorgfältig zurückgegelt. Als er mich sieht, verdunkelt sich sein Blick und er hebt zweifelnd die Augenbrauen.

»Der geht's gut«, sagt Lilo betont locker. »Wir hatten nur einen kleinen Unfall.«

Jetzt benutzt sie schon das Krankenschwester-Wir. Eilig bugsiert sie mich durch den Gang. Die gleichen Sitzbezüge mit den blau-orangefarbenen Rhomben, sofort erwachen heimatliche Gefühle. Dann und wann hört man ein leises Schnarchen oder Röcheln.

»Hier.« Lilo hat zwei freie Sitze entdeckt. »Alles in Ordnung?«, fragt sie, nachdem wir uns gesetzt haben.

»Danke«, murmle ich. »Du bist eine echte Freundin. Danke dafür.«

»Schon in Ordnung«, sagt Lilo. »Ich mach das auch für Ela.«

Was hat es bloß mit dieser Ela auf sich?

Ich will nachhaken, da startet der Busfahrer den Motor, wir rollen aus der Tankstelle hinaus und mir wird schwindelig. Herrgott, wann hört das endlich auf? Der Motor schnurrt leise.

Und plötzlich schlängelt sich eine Melodie durch den Bus. Ganz leise. Nach den ersten Paar Takten erkenne ich den Song.

Nel tuo cuore … nel tuo cuore … nel tuo cuore … non hai mai più di vent'anni.

Rocco Minelli! Mein Rocco. Ich komme! Ich fliege! Bin gleich da.

Leise summe ich die Melodie mit, während ich meine Beine unter dem Vordersitz ausstrecke.

Das muss ein Zeichen sein.

Ein Wink des Schicksals.

Ein Omen.

Alles wird gut.

Rocco wiegt mich in den Schlaf.

Und egal, was noch passieren wird auf dieser Reise: Der große Regisseur da oben, der mein Schicksals-Drehbuch schreibt, hat auf jeden Fall Humor. Und einen hervorragenden Musikgeschmack.

19 STUNDEN DANACH

Ich schrecke hoch und benötige einige tiefe Atemzüge, um mich zu orientieren. Die Erinnerung kehrt in Zeitlupe zurück.

Das hier, liebe Romy Rukovsky, ist ein Bus.

Aber ein anderer als der, mit dem du die Reise begonnen hast.

Ein neuer Bus.

Und er fährt nach Bologna.

Ein Bus, in dem gesungen wird. Und zwar wunderschön!

Keine Ahnung, wann ich das letzte Mal im Sitzen geschlafen habe, es muss Jahrzehnte her sein. Mein rechter Fuß schläft immer noch, der Nacken ist hingegen schon wach und sendet deutliche Verspannungssignale.

Ein ausgestreckter Arm trifft mich hart an der Schulter.

»Uäääh!« Lilo gähnt und reißt den Mund so weit auf, dass ich die Plomben in ihren Backenzähnen zählen kann.

»Guten Morgen«, sage ich.

»Hier wird ja gesungen«, mault Lilo. »Wir haben aber auch Glück.«

Ich sehe mich um. Eine Frau mit Dutt und Spitzenbluse wiegt den Kopf im Takt und schenkt mir, als sie meinen Blick bemerkt, ein freundliches Lächeln. Ein Herr mit Backenbart – sein voller Bass hat gleich zu Beginn meine Aufmerksamkeit in Beschlag genommen – dirigiert mit der rechten Hand heimlich mit. Ein Mann mit Zehntagebart und sportlich-weißem Funktionsshirt sitzt zwei Reihen hinter mir. Neben ihm sitzt derselbe Mann noch einmal. Ich sehe doppelt, Hilfe! Ich zwinkere. Zwinkere noch einmal. Bis jener, der am Fenster sitzt, zu einer Thermoskanne greift und daraus trinkt. Uff. Das war nicht der Restalkohol von gestern Nacht – es handelt sich offenbar um eineiige Zwillinge.

Ich werfe einen Blick aus dem Fenster. Die Sonne tut das, was in der Jobbeschreibung steht: scheinen, und zwar mit aller Kraft. Auf meiner Hirnfestplatte trudelt nach und nach das Personal des gestrigen Tages ein: die mütterliche und überaus liebenswürdige Helga, die drei Fernfahrer, Tankwart Mario. HELGAS PARADIES, unsere Bank mit dem eingravierten Herzchen, der Hausgebrannte, das Horror-Geweih. Und Werner. Das ist ein eigenes, trauriges Kapitel. Darauf kann ich mir einfach keinen Reim machen. Warum zum Teufel meldet er sich nicht? Damit er in Ruhe mit Frau Hutschnur kommunizieren kann? Nö, Romy, komm runter. Da steckt sicher eine logische Erklärung dahinter, die du bloß noch nicht weißt. Aber bald, bald wirst du sie wissen. Nämlich sobald wir den Bus eingeholt haben.

Ich stupse Lilo an. »Wie ist dir das gelungen? Also, dass wir hier mitfahren dürfen. Hast du den Busfahrer bestochen?«

»Roberto? Nicht notwendig. Den kenn ich von einer Romreise. Ach nein, ich war mit ihm in Florenz. Und in

Padua. Alter Bekannter.« Sie grinst. »Alles gut bei dir, Prinzessin?«

»Fühl mich eher wie ein Frosch.«

Ich begutachte meine zerknitterte Bluse. Der dritte Knopf von oben hängt nur noch an einem Faden. Brauche dringend eine Dusche. Und neue Klamotten. Und einen Plan. Ganz schön viel auf einmal.

Ich lehne mich zurück, lausche dem Gesang. Helle, klare Stimmen. Mein Gott, die singen wie die Engelein.

Lilo greift in ihren Rucksack und zieht ein winziges Büchlein hervor. *Der Hosentaschenitaliener*.

»Also«, sagt sie. »Wollen einmal sehen, wie es um dein Italienisch bestellt ist. Nicht, dass ich mich am Ende noch mit dir blamiere.« Sie blättert durch das Büchlein. »Nehmen wir an, du triffst einen wahnsinnig attraktiven Italiener, der dich fragt, ob du mit ihm etwas trinken gehen möchtest. Was antwortest du ihm?«

»Danke, aber ich habe heute schon genug getrunken.«

»Ganz falsch! *Volentieri* ist die richtige Antwort. Sehr gern. Vo-len-tie-ri. Sprich mir nach.«

»Lilo, das wird nicht passieren.«

»Dass du Italienisch redest?«

»Dass mich ein wahnsinnig attraktiver Italiener anspricht.«

»Hast du in die Glaskugel geschaut?«

»Nein, aber in den Spiegel.«

»Du bist schrecklich, weißt du das?«

»Terribile.«

»Was?«

»Na schrecklich eben.«

»Ich wusste nicht, dass du Italienisch sprichst.«

»Sprechen ist übertrieben. Ein paar Brocken aus der Schulzeit. Es reicht, um ein Eis zu bestellen.«

»Und Prosecco?«

»Das auch.«

»Und Pizza?«

Was wird das, wenn es fertig ist?

»Von mir aus auch Pizza«, sage ich. »Das ist ja kein Hexenwerk.«

»Was heißt Hexe auf Italienisch?«

»La strega.«

Lilo bleibt der Mund offenstehen. »Wow, sagt sie nur. »Wow.«

Ganz ehrlich? Ich habe mit Rocco Minelli italienisch gelernt. Ich wollte seine Texte verstehen, das war Motivation genug.

Vom Gedanken an meinen Lieblingssänger ist es nur ein Katzensprung zum Gedanken an Werner. Geistesblitz: So viele Mitreisende in diesem Bus, einer kann mir doch sicher ein Aufladekabel leihen. Sobald mein Telefon wieder einsatzbereit ist, wird alles um so viel einfacher.

Ich taste nach meinem Handy, das in meiner Hose stecken muss. Steckt dort aber nicht. Eigenartig. Ich war mir sicher ... Fieberhaft durchsuche ich meine Kleidung. Oh nein. Ist es mir etwa in Helgas Horrorkabinett aus der Hose gefallen? Bitte nicht, bitte, bitte nicht.

»Wie heißt noch mal das Gesetz laut dem alles, was schiefgehen kann, auch garantiert schiefgeht?«

Lilo zuckt mit den Schultern. »Frag mich was Leichteres.«

»Wo ist mein Handy?«

Sie dreht sich zu mir. »Sag bloß, du hast es verloren.«

»Es ist nicht mehr da. Kannst du bitte nachsehen, ob Werner sich gemeldet hat?«

»Süße, ich habe gut vierhundert Mal nachgeschaut in den letzten Stunden. Ab sofort Handysperre. Wir konzentrieren uns auf das, was vor uns liegt.«

Klingt nicht gut. Klingt gar nicht gut. Lilos Telefon ist die letzte Nabelschnur nach draußen.

»Bitte das Handy«, sage ich, »ein letztes Mal.«

Lilo zieht es aus dem Rucksack.

»Hoppla«, sagt sie. »Da ist eine Nachricht für dich. Von einer Kaia?«

»Kata!«

Ich reiße ihr beinahe das Telefon aus der Hand. Tatsächlich hat Kata eine Nachricht an Lilos WhatsApp-Account geschickt.

Romy, wenn du das liest, dann melde dich. Werner ist unerreichbar. Ich habe ihm die Telefonnummer, unter der du erreichbar bist, auf seine Mailbox gesprochen. Außerdem haben wir alle Nachrichten gecheckt. Kein Busunfall, auf keiner Autobahn. Also keep cool. Wir hoffen, dass du schon in Italien bist.

Unerreichbar? Was soll das heißen? Haben sie jetzt seine Nummer rausgekriegt oder nicht?

Ich überlege. Wie könnte ich noch an Werners Nummer kommen? Die ARCHÄO-OASE, klar. Ich rufe die Website auf und rufe an. Das Läuten ist eher ein Scheppern und klingt, als würde eine Leitung ins neunzehnte Jahrhundert gelegt.

»ARCHÄO-OASE, Hutschnur?«

Leicht arroganter Tonfall. Näselnd. Zu Tode erschrocken sehe ich Lilos Handy an, als wär's eine Handgranate. Was jetzt? Auflegen? *Sorry, verwählt* sagen? Mein Herz pocht hart und schnell wie ein Presslufthammer. Nein, Romy, nicht flüchten. Du bist beinahe falzig. Das ist eine Herausforderung, die du stemmen kannst. Also Augen zu, Mund auf und durch.

Erfinde einen Namen. Irgendeinen. Und einen glaubwürdigen Job.

Also sage ich »Guten Tag« und dann: »Voss. Elli Voss von der Archäologie-Zeitschrift STEIN & BEIN.«

Das ist mir tatsächlich in diesem Moment eingefallen. Ich bin stolz auf mich.

»Ja, bitte?«

Ich benötige die Nummer von Dr. Werner Rukovsky. Für ein Interview. Bitte«, setze ich nach.

Himmel, hilf.

»Dr. Rukovsky ist auf Urlaub«, sagt sie staubtrocken.

Beinahe sage ich »Ich weiß«, stopfe aber die Worte noch rechtzeitig in den Mund zurück.

»Er ... also, er hat gemeint, dass es völlig in Ordnung sei, wenn ich ihn während des Urlaubs anrufe. Er würde meinen Anruf erwarten.« Ich schlucke.

»Dann hat er Ihnen doch bestimmt auch seine Nummer gegeben.«

»Ich bin gerade am Flughafen, wissen Sie – und habe keinen Zugang zu meinen Notizen, also könnten Sie so gut sein und mir seine Nummer geben?« Ich räuspere mich. Kann mich nicht erinnern, wann ich je so unverfroren gelogen habe.

»Dr. Rukovsky wünscht, im Urlaub nicht gestört zu werden. Das hat er ausdrücklich vermerkt.«

Ach, hat er das? Ich muss unwillkürlich lächeln.

»Ich kann ihm aber gern eine Notiz hinterlassen. Worum geht's?«

»Es geht um Lady Alligator-Fuß, die ja kommendes Jahr bei Ihnen gezeigt werden soll. Das ist eine Sensation! Wir planen da eine große Reportage.«

»Schön«, sagt sie. »Aber das können wir gut auch nach seinem Urlaub besprechen.«

»Nein«, beeile ich mich zu sagen, »ich brauche sofort eine Zusage von ihm, was die Homestory betrifft –«

»Welche Homestory?«

»Wir möchten gern den Mann porträtieren, dem es wahrscheinlich gelingen wird, Lady Alligator-Fuß ins Land zu holen.«

»Ich kann Ihnen seine Nummer trotzdem nicht geben.«

Mist. Aber weil's jetzt eh schon egal ist, lehne ich mich noch ein bisschen weiter aus dem Fenster. »Er ist mit seiner Frau unterwegs, habe ich gehört. Ist das wahr?«

»Soweit ich weiß, ja«, sagt Hutschnur.

»Kennen Sie sie? Die Frau, meine ich?«

»Nein, kenne ich nicht. War's das?«

»Fast«, sage ich. »Ich muss bloß noch den Termin für die Homestory ausmachen. Sie wissen schon: ein Besuch zu Hause, heimelige Fotos vor dem Kamin und so.«

»Dr. Rukovsky hat keinen Kamin.«

Uff. Das saß. Woher weiß sie das? Woher zum Teufel weiß sie, dass wir keinen Kamin besitzen?

»Sind Sie sich da sicher?«, hake ich nach.

Vielleicht gibt sie ja noch preis, dass sie bereits bei uns zu Hause war. Hat Elke Hutschnur möglicherweise bereits auf unserem Alcantara-Sofa gesessen? Hat von unseren Tellerchen gegessen und aus unseren Becherchen getrunken? Weiter will ich nicht denken.

»Bitte setzen Sie sich mit ihm in Verbindung, wenn er wieder im Land ist. Ich richte ihm gern aus, dass Sie angerufen haben. Guten Tag.«

Klar, jetzt will sie auflegen. Logisch. Nur raus aus der Bredouille.

»Warten Sie –«, sage ich noch, aber sie ist schon fort.

Tüüt. Tüüt.

Ich ärgere mich. Habe meine Chance nicht genutzt. Natürlich hätte ich nach Siegfried Berghammer fragen können, dem Direktor der ARCHÄO-OASE. Der hätte die Nummer sicher rausgerückt, lässt er doch keine Marketingchance ungenutzt.

Meine Lüge enthielt übrigens einen wahren Kern: Bevor ich die ROMY-RÄT-Kolumne übernahm, habe ich Homestorys für ANNAROSA geschrieben. Damit kenne ich mich aus. Die Homestory ist ein geglücktes Format, das den Voyeurismus der Leserinnen mit dem Präsentierwunsch der Porträtierten vermählt. Man erfährt etwas über das Privatleben der Prominenten, ohne zu weit in deren Alltag einzudringen. Man lässt einfach die Dinge sprechen: die Räume, die Gegenstände, mit denen sie sich umgeben, die Art zu wohnen. Eine nette Story mit freundlicher Bilderstrecke. Perfektes Lesefutter für Arztwartezimmer und Friseursalon.

Wie würde ich wohl eine Homestory in meiner eigenen Wohnung anlegen? Ich würde den Fotografen ins Wohnzimmer bitten, das Herzstück der Wohnung. Werner ist ein großer Freund von Einbaumöbeln, weil sie praktisch sind und den Raum perfekt ausnutzen, also ließen wir, als wir einzogen, maßangefertigte Möbel verbauen, allerdings nicht aus dunklem Holz, sondern ganz in Weiß, sodass sie den Raum optisch nicht verkleinern, sondern ihn im Gegenteil noch heller und größer erschienen lassen. Werner hat mir bei der weiteren Inneneinrichtung freie Hand gelassen, wir haben die gleiche Vorstellung von Stil und Gemütlichkeit, zumindest gefallen uns dieselben Möbel, und das ist schon ein großer Vorteil. Das ist übrigens auch etwas, das ich mir von den Video-Blogs diverser fernöstlicher Einrichtungsexpertinnen abgeschaut habe: Eine Wohnung braucht ruhige Spots, Ecken, die nicht zugestellt werden, ein Fach im Regal, das leer, eine Wand, die unbehängt bleibt. Die Räume in einer Wohnung müssen atmen können.

Einmal kam Werner mit einem lebensgroßen Bild vom Ötzi nach Hause. Er wollte es über den Esstisch hängen. Mit einer Leiche am Tisch sitzen: Ihn störte das nicht. Er fand das durchaus appetitanregend, denn er sah in Ötzi nicht die gewaltsam zu Tode gekommene Gletschermumie, sondern die wissenschaftliche Entdeckung.

»Du musst dir vorstellen: In seinem Magen hat man sechs verschiedene Moosarten gefunden!«

»Er hat Moos gegessen? Das hat doch gar keinen Nährwert!«

»Man fand auch fettes Steinbockfleisch in seinem Verdauungstrakt. Jedenfalls starb er mit vollem Magen. Vielleicht wurde er während des Essens ermordet.«

»Und das willst du jeden Tag beim Abendessen anschauen? Ist das dein Ernst?«

Ich benötigte meine ganze Überzeugungskraft, um

ihn von dieser Schnapsidee abzubringen. Möglicherweise hätte das Fräulein Hutschnur dafür Verständnis. Möglicherweise hängt bereits ein Ötzi über ihrem Klapptisch in ihrer Einzimmerwohnung am Stadtrand. Der Stachel der Eifersucht bohrt sich in mein Fleisch. Die Sache mit dem Kamin will weiter erforscht werden. Jedenfalls muss ich dringend telefonieren und mich mit Kata beraten. Aber wie soll ich das angehen, jetzt, wo Lilo ein Telefonverbot ausgesprochen hat?

»Murphys Law«, sagt eine Frau, die in der Reihe vor uns auf ihrem Sessel kniet, um ihre Jacke aus dem Gepäckfach zu ziehen.

Meint die uns?

»Wie bitte?«

»Murphys Gesetz«, sagt sie und entschuldigt sich, dass sie vorhin mitgehört hat. »Aber eine von euch sprach von einem Gesetz, laut dem alles schiefgeht, was schiefgehen kann. Diese Weisheit hat ein Ingenieur namens Murphy geprägt.«

»Sind Sie Ingenieurin?«

Sie wirft den Kopf nach hinten. »Gott bewahre. Ich bin Headhunterin. So was wie eine Kopfgeldjägerin. Und mit Murphys Gesetz kenne ich mich leider bestens aus. Allerdings gibt es auch eine nicht ganz ernst gemeinte Ergänzung dazu: Zwar geht alles schief, was schiefgehen kann, aber es findet sich auch immer jemand, der es wieder in Ordnung bringt. Ich bin übrigens Ines.« Sie hält mir die Hand entgegen.

Ines ist in meinem Alter, trägt ihre Haare kurz wie Audrey Hepburn und eine überdimensionale Sonnenbrille.

»Und ihr seid die neuen Sängerinnen?«, fragt sie.

Lilo sieht mich an, ich sehe Lilo an.

»Na ja. Also jetzt nicht direkt«, sage ich. »Eher indirekt. Das heißt: Wir hören gern Musik. Rocco Minelli zum Beispiel. Oder ... Lilo, wie heißt dieser Rapper noch einmal?«

Die Antwort scheint Ines zu verwirren. »Aber wie kommt ihr in diesen Tour-Bus?«

»Ich weiß nichts von einem Tour-Bus«, sage ich und pikse Lilo mit dem Ellenbogen in die Seite. »Du?«

Das letzte Mal, als ich ein Konzert besucht habe, waren die Zwillinge sieben und der Sänger hieß Friedl Frosch und performte seine Gute-Laune-Songs wie »Apfelkuchen muss man suchen« mit Tschinelle und Mundharmonika.

»Super«, sage Lilo. »Mit so was wollte ich immer schon einmal mitfahren. Mit einem richtigen Tour-Bus. Wie heißt die Band?«

»Wir sind ein Chor«, sagt Ines. »Ein Kirchenchor. Und heißen *Das Ohr Gottes*.«

»Interessant«, sage ich und möchte am liebsten losprusten. Was für ein Name!

»Warum nicht *Der Mund Gottes?*«, fragt Lilo. »Ihr singt doch, ihr hört doch nicht zu.«

»Nicht unbedingt«, sagt Ines. »Singen heißt zuhören. In einem Chor hört man auf die anderen. Sonst kann man noch so schön singen – und es klingt doch nie wie eine Einheit. Und wir hören nicht nur einander zu. Die Musik, die wir singen, ist der Stille abgerungen und kehrt zu ihr zurück. Wir hören also auch der Stille zu.«

Wow. Beeindruckend.

Und dann fragt sie, was wir hier täten, wenn wir keine Sängerinnen wären.

Lilo senkt ihren Kopf und legt dabei ihren Zeigefinger an die Lippen, also verrate ich nichts und sage stattdessen: »Unser Bus hatte eine Panne.«

Ines lächelt breit. »Blinde Passagiere! Das sieht Markus wieder ähnlich. Er ist sehr hilfsbereit, ja, das ist er.«

»Markus?«

»Unser Chorleiter. Der Chef der Truppe. Ein ganz besonderer Mensch. Ganz besonders. Einmalig.« Sie schüttelt den Kopf, als ob sie es selbst nicht glauben könnte, dass so ein Mensch überhaupt existiert.

»Leider hatten wir noch nicht die Gelegenheit, uns bei ihm zu bedanken«, sage ich und nehme mir vor, das bald nachzuholen.

»Übrigens«, sagt Ines. »Da, wo ihr sitzt, hätten meine beiden Töchter sitzen sollen. Liegen beide mit Grippe im Bett. So viel zu Murphys Gesetz. Aber jetzt bleiben die Plätze wenigstens nicht ungenutzt.«

»Wunderbar, dass deine Kinder wenigstens mitfahren *wollten*.«

Ich überlege, ob Emma und Tim jemals mit uns in einen Bus steigen würden, und die Antwort ist ein klares Nein. Als sie beide kürzlich in den Semesterferien nach Hause kamen, war die alte Verbundenheit mit meinen Kindern schon ein wenig verblasst. Was weiß ich denn noch von ihnen? Ist Emma glücklich? Hat Tim, der schüchterne, zurückhaltende Tim, Freunde gefunden? Wie die beiden wohl über ihre Eltern sprechen? Sagen sie: *Die nerven* – vor allem Mama mit ihrem Glucken-Getue? Ist Werner ein Vater, auf den man stolz ist?

Zumindest waren sie die Einzigen an der Schule mit einem Archäologen als Vater. Das hat schon für einige Aufmerksamkeit gesorgt. Als Werner ihnen vergünstigte ARCHÄO-OASE-Tickets mitgab, waren sie die Stars für einen Tag. Wir bemühten uns, ihnen Wege zu öffnen, anstatt Richtungen vorzugeben. Und je öfter wir sagten, dass es egal sei, was sie studieren würden, Hauptsache sie seien glücklich, desto zielstrebiger und verbissener wurden sie. Tim entschied sich für Betriebswirtschaftslehre und Emma für Jura. Möglichst bald möglichst viel Geld verdienen, war Tims Antwort auf die Frage, weshalb gerade BWL. Sind das die Werte, die wir ihnen vorgelebt hatten? Ich wollte mich noch vor dem Urlaub mit Werner darüber unterhalten, aber dann war die Zeit zu kurz, und wir haben es wieder aufgeschoben. Wie wir generell schon viel zu viel aufgeschoben haben.

Und in genau diesem Augenblick nehme ich mir etwas vor: Kein Aufschieben mehr. Die Dinge beim Namen nennen und jede Sorge ehrlich ansprechen. Jawohl. Wie auch immer dieser Urlaub endet: Jene Romy, die nach Haus fährt, wird eine andere sein als jene, die in den Urlaub gefahren ist.

21 STUNDEN DANACH

Liebe Frau Romy,

Mein Mann spricht nur davon, was er sich alles kaufen möchte: ein neues Elektrofahrrad, vielleicht ein Motorrad, alle zwei Jahre muss es ein neuer Computer sein und jedes Jahr ein neues Handy. Ich habe nicht den Eindruck, dass ihn das glücklich macht, doch immer, wenn ich mit ihm darüber zu sprechen versuche, blockt er ab. Er möchte sein Leben genießen, sagt er. Dabei ist in meinem Verständnis Konsum das Gegenteil von Genuss. Wie kann ich ihn davon überzeugen, dass er kaufsüchtig ist?

Herzlichst

Ruth E.

Diese Mail an ROMY RÄT erreichte mich an einem trüben Septembernachmittag. Ich weiß das deshalb so genau, weil ich an meinem Schreibtisch sitzend die Sonderangebote der Elektromärkte durchforstete. Ich wollte eine neue Waschmaschine bestellen. Die neueste Generation hatte Funktionen, von denen ich nicht einmal wusste, dass es sie gab! Waschmaschinen haben ja mittlerweile einen leistungsfähigen Computer eingebaut, der die Wäsche wiegt, den Waschmittel- und Wasserverbrauch selbst in die Hand nimmt und sich bei Bedarf mit dem Smartphone steuern lässt.

Die Nachricht von Ruth E. dämpfe meine Kauflust doch erheblich. Was sollte ich ihr antworten? War ich glaubwürdig, wenn ich ihr schrieb, dass sie völlig recht hatte, und im selben Atemzug eine neue Waschmaschine bestellte, die Zaubertricks konnte, während die alte noch funktionstüchtig war?

Ich dachte ein wenig nach, trank Kaffee mit Kata am Automaten und überlegte, was wohl das Gegenteil war von Konsum. Britt sagte einmal während eines unperfekten Dinners, dass wir unsere Beziehungen mittlerweile wie Gegenstände behandeln. Ein Schräubchen funktioniert nicht mehr? Gleich das ganze Teil wegschmeißen! Erster Streit nach drei Wochen? Ist das denn im Lieferumfang enthalten? Schnell checken, ob der Umtausch im Männersupermarkt noch möglich ist!

Und mit einem Mal, als ich noch über die Antwort nachgrübelte, hatte ich einen Geistesblitz: Das Gegenteil von Konsum ist nicht das Nicht-Konsumieren. Sondern Lebendigkeit. Was den manischen Käufern fehlt, ist eine herzenswarme Beziehung zur Welt. Wenn wir die haben, fühlen wir uns wohl an unserem Platz, sprechen die Dinge zu uns, können wir Beziehungen zu anderen aufbauen, sind wir mitfühlend und empathisch. Aber dafür muss man bereit sein, ein Risiko einzugehen. Denn Lebensglück passiert dort, wo wir nicht alles unter Kontrolle haben. Das alles schrieb ich in die Antwort hinein und auch den Satz: *Die größte Problemzone von uns modernen Menschen ist die Komfortzone*. Wer geht da schon freiwillig raus, wenn er nicht muss?

Fass dir nur mal selbst an die Nase, dachte ich damals.

Glaub nicht nur an das, was du anderen rätst – sondern lebe gefälligst danach.

Ich schrieb Ruth E., dass sie ihren Mann – wenn er schon Geld ausgeben musste – vielleicht mit einem Urlaub ködern könnte, wo sie gemeinsam etwas erlebten, anstatt zu konsumieren.

Ich druckte mir ihre E-Mail aus und pinnte sie mir zur Erinnerung über den Schreibtisch, gleich neben das Rezept von der göttlichen Mohn-Karotten-Torte, die ich ohnehin nie nachbacken würde. Ja, ich pinnte mir die Frage drüber, nicht die Antwort, weil doch jeder für sich selbst eine Antwort finden muss und die zu einem bestimmten Zeitpunkt anders ausfallen würde als ein Jahr später.

Und ich weiß nicht, weshalb mir Ruth E. genau jetzt einfällt. Jetzt, da wir diese schnurgerade und langweilige Autobahn entlanglangfahren, der Sonne entgegen. Vielleicht, weil ich in diesem Moment gar nichts mehr besitze und keinen Groschen habe, um etwas zu kaufen. Ich warte auf den Frust, der sich einstellt, wenn sich Dinge nicht so entwickeln, wie ich es mir vorstelle. Aber komischerweise stellt sich eine unbändige Leichtigkeit ein. Was passiert hier? Es kann doch nicht sein, dass ich diesen Moment tatsächlich genieße, oder? Ich bin mutterseelenallein auf dieser Welt, Werner unerreichbar, die Kinder was weiß ich wo, meine Freundinnen lachen über mich – und jetzt das?

Ich will Lilo davon erzählen, aber sie ist eingeschlafen; ihr Kopf lehnt am Fenster, ihre Züge sind entspannt, die Stirn ist glatt wie die von einem Kind.

In mir regt sich ein fröhliches Gefühl. Wir fahren nach

Bologna. Dort nehmen wir den Schnellzug Frecciarossa runter in den Süden. Und das Geld fürs Ticket? Ist mir gerade egal. Zumindest in diesem einen Moment, in dem mich die Sonne in der Nase kitzelt und ich mich von einer großen Hand gehalten fühle. Es wird für uns gesorgt.

Ich vertraue. Aber nicht ganz. Nun ja.

Mit dem linken Fuß schiebe ich Lilos Rucksack nach vor. Nur einen winzigen Blick auf ihr Smartphone werfen! Möglich, dass Werner sich endlich gemeldet hat.

Ich öffne also den Rucksack und behalte Lilo im Blick, damit ich im Fall des Falles sprungbereit bin. Ich ertaste das Handy, das obenauf liegt. Drücke blind irgendeine Taste. Ein schneller Blick. Das Display leuchtet auf. Keine Tastensperre, ich bin drin. Herzklopfen. So was macht man nicht, Romy, also wirklich.

Entgangene Anrufe: vierzehn. Vierzehn! Ja, ist denn das die Möglichkeit? In Windeseile scrolle ich die Anrufliste durch. Alle stammen von einer Person mit den Initialen BT. Alle. Ausnahmslos. Das muss dieser Bernd sein, von dem sie erzählt hat. Armer Kerl.

Zehn neue Nachrichten.

Na also.

Doch auch diese Nachrichten sind alle von BT.

Das stimmt so nicht. Das habe ich nie gesagt. Warum glaubst du mir nicht?

Heb endlich ab, Lili. Bitte!

Wo bist du??? Vermisse dich unendlich. Muss mit dir reden.

Lili nennt er sie. Lili.

Lilo, die behauptet, dass bei einer Auswahl aus vier Milliarden Männern am Ende nicht einmal ein halber übrigbleibt, hat einen ganz schön hartnäckigen Verehrer. Und irgendwas in meinem Bauch sagt mir, dass dieser Bernd nicht ganz verkehrt ist. Wieso bitte ist es ein Problem, wenn sich eine Freundschaft in Liebe verwandelt? Ist mit Werner anfangs doch ähnlich gewesen: Ich wollte ihn maximal als Freund, und als er mir endlich seine Liebe gestand, fiel ich aus allen Wolken.

Während meines Studiums half ich bei großem Ansturm in einer Buchhandlung aus. Vor Weihnachten spazierte regelmäßig ein hochaufgeschossener, junger Mann mit dunklem Wuschelkopf in den Laden, um sich von mir beraten zu lassen. Ich wunderte mich über seine Hartnäckigkeit, mit der er von mir bedient zu werden wünschte, weil ich doch gar keine »richtige« Angestellte war und hauptsächlich Bücher verpackte. Von den Kolleginnen würde er weitaus bessere Tipps erhalten, sagte ich, als er vor mir stand und Krimiempfehlungen für seine Tante zweiten Grades und die Cousins der väterlichen Linie einholte.

Nach Weihnachten lud er mich auf einen Kaffee ein. Ich sagte zu, weil ich noch nicht so lange in der Stadt wohnte und mir gerade erst einen Freundeskreis aufbaute. Lange bekam ich nicht mit, dass er sich in mich verliebt hatte. Ich hörte aufmerksam zu, wenn er von seinem Archäologie-Studium erzählte, das sich in den finalen Zügen befand, ermunterte ihn, wenn er davon sprach, sich bei den führenden Museen des Landes zu bewerben. Wir gingen sicherlich ein Jahr lang miteinander aus, ohne dass mehr passierte als ein flüchtiger Kuss auf die Wange. Wenn meine Freundin fragte, mit wem ich mich da ständig traf, sagte ich: Er heißt Werner. Er ist ein richtig guter Freund.

Und vielleicht ist ja gerade das der Schlüssel zu einer langen Beziehung: Dass man vorher befreundet ist. Freundschaft ist nicht die schlechteste Basis. Die bleibt immer übrig, wenn man mit dem Beziehungsboot durch stürmische Gewässer schippert.

Eine Nachricht von Kata trudelt ein: *Es ist wie verhext, Romylein, und Monika will den Secret Service einschalten, aber wir haben Werners Nummer immer noch nicht rausgekriegt.*

Auch das noch. Bitte, Girls, reißt euch am Riemen, das kann doch nicht wahr sein!

Ich schließe Lilos Rucksack und schiebe ihn mit dem Fuß zurück an seinen Platz. Lilo schnarcht kurz auf, dann dreht sie ihren Kopf auf die andere Seite, ihr Mund klappt auf.

Ines guckt durch die Schlitze zwischen den Sitzen vor uns und verwickelt mich in ein Gespräch über meinen Job. Sie kennt ANNAROSA, sie kennt ROMY RÄT.

»Das bin ich«, sage ich. »Oder, na ja: Das *war* ich.«

Ines ist sichtlich beeindruckt. »Wir haben Prominenz an Bord! Aber wieso die Vergangenheitsform?«

Ich erzähle ihr von BETTY G. und meiner Zukunft bei der Zeitschrift.

Ines ist entrüstet und bietet mir Soforthilfe an. »Ich besorg dir morgen einen Job, wirklich! Hör mal, bei deiner Erfahrung. Da finden wir schnell was.«

Sollte ich wirklich den Sprung ins Ungewisse wagen und ANNAROSA verlassen?

Als könnte sie Gedankenlesen, sagt sie: »Und übers Alter mach dir mal keine Gedanken. Die Unternehmen kaufen Erfahrung, Stressresistenz und Stabilität, denen ist es wurscht, wann du deinen ersten Schrei getan hast. Die sind froh, dass du nicht mehr durch kranke Kinder ausfällst. Glaub mir. Mein tägliches Geschäft.«

Sie reicht mir ihre Visitenkarte.

Ines Golauschek
IG-Consulting
find@i-have-the-head-you-need.com

Dann holt sie eine kleine Bürste aus ihrer Tasche und beginnt damit, ihre Frisur, die ohnehin in Ordnung ist, in noch bessere Form zu bringen.

Als sie fertig ist, hält sie mir die Bürste hin: »Du auch?«

Ich greife danach wie eine Verdurstende zur Flasche. Endlich wieder kämmen. Ich möchte gar nicht wissen, wie ich aussehe. Zum Glück ist mir der Blick in den Spiegel heute erspart geblieben. Herrlich. Wenn man die Selbstverständlichkeiten des Alltags einmal nicht zur Verfügung hat, dann kriegt man erst mit, in welchem Luxus man lebt.

Im nächsten Augenblick ertönt eine Männerstimme: »Meine lieben Freundinnen und Freunde, ich wünsche euch einen wunderbaren Morgen und hoffe, dass ihr alle ausgeruht seid! Nach dem Halleluja wollen wir uns mit *Nada de turbe* auf diesen Tag einstimmen, dem Lieblingsgedicht von Teresa von Ávila. *Nichts möge dich durcheinanderbringen, nichts möge dich erschrecken* – ein Wunsch, dem wir uns alle nur anschließen können, richtig?«

»Das ist Markus«, sagt Ines.

Seine Stimme hüllt mich ein wie in einen warmen Kokon. Ich hatte immer schon eine Antenne für besonders angenehme Stimmen. Vielleicht war Werners Stimme zu Beginn der wichtigste Anknüpfungspunkt. Wenn wir telefonierten, fühlte ich mich ihm näher, als wenn wir zusammensaßen. Für mich ist die Stimme wie die Essenz eines Menschen.

Und dann stimmt der Chor diese wunderbare, eingängige Melodie an, und mein Herz geht auf. Der Gesang, anfangs klein und sanft, schwillt an, erfüllt den Bus, bis er zu vibrieren beginnt, und das *Nada de turbe*, diese drei Worte, füllen jede Lücke, dringen in jeden Zwischenraum, erfüllen die Welt mit ihrer Botschaft. Wunderbar ewige Musik, die keiner Rechtfertigung bedarf.

Zuerst merke ich gar nicht, dass Lilo aufgewacht ist, dann sehe ich, wie sie zum Fenster rausschaut, ganz still.

»Ela hätte das gemocht«, sagt sie leise, als sie meinen Blick spürt.

Warum der Konjunktiv, möchte ich fragen, aber irgendwas hindert mich daran, den Mund zu öffnen und die Worte, die mir auf der Zunge liegen, auszusprechen.

Lilo braucht meine Aufmunterung auch gar nicht, sie beginnt auf einmal ganz von allein zu erzählen. »Wir waren Freundinnen, weißt du«, sagt sie. »Richtig gute. Es gibt nur wenige Menschen, bei denen spürst du – zack. Das ist ein Mensch, der dein Leben verändern wird. Und mit dem du auf Urlaub fahren kannst.« Sie lacht. »Das kann man nicht mit jedem, stimmt's?«

Stimmt. Mit Kata könnte ich's mir noch vorstellen –

aber mit den anderen aus der Dinner-Gruppe? Lieber nicht.

»Bei Ela habe ich auch gesehen, dass ich noch nicht reif bin für Familie und alles, was damit zusammenhängt. Nö. Aber Ela, die war schon eine gute Mutter! So eine, wie ich sie am liebsten gehabt hätte. Für sie war bedingungsloses Liebe nicht nur ein Spruchbild auf Facebook, nein, die hat das gelebt.«

So eine, wie ich sie am liebsten gehabt hätte. Da schwingt ganz schön viel Wehmut mit. Ich möchte nachhaken, aber ich komme gar nicht dazu, denn nun packt Lilo richtig aus.

»Ich wollte eigentlich nie in der Gastronomie arbeiten. Schlechte Erinnerungen, weißt du? Gasthauskind, das hatte keinen guten Ruf, damals. Gasthauskinder waren auf sich allein gestellt. Ich habe mich oft unter der Holzbank in der Stube versteckt und mir vorgestellt, dass das mein Schloss ist. Ein ganz kleines Schloss. Liliput. Von dort unten habe ich nur Beine gesehen. Schuhe und Unterschenkel. Manche Frauen haben schöne Schuhe mit Absatz und Riemchen getragen, die Männer meistens einfache Lederschuhe. Die Gäste im Gasthaus meiner Eltern waren vor allem Arbeiter. Und mir haben sie eingetrichtert: Du bist nichts Besseres.«

Nachdem der Vater abgetaucht war – »nicht einmal eine Postkarte hat er zu meinem Geburtstag geschrieben« –, brachte die Mutter alle paar Wochen einen neuen Mann nach Hause, zu dem Lilo »Papa« sagen musste.

All diese Geschichten schwappen plötzlich aus ihr heraus, ein Satz reiht sich an den nächsten, ohne Punkt und Komma.

»Wenn ich etwas weiß, dann, dass ich so was keinem Kind antun würde«, sagt sie. »Ela hat mir gezeigt, dass es auch anders geht. Dass man ein Schreibaby haben kann und trotzdem nicht verzweifelt. Oder dass man einen Mann haben kann, der einfach da ist und freiwillig staubsaugt und sich verantwortlich fühlt. Gut, die beiden miteinander, das war nicht immer einfach …«

Ela war Lilo ähnlich und doch ganz anders: Ela war ehrgeizig, sie wollte ein eigenes Lokal eröffnen, während Lilo auf den Einkaufsstraßen stand und Werbeprospekte verteilte, um wenigstens ein paar Cent zu verdienen.

»Ich wollte es immer unverbindlich«, sagt Lilo. »Ich war nur zufrieden, wenn ich meinen Job jederzeit schmeißen und ins Ausland abhauen könnte. Nach Zypern. Oder Paros.«

Was sie freilich niemals tat, weil sie kein Geld hatte.

Und weil es nichts geändert hätte, denke ich. Du nimmst dich überall selbst mit.

»Ich habe versucht zu verstehen, was passiert ist«, sagt Lilo. »Aber du kapierst es einfach nicht. Das geht nicht in dein Hirn rein.« Sie klopft sich mit der Faust auf die Stirn. »Außerdem: Was macht es für einen Unterschied? Was ändert sich, wenn du verstehst, warum es passiert ist? Das bringt den Menschen nicht wieder zurück.«

Ich will fragen: *Was ist denn nun passiert?*, beiße mir aber auf die Zunge.

Der Gesang verstummt. Jetzt ist es ganz still im Bus, so als warteten alle auf den Ausgang von Lilos Geschichte. Es ist kein guter, soviel ist klar.

»Geisterfahrer, betrunken, fährt auf die Gegenspur, Frontalzusammenstoß. Viel ist nicht übrig geblieben von den beiden Autos. Ich war bei meiner Versicherung, als es passiert ist. Wollte meine Beiträge in Raten abstottern, weil gerade Flaute auf meinem Konto war. Im Warteraum hat es nach Leberwurst gestunken, die Leute haben wie die Verrückten gehustet. Manche haben mich mit diesen Blicken gestreift – arrogant, du weißt schon. Das passiert mir immer, in jedem Amt. Alle gehen davon aus, dass du dem Staat auf der Tasche liegst, wenn du ein Piercing hast und eine komische Frisur. Natürlich war kein Sessel frei. Ich habe also eine Nummer gezogen und mich ans Fenster gelehnt.«

Meine Zunge klebt mir am Gaumen, als ich leise frage: »Und dann?«

Lilo schweigt. Dann sagt sie: »Sie hat allein im Auto gesessen. Hat nichts mitbekommen. Das haben sie uns zumindest gesagt. Keine Ahnung, woher man das wissen will. Aber sie war sofort tot.«

Ich ringe mit den Worten. »Das tut mir so –«

Was man in einem solchen Fall sagt, klingt immer hohl und nichtssagend. Soll ich meine Hand auf ihre legen? Erwartet sie eine Umarmung? Wieviel Nähe erträgt ein Mensch, wenn er sich an großen Schmerz erinnert?

»Das soll wahrscheinlich irgendwie ein Trost sein«, sagt Lilo. »Dass sie sofort tot war. Als ich es erfahren habe, bin ich mit meiner Nummer dagestanden und habe mich nicht rühren können. War wie gelähmt. Ich habe nur auf den Zettel geschaut. Es war die Nummer 466. Das werde ich mein Leben lang nicht mehr vergessen.« Sie sieht aus dem Fenster. »Ela hat mich auf die Idee gebracht. Mit ZACKIG REISEN. Was haben wir gelacht bei den Verkaufsshows! Mit Ela war das der Hammer. Nach ein paar Reisen haben wir fast alle persönlich gekannt. Lars mit den Heizdecken, Maria mit den Hirschtalg-Cremes und Paul, der jedes Mal beleidigt war, wenn wir ihm keins seiner Massagegeräte abgekauft haben. Da war so ein Gürtel mit Kugeln drin, den man sich um den Hals gelegt hat. Ich glaube, wir waren in den ganzen Jahren die Einzigen, die nie was gekauft haben. Wir waren der Schrecken von ZACKIG REISEN. Und trotzdem haben sie uns immer wieder mitgenommen.« Sie lächelt, dann rubbelt sie an einem unsichtbaren Fleck auf ihrer Jogginghose herum. »Diese Reise hier mache ich für Ela«, sagt sie.

Ich schlucke meine Tränen runter, die sich bereits hinter den Lidern stauen.

»Saublöde Idee, oder?«, fragt sie und sieht mich aus großen, schimmernden Augen an.

»Nein, gar nicht«, sage ich. »Sehr gute Idee.«

Lilo sieht auf ihre Hände. »Ich meine: Sie hat doch nichts mehr davon.«

»Woher willst du das wissen? Ich hoffe, dass wir nicht ganz verschwinden.«

»Das war so komplett – «, Lilo sucht nach einem Wort und verstrubbelt sich dabei die Haare, »absurd! Ich stehe da in dem Warteraum dieser Versicherung, an den Wänden hängen Poster mit jungen Frauen auf grünen Wiesen, irgend so ein kitschiger Scheiß, und in der Ecke steht so ein Wasser-Selbstbedienungs-Automat. Die Leute gehen herum, reden, nehmen sich Wasser, Kinder brüllen, und alles geht einfach weiter. Als wäre nichts passiert. Nicht eine Sekunde Stillstand. Und du möchtest nur noch brüllen. *Ela ist tot! Ela lebt nicht mehr, hört ihr?* Und du hörst die Autos draußen auf der Straße, die Straßenbahn, die Menschen steigen ein und aus, und keiner denkt an Ela, sie wird einfach so verschwinden.«

Ich lege meine Hand auf Lilos Arm. »Solange du dich an sie erinnerst, wird sie nicht verschwinden.«

»Wir haben uns so auf diese Reise hier gefreut«, sagt Lilo.

»Gut, dass du nicht abgesagt hast.«

»Ich habe Ela versprochen, dass ich sie in Gedanken mitnehme. Sie hat es nicht leicht gehabt, weißt du. Ein paar Tage vor dem Unfall hat sie sich mit ihrem Mann versöhnt. Sie haben in den letzten zwei Jahren viel gestritten, das Übliche halt. Wir wollten die Versöhnung feiern. Mit ihr habe ich ausgemacht, dass wir die Rollkoffer schwänzen und stattdessen Helga besuchen. Als du dann plötzlich da warst, war es auch in Ordnung, weißt du.«

»Ist es wegen Ela, dass du sagst, dass wir nichts kontrollieren können?«

»Das kommt von Ela selbst. Ich habe mir immer gedacht: Unfug. Wir haben doch alles in der Hand! Heute weiß ich, dass sie recht gehabt hat.«

Und dann wird wieder gesungen, helle, klare Stimmen, die sich auf die Traurigkeit legen wie frischer Schnee. Ein Trost aus einer anderen, einer ewigen Welt.

»Danke, dass du da bist«, sagt Lilo.

»Danke, dass du du bist«, sage ich.

Später greift Lilo in ihren Rucksack, holt eine Clementine heraus, schält sie, hält mir einen Schnitzer hin. »Hm?«

Ich will schon ablehnen, aber dann nehme ich doch an. Schmeckt süß und sauer zugleich.

Wir fahren an braunen Feldern vorüber, an Wiesen, die auf die Frühlingssonne warten, hin und wieder sind Kirchturmspitzen zu sehen, rote Dächer von Häusern in der Ferne, Dörfer, ein Radweg, auf dem tapfere Sportler gegen den Wind kämpfen.

Der Bus rollt ruhig und gleichmäßig durchs Land. Und als ich das nächste Mal zu Lilo hinüberschaue, lächelt sie.

22 STUNDEN DANACH

Es hat zu regnen begonnen. Ein sanfter, zarter Frühlingsregen, so vorsichtig, als traue er sich einen festen Guss noch nicht zu.

Zum Glück habe ich meinen Knirps eingepackt, denke ich. Und im nächsten Augenblick: Mist. Er ist natürlich nicht hier. Sondern befindet sich in meinem Trolley. Im Jöbstl-Bus. Unerreichbar.

Was meine Kleidung betrifft, brauche ich bald eine Lösung. Meine Bluse ist nicht dafür geeignet, mehrere Tage am Stück getragen zu werden. Sie ist zerknittert, der Kragen durch meine nächtliche Schlafposition umgeknickt, die kleinen schwarzen Anker wirken erschöpft und heimatlos. Wahrscheinlich müffeln sie schon. Wie vermisse ich doch meine sauberen und sorgfältig gerollten Textil-Maki! Ich ertappe mich dabei, sehnsuchtsvoll die Kleidung anderer zu mustern: Ines' violetten Pulli, die Pololeibchen des golfspielenden Ehepaars, die atmungsaktiven Funktionsshirts der sportlichen Zwillinge.

Mit einem Mal kommt was in Bewegung. Ein Mann stellt sich in den Gang vor den Busfahrer, ein Mikrofon in der Hand. »Vielleicht hat es der eine oder die andere von euch es schon bemerkt: Wir haben Zuwachs bekommen.«

Hach, wieder diese Stimme! Was für eine Wohltat.

»Zwei neue Damen«, fährt er fort und mich trifft beinahe der Schlag. »Dürfte ich die beiden bitten, die gut gemeinten Anweisungen unseres Busfahrers zu ignorieren und kurz zu mir nach vorn zu kommen? Wir möchten euch gerne kennenlernen, um nicht zu sagen: Wir brennen vor Neugier, richtig?«

Himmel! Vielleicht meint er ja wen anderen.

Ich sehe Lilo an. Sie zuckt ratlos mit den Schultern.

Ines dreht sich um. »Hey, ihr beiden! Aufstehen!«, zischt sie. »Ihr seid gemeint!«

»Alles okay mit dir?«, flüstere ich Lilo zu.

Sie ist immer noch blass. Der Gedanke an Ela scheint sie ziemlich mitzunehmen. Nur allzu verständlich.

»Wenn du lieber sitzenbleiben möchtest –«

»Schon gut«, sagt Lilo. »Alles in Ordnung.«

Zögerlich stehe ich auf. Lilo folgt mir. Ebenso neugierige wie aufmunternde Blick begleiten uns, während wir auf die schwarze Gestalt mit Mikro in der Hand zugehen. Das ist das Erste, das ich von ihm sehe: Dunkles Sakko über schwarzem Rolli, schwarze Hose.

Ich fühle mich nicht bereit für einen öffentlichen Auftritt, aber ich beschließe, es gut sein zu lassen. *Nada de turbe* – nichts möge dich durcheinanderbringen: Das soll meine Losung sein für heute. Oder für überhaupt.

»Ah, da kommen sie schon. Wir wollen die Damen herzlich willkommen heißen!« Der Mann namens Markus streckt in einer theatralischen Geste die Hände nach uns aus.

Die Damen. Applaus brandet auf. Das ist mir dann doch ein wenig unangenehm. Was genau ist beklatschenswert an unserer Leistung? Wenigstens haben wir uns diesmal nicht als Finanzprüferinnen ausgegeben, auch schon ein Fortschritt.

Und dann reicht er mir die Hand. Ein angenehm warmer, fester Händedruck. Hält seine Hand in meiner, vielleicht eine Sekunde zu lang. Gerade so lang, dass ich in seine Augen sehen kann. Jade, Malachit, Smaragd, keine Ahnung, ob es in der Natur einen Stein mit dieser Farbe gibt oder eine Flüssigkeit, die so leuchtet wie diese Augen. Kata würde sagen: *Bombe,* und dieser Augenfarbe beim nächsten unperfekten Dinner einen Gang widmen: *Smaragd-Sorbet an heißen Himbeeren*. Der wäre sogar nach Britts Geschmack, obwohl sie sonst eher auf den Typ »Blonder Hüne« steht.

Diese Augen. Dieser Mund. Die interessanten Wangenknochen. Dieses Muttermal unter dem Auge. Und dann: ein Déjà-vu. Wenn ich es nicht besser wüsste, würde ich glatt behaupten: Ich kenne diesen Mann. Aber woher bloß?

Und mit einem Mal durchzuckt es mich wie ein Blitz.

O. Mein. Gott. Das gibt's ja nicht.

Carlos.

»Carlos?«, flüstere ich.

Er lächelt freundlich, aber überrascht. »Wie bitte?«

Wie lange ist das her? Ein Menschenleben, so kommt es mir vor.

Ich schlucke. »Carlos?«, versuche ich es wieder. »Bist du es? Bist du Carlos?«

Für einen Moment scheint mir eine Verwechslung ausgeschlossen. Das Schicksal hat mich an diesen Ort gebracht, damit ich meiner Studentenliebe noch einmal begegne. Schicksal. Karma. Egal, wie man es nennt. Plötzlich ergibt das Ganze einen Sinn. Ich musste den Bus versäumen, sonst hätte ich Carlos nicht wiedergetroffen. Punkt.

»Markus«, sagt er in einem Ton, der keinerlei Zweifel aufkommen lässt. »Hocherfreut. Kennen wir uns?«

Er ist es nicht, beruhig dich, Romy. Das ist nicht Carlos, der Musikstudent aus Lissabon, der sich damals mit deinem Herz auf und davon gemacht hat. Auch wenn er heute so aussehen müsste, mit seinen vollen Lippen, die du damals bewundert hast, mit der eindrucksvollen Nasolabialfalte, die damals erst angedeutet war. Mit der griechischen Nase, die sich nicht verändert hat. Ein Charaktergesicht.

Und doch ist er es nicht. Also mach dich nicht lächerlich, Romy. Ganz cool bleiben.

»Entschuldigen Sie«, sage ich, »tut mir leid. Aber Sie erinnern mich an jemandem aus meiner ... äh, Jugend.«

»Das braucht Ihnen nicht leidtun, richtig?« Er lächelt mich an.

»Ich hoffe, es sind positive Erinnerungen.«

»Aber ja«, sage ich schnell. »Sehr. Also sehr positiv.«

Einerseits.

Andererseits.

Eine längst verheilt geglaubte Herzwunde meldet sich zaghaft.

Lilo fühlt sich wohl übergangen, denn jetzt streckt sie ihm die Hand hin. »Ich bin Lilo.«

»Willkommen an Bord, Lilo«, sagt Markus und wendet sich wieder mit zu. »Und wen haben wir hier?«

Vor meinem Mund das neugierige Mikrofon. Ja, wen haben wir hier?

Romy Rukovsky, ehemalige Lebenshilfe-Kolumnistin und baldige Venen-Beauftrage für ANNAROSA. Eine Frau, der es gelingt, ihren Ehemann auf einer Reise zu verlieren und den Retter in der Not mit ihrer Jugendliebe zu verwechseln. Eine Frau, knapp vor falzig, die sich plötzlich mit einer potenziellen Ehestörerin herumschlagen muss. Eine Frau, die ihre zweite Lebenshälfte – oder wahrscheinlicher: das letzte Drittel – ruhiger angehen wollte und nun zuschauen muss, wie ihr die Felle davonschwimmen.

Ich reiße mich zusammen.

»Romana«, sage ich. »Aber alle nennen mich Romy.«

Mein Name schallt mikrofonverstärkt durch den Bus. Zittrige Stimme, schlotternde Knie.

»Oh!«, ruft Markus aus, und es klingt nach einem durchaus erfreuten Oh. Er öffnet den Mund ein wenig und beißt sich auf die Unterlippe, so als würde er sich einen Kommentar verkneifen. Schließlich sagt er leise: »Was für ein wunderbarer Name.«

Und ich hoffe und bete: Bitte, bitte keine Romy-Schneider-Anspielung. Hätte ich jedes Mal, wenn jemand während der Vorstellungsrunde auf Romy Schneider anspielt, einen Euro in ein Schweinchen gesteckt, könnte ich mir heute ein Eckhaus kaufen. Nichts höre ich häufiger als: *Ach, Romy!* (Handfläche schlägt gegen die Brust) *Romy Schneider war meine LIE-BLINGS-SCHAU-SPIEL-ER-IN! Sissi! Mein Lieblingsfilm! Der beste Film aller Zeiten! Sechzehn Jahre alt war sie damals, sechzehn, mein Gott, so jung und unschuldig. SECHS-ZEHN.*

Aber Markus lässt Romy aus dem Schneider. Stattdessen sagt er: »Lilo und Romy. Wie Thelma und Louise sind sie auf der Autobahn unterwegs. Ohne Waffen, richtig?«

Gelächter. Einige Mitfahrende klatschen.

»Da wäre ich mir nicht so sicher«, sagt Lilo. »Meine Nägel sind gefährlich!« Sie zeigt dem Publikum ihre violetten Krallen.

Schon wieder Gelächter. Ich lache mit und freue mich, dass Lilo ihren Humor wiedergefunden hat.

»Ihr hattet also eine Panne und seid auf einer Raststätte gestrandet, wie mir berichtet wurde, richtig?«

»So ähnlich«, sagt Lilo. »Genauer gesagt hatte unser Bus eine Panne. Nicht wir. Also wir auch schon. Wenn man's genau nimmt.«

Nervöses Hüsteln. Sie sieht mich an, ich übernehme im Flug. »Wir sind sehr dankbar für die Möglichkeit, mit euch mitfahren und diese wunderbare Musik genießen zu dürfen. Danke.«

Mit allem hätte ich gerechnet. Aber nicht damit, heute noch eine Rede vor einem Kirchenchor zu halten.

»Ihr seid übrigens herzlich eingeladen, mitzusingen!«, sagt Markus in jovialem Tonfall.

Ich antworte höflich, aber bestimmt: »Die freundliche Einladung ehrt uns, aber ich glaube, dass wir uns besser damit zurückhalten. Sie wissen nicht, worauf Sie sich da einlassen. Wir wollen ja nicht Gottes Trommelfell beleidigen.«

Gelächter. Ich blicke in offene, freundliche Gesichter. Die freuen sich tatsächlich über uns.

»Herzlichen Dank an die Damen, dass sie sich die Mühe gemacht haben, nach vorn zu kommen. Wir wollen sie jetzt ganz offiziell noch einmal willkommen heißen, richtig?« Er hebt die Hand, und mit einem Mal schallt es wie aus tausend Kehlen: »Will-komm-en!«

Wie rührend. Bevor wir zurück zu unseren Sitzen wanken, werfe ich einen letzten Blick auf diesen Mann. Er wirkt größer, als er ist. Das ist mir schon ein paar Mal aufgefallen bei Männern mit Ausstrahlung: Sie wachsen buchstäblich über sich hinaus. Ich stelle mir die dazugehörige Ehefrau vor. Wie sie wohl aussehen mag? Bestimmt eine langgliedrige Schönheit mit wohlklingendem Vornamen. Sophie. Marieluise. Oder Isabelle.

Als wir wieder auf unseren Plätzen sind, zischt Lilo: »Der ist Priester. Dafür lege ich meine Hand ins Feuer.«

Wie bitte?

»Naja, vielleicht nicht die ganze Hand«, fügt sie hinzu. »Aber den linken großen Zeh. Hast du nicht gesehen, wie der angezogen ist? Und dann diese Sache mit dem Ohr Gottes. Ehrlich: Wer nennt einen Chor so, wenn er nicht mit dem Lieben Gott ganz eng befreundet ist? Außerdem fragt er dauernd *richtig? richtig? richtig?* Ist dir das nicht aufgefallen? Der will nirgendwo anecken und braucht ständig Bestätigung. Wegen Frieden und so. Eindeutig ein Priester.«

Hm. Also womöglich doch nichts mit weiblichem Gegenpart.

»Was irgendwie schade ist«, setzt Lilo nach. »Er sieht schon gut aus.«

»Ist doch meistens so«, sage ich. »Die Appetitlichsten sind nicht verfügbar.«

»Woher willst du das denn wissen? Ich meine: Du bist *verheiratet*.«

»Und für dich ist er zu alt«, gebe ich zurück. »Der ist Anfang fünfzig.«

»Ich kann doch auch ältere Männer attraktiv finden«, sagt sie patzig.

Ist das der richtige Moment, um sie auf Bernd anzusprechen? Ich wage einen vorsichtigen Vorstoß.

»Kann es sein, dass es in deinem Leben einen Mann gibt, der dich sehr verehrt? Als jemand, die jahrelang für eine Lebenshilfe-Kolumne verantwortlich war, kann ich dir nur sagen: Probier's aus. Schieß ihn nicht in den Wind. Nicht, bevor du's versucht hast.«

Lilo stockt. Sieht mich mit großen Augen an. »Du warst an meinem Handy«, sagt sie tonlos. »Stimmt's?«

»Nein«, sage ich.

»Während ich geschlafen habe.«

»Aber nein.«

»Romy.«

»Ich wollte nur nachschauen, ob Werner –«

Lilo seufzt. »Ich hab's gewusst. Aber eins kann ich dir sagen: Bernd ist nichts für mich und ich bin nichts für ihn. Basta«, sagt sie und dreht sich zur Scheibe.

Jetzt ist sie also beleidigt. Dabei wollte ich nur das Beste. Ich schimpfe innerlich mit mir selbst. Halt dich zurück mit deinen Ratschlägen, Romy, du bist hier nicht bei ANNAROSA, keiner wartet auf deine Kommentare.

Ich beschließe, mehr auf die »innere Romy« zu hören. Das Bauchgefühl ist bei Entscheidungen ja ein wichtiges Indiz.

Apropos Bauch und Gefühl: Und wenn Lilo tatsächlich recht hat und Markus ein Priester ist? Ein Priester. Ich lächle vor mich hin. Als kleines Mädchen vergoss ich viele stille Tränen vor dem Fernseher, als »Dornenvögel« lief. Was für eine große Liebe – und sie dauerte trotz aller Widrigkeiten ein Leben lang! Pater Ralph war viele Jahre lang der Mann meiner Träume, und die Liebe, die ich im Fernsehen mitverfolgen durfte, erschien mir als die einzig richtige, weil sie rein war und ewig.

Ich verliere mich in Tagträumen. Meggie und Ralph am Postkartenstrand. Dezentes Meeresrauschen. Meggie trägt Badeanzug und kurzen Bademantel, der mehr enthüllt als er bedeckt. Ralph nähert sich in weißem Anzug mit weißer Krawatte, einen Koffer in der Hand. Der Fahrer des Oldtimers, der ihn gebracht hat, wendet und fährt aus dem Bild. Ralph geht auf Maggie zu. Sie traut ihren Augen nicht. Er sagt so etwas wie: »Ich kann dich nicht vergessen.« Sie wird wütend, schreit. Dreht sich um, läuft davon, er ihr nach, kriegt sie zu fassen, sie taumeln, fallen in den Sand, küssen sich.

Du meine Güte. Wie oft habe ich als Teenager diese Szene mit mir in der Hauptrolle zusammenfantasiert. Eine Szene, die für mich der Inbegriff war von ewiger Liebe, die am Ende über alle Widrigkeiten siegt. Das schraubt die Erwartungen an das eigene Liebesleben hoch.

Ich gebe es ja zu: Ich habe nicht nur eine romantische Ader – mein gesamtes Gefäßsystem ist vom Romantik-Virus befallen.

Und dann wandern meine Gedanken weiter, wagen sich auf unbefestigtes Terrain. Wie Markus wohl am Strand aussehen mag, ohne Pulli und Hose? Britt hat den Röntgenblick perfektioniert. Wenn sie einen Typen trifft, weiß sie sofort, wie er nackt aussieht. Interessanterweise, so behauptet sie, sähen fast alle Männer nackt unförmiger aus als angezogen, die Textilschicht mache sie attraktiver, während es bei Frauen sehr oft umgekehrt sei, viele von ihnen sähen – ohne es zu ahnen – nackt besser aus als angezogen.

Ines lugt durch den Spalt zwischen den Rückenlehnen. »Psst«, macht sie.

Ich beuge mich vor.

»Das kommt von ganz vorn.« Sie hält einen klein gefalteten Zettel in der Hand. »Soll ich dir geben.«

»Mir? Bist du sicher?«

Sie nickt.

Ich nehme den Zettel entgegen, falte ihn auf.

Ich glaube Dir nicht, dass Du nicht singen kannst.

Schöne Schreibschrift. Blauer Kuli auf weißem Papier. Zweimal *nicht*. Positiv formuliert bedeutet das: *Ich bin davon überzeugt, dass du singen kannst.* Auf der oberflächlichen Ebene. Wenn man tiefer schürft, bedeutet es mehr als das, nämlich: *Ich finde dich interessant. Und weil ich nicht weiß, wie ich dir das mitteilen soll, versuche ich es mit einem bescheuerten Kompliment.*

»Von wem ist das?«, frage ich Ines.

Sie zuckt mit den Schultern.

»Und es ist sicher nicht für Lilo?«

»*Für Romy* hat es geheißen. Das bist doch du, oder?«

Gut. Jetzt glaube ich's. Wie in der Schule. Geheime Botschaften. Ich wende den Zettel. Eine Restaurantrechnung. Kalbsbeuschel mit Knödel, 13,50 Euro. Wienerschnitzel mit Pommes, 12 Euro.

Großartig, jetzt bin ich auch noch hungrig.

»Was ist das?«, fragt Lilo. Ihre Neugierde siegt über ihren Ärger. Sie lugt über meine Schulter. »Du hast einen Verehrer, Romy. Schau mal einer an.«

»Blödsinn.«

Ich überlege, ob ich den Zettel zerreißen soll, um zu demonstrieren, wie wenig mich das beeindruckt, sehe mich dann aber doch um. Ob irgendwo ein Herr auf eine Reaktion lauert. Ein scheues Winken vielleicht, ein Zwinkern. Doch nichts.

Ich lassen den Blick schweifen. Von wem könnte der Zettel stammen? Vom weißhaarigen Mann, der vier Reihen vor uns sitzt? Oder vom Glatzkopf mit Intellektuellen-Brille im weißen Hemd? Verdächtig sieht ein junger Mann aus, der in der Nähe des Busfahrers sitzt und immer wieder hektische Blicke in den Fond des Busses wirft. Er ist mir schon aufgefallen, als ich von der ungeplanten Vorstellungrunde zurückkehrte. Er lächelte breit und gratulierte mir, versuchte sogar, nach meiner Hand zu greifen, so als könnte ich kraft meiner Existenz Wunder vollbringen. Groß, schmal, dunkles Haar, eine Nase wie ein Boxer. Mindestens zwanzig Jahre jünger als ich.

»Was meinst du«, frage ich Lilo. »Ist das die Schrift von einem jüngeren Mann oder von einem älteren?«

Lilo schaut sich den Zettel noch einmal genau an. »Ich glaube, der ist genauso alt wie du.«

»Woran erkennst du das?«

»Daran, dass er keinen dass-Fehler macht. Am Ende des Satzes steht ein Punkt. Und der hat noch Briefe geschrieben – wegen dem großen D. Das macht man heute nicht mehr. Also ist er deine Generation.«

Da bin ich erst mal baff. Die geborene Grafologin!

»Jetzt schau nicht so kariert, Romy. Das war einfach nur Hausverstand. Ich habe keine Ahnung von Schrift und so.«

Der Bus wird langsamer, fährt rechts ran, Abbiegespur, Tankstelle. Und täglich grüßt das Murmeltier. Unzählige bunte Fahnen, die sich im Wind blähen, so als handle es sich um das Headquarter der Vereinigten Nationen.

Markus greift zum Mikrofon. »Frühstückspause, meine Lieben«, sagt er. »Wir treffen uns in zwanzig Minuten vorm Eingang.«

Die Pause kommt mir gerade recht, wenn auch mit gewissen Einschränkungen: Ich habe Hunger, aber kein Geld. Ein Szenario, an das ich mich nie gewöhnen werde.

An anderes hingegen habe ich mich schon gewöhnt: an die automatische Tür. An die Tankstellen-Shops, die alle aussehen, als wären sie voneinander abgepaust. Das unterkühlte Ambiente. Der Geruch nach Fett und Fleisch. Die Staubmäuse in den Ecken. Die Vitrinen mit den Sandwiches, die aussehen, als seien sie vor tausend Jahren belegt worden und könnten in der ARCHÄO-OASE ausgestellt werden. Ich kann vorhersagen, wo sich das Klo befindet, wie viel ein Cappuccino kostet und wie viele verschiedene Sorten Kaugummi es zu kaufen gibt, auch wenn ich mir derzeit nicht einmal das Klo leisten kann.

Wir stellen uns gemeinsam mit Ines an einen der Stehtische. Es gibt Kaffeemaschinen zur Selbstbedienung und Croissants, wahlweise mit Nougatcreme, Vanillecreme oder weißer Schokolade, die sich per Zange aus einem Plexiglas-Behältnis fischen lassen. Eigentlich hatte ich vor, noch vor meinem Geburtstag mit einer Low-Carb-Ernährung zu beginnen, aber hier gibt es nur High Carb. Genauer: Highest Carb. Drei Trillionen Kalorien auf kleinstem Raum. Ich bin erleichtert, weil ich mir nicht einmal ein leeres Croissant leisten kann, da bietet Ines großzügigerweise an, uns einzuladen. Einladungen nimmt man an, will man nicht unhöflich sein.

Ich beiße in mein Croissant, und augenblicklich fluten Glückshormone mein System. Gänsehaut auf der Zunge. In Kombination mit dem Kaffee, der schwärzer ist als die dunkelste Nacht, macht dieses Frühstück mehr als glücklich. Ein Lächeln ist uns ins Gesicht gemeißelt. Chor-Mitglieder, die an unserem Tisch vorbeikommen, grüßen freundlich. Wir sind die Stars im Bus. Doch ich fühle mich, als säße ich in einer Achterbahn. Gerade wird der kleine Zug von einer unsichtbaren Kraft den Hügel hinaufgezogen, und das Einzige, das ich mit hundertprozentiger Sicherheit weiß, ist, dass es danach rasant bergab gehen wird, und mein Herz krampft sich zusammen vor Angst und Lust, Vorfreude und Panik. Ich bin eine Passagierin ohne Zugriff auf Fahrplan oder Bremsen. Eine Ungewissheit, die Sorgen weckt. Die mir aber auch gefällt. Und ich fühle mich jung. Wie dreißig. Gut, sagen wir: fünfunddreißig.

Ich schicke Lilo einen Blick, grinse. Sie lächelt zurück. In zwei Tagen habe ich meinen Mann verloren – zumindest geographisch – und eine neue Freundin gefunden. Keine schlechte Bilanz für eine fast Falzigjährige.

Und dann steckt man mir auch noch Botschaften zu – wie aufregend ist das denn?

Der Boxer pirscht sich an.

Ich mache Lilo ein Zeichen, zische: »Ich glaube, das ist er. Der Typ mit dem Zettel.«

»Der?«

»Psssst!«, mache ich. »Nicht so laut!«

»Horst?«, sagt Iris. »Der heiratet in zwei Monaten.«

»Vielleicht auch nicht«, sagt Lilo.

»Vielleicht wird er nicht heiraten?«

»Vielleicht ist er es nicht!«, sagt Lilo etwas zu laut.

Der Boxer zwinkert mir zu.

Was jetzt? Zurückzwinkern? Winken? Gar nicht reagieren? Ich probiere es mit einem Lächeln.

Und schwupps! Schon steht er an unserem Tisch und hält mir die Hand entgegen. »Horst Brettschneider. Servus, du. Im ersten Moment habe ich geglaubt, du bist die Inge.«

»Keine Inge«, sage ich. »Tut mir leid.«

»Zettel.« Lilo stellt das Wort einfach einmal so in den Raum. Und zu Horst: »Sagt dir das was?«

Horst schaut von Lilo zu mir und wieder retour. »Brauchst du einen?«, fragt er. »Möchtest du mir deine Telefonnummer aufschreiben?« Immer noch hält er meine Hand fest.

»Ich habe einen Zettel bekommen«, sage ich. Wenn er das jetzt versteht, dann war er der Absender der Botschaft.

Horst aber versteht nichts. Er versteht überhaupt nichts. »Du bist also die Romy«, sagt er. »So wie die Romy Schneider. Hast du gewusst, dass Romy eine Essstörung hatte? Also die Schneider.«

»Siehst du«, sagt Lilo, »er war's nicht.«

»Tut mir leid«, sage ich und entziehe ihm meine Hand, »ich muss dringend wohin.«

Und während ich in Richtung Toiletten haste, fährt eine einzige Frage Karussell in meinem Hirn: Wenn Horst nicht der Urheber der Botschaft war – wer um alles in der Welt war es dann?

22 ½ STUNDEN DANACH

Das Ding heißt Personenvereinzelungsanlage. Und ich bin darin gefangen, kann weder vor, noch zurück. Zu meiner Rechten: Ein hysterisch blinkender Automat, der fünfzig Cent Maut von mir verlangt, obwohl ich gerade eine Münze eingeworfen habe. Vor mir der verheißungsvolle Eingang zur Damentoilette, unerreichbar. In meinem Rücken eine Schlange, die bis in den Shop zurückreicht.

Was ist mit dem wertvollen Fünfzig-Cent-Stück passiert, das Lilo mir gegeben hat? Was hat der Automat damit gemacht? Geschluckt, verdaut, und jetzt weiß er von nichts mehr? Betrug! Ich drücke den »Geld-zurück«-Knopf. Nichts passiert. Was jetzt? Der kalte Schweiß bricht mir aus.

»Vielleicht werfen Sie noch einmal fünfzig Cent ein?«, ruft eine der wartenden Damen. Sehr intelligente Idee.

»Soll ich jemanden holen?«, bietet sich eine andere an.

Mir ist alles recht, so lange ich nur möglichst rasch befreit werde. Wie ich das hasse! Ich wünsche mir die Toilettenfrauen zurück. Im Burgtheater gibt's eine, die einem mit weißen Handschuhen und höchstpersönlich die Tür öffnet, die Klopapierrolle in die Hand drückt und vor der Kabine wartet, bis man fertig ist. Da gibt man gerne Trinkgeld. Aber was will dieser seelenlose

Apparat von mir? Ansprache? Schmeicheleien? Einen festen Tritt?

»Probleme?«

Markus. Wie aus dem Nichts steht er eine Armlänge von mir entfernt, uns trennt nur eine metallene Absperrung.

»Überfall mit Geiselnahme«, sage ich. »Die Maschine hat mich gekidnappt.«

Ich bin die Gefangene, er der Gefängnisseelsorger. Pater Ralph, komm und erlöse mich!

Umständlich kramt in seiner Geldbörse, dann reicht er mir ein Fünfzig-Cent-Stück. »Probier's damit«, sagt er. Duzt mich plötzlich. Ein aufmunternder Blick, Marke: *So was kann schon mal passieren. So sind sie, die sogenannten intelligenten Maschinen, dumm wie Brot.* Ach, was bin ich ihm dankbar! Und ich habe gar keine Zeit, mich unbehaglich zu fühlen, nehme die Münze entgegen, werfe sie ein. Sesam, öffne dich und zwar flott! Sofort leuchtet das grüne Lämpchen auf, und die geldgierige Anlage gibt mich frei. Ich bin so erleichtert, dass ich ganz vergesse, mich zu bedanken.

Als ich an den Stehtisch zurückkehre, sind Lilo und die anderen verschwunden. Ist mir ganz recht. Ich habe keine Lust auf das Romy-Schneider-Geplapper von Horst. Blick auf die Uhr. Noch fünf Minuten bis zur Abfahrt. Aus den Boxen dringt aufmunternde Popmusik. Ich beschließe zu warten und blättere gerade in einem Werbeprospekt, als ich dicht neben mir eine Stimme vernehme.

»Ich liebe es, charmante Damen zu befreien.«

Markus. Stützt sich mit einem Ellenbogen auf dem Stehtisch ab, ganz lässig, die Beine über Kreuz.

Ich spüre, wie die Hitze in meine Wangen kriecht. Mamma mia. Ich werde rot wie eine Dreizehnjährige.

»Ach. Vielen Dank«, sage ich. »Ich kann Ihnen nur leider die fünfzig Cent –«

»Wir waren schon beim Du«, sagt er und reicht mir noch einmal die Hand. »Ich möchte mich entschuldigen, falls ich euch vorhin im Bus in Verlegenheit gebracht habe, richtig? Das war nicht meine Absicht.«

Der Mann *muss* Priester sein. Entschuldigt sich für etwas, das keiner Entschuldigung bedarf.

»Alles bestens«, sage ich und wische Croissant-Krümel vom Tisch. »Ihr habt ein Recht zu erfahren, wen ihr mitnehmt.«

»Und habt ihr euch schon eingelebt? Du und Lila?«

Eingelebt. Der war gut.

Ich lächle ihn an. »Lilo«, sage ich und schiebe eine Fußnote nach. »Sie ist eine richtig gute Freundin. Ich kenne sie seit gestern.«

Oh nein. Der muss doch glauben, dass ich völlig bekloppt bin.

Er nickt nur bedächtig, ein sanftes Lächeln umspielt seine Lippen. Er betrachtet mich ausführlich. »Carlos kann sich glücklich schätzen«, sagt er schließlich.

»Wie bitte?«

»Er heißt doch Carlos, oder? Der Mann, an den ich dich erinnere.«

»Äh. Ja.«

Diesen Namen hat Markus sich gemerkt. Und nicht nur das. Das wird mir langsam unheimlich. Ist das vielleicht Versteckte Kamera? Hat Werner das organisiert? Ist das ein Treuetest, und jedes Wort kann später gegen mich verwendet werden?

Ich sehe mich vorsichtig um, bemerke aber nicht Auffälliges. Ein Vater versucht, einen kleinen Jungen von der Stofftierschütte wegzulotsen, zwei junge Frauen mit Giraffenbeinen stehen vor dem Regal mit den zuckerfreie Energy-Drinks. Von unserer Truppe ist keiner mehr da, durch die Scheibe kann ich sie draußen auf dem Platz herumwandern sehen. Solange Markus bei mir ist, kann der Bus wenigstens nicht wegfahren.

Um das Gespräch am Laufen zu halten, wähle ich ein naheliegendes Thema. »Und wo singt ihr überall?«

Markus öffnet die Arme. »Überall, wo sie uns einladen. Moskau, Barcelona, Hamburg, Peking, richtig?«

»Wow«, sage ich. »Ihr kommt rum.«

»Und du?«, fragt er. »Wenn du schon nicht singst, was ich im Übrigen bedaure – was machst du dann im Leben?«

Ich erzähle ihm von meinem Redakteursjob bei ANNAROSA, ohne auf die aktuellen Umstürzungen hinzuweisen.

»Ah, dann bist du so was ähnliches wie eine Lebensberaterin?«

Biss auf die Unterlippe.

»Im Prinzip ja. Eine ungelernte.«

»Sind wir nicht alle ungelernt? Wir lernen, so lange wir leben. Und geben unser Bestes. Wenn das nicht genügt ... Aber ich verstehe deine Vorsicht«, setzt er nach, »mir geht's genauso. Bin auch eine Art – nun ja: Lebensberater.«

»Du nimmst den Leuten die Beichte ab«, sage ich. Es sollte wie ein Scherz klingen.

»Du hast es erfasst«, sagt er.

Also doch. Priester. Lilo hatte recht.

»Übrigens: Mir ist das auch schon einmal passiert«, sagt er.

»Du bist auf einer Raststation vergessen worden?«

Er lacht. »Nein, das andere. Mit dem Klo-Automaten. Ich bin dann einfach über die Absperrung gesprungen. Meine alte Revoluzzer-Seele.«

»Toll«, sage ich. Und meine: Toll, dass du dich hier mit mir unterhältst. Markus trommelt mit den Fingern einen Rhythmus auf den Stehtisch. Dann räuspert er sich und sagt: »Du hast meine Nachricht bekommen?«

Ich falle aus allen Wolken. »DU? Du warst das?«

Markus hat ein Zettelchen quer durch den Bus reisen lassen, um mir mitzuteilen, dass er an meine Gesangskünste glaubt? Mir wird heiß und kalt. Er hat sich die Mühe gemacht, mir eine Botschaft zu überbringen. Mir!

»Sorry für das stillose Papier«, sagt er, »aber in meiner Geldbörse waren nur Rechnungen drin.«

»Ich hätte nie gedacht ... also. Da stand ja kein Name dabei, also wusste ich nicht ...«

Was für ein elendes Herumgestottere. Eine innere Stimme meldet sich und rügt mich. Was hättest du dir denn gewünscht, Romy? Eine beglaubigte Unterschrift mit drei Stempelmarken?

»Entschuldige«, setze ich nach. »Ich bin einfach so wahnsinnig überrascht.«

Er grinst. »Und?«, fragt er und sieht mich herausfordernd an. »Du kannst doch singen, richtig? Raus mit der Wahrheit.«

»Für einen Chor reicht's nicht.«

»Woher willst du das wissen?«

Weil ich nur zu Hause im Duett mit Rocco Minelli singe? Weil die Kinder gesagt haben *Ist schon gut, Mami*, wenn ich versucht habe, ihnen Kinderlieder vorzusingen? Wie die Geburtstagsständchen bei der Unperfekten-Dinner-Runde immer in einem Debakel enden?

»Ich fürchte, das ist tatsächlich nichts für mich.«

Ich schicke dem Satz ein schüchternes Lächeln nach. Was für eine Blamage.

»Vielleicht brauchst du nur ein wenig Ermunterung«, sagt er und fächelt sich mit meiner angebröselten Serviette Luft zu.

Und dann, als ich es am wenigsten erwarte, berührt Markus meine Hand mit seiner. Nur ein kurzer, aber fester Druck seiner Finger auf meinem Handrücken. Dabei blickt er mir tief in die Augen und legt den Kopf schief. Um sich danach in Zeitlupe, ganz sanft, wieder auf die Unterlippe zu beißen.

Ich erstarre. Die Hitze steigt mir ins Gesicht, ganz rote Bäckchen muss ich inzwischen haben. Das Nougatcroissant tanzt einen Walzer in meinem Magen, Gänsehaut breitet sich aus. Und zaghaft, ganz zaghaft schlüpft ein Schmetterling in meinem Bauch.

In meinem Kopf toben Stimmen.

Nein, Romy. Aus jetzt. Denk an Werner. Denk an Werner! Verdammt: Denk gefälligst an deinen Ehemann!

Ich tue doch gar nichts, beruhigt euch. Ich stehe einfach nur da.

Diese Augen. Pass auf vor diesen Augen. Du fällst da hinein und direkt in eine fremde Seele.

Was würde Kata sagen? *Gut gemacht, Darling. Nur weiter so.*

Kata ist eine schlechte Ratgeberin. Monika würde mich doch sicher warnen. Die ist so vernünftig.

»Du bist eine ungewöhnliche Frau, Romy«, sagt Markus, »bewundernswert.«

Eine Stimme, so tief, als dringe sie aus einem Brunnen. Worte, die sich in meinen Gehörgang schmeicheln. Mehr davon, bitte mehr!

Wobei: Was meint er mit bewundernswert? Bewundert er meinen Mut, so herumzulaufen? Vorhin auf der Toilette, als ich mir kaltes Wasser über Hände und Puls laufen ließ, fiel mein Blick eher zufällig in den Spiegel. Ich habe mich kaum wiedererkannt. Die letzten Spuren meines leichten Reise-Make-ups sind Geschichte. Meine bläulichen Augenringe sind auf Desserttellergröße angewachsen. Meine Bäckchen scheinen wie von einem Magneten zur Erde gezogen zu werden. Kann es sein, dass die Haut in zwei Tagen achtzig Prozent ihrer verbliebenen Spannkraft verliert? Was würde ich nur für ein wenig Camouflage-Creme geben! Vielleicht kein Königreich, aber zumindest einen Königspudel.

Ich sehe unauffällig an mir herunter: Meine so sorgfältig ausgewählte Bluse mit den kleinen Ankern ist zerknittert und hat einen großen Fettfleck zwischen Brust und Nabel, auf dem einige Croissant-Brösel ihre letzte Ruhestätte gefunden haben. Ich sehne mich nach einer Dusche. Nach einem flauschigen Handtuch. Nach frischer Kleidung. So viel Mühe habe ich mir gemacht mit dem Einrollen meiner Textil-Maki, und nun sind sie unerreichbar. Aber vielleicht gibt es ja Männer, die das Talent besitzen, hinter die Fassade zu blicken. Denen es egal ist, wenn man nicht immer nach Chanel N° 5 riecht.

Vertrauen. Daran hakt es. Ich traue mir nichts zu. Vor allem traue ich mir nicht zu, dass mich ein fremder Mann attraktiv findet.

Schalt dein Hirn aus, Romy.

Schalt ein einziges Mal dein Hirn aus.

Hier ist der Schalter.

Knips.

Ich bin Realistin durch und durch. Bin weder impulsiv, noch besonders spontan. Ich bin eine Freundin der Schulmedizin und lasse mich von Argumenten überzeugen. Ich vertraue auf den Sieg der Vernunft, meine Kinder sind geimpft, meine Pflanzen gedüngt und bei Vollmond schlafe ich noch besser, als ich es ohnehin bereits tue. Weder konsultiere ich Hellseherinnen – okay, ein einziges Mal hat mir HEXE USCHI bei einer Party aus der Hand gelesen –, noch vertraue ich dem Crowley-Tarot bei Eheproblemen. Ausnahme: Für Bollywood-Liebesfilme und irische Romanzen bin ich ziemlich empfänglich. Und als ich soeben vor diesem Mann stand, hörte ich von irgendwoher ein zartes Glöckchen klingen. Kein Witz. Ein Glöckchen, so klar und – wie soll ich es benennen – *überirdisch*, dass ich immer noch fröstle, wenn ich daran denke.

Im Laufe des Lebens flacht die Adrenalinkurve merklich ab. Das ist nichts Außergewöhnliches. Das Leben – mein Leben mit Werner – ist ein ruhiger, langer Fluss, unterbrochen von wenigen Stromschnellen, die bald wieder in ruhiges Gewässer führten. Zwei gesunde Kinder, die in die Welt hinausgehen, Haus, Mann, der immer doch vorhanden ist – man darf nicht unbescheiden sein.

In Werner habe ich mich wie gesagt nicht plötzlich verliebt. Kein Blitz, kein Donner, kein Elementarereignis. Das kam schubweise. Ohne Schmetterlingskolonie im Bauch. Zuerst gewöhnte er mich an seine Anwesenheit, dann rückte er fast unmerklich näher. Er war einfach immer da. Und versuchte, mein Leben angenehmer zu gestalten. Was ihm auch gelang. Er baute mir ein Nachttischkästchen zusammen. Ölte die quietschende Eingangstür meiner Studentenbude. Brachte mir Hühnersuppe, wenn ich krank war. Er machte sich unentbehrlich. Im Nachhinein betrachtet: geschickt eingefädelt. Ich beschäftigte mich zu dieser Zeit mit mittelhochdeutscher Grammatik, die nicht in meinen Kopf reinwollte. Da war jede Ablenkung höchst willkommen.

Dû bist mîn, ich bin dîn.
des solt dû gewis sîn.

Abends gingen wir in Kneipen und tranken dunkles Bier zu leiser Jazzmusik. Werner war genauso wie diese Musik: unaufdringlich im Hintergrund, angenehm, immer vorhanden.

Ich hatte ja gedacht, ich würde während des Studiums massenhaft junge Männer kennenlernen. Was aber nicht der Fall war. In meinem Studienzweig gab es nur wenige Männer, und die, die es gab, erweckten schon während des Studiums den Eindruck, als litten sie an Burnout wie Lehrer nach zwanzig Jahren Unterricht an Brennpunktschulen.

Bevor es soweit war – also zwischen dem *Was lesen ältere Damen gern, die mit Hut im Restaurant sitzen?* und dem *Ja, ich will!* vor versammelter Familie –, war Werner mir die längste Zeit ein »guter Freund« gewesen. Die Wende kam an einem stürmischen Sommertag, an dem wir uns vor dem Regen in ein kleines Restaurant flüchteten. Ich war pitschnass, trug ich doch nichts mehr als mein dünnes Hängerchen. Werner bot mir an, dass ich mich mit seinem Pullover trockenreiben könnte. Der Pulli fühlte sich an wie nasses Hundefell – und roch auch so. Deshalb zog ich es vor, mich auf der Toilette unter den Luftstrom des elektrischen Handtrockners zu stellen.

Als ich von der Toilette zurückkam, sagte Werner, dass er etwas für mich habe, und dann griff er unter den Tisch und zog eine Papierkrone hervor, die das Restaurant den Kindern ausgab, um die Wartezeit zu überbrücken. Sie konnte ausgemalt werden. Er setzte mir die Krone auf, wir kicherten. Saßen da, im Halbdunkel, während Blitze den Himmel erhellten, als wollte ein Himmelsfotograf besonders eindrucksvolle Bilder von uns schießen. Aus den Boxen ertönte eine wunderbare Melodie. Ein Mann, der italienisch sang. Die Worte konnte ich nicht verstehen, aber ich fühlte mich so heimelig und Werner so nahe, dass ich irgendwann meine Hände auf seine legte und ihn an mich zog. Wenn er zu schüchtern dafür war, dann wollte ich den Bann brechen. Ein Moment, der so magisch, so zerbrechlich war, dass ich ihn ganz tief in einer unbeleuchteten Herzkammer aufbewahre. Und dann küssten wir einander auf eine linkische und zugleich entschlossene Weise.

Ab diesem Moment waren wir ein Paar, ohne dass wir es ausgesprochen hätten.

Die Krone muss noch irgendwo sein, ich habe sie das letzte Mal gesehen, als ich im Keller nach der Weihnachtsdeko suchte, und sogleich hatte ich wieder diesen stürmischen Nachmittag im Bewusstsein, den Regen, der gegen die Fenster trommelte und die Kellner, die so leise herumhuschten, dass man sie kaum wahrnahm. Bevor wir gingen, fragte ich einen Kellner, welche Musik wir gehört hätten. Er zeigte uns eine CD-Hülle. Ich buchstabierte den Namen des Musikers im Dämmerlicht: Minelli. Rocco Minelli.

Zu Beginn unserer Beziehung habe ich oft an diesen Moment zurückgedacht, nach und nach aber ist die Szene verblasst wie eine Fotografie, die mit den Jahren sepiafarben wird. Deshalb weiß ich auch nicht, weshalb sie mir gerade jetzt so wieder so lebhaft vor Augen steht, mehr als zwanzig Jahre später, an einer seelenlosen Autobahnraststätte, mit einem fremden Mann an meiner Seite, dem es gelungen ist, mich binnen Sekunden in einen aufgeregten Teenager zurückverwandeln. So was gibt's doch nur in Komödien im Kino! Meine Knie zittern, mein Herz weiß nicht, wie ihm geschieht, ich keuche, als hätte ich gerade einen Hundertmeterlauf absolviert.

Ist es das, wovon Lilo gesprochen hat? Der Blitz, der einen durchfährt? Amors Pfeil? Ist Markus vielleicht mein Ralph de Bricassart? Wird die Strandszene jetzt endlich wahr?

Ich vermisse mein Handy, denn dann könnte ich mich jederzeit mit meinen Mädels austauschen. Die würde mir ein Loch in den Bauch fragen und ich müsste im Geheimen von Markus ein Foto schießen, damit sie ihre Ferndiagnosen stellen konnten.

»Ich glaube, wir sollten los, richtig?«, sagt Markus und beißt sich wieder sanft in die Unterlippe. Wie sexy das ist! Ich kann mich daran nicht sattsehen.

»Klar«, sage ich mit dümmlichem Grinsen.

Er fährt mit der flachen Hand über seine Frisur, die ohnehin einwandfrei ist. »Es wartet noch eine Überraschung auf euch«, sagt er.

Wie – noch eine? Als sei das hier nicht genug.

»Ja«, sage ich wieder, als ob ich verlernt hätte, in ganzen Sätzen zu sprechen. Los, probier's, Romy, wenigstens einen Zweiwortsatz.

»Bin neugierig«, stoße ich endlich hervor.

Er lächelt, nickt.

Das bin ich tatsächlich. Rasend neugierig, was mir dieses Erlebnis zu sagen hat.

Trau dich, würde Kata jetzt sagen. *Frag ihn, ob er tatsächlich Priester ist!*

Und wenn schon, würde Britt sagen. *Das macht ihn doch erst richtig interessant.* Nur Monika würde missbilligend den Kopf schütteln, so dezent, dass es die anderen nicht bemerkten.

Äußerlich bin ich cool wie die steinerne Lady Alligator-Fuß. Und innerlich? Da brenne ich. Keine lodernden Flammen, aber ein kleines Licht, das angegangen ist. Und das schon lange nicht mehr brannte.

23 STUNDEN DANACH

Liebe Romy,

ich habe lange mit mir gerungen, ob ich Ihnen schreiben soll. Ich bin 55 Jahre alt und eine halbe Ewigkeit mit meinem Mann verheiratet. Vor rund einem Jahr bin ich einem Jugendfreund wieder begegnet. Wir trafen uns regelmäßig, bis er mir eines Abends gestand, dass er mich sein ganzes Leben lang nicht vergessen konnte. Er war mittlerweile geschieden, seine Kinder erwachsen und unser Zusammentreffen war nicht so zufällig gewesen, wie er es anfangs dargestellt hatte. Ich war nicht nur überrascht und geschmeichelt, sondern fühlte mich seit Langem wieder begehrt. Ich lebe gern mit meinem Mann zusammen, aber die Leidenschaft zwischen uns ist schon lange erloschen. Zu meinem Jugendfreund fühle ich mich sehr hingezogen. Was soll ich jetzt tun? Bei meinem Mann bleiben und eine Affäre beginnen? Meinen Mann verlassen und mich auf eine neue Partnerschaft einlassen? Ich fühle mich vom Leben beschenkt, bin aber im Moment sehr verwirrt und nicht fähig, eine Entscheidung zu treffen.

Mit wärmsten Grüßen
Judith H.

Ich hatte den Brief damals mit Werner besprochen. Wollte von ihm wissen, was er Judith zurückschreiben würde. Damals war noch keine Frau Hutschnur am Horizont zu sehen. Doch in den Ehen meiner Freundinnen kriselte es zuweilen, weshalb ich den Brief zum Anlass nahm, bei Werner ein wenig nachzufühlen. Wie würde er darauf reagieren?

Werner las, ging in sich und erklärte schließlich: »Manchmal weiß ich auch nicht, wie ich mich entscheiden soll.«

»Wie bitte?« Höchste Alarmstufe.

»Zwischen dem Menü mit Salat und dem mit Suppe«, sagte er.

»Werner, ich bitte dich. Diese Frau hat ein ernsthaftes Problem!«

Und da sah er mich an. Lange. So als forschte er nach, ob ich diese Frau sein könnte.

Dazu bestand allerdings nie Anlass. Ich war so treu wie ein Haubentaucher und hatte zudem mit keinem einzigen meiner Grundschulfreunde mehr Kontakt. Die Organisation meines Alltags zwischen Redaktion, Kindern und Haushalt war so schon kompliziert genug, ein weiterer Mitspieler hätte alles zum Kollabieren gebracht. Und das wusste Werner sehr wohl.

Ich ging davon aus, dass es ihm genauso ging. Da er ein überaus geordneter und zuverlässiger Zeitgenosse war, der einen streng getakteten Zeitplan bevorzugte und Überraschungen weder im Alltag noch sonst wo etwas abgewinnen konnte, fiel mir damals nicht im Traum ein, ihm eine Nebenbeziehung anzudichten, denn das hätte Chaos und Lügenkonstrukt bedeutet.

Und dann sagte Werner: »Egal, wie sich diese Judith entscheidet, Romana: Ihr Gehirn hat es schon vor ihr getan.«

»Wie meinst du das?«

»Der Mandelkern in unserem Hirn empfängt Empfindungen und leitet sie – ohne dass wir es mitbekommen – an die Großhirnrinde weiter, die für das bewusste Denken zuständig ist. Wenn wir glauben, dass wir eine bewusste und rationale Entscheidung getroffen haben, haben wir in Wahrheit nur das getan, was uns unsere Gefühle schon zuvor gesagt haben.«

»Heißt das, dass unser Bauch uns diktiert, was wir zu tun haben?«

Werner schlug die Beine übereinander, wie immer, wenn er eine Diskussion für beendet betrachtete. »Kommt hin«, sagte er.

Nach diesem Gespräch schrieb ich Judith zurück.

Liebe Judith,

niemand kann Ihnen diese Entscheidung abnehmen. Doch, eine kann es: Ihre Intuition. Beamen Sie sich mit Ihrer Vorstellungskraft in einen Tag, der zwölf Monate in der Zukunft liegt, und stellen Sie sich vor, Sie verbringen ihn mit Ihrem Mann. Danach malen Sie sich denselben Tag aus, nur verbringen Sie ihn diesmal mit Ihrem Jugendfreund. Was empfinden Sie, was hören, schmecken, fühlen Sie? Wie fühlen sie sich danach? Gestärkt? Oder unsicher? Sind Sie voller Lebenslust oder voller Zweifel? Notieren Sie bitte Ihre Empfindungen. Mit großer Wahrscheinlichkeit halten Sie bereits die Lösung in der Hand.

Nie zuvor und nie danach bekam ich so viele zustimmende Nachrichten auf eine ROMY RÄT-Kolumne. Frauen aus allen Ecken des Landes berichteten mir von ihren Intuitionsübungen und wie sehr diese ihre Entscheidungen beeinflusst hätten. Das bestärkte mich selbst, mehr auf mein Bauchgefühl zu hören: Ich sagte kurz darauf bei der Unperfekten-Dinner-Gruppe zu und wurde mit neuen Freundschaften beschenkt. Außerdem beschloss ich, mich für einen Zumba-Kurs anzumelden. Das wollte ich schon lange, doch ich fürchtete, dass ich die Älteste sein und eine lächerliche Figur abgeben würde. Interessanterweise traf weder das das eine, noch das andere zu. Und so ist es doch oft: Dass du dich von hausgemachten Ängsten und Vorurteilen abhalten lässt, das Leben voll und ganz zu genießen.

Was aber bedeutet das für mich in diesem Moment, da die Schmetterlinge in meinem Bauch Zumba tanzen? Hat mein Bauch etwa schon entschieden? Hat mein Bauch gesagt: *So, liebe Romy, deine Gefühle haben mich wissen lassen, dass es wieder einmal Zeit ist, sich zu verlieben?*

Ich gebe zu: Einen klitzekleinen Moment lang habe ich mir tatsächlich gewünscht, dass es sich bei Markus um Carlos handelt. Damit ich endlich die Gelegenheit hätte, ihn zu fragen, weshalb er sich nach unserem Liebes-Intermezzo nie mehr gemeldet hat. Obwohl er es versprochen hatte. Damit ich es endlich – nach so vielen Jahren – verstehen kann, was damals passiert ist.

Wir gehen durch die automatische Tür, ich drei Schritte hinter Markus, um Gerüchten keinerlei Vorschub zu leisten. In der Zwischenzeit hat die Sonne sich vor die Wolken gekämpft. Da sieht sogar der Parkplatz einladend aus.

Lilo und Ines stehen ein wenig abseits und halten ihr Gesicht in die Sonne. Als Lilo mich sieht, gibt sie einen Ah-da-ist-sie-ja-Gesichtsausdruck zum Besten und stürmt auf mich zu. »Na endlich! Ich habe mich schon gefragt, wo du steckst.«

Wenigstens eine, die sich um meinen Verbleib sorgt.

»Es gibt Neuigkeiten«, zische ich Lilo zu, greife nach ihrer Hand und drücke sie fest. »Du wirst es nicht glauben.«

»Pass mal auf, Süße. Ich glaub dir alles. Aber ich habe auch was Neues für dich. Deine Freundin hat sich gemeldet.«

»Kata? Und warum sagst du mir das erst jetzt?«

»Was kann ich dafür, wenn du dich vor mir versteckst!« Lilo kramt im Rucksack. »Nanu. Wo habe ich das –«

»Nicht du auch noch, Lilo, mach mich nicht schwach.«

Aber ich habe mir umsonst Sorgen gemacht. Das Handy steckt in der Hosentasche ihres Jogginganzugs.

Mittlerweile ist die gesamte Truppe wieder versammelt und Markus hebt die Hand. »Bitte mir folgen, hier geht's lang, richtig?«

Der Tross beginnt sich zu bewegen, vorbei am langgezogenen Shop. Linke Seite: Brummiparkplatz. *Zooinng zooingg zoooingg* dröhnt es von der Autobahn herüber.

Lilo reicht mir das Telefon. Eine Nachricht ist von Kata.

Endlich Werner erreicht. Er ist so verärgert! Weil du die A-Linie genommen hast, wie er sagt. Romy, was heißt das??

Was verheimlichst du uns? Nimmst du Drogen? In deinem Alter??

A-LINIE? DROGEN? Und was sollen die beiden Fragezeichen nach »deinem Alter«?

Selbst nachdem ich die Nachricht dreimal gelesen habe, verstehe ich nur Bahnhof. Mit allem hätte ich gerechnet: Dass Werner verzweifelt ist; dass er es zutiefst bereut, keine Flugreise gebucht zu haben; dass ihm die Produktpräsentationen wahnsinnig unangenehm sind. Aber wie kommt *er* dazu, verärgert zu sein? Ich bin diejenige, die allen Grund dazu hat – doch nicht er!

Ich überlege, wie ich darauf adäquat reagiere.

»Warte mal, warte!« Ich halt Lilo am Arm fest und zeige ihr die Nachricht. »Kannst du mir das bitte erklären? Was soll das heißen, ich hätte die A-Linie genommen?«

Lilo liest. »Hmm«, macht sie. »Okay.«

»Was heißt okay?«

»Okay heißt, dass Werner glaubt, dass du die Abkürzung genommen hast. Also *wir*. Dass wir gemeinsam die Abkürzung genommen haben.«

»Welche Abkürzung?«

»Mensch, das habe ich dir doch erzählt! An diesem Würstchenabend. Erinnerst du dich nicht? Gundi hat mich gefragt, ob ich die A-Linie nehme. Na, klingelt's?«

Langsam kehrt die Erinnerung zurück. »Und was bedeutet A-Linie?«

»A wie Abkürzung«, sagt sie. »Und A wie Autostopp.«

»Und wieso glaubt Werner das?«

Lilo presst die Lippen aufeinander. »Wahrscheinlich hat Gundi ihn damit beruhigt. Weil wir doch beide verschwunden sind. Und weil Gundi weiß, dass … na ja, dass ich in solchen Situationen schon öfter abgehauen bin. Also eigentlich immer, wenn mich dieses Produktdings gelangweilt hat. Deshalb geht sie davon aus, dass es wieder so weit war. Gundi plaudert gern.« Ganz leise ist Lilo bei den letzten Worten geworden. Sie zuckt mit den Schultern. »Aber weißt du was? Ist doch nicht so übel. Im Jöbstl-Bus sorgt sich keiner um uns, wir können machen, was wir wollen. Wie toll ist das, bitte?«

Genau: Keiner sorgt sich. Keiner hat sich je gesorgt. Werner war von Anfang an überzeugt, dass ich gemeinsam mit Lilo geflüchtet bin, weil ihm Gundi diesen A-Linien-Floh ins Ohr gesetzt hat. Deshalb haben sie nicht einmal im Traum daran gedacht, umzukehren. Jetzt wird aus dem Ganzen ein Schuh.

»Komm schon, wir verlieren die anderen«, sagt Lilo.

Aber ich brauche erst mal eine Atempause, um diese Nachricht verdauen.

»Autostoppen kannst du allein«, sage ich. »Da mach ich nicht mit. Nur damit das klar ist.«

»Das weiß ich doch, Romylein. Was glaubst du, warum ich diesen Bus organisiert habe. Kommst du jetzt?«

Organisiert. Diesen Bus. Klingt so, als hätte Lilo unser Abenteuer von langer Hand geplant.

Bin ich enttäuscht, weil ich erwartet hätte, dass Werner sich das Haupthaar raufen und zahlreiche Tränen vergießen würde, weil ich nicht mehr neben ihm sitze? Oder bin ich wütend auf Lilo, weil sie mit mir gemeinsam gewartet hat, dass der Bus umkehrt, obwohl sie hätte ahnen können, dass sich ihre Neigung zur spontanen Flucht herumspricht?

Ich schreibe an Kata: *Schick mir Werners Nummer.*

Der soll mir gefälligst selbst erklären, was sein Problem ist.

Pling! Nummer ist eingetrudelt. Ich rufe sofort an.

Es läutet.

Und läutet.

Und läutet.

Los, mach schon, Werner.

Keine Mobilbox springt an. Eine Frau spricht den Satz: *Der Teilnehmer ist im Moment nicht erreichbar, bitte versuchen Sie es zu einem späteren Zeitpunkt wieder.*

Ich drehe das Handy ratlos in den Händen. Was jetzt? Werner soll wenigstens wissen, dass es keine Absicht war. Also bitte ich Kata, ihn noch einmal anzurufen und ihm Folgendes auszurichten: *Ich hatte nie vor abzuhauen. Wir haben den Bus verpasst und dachten, ihr kommt zurück. Melde dich dringend, damit wir einen Treffpunkt vereinbaren können.*

»Okay«, sagt Kata. Sie klingt schon ein wenig genervt. »Sonst noch was?«

»Danke«, sage ich. »Du hast was gut bei mir.«

Zwei Minuten später ruft sie an. »Sorry, aber Werner will wirklich nicht mit mir reden. Du hast dein Versprechen gebrochen, sagt er.«

»Was zum Teufel –«

Und da fällt es mir wieder ein. Der Abend im Motel ZUR GUTEN NACHT. Als er von seiner Sorge berichtete, ich könnte mich mit Lilo absetzen und den Urlaub mit ihr verbringen. Ich hatte versprochen, bei ihm zu bleiben. Einverstanden. Aber dennoch. Das Ganze war ein Missverständnis, Herrgott. Wird er nie wieder mit mir sprechen?

»Was ist da los bei euch, soll ich ein Kriseninterventionsteam vorbeischicken?«, fragt Kata.

Ich lache kurz auf. »Wird alles wieder gut«, sage ich.

»Na dann«, sagt Kata. Sie scheint es nicht zu glauben.

Ich auch nicht.

»Alles in Ordnung?«, fragt Lilo. Sie drückt meinen Oberarm. »Das kriegen wir hin. Okay?«

Ich reiche ihr wortlos das Handy.

»Okay?«, fragt sie noch einmal.

Ich zucke mit den Schultern.

»Wolltest du mir nicht was erzählen? Ich bin ganz Ohr.«

Ach, das hatte ich fast vergessen. Der Ärger über Werner hat meinen Schmetterling im Bauch flügellahm gemacht. Nein, ich werde schön den Mund halten. Sonst wissen in wenigen Tagen sämtliche ZACKIG-REISEN-Teilnehmer von Wladiwostok bis Nepal, dass ich mit dem *wahrscheinlich-Pfarrer*-Markus geflirtet habe.

»Nicht so wichtig«, sage ich. »Könnte sein, dass Werner anruft. Bitte behalte das Telefon im Auge.«

»Weil ich das Fräulein vom Amt bin.«

»Nein, weil: mitgehangen, mitgefangen.«

Sie sieht mich an. Zuerst ernst. Dann lächelt sie. Ein Sonnenstrahl verfängt sich in ihrem Piercing und bringt es zum Leuchten. »Du hast recht«, sagt sie. Und dann: »Hey, wir sind zu zweit, wir rocken das! Wir sind nicht Thelma und Louise, aber wir sind Romy und Lilo. Mindestens genauso cool. Die stehen gemeinsam jedes Abenteuer durch. Und weißt du was? Für die nächsten Stunden vergessen wir einfach alles, was uns nervt. Wir leben hier und jetzt. Bist du dabei?« Sie grinst, hält sie mir die Handfläche hin. »High five.«

Ich schlage ein. Mein Blick fällt auf ihr Sweatshirt. Sowohl das W, als auch das M und das N haben bereits all ihre Pailletten verloren. Die Buchstaben sind nur noch als Schatten zu erkennen.

»Und jetzt Beeilung«, sagt Lilo. »Wenn wir die Abfahrt verpassen, kann es sein, dass wir bis in alle Ewigkeit auf dieser Autobahn herumkurven.«

Das ist wohl lustig gemeint, aber mir bleibt das Lachen im Hals stecken.

Ich glaube, ich bin jetzt reif für eine Verkettung glücklicher Umstände.

24 STUNDEN DANACH

Die Sache mit der Abfahrt war wohl etwas voreilig. Immerhin steht der Bus noch an seinen angestammten Platz – doch er ist leer. Wo sind denn bloß alle? Mittlerweile ist es richtig warm geworden auf dem Parkplatz. Hätte ich unter der Bluse ein Shirt an, würde ich sie ausziehen. Doch leider: Diese Bluse wird mich wohl bis zum Ende des Abenteuers begleiten. Sollte ich je wieder verreisen, so kommt ein T-Shirt zum Wechseln in meine Handtasche – und die Tasche selbst lasse ich keine Sekunde aus den Augen.

Wir laufen an einem Autobahnhotel vorüber, das aus unerfindlichen Gründen ADLERHORST heißt.

Lilo sagt: »Du weißt, für wen die das gebaut haben.«

»Für Autofahrer«, gebe ich zurück.

»Das glaubst *du*.«

»Fernfahrer?«

Lilo lacht. »Tja«, sagt sie, »das möchte man meinen. In Wahrheit wird das als Stundenhotel genutzt. Von Verheirateten, die ihre Affäre nicht in der Stadt treffen möchten. Hier zu parken, ist unauffällig – man könnte sich ja auch im Shop oder im Restaurant aufhalten. Also theoretisch. Jetzt schau nicht so schockiert! Das weiß ich von meinem Stammgast, dem Highway-Heli. Der ist mit einer Rezeptionistin befreundet, die in so einem Hotel arbeitet.

Wenn du dort reservierst, dann tust du das nicht unter deinem richtigen Namen, sondern unter dem Namen einer Blume. Also zum Beispiel: Hier spricht Tulpe, bitte ein Zimmer für zwei.«

Ich glaube ihr kein Wort. Die will mich wohl verschaukeln!

»Du glaubst mir nicht, stimmt's?«

Ich stelle mir vor, wie Werner mit Frau Hutschnur in eines dieser Hotels eincheckt. »Guten Tag, ich habe auf den Namen Pelargonie reserviert.« Aber nein, er würde wahrscheinlich eine Blume wählen, die in der Antike en vogue war. »Hier spricht Myrte. Haben Sie ein Zimmer mit Whirlpool?« Mir wird übel.

Lilo läuft vor und zurück, beobachtet und berichtet. »Hier lang!«, ruft sie, »ich glaube, wir haben sie gefunden!«

Wir stehen vor einem ebenso schmuck- wie fensterlosen Gebäude, das hinter dem Brummiparkplatz liegt und von außen an eine große Garage erinnert. Dahinter gibt es bloß noch den Wendekreis für lange Fahrzeuge.

Lilo hat recht. Als wir uns dem Eingang nähern, ist bereits Plappern und Gelächter zu hören. Wir treten ein und sind erst mal geblendet. Unzähligen Spots tauchen den Raum in gleißendes Licht. Alles hier ist weiß gehalten: weiße Wände, weißer Boden, weiße Stühle, weiße Bühne. Sehr festlich. Als handele es sich um eine Hochzeitslocation.

Ich stoße Lilo an. »Bitte, was ist DAS? Warst du hier auch schon mal?«

Sie schüttelt nur den Kopf. Das erste Mal erlebe ich sie sprachlos.

Der Chor formiert sich auf der Bühne zu einem Halbkreis. Markus tritt aus der Gruppe heraus, schwarz und ernst. Mit dem Rücken zu uns steht er da, hebt die Hände.

Ines winkt uns zu. Die Zwillinge Georg und Philipp teilen sich ein Notenblatt. Horst flüstert einer zierlichen Frau im bunten Poncho etwas zu.

»Hoffentlich dauert das nicht lange«, mault Lilo. »Warum singen die nicht im Bus weiter? So wie vorher?«

Aber es bleibt keine Zeit zum Meckern, schon geht's los. Und wie es losgeht! Himmlische Stimmen, irgendwas mit *Halleluja*. Meine Knie werden weich. Ich beobachte Markus' Schultern und Arme. Wie sie sich heben und senken. Wie sich sein Jackett bewegt. Sein Hinterkopf. Es ist nicht zu fassen: Gerade noch flirte ich mit diesem Mann an einem Stehtisch, und schon entlockt er mit kleinen Bewegungen der Hand dem Chor die wunderbarsten Töne.

Ich sehe mich um. Drei Männer, die nicht zur Busbesatzung gehören, stehen am Eingang, ganz versunken in die Musik, die Augen geschlossen, den Kopf gesenkt. Also tue ich es ihnen gleich, schließe auch ich die Augen, öffne Ohren und Herz und segle hinein in meine Tagträume.

Ich stelle mir vor, dass wir auf einer Insel gestrandet sind. Das Schiff, das die Insel mit dem Festland verbindet, hat soeben wieder abgelegt. Markus ist bei mir. Wir beide allein am Strand. Ich in Badeanzug und Bademantel, er in seinem schwarzen Anzug. Er kommt auf mich zu, in seinen Augen blitzt Leidenschaft auf.

Oh, nein, Romy, reiß dich zusammen. Nicht dieser billige Kitsch.

Also gut, zweiter Versuch: In seinen Augen flammt Bewunderung für die starke Frau auf, die da vor ihm steht. Romy Rukovsky, die sich von den Wellen des Schicksals nicht niederwerfen lässt. Die fest mit beiden Beinen im Sand steht.

Woran erinnert mich diese Szene bloß? Ja, natürlich, ich bin schon wieder bei den Dornenvögeln angelangt. Wir überspringen den Streit, gehen sofort zum Kuss und anschließendem Rollen im Sand über.

Der letzte Ton verklingt.

»Wunderbar«, seufze ich und weiß nicht, worüber ich mehr verzückt sein soll: über den Gesang oder über meinen Tagtraum.

Markus senkt die Arme und nickt den Sängerinnen und Sängern anerkennend zu. Zwei, die frenetisch klatschen: Lilo und ich.

»Zugabe!«, ruft Lilo. Sie pfeift auf zwei Fingern.

Markus dreht sich um. Verbeugt sich. Der Chor verbeugt sich. Ab über die Seiten, Männer rechts, Frauen links. Gut einstudierte Choreographie. Die Überraschung, die Markus angekündigt hat, ist gelungen.

»Dir hat's gefallen, was?«, sagt Lilo. »Du warst wie in Trance, ich habe mich gar nicht getraut, dich anzusprechen.«

Markus springt von der Bühne, läuft auf uns zu. Sobald er sich mir nähert, steigt meine Körpertemperatur.

»Das war die Hauptprobe für den Abschluss unseres Konzerts in zwei Tagen«, sagt Markus, als er vor uns steht. »Ich hoffe, es war in Ordnung.«

»Was heißt da in Ordnung«, hauche ich. »Es war sensationell.«

»Ihr könnt es euch immer noch überlegen. Falls ihr der Madonna ein Ständchen bringen wollt: Ein Plätzchen in unserem Chor ist für euch immer frei, richtig?«

»Ja, danke, aber nein, danke«, sagt Lilo, und ich kriege nichts anderes heraus als ein schiefes Lächeln.

Markus wendet sich nun an alle und klatscht in die Hände. »Darf ich um eure Aufmerksamkeit bitten?«

Das Hintergrundgequatsche verstummt augenblicklich.

»Als Dankeschön für die wunderbare Generalprobe freue ich mich, euch mit einer Präsentation zu überraschen. Bühne frei für Jesusliebtdich!«

Erfreute Ahs und Ohs. Ich bin verwirrt. Habe ich das richtig verstanden? Jesus liebt dich? Eine christliche Band?

Mit galanter Handbewegung deutet Markus auf die weißen Stühle. »Darf ich euch einladen, mich in die erste Reihe zu begleiten? Dort ist die Sicht am besten, richtig?« Er zwinkert mir zu. Ich folge ihm wie hypnotisiert, Lilo dicht hinter mir. Wir setzen uns. Markus an meine rechte, Lilo an meine linke Seite.

»Er hat was von Jesus liebt dich gesagt. Was ist das? Eine Sekte?«, flüstert Lilo. Ich zucke ratlos mit den Schultern.

Als das Licht gedimmt ist und es allmählich ruhig wird im Saal, wage ich einen Blick zur Seite. Markus schenkt mir ein warmes Lächeln. Sofort kribbelt es in meinem Magen. Er ist zum Greifen nah. Doch schon wandert seine Aufmerksamkeit zur Bühne. Dort erscheinen jene drei jungen Männer, die mir zuvor aufgefallen sind, weil sie dem Chor so andachtsvoll gelauscht haben.

Agile, gutaussehende Jungs, wahrscheinlich kaum älter als mein Sohn, in Slimfit-Anzügen, glänzenden Schuhen und mit Rucksäcken auf dem Rücken.

Der Mittlere der drei hebt seine Hände zum Himmel. »Gelobt sei Jesus Christus!«, ruft er.

»In Ewigkeit Amen«, gibt der Chor zurück.

»Ich bin David Spencer«, sagt der Mittlere. »Und das sind meine Assistenten Georg und Josh.«

»Hallo«, echot es aus dem Publikum.

»Wir waren berührt von eurer Darbietung und möchten euch nun etwas schenken.« Beim Wort »schenken« öffnet er die Arme. Eine Melodie ertönt. Wohlfühl-Klaviermusik, so was Ähnliches wie »Für Elise«.

Immer wieder streift Markus' linker Arm meinen rechten Arm, und dann geht ein Zittern durch meinen Körper. Ich würde mich so gerne an ihn lehnen, nur für eine Minute, um ihm all meine Geheimnisse anzuvertrauen. *Ich bin Romy Rukovsky und total ehrlich zu dir. Ich bin ein bisschen verwirrt, was mir leidtut. Was heißt, ein bisschen – sehr viel, um ehrlich zu sein, aber du hast etwas in mir aufgemacht, ein verschraubtes Gefäß, eine fest verschlossene Schatulle, ein Geheimfach ganz hinten in meiner Herzkammer. Ich weiß, dass du nicht Carlos bist, und doch hast du ähnliche Gefühle bei mir ausgelöst: Ich hatte für einen Moment das Gefühl, als sei mein Leben noch frisch, als hätte ich alle Optionen, auch in der Liebe. Als wäre ich wieder jung. Und als könnte ich abhauen – nicht nur aus einem Bus, sondern aus meinem Leben.*

Der erste Bursche von links nimmt seinen Rucksack ab, öffnet ihn. »Wir von Jesusliebtdich sind Europas größter Produzent von Devotionalien. Wir führen ein breites Sortiment an allem, was der moderne Gläubige zu Hause und auf Reisen benötigt. Weihwasserbecken, Kreuze, Rosenkränze, Reisealtäre und Heiligenfiguren in den unterschiedlichsten Materialien. Handlich ist das Stichwort. Deswegen benötigen wir nicht mehr als drei Rucksäcke, um alle Kostbarkeiten zu transportieren.«

Die Erkenntnis sickert langsam, ganz langsam ein, wie Honig, der in eine Tasse tropft: Es ist kaum zu glauben, aber wir sitzen tatsächlich wieder in einer Verkaufsveranstaltung. Mit dem Unterschied, dass es sich hier nicht um Töpfe oder Rollkoffer handelt, sondern um –

Kruzifixe.

Kruzifixe und Rosenkränze.

Kruzifixe, Rosenkränze und Kerzen in allen Varianten und Ausstattungen.

Jesusse mit und ohne Dornenkrone. Miniatur-Weihwasserbecken, Heiligenfiguren, Reisealtäre.

Nach und nach befördern die drei Jungs all ihre Schätze ans Tageslicht. Kontrollblick zu meiner Linken: Lilo streichelt ihr Nasenpiercing.

Blick zu meiner Rechten: Markus lächelt. Als er meinen Blick spürt, nickt er mir aufmunternd zu.

Maria, hilf!

Ich fürchte, ich brauche einen Rosenkranz.

Sofort.

Eine Ingrid schrieb mir vor ein paar Monaten, dass ihr Leben seit ihrem fünfzigsten Geburtstag an Pepp verloren hätte. Ihre täglichen Routinen erinnerten sie bereits an das Leben ihrer eigenen Großmutter, schrieb sie. *Wie komme ich aus diesem Trott nur wieder raus?*

Ich riet ihr dazu, sich ein ungewöhnliches Hobby zu-

zulegen, eventuell in Kombination mit Bewegung an der frischen Luft, da diese doch nachweislich das physische und psychische Wohlbefinden fördere.

Mit heutigem Wissensstand würde ich antworten: *Buchen Sie eine Reise mit* ZACKIG REISEN. *Da kriegt Ihr Leben einen Pepp, mit dem Sie nie gerechnet hätten.*

Niemals.

25 STUNDEN DANACH

Die Devotionalien kommen gut an. David und seine Kollegen setzen auf die richtige Zielgruppe. Übrigens »verschenken« sie nichts wie angekündigt – sondern geben bloß einen dreißigprozentigen »Treue-Rabatt«, worauf auch immer sich diese Treue beziehen mag. Ich verfolge das Schauspiel ungläubig, während Lilo nervös an ihrem Nasenpiercing nestelt.

Horst ist der Erste, der sich erhebt, als David die Präsentation seiner Kostbarkeiten beendet hat. Ehrfürchtig und in Zeitlupe geht er vor zur Bühne, so als sei jeder Schritt eine bewusste Entscheidung. Zuerst wirft er Geld in den Klingelbeutel, den Josh bereithält. Dann nimmt er eine Kerze entgegen: ein unterarmlanges Exemplar, verziert mit christlichen Motiven. Fische, Tauben, Alpha und Omega.

Ich überlege ernsthaft, ob ich den Jungs auch etwas abkaufen soll, zumindest um meinen Respekt auszudrücken und meine Dankbarkeit gegenüber Markus, der so freundlich war, uns mitzunehmen. Ich spekuliere natürlich auch auf die Möglichkeit, dass es ihm gefallen könnte, wenn ich mich für Devotionalien begeistere. Das Problem ist freilich, dass ich kein Geld habe. Ich kann mir nicht den kleinsten Fingerrosenkranz leisten.

Mal schauen, was Lilo davon hält. »Ich denke, wir

sollten auch was kaufen, findest du nicht? Schon aus Höflichkeit«, flüstere ich ihr ins Ohr.

Sie sieht mich an, als wäre ich nicht ganz bei Trost. »Und am Ende *singen* wir hier noch mit … Drehst du jetzt komplett durch?«

Die frommen Zwillinge erklimmen die Bühne. Sie entscheiden sich für einen Miniatur-Reisealtar. Einer nach dem anderen erhebt sich wie in einem stillen Einverständnis. Die kaufen alle was, ist ja nicht zu fassen. Sobald die Kauflust einzusacken droht, gibt David Anekdoten aus dem Reliquien-Universum zum Besten. Im Aachener Dom, so erzählt er etwa, werde eine Windel Christi bis heute verehrt. Und wenn die Windeln heilig sind, ist es dann deren Inhalt auch?

Gelächter.

Oder: Am achten Lebenstag wurde Jesus bekanntlich beschnitten. Als er später in den Himmel auffuhr, geschah dies mit oder ohne Vorhaut? Interessanterweise waren im Mittelalter zahlreiche Kirchen und Klöster der Meinung, im Besitz der Heiligen Vorhaut zu sein.

»Sehen Sie«, sagt David, »Fake News gab's schon im Frühchristentum. Das ist keine Erfindung des Internetzeitalters.«

Ich wage einen Seitenblick zu Markus, um zu überprüfen, wie er auf derlei Geschichten reagiert. Er scheint ganz entspannt. Sehe ich da gar ein Schmunzeln?

Lilo drückt mir nach einigem Herumdrucksen einen Fünfeuroschein in die Hand. »Ich hoffe, damit kommen wir beide in den Himmel.«

Gerade rechtzeitig. Denn David schreitet zum Höhepunkt der Veranstaltung. »Ihr alle seid auf einer Reise.

Und wie alle Reisenden braucht auch ihr Beistand von oben. Wir präsentieren euch hier und heute unsere brandneue Christophorus-Serie, speziell für alle, die unterwegs sind.«

Das ist mein Stichwort. Reisende, das bin ich tatsächlich. Und zwar auf Abwegen, da kann ein bisschen Beistand nur helfen. Als Bonus schützt der heilige Christophorus auch vor Pest, Zahnschmerzen und schlechten Träume. Das ist mein Heiliger.

Philipp hält nacheinander die Devotionalien hoch, die hier und heute »exklusiv«, wie er verkündet, feilgeboten werden: Christophorus-Medaillen, kleine Statuen, Anhänger an silbernen Ketten für Auto oder Motorrad. Als er bei einem winzigen Christophorus-Bildchen angelangt ist, kaum größer als ein Fingernagel, das dazu da ist, um in der Brieftasche herumgetragen zu werden, weiß ich: Auch wenn ich derzeit keine Brieftasche habe – einen Schutzpatron kann ich im Moment mehr brauchen als alles andere.

»Hier!«, rufe ich und zeige auf.

Anerkennendes Nicken von David. »Bitte sehr«, sagt er und deutet auf die Bühne.

Ich gebe vor, dass mich jede Devotionalie brennend interessiert, und begutachte auch jene Medaillen, die beinahe so groß sind wie Untertassen. Keine Ahnung, was man mit denen machen sollst. Trägst du die am Flughafen mit dir herum, wirst du doch bestimmt von der Polizei in einem Extraraum eingehend befragt.

Schließlich tue ich so, als ob ich mich nach reiflicher Überlegung für das fingernagelgroße Bildnis entscheide.

David seufzt hörbar. Der hat sich sichtlich mehr erhofft. »Fünf neunundneunzig«, sagt er.

Ich bin verdattert. Das ist Wucher!

Ich halte ihm den Fünfeuroschein hin. »Habe ich nicht was von Treuerabatt gehört?«

Er zieht einen Mundwinkel hoch. Einen einzigen. Ein Lächeln, so unecht wie nur möglich. Mit dem Ausdruck der Verachtung nimmt er den Schein entgegen und reicht mir das Bildchen.

Zu meiner Erleichterung hat niemand was von meinen Verhandlungen mitbekommen. Während ich zu meinem Platz zurückhusche, überlege ich, wo ich das Bildchen aufbewahren soll, damit es nicht verlorengeht. Die Hosentaschen scheinen mir unsicheres Terrain zu sein, schließlich ist mir das Handy da bereits rausgerutscht. Was aber ist die Alternative? Soll ich es in der Innenseite meiner Wange tragen wie ein Hamster? Im BH-Körbchen verstecken? Für den Augenblick halte ich es fest in der rechten Faust verborgen, so als könnte es entwischen. »Lass mich sehen«, bittet Markus, und ich öffne die Faust wie in einem Zaubertrick, in dem ein Würfel sich auf geheimnisvolle Weise in Luft auflöst, aber das Bildchen ist noch da und es zeigt immer noch einen erschöpften Christophorus, der die Augen zum Himmel dreht.

»Wunderbar«, sagt Markus.

Ich nicke. Sein Kopf so nah an meinem. Ich muss schlucken.

Ganz vorsichtig nimmt er das Bildchen zwischen Daumen und Zeigefinger, um es besser begutachten zu können. »Da hast du eine Rarität ergattern, richtig?«, sagt er. »Das ist ganz besonders schön. Gratuliere.«

Ich freue mich. Nicht so sehr über den Inhalt seiner Worte wie über die Tatsache, dass uns dieses Bildchen ganz nah zusammenrücken lässt.

Und so sitzen wir da, über den Christophorus gebeugt, ein Moment stummer Freude. Ich sehe nur noch Markus, seine Hände, höre nur noch seine Stimme, konzentriere mich darauf, mich ja nicht zu bewegen, nicht der kleinste Zucker, den er als Ablehnung missverstehen könnte. Am besten gar nicht mehr atmen. Nur noch existieren. Wie ein Rhododendron.

»Und du?«, flüstere ich ihm zu. »Brauchst du keinen Christophorus?«

»Meiner ist innen drin«, sagt er.

»Wie – geschluckt?« Ich gluckse und halte die Hand vor den Mund, damit kein Ton nach außen dringt. Hatte er tatsächlich die gleiche Idee wie ich – nämlich das Bildchen in der Wange zu verstecken?

»Meine Schutzheiligen sind meine persönliche Eskorte«, flüstert er. »Ohne sie hätte ich dich nicht getroffen.«

Wie rührend. Wie unheimlich liebenswert.

Und zugleich: wie unglaubwürdig. *Warum?*, möchte ich ihn gerne fragen. *Warum ich? Wie kommst du auf mich?*

Als könnte er meine Gedanken hören, sagt er: »Ich weiß auch nicht, was mit mir los ist, das kannst du mir glauben. Ich erkenne mich selbst nicht wieder.«

Und dann ist es zu Ende, ganz plötzlich. Ist doch immer so: Wenn man nicht erwarten kann, dass etwas zu Ende geht, dauert es ewig und drei Tage. Aber wehe, man hat einen faustischen Moment, der bitteschön verweilen soll – dann rast die Zeit mit Turboantrieb.

David breitet die Arme aus. »Ich danke Ihnen für Ihre Geduld, für Ihre Aufmerksamkeit, für Ihre offenen Herzen und Geldbörsen!«

Markus setzt sich wieder auf, Rücken kerzengerade, und ich tue es ihm gleich. Die Anspannung fällt von mir ab. Zugleich fühle ich mich leicht und lebendig.

Ein freundlicher Applaus ertönt. Die Burschen haben ihre Sache gut gemacht. Ich klatsche extrakräftig, dankbar für den Moment der Nähe zu Markus, den mir diese Veranstaltung geboten hat.

»Streberin«, zischt Lilo.

»Sei froh, dass ich nicht eins dieser Riesen-Amulette genommen habe«, zische ich. »Das hätten wir uns abwechselnd um den Hals hängen müssen. Wie Kühe beim Almabtrieb.«

»Hättest du dir doch sowieso nicht leisten können«, gibt sie zurück. Da hat sie recht. Und als David Spencer und seine Assistenten uns entlassen, sagt Lilo: »Weißt du was? Ich glaube, Ela hätte das gefallen. Nein, das glaube ich nicht nur. Ich bin sicher, sie wäre begeistert gewesen. Was hätten wir gelacht!«

»Vielleicht sieht sie's ja«, sage ich. »Wer kann das schon wissen?«

»Du hast recht«, sagt Lilo. »Wir haben keine Ahnung.«

26 STUNDEN DANACH

Ist da etwa gerade eine Palme vorbeihuscht? Die Vegetation verändert sich, wird üppiger, grüner. Mehr Bäume sind an beiden Seiten der Autobahn zu sehen, die Lärmschutzwände sind bunter und der Himmel ist von einem geradezu transparenten Blau. Für mich ein klares Zeichen, dass wir uns Italien nähern, wenn wir nicht ohnehin bereits über der Grenze sind. Ich halte Ausschau nach italienischen Anzeigen, kann aber nichts entdecken. Der Bus schnurrt ruhig dahin.

»Erzähl mir von Ela«, sage ich zu Lilo. »Wenn du möchtest.«

»Schön, dass du fragst«, sagt Lilo. »Das macht nämlich niemand. Alle glauben, dass es furchtbar wehtut, wenn man von einer Toten erzählt. Das stimmt aber nicht. Es tut mehr weh, wenn ich nicht über sie rede.«

Und dann erzählt sie von ihrer letzten gemeinsamen ZACKIG-Reise nach Barcelona. »Ela war so happy und entspannt. Sie hatte Sorgen, weil es in ihrer Ehe nicht rund lief, dauernde Streitereien.« Lilo zuckt mit den Schultern. »Jeden zweiten Tag hat sie mich heulend angerufen. Bis es mir zu viel wurde und ich gesagt habe: Pass auf, wir nehmen die nächste ZACKIG-Reise und düsen ab. Das war die beste Entscheidung, kannst du mir glauben. Die Leute sagen immer, du sollst nicht wegfahren, wenn du Probleme hast, aber das ist Humbug. Gerade dann musst du weg und was Neues kennenlernen. Mal raus und andere Sachen sehen. Nicht immer nur um dich selbst kreisen, da wirst du ja wahnsinnig. Selbstmitleid ist das Schlimmste.«

Lilo berührt immer wieder ihr Piercing. Ich kann fühlen, wie betroffen es sie macht, über Ela zu sprechen. Sie holt ihr Handy aus dem Rucksack, sucht nach Fotos in der Galerie. »Hier«, sagt sie.

Das Bild zeigt eine Frau etwa in meinem Alter, die Sonnenbrille im kurzen blonden Haar, blitzende Augen, Zigarette in der einen, Weinglas in der anderen Hand. Sie erinnert mich an jemanden, aber mir fällt nicht ein, an wen. Wahrscheinlich täusche ich mich bloß wieder, so wie ich mich bei Markus getäuscht habe.

»Das ist jemand, der zu leben versteht«, sage ich.

»Sie hatte die Tapas mit Serranoschinken am liebsten und ich die mit Manchegokäse. Dazu ein Glas Weißwein. Wir haben uns super ergänzt. Und sie hat das Leben geliebt. Wenn ich mich geärgert habe, hat sie immer gemeint: *Lächerlich, in drei Jahren wirst du dich nicht mehr dran erinnern können. Also lohnt es auch nicht, sich jetzt darüber zu ärgern.* Sie hat recht, oder?«

»Absolut«, sage ich. »Hast du sie auch auf einer ZACKIG-Reise kennengelernt?«

Lilo schüttelt den Kopf. »Wir waren Kolleginnen. In der Wunder-Bar. Sie hat mich eingearbeitet. Wir haben uns sofort verstanden. Kennst du das? Wenn man das Gefühl hat, jemanden schon ewig zu kennen, obwohl man ihn gerade erst kennengelernt hat?«

Ich nicke. Geht mir doch mit Lilo genauso.

»Nach Sperrstunde am ersten Abend haben wir uns die Nacht um die Ohren geschlagen. Wir haben so viel gelacht miteinander, das war unfassbar. In der Wunder-Bar hing ein Spruch an der Wand: *Wer zuerst nachgibt, ist der Mutigste. Wer zuerst vergibt, ist der Stärkste. Und wer zuerst vergisst, ist der Glücklichste*. Ist richtig weise, oder? Das war auch Elas Leitspruch. Es war nicht so, dass sie sich immer leichtgetan hat damit, vor allem mit dem Vergessen, aber zumindest hat sie's versucht. Ein paar Tage vor dem« – Lilo schluckt – »Autounfall, also, nur ein paar Tage vorher hatte sie einen kleinen Unfall. So als hätte sich der große Unfall schon angekündigt, das denke ich jedenfalls heute. Im Stau ist ihr einer hinten draufgefahren. Nur Blechschaden, aber Riesenaufregung. Der Typ, der ihr reingefahren ist, hat gesagt, sie sei schuld, weil sie gebremst hätte. Ich wäre an ihrer Stelle explodiert, das schwöre ich dir. Sie hat sich ganz ruhig an den Straßenrand gestellt, erst mal eine geraucht und mir ein Selfie geschickt. Dazu hat sie geschrieben: *Sonne scheint. Frisur hält. Um 7 Prosecco bei mir*. So war sie. Aber Heilige war sie keine. Manchmal auch furchtbar nervig. Wenn sie sich was in den Kopf gesetzt hatte, hast du einen Kopfstand machen können – so ein sturer Esel!«

Lilo lacht.

Ines hält ein Schachtel Butterkekse über die Sitzlehne. »Wollt ihr?«

Lilo nimmt sich ein Keks, ich tue es ihr gleich. Wir knabbern und sind eine Weile still. Dann erzählt Lilo, dass sie es nicht übers Herz gebracht hat, Elas Nummer aus ihrem Handy zu löschen. Sie schickt ihr immer noch SMS mit allem, was in ihrem Leben so geschieht.

»Hast du ihr auch von uns geschrieben?«, frage ich.

»Klar – auch ein Foto geschickt. Das muss sie ja wissen.«

»Und Bernd? Hat sie den auch gekannt?«

Lilo senkt den Blick. »Klar. Wir waren ein paar Mal gemeinsam unterwegs. Sie mochte ihn.«

Stille.

»Ja und?«

»Ela hat immer gesagt: Gibt ihm eine Chance, der passt zu dir.«

»Und wenn sie recht hat?«

Lilo schüttelt den Kopf. »Ich habe ihr in der letzten Nachricht geschrieben, dass er mich ununterbrochen anruft. Ich halte keine Typen aus, die mir nachlaufen.«

»Möchtest *du* lieber einem Mann nachlaufen?«

Sie lacht. »Genau! Das will ich. Aber solche Männer lerne ich einfach nicht kennen! Komisch, oder?« Und nach einer Weile: »Ich habe nur mit Ela über Typen geredet. Ich hatte niemand anderen. Sie war meine Beste. Also Freundin.«

Ich möchte nicht nachbohren. Wenn sie mir etwas erzählt, dann ist es okay. Die Basis von Freundschaft aber ist Vertrauen. Und nichts tut so weh, wie wenn das Vertrauen verletzt wird. Das habe ich das erste Mal schmerzhaft erfahren müssen, als ich in der Skiwoche ganz allein in der Kälte auf den Bus mit meinen Klassenkameraden gewartet habe.

Dass ich immer wieder über den Wert von Freundschaften nachdenke, hat auch damit zu tun, dass ich in den letzten Jahren zahlreiche Anfragen zu diesem Thema erhalten habe. Der Kitt, mit dem Frauenfreundschaften zusammengekleistert sind, hält auch in stürmischen Zeiten bombenfest. Weil Frauen einander auf geradezu unfassbar solidarische Weise bestärken. Wenn eine Frauenfreundschaft zerbricht, führt dies oft zu sehr viel Schmerz auf beiden Seiten. So schrieb mir eine Mona vor einiger Zeit, dass sie nach dem Bruch mit ihrer besten Freundin, die sie seit Grundschulzeiten kannte, in ein tiefes Loch gefallen war. *Es ist wie Liebeskummer*, schrieb sie, *nur schlimmer*.

Ich weiß nicht mehr, was ich geantwortet habe.

Ich erzähle Lilo davon und sie nickt heftig. »Männer kommen und gehen, aber Freundinnen bleiben. Wenn sie bleiben.«

Ines versorgt uns mit Keksen, vom Golfer-Ehepaar bekommen wir Kaffee in zwei kleinen Plastikbechern serviert und schön langsam fühlt sich diese Reise an, als führe sie an genau den richtigen Ort.

28 STUNDEN SPÄTER

Wir sind eine gute Stunde gefahren, als ich das nächste Zettelchen erhalte. Diesmal von Clarissa, einer Hebamme in Rente, wie ich erfahren habe. Eine immer noch attraktive Frau in ihren späten Sechzigern, die ihre Haare lang und grau trägt und dazu ein einfaches, japanisch angehauchtes Kleid. Sie sitzt in der Verlängerung meiner Reihe auf der anderen Seite des Ganges.

»Das ist für dich«, sagt sie.

Schon wieder? Das ist ja nicht zu fassen.

Ich behalte den Zettel einige Sekunden in meiner rechten Faust, links bewahre ich immer noch den kleinen Christophorus auf. Wer auch immer mir jetzt noch etwas reichen möchte: Ich habe keine Hand mehr frei.

Als Lilo, die sich über den Spalt zwischen Fenster und Sitz hinweg mit Ines unterhält, ganz sicher abgelenkt ist, entfalte ich den Zettel und werfe einen kurzen Blick darauf.

Wieder eine Restaurant-Rechnung. Aber diesmal mehr als ein Satz. Viel mehr. Ein Gedicht. Dieselbe ebenso schnörkelige wie ruhige Handschrift. Ungläubig lese ich:

Vom Alleinsein gebückt
lastet Trauer auf mir –
doch als ich Dich erblickt,
war da plötzlich ein WIR!

Markus. Er redet von einem »wir«. Ich kann es nicht fassen, stehen diese Worte tatsächlich da? Rasch falte ich den Zettel zusammen, nur um ihn gleich wieder mit klopfendem Herzen zu öffnen und noch einmal zu lesen. Und ein weiteres Mal.

Mein allererstes Liebesgedicht. Im Alter von beinahe falzig. Ist es das, worüber so viele Literaten und Sänger schreiben und singen? Die Liebe auf den ersten Blick? Was diese vier Zeilen alles offenbaren! Dass er allein war. Dass er traurig war, niedergedrückt. Warum bloß? Die letzte Zeile gefällt mir am allerbesten. Auf das WIR in Großbuchstaben läuft alles zu. Auf das heilsame, von der Angst erlösende WIR. Dass ich bei Gedichtinterpretationen in der Schule immer sehr gut gewesen bin, kommt mir jetzt zugute.

Mittlerweile hat auch Lilo Wind davon bekommen, dass sich bei mir etwas Außergewöhnliches abspielen muss.

Ohne ein Wort hält sie die Hand auf.

Ich reiche ihr den Zettel. Sie liest. Macht große Augen. »Wow«, sagt sie. »Weißt du schon, wer es ist?«

Ich zucke mit den Schultern, werde bestimmt nichts verraten. »Eigentlich können wir uns zusammentun, meinst du nicht? Unsere Verehrer sind beide ziemlich mysteriös«, gebe ich zurück.

Noch ehe ich den Zettel wieder zu fassen bekommen, hat Lilo ihn schon an Ines weitergereicht. »In diesem Bus sitzt der Poet!«, sagt sie. »Lies mal, das hat Romy bekommen.«

»Ich möchte das wieder zurück«, zische ich.

Kommt überhaupt nicht infrage, dass das Gedicht

einfach weitergereicht wird und am Ende wieder bei Markus landet. Vielleicht war es ein Fehler, es Lilo lesen zu lassen. Es fühlt sich an, als hätte ich Markus verraten. Als hätte ich das zart keimende Gefühl zwischen uns mit der Wurzel ausgerissen.

»Einfallsreich ist er ja«, sagt Ines und gibt mir den Zettel zurück. »Außerdem hat er sich wirklich Mühe gegeben. Wäre das ein Kandidat, der auf ein Inserat antwortet, würde ich ihn meinem Kunden als *originell und kreativ* beschreiben. Männer, die Gedichte schreiben und älter sind als siebzehn, sind eine seltene Spezies.«

Lilo lacht. »Wahrscheinlich ist er dreimal so alt«, sagt sie.

»Irgendwann wird man wieder ein bisschen wie siebzehn«, sagt Ines. »Wir können uns schon drauf freuen.«

Ich sehe mich bereits beim unperfekten Dinner sitzen und den Freundinnen von diesem magischen Moment erzählen, in dem ich das Gedicht das erste Mal zu Gesicht bekam. In meinem Leben ist ja sonst nicht viel los, endlich kann auch ich einmal auftrumpfen.

»Mein Gott, und das dir!«, würde Kata sagen. »Woher weiß er bloß, wie sehr du darauf stehst? Das muss ein Hellseher sein.«

Als unheilbare Romantikerin habe ich mir tatsächlich immer gewünscht, jemand würde mir ein Gedicht widmen. Es wenigstens versuchen. Ich habe Werner nie direkt darauf angesprochen, denn zu sagen *Schreibst du mir bitte ein Gedicht?* ist so was ähnliches wie die Aufforderung *Sei spontan!* Entweder, jemand kommt von allein auf die Idee – oder eben nicht. Außerdem hätte Werner bestimmt gefragt: »Ein Gedicht – worüber denn?« Dann hätte ich gesagt: »Über unsere Liebe.« Woraufhin er das Ganze mit einem trocken-ironischen Spruch beendet hätte, etwa: »Unsere Liebe sprengt jedes Versmaß.« Oder: »Auf *Werner* reimt sich nichts, beim besten Willen.«

Bestimmt hätte er mir dann aber bei nächster Gelegenheit eine Sammlung antiker Liebeslyrik zukommen lassen, mit dem Hinweis, dass er dieses Feld lieber den Profis überlasse. Denn Werner ist sehr genau und vergisst nichts – niemals.

Bis auf dich an der Tankstelle, würde Kata sagen, falls ich meine These in ihrer Gegenwart ausgesprochen hätte.

Die Liebe ist oft Thema beim unperfekten Dinner. Weil ihr doch auch etwas Unperfektes anhaftet. Britt, unzweifelhaft die Schönste von uns, kam vor einiger Zeit darauf, dass ihr Mann, seines Zeichens Radiologe, ein perfekt organisiertes Doppelleben führte. Mit einer zweiten Frau in einer zweiten Wohnung und einer zweiten Garnitur Kinder. Er hatte alles doppelt, allerdings nicht doppelt so viel Zeit, weshalb er sich in ein regelrechtes Burnout hineinmanövrierte. Britt dachte, es sei die Belastung im Krankenhaus, die ihm die dunklen Ränder unter den Augen bescherte, verbunden mit der Unlust, mit ihr etwas zu unternehmen. Die Urlaube mit der anderen Familie tarnte er als Radiologenkongresse im Ausland.

Deshalb läuteten bei mir auch erst mal die Alarmglocken, als sich Werners Kongressbesuche auffällig zu häufen anfingen. Aber wie hatte es Lilo so schön formuliert? An nichts denken, was Ärger bereitet, wir leben im Hier und Jetzt.

»Und was wirst du jetzt machen?«, fragt Lilo. »Wirst

du jeden einzelnen Mann hier drinnen einem Verhör unterziehen? Oder warte mal: Soll ich das für dich machen? Ich spiele gern die Detektivin für dich, wirklich!«

Das glaube ich ihr aufs Wort und ich habe Mühe, sie zurückzuhalten.

»Oh nein, danke, Lilo, ich denke, derjenige wird sich schon verraten.«

Lilo wischt mein Argument hinweg. »Muss nicht sein«, sagt sie. »Bernd hat mir jeden Morgen eine Blume hinter die Windschutzscheibe geklemmt. Siebenundvierzig Tage lang. Glaubst du, ich bin draufgekommen, von wem die sind? Ich habe Ela nach der Schicht immer nach Hause gebracht mit meinem Spucki, so heißt mein Auto. Sie hat gemeint: ›Das ist einer unserer Bar-Hocker, wetten?‹ Damit ist kein Stuhl gemeint, sondern die Typen, die jeden Abend an der Bar kleben. Die gehören schon zum Mobiliar dazu. Ich bin die Typen in Gedanken durchgegangen, einer schlimmer als der andere. Ela meinte: ›Ich glaube aber, dass der jeden Tag bei uns ist.‹ Damit hat sie schon recht gehabt.«

Pause.

Ich schaue Lilo an. »Ja, und? Pointe?«

»Der DHL-Bote.«

»Wie. Was.«

»Bernd hat unsere Pakete geliefert.«

»Und Blumen offenbar auch.«

»Der ist so jung, Romy. Sieben Jahre jünger als ich.«

»Na und? Seit wann ist das ein Hinderungsgrund? Der kann dich später einmal pflegen!«

»Sehr witzig.« Lilo nestelt an ihren Glitzerpailletten.

»Hey, lass das, die werden noch alle runterfallen.«

Lilo sieht an sich herunter. Das C ist nun auch vollständig nackt und vom O sind nur noch karge Überreste vorhanden.

»Ich wollte den Jogginganzug schon in die Altkleidertonne werfen«, sagt sie. »Bin nicht mehr so der Glitzerfan. Die Zeiten sind vorbei.«

»Manchmal braucht man Glitzer«, sage ich.

Ich beschließe, mutig zu sein. Ich werde jetzt einfach nach vorn gehen und Markus unter einem Vorwand besuchen. Wir haben nicht mehr viel Zeit gemeinsam. Bald werden sich unsere Wege trennen, Markus wird mit dem Chor zum Konzert fahren und ich werde gemeinsam mit Lilo versuchen, den ZACKIG-Bus ausfindig zu machen. Ich habe das Bedürfnis, mit ihm zu sprechen.

Außerdem: Noch einmal schlafen, dann bin ich falzig. Und in zwei Tagen tanze ich am Strand zu Rocco Minellis größten Songs.

Ich stehe auf, wackle durch den Gang. In der linken Faust den Christophorus, in der rechten das Gedicht. Ich fühle mich unverwundbar. Es ist ungewöhnlich still im Bus, viele der Mitreisenden schlafen, ich sehe zahlreiche Kopfhörer, in und auf den Ohren; Köpfe, die an Fenstern und Schultern lehnen.

Markus sitzt allein in der ersten Reihe hinter dem Fahrer, den Kopf hält er gesenkt. Als ich mich vorsichtig nähere, sehe ich, dass er liest.

»Pst«, mach ich. »Störe ich?«

Markus fährt herum. »Was für eine Überraschung!« Er klappt sein Buch zu, rückt rüber auf den rechten Sitz. »Komm, setz dich.«

Bilde ich mir das ein oder haben seine Wangen tatsächlich eine rosa Färbung angenommen?

Der Sitz ist noch warm.

»Wie kann ich dir helfen?«

Du kannst mich küssen, denke ich, sage aber: »Ich habe ein Gedicht bekommen«, sage ich.

»Ein richtiges Gedicht?« Er lächelt. »Wer schreibt denn heute noch so was?«

»Keine Ahnung«, sage ich. »Aber ich freue mich unheimlich darüber. Es ist das erste Mal. Also das erste Gedicht, das ich je bekommen habe.«

»Nicht möglich«, sagt Markus mit gespieltem Entsetzen. »Jede Frau sollte mindestens zwanzig Gedichte im Laufe ihres Lebens bekommen, richtig?«

»Wer sagt das?«

Markus überlegt. »Ich glaube, das war der heilige Christophorus. Der ist nämlich auch für die Reise ins Glück zuständig.«

»Apropos Reise«, sage ich. »Die ist bald zu Ende. Für mich jedenfalls.«

»Nicht so voreilig«, sagt er. »Vielleicht magst du uns ja noch ein wenig begleiten, richtig?«

Nicht richtig. In Bologna trennen sich unsere Wege. Das wird's gewesen sein. Wir werden uns kein zweites Mal begegnen. Besser, sich schon einmal innerlich darauf vorzubereiten.

Als ob er meine Gedanken lesen könnte, greift Markus mit beiden Händen nach meiner rechten Faust, öffnet sie. Der schon etwas ramponierte Zettel kommt zum Vorschein.

»Du hast es ja dabei«, flüstert er.

Seine Berührung elektrisiert mich. Du meine Güte. Ich möchte diesen Mann umarmen, küssen, den Rest trau ich mich nicht zu denken. Ich werde es von jetzt an immer bei mir tragen, würde ich gerne sagen, habe aber Sorge wegen des Pathos, der darin mitschwingt.

»Wann kommen wir an?«, frage ich. Mein Mund ist staubtrocken vor Aufregung, ich bekomme die Worte kaum raus.

Markus hält immer noch meine rechte Hand in seinen Händen. Ich fühle mich beschützt und geborgen. Bitte, liebe Himmelsmächte, lasst diesen Moment nie enden.

»Wir werden kurz vor Mitternacht in Tschenstochau sein«, sagt er.

Ich muss mich verhört haben. Oder gibt's einen Vorort von Bologna, der so heißt?

»Fahrt ihr ins Zentrum?«

»Direkt ins Kloster«, sagt er und streichelt meine Hand als würde er etwas unheimlich Zerbrechliches berühren.

»In ein Kloster in Bologna?«

Er hält inne. »Bologna? Wieso Bologna?«

Wie gibt es etwas misszuverstehen an dieser Frage? Ich kann mir nur vorstellen, dass er ebenfalls von seinen Emotionen überschwemmt wird und die einfachsten synaptischen Verbindungen außer Kontrolle geraten sind.

»Wir fahren doch nach Bologna. Oder?«

Ich sehe in ein aufrichtig überraschtes Gesicht und in zwei Augen, in denen eine Fragezeichen aufblinkt. Dieser Mann hat keine Ahnung, wovon ich spreche. Und sofort weiß ich: Hier läuft etwas total schief. Einen Moment lang habe ich das Gefühl, dass alles stillsteht. Eingefroren, wie in diesem Spiel. Keiner bewegt sich. Sogar mein Atem: Stillstand.

»Wir fahren nach Tschenstochau«, sagt Markus.

»Wie bitte?«

»Wir singen für die Schwarze Madonna. Ich dachte, du wüsstest das. Du warst bei der Generalprobe dabei, richtig?«

»Ja, aber ...« Ich weiß nicht mehr, was ich denken soll. »Lilo hat doch ... also Lilo hat Bologna gesagt«, flüstere ich, mehr zu mir selbst als zu ihm, »ganz sicher.«

»Da dürfte sie etwas falsch verstanden haben«, sagt Markus. »Darf ich dich bitten, mich mal rauszulassen?«

Er lässt meine Hand los. Schlagartig fühlt sie sich einsam und eiskalt an. *Bleib hier, Markus, bleib bei mir.* Er ist aber schon vorn beim Busfahrer, greift in die Ablage vor der Windschutzscheibe und kehrt mit einer Tafel zurück.

Darauf steht:

POLONIA

Nicht Bologna.

Sie fahren nach Tschenstochau in Polen.

Zur Schwarzen Madonna.

Und wir mit ihnen.

29 STUNDEN DANACH

»Schwarze Madonna? Jetzt setz dich doch erst mal!«

Lilo sieht mich an, als hätte ich ihr verkündet, dass die Erde erwiesenermaßen doch eine Scheibe ist. Und: nein danke. Ich stehe lieber.

»Polonia«, sage ich. »Tschenstochau, um genau zu sein. Was ich ganz sicher weiß, ist, dass Rocco Minelli dort bestimmt nicht auftritt.«

Lilo streichelt nachdenklich ihr Piercing. »Die Zwillinge haben undeutlich gesprochen«, sagt sie. »Und ich habe hinter ihnen gestanden. Aber du hättest auch einmal nachfragen können. Warum bin ich jetzt alleine schuld?«, mault sie. »Und vergiss nicht, Romy: Du warst in dieser Nacht nicht ansprechbar. Ich habe für uns beide entscheiden müssen. Mir allein den Schwarzen Peter umzuhängen, ist nicht fair.« Sie nestelt an ihrem Pulli. Pailletten rieseln auf ihre Jogginghose, von dort wischt sie sie mit der Hand zu Boden.

»Ich fasse zusammen«, sage ich. »Wir sitzen seit gestern Nacht in einem Bus, von dem wir eigentlich nicht genau wussten, wohin er fährt.«

Lilo zuckt mit den Schultern.

»Und jetzt? Zwei Möglichkeiten: aussteigen oder weiterfahren.«

»Es gibt noch eine dritte«, sagt Lilo. »Ich steige aus und du fährst weiter.«

»Oder ich steige aus und du fährst weiter.«

Ines dreht sich um. »Wenn ich mich einmischen darf: Ihr seid auf Urlaub, oder? Dann bleibt doch bei uns! Ist es denn so fürchterlich mit uns?«

»Im Gegenteil«, beeile ich mich zu sagen, »aber ich muss ...«

Ja, was eigentlich?

Zu Werner? Er verweigert jedes Gespräch, ruft nicht einmal zurück. Das wäre in diesem Fall ein wenig erfreulicher Resturlaub. Ist es da nicht verlockender, noch zwei zusätzliche Tage mit Markus zu verbringen? Aber was ist dann mit dem Rocco-Minelli-Konzert? Und darf ich überhaupt so egoistisch sein und nur an mich denken?

So vieles, das es abzuwägen gilt. Deshalb: ruhig Blut bewahren und Gehirn einschalten.

»Komm schon«, sagt Lilo und klopft noch einmal auf den Sitz. »Nur weil du stehst, ändert sich nichts.«

Also gut. Dann setze ich mich eben und greife dankbar nach dem Keks, den mir Ines hinhält. Kohlehydrate sollen ja die Denkleistung ankurbeln.

»Es tut mir leid«, sagt Lilo nach einer Weile. »Hab's nur gut gemeint.«

»Ich weiß«, sage ich. »Es tut mir auch leid, dass ich ausgeflippt bin. Aber das ist einfach alles ein bisschen viel im Moment.«

Tausend Gedanken jagen durch meinen Kopf. Tschenstochau. Vielleicht sollte ich mitfahren und die Schwarzen Madonna um einen Eimer Weisheit bitten.

»Bernd meint, ich soll nach Hause kommen.«

»Bernd? Du hast mit ihm gesprochen?«

Lilo zuckt mit den Schultern. »Ich habe einfach nur deinen Rat befolgt«, sagt sie und hält meinem Blick stand. »Was Romy rät, das sollte man besser tun.« Sie lächelt. »Und auch ein wenig wegen Ela.«

»Und der eigentliche Grund?«

Sie sieht mich an, ihre Augen zu Schlitzen verengt. »Ich brauche unbedingt eine Zigarette.«

»Lilo, komm, sei ehrlich.«

Sie senkt den Kopf. »Weißt du noch, was Helga gesagt hat, damals an dem Abend im PARADIES? Dass ich nicht immer nur davonlaufen kann. Und dann ist da noch was.« Sie hebt den Kopf. »Aber das darfst du niemandem verraten.«

»Versprochen, hoch und heilig«, sage ich.

»Dieses Gedicht, das du bekommen hast – «

»Ja?«

»Das hat etwas mit mir gemacht. Ach, ich weiß auch nicht.« Sie nestelt an ihrem Piercing. »Ich fühle mich manchmal auch so. Allein, meine ich. Und dann habe ich mich erinnert, wie es mir geht, wenn ich mit Bernd zusammen bin. Tja, und das war so wie in diesem Gedicht: Ich spüre ein WIR.«

»Und das ist so schlimm?«

»Das ist kitschig, Romy, furchtbar kitschig.«

»Das ist nicht einmal auffällig. Lass dir das von einem Kitschprofi gesagt sein.«

»Also heilbar?«

Ich atme tief ein. »Das müsst ihr gemeinsam herausfinden, fürchte ich.«

Die vorlaute Lilo kommt mir ganz zerbrechlich vor in diesem Augenblick. Zerbrechlich und unsicher.

»Ich werde zurückfahren«, sagt sie.

»In Ordnung«, sage ich, auch wenn mir das Herz schwer wird.

»Es tut mir leid.«

»Ich hab dich lieb«, sage ich.

»Ich dich auch.«

Wir schauen gemeinsam aus dem Fenster auf die Landschaft, die vor den Fenstern vorbeizieht wie eine Theaterkulisse. Wind ist aufgekommen. Er rüttelt an Bäumen und Dächern, lässt einen weißen Plastiksack über ein Feld tanzen.

»Und du bleibst bei dem Mann, der dir Gedichte schreibt.«

»Ach, was weiß ich«, sage ich. Ich lehne mich zurück. Schließe die Augen. Wie war das noch einmal mit Ralph de Bricassart und der kleinen Maggie? Ralph war nicht nur wahnsinnig gutaussehend, sondern auch durchaus karrierebewusst. Immerhin wollte er Papst werden. Bis ihm die Liebe dazwischenkam. Zerrissen zwischen seiner Liebe zu Maggie und seiner Liebe zu Gott. Was für ein Dilemma. Das kleine Mädchen, das ich war, hätte sich natürlich ein Happy End mit irdischer Liebe gewünscht. Weil in der romantischen Rangordnung die Liebe immer an erster und die Pflicht erst an zweiter Stelle stehen muss. Aber was weiß man schon, was im Kopf eines Priesters vor sich geht? Vielleicht ist Markus auch karriereversessen? Oder er testet bloß aus, wie weit er gehen kann? Für ein Experiment bin ich mir zu schade. Andererseits war die erste Begegnung so markerschütternd, dass ich nicht ohne Gänsehaut daran zurückdenken kann. Gibt es sie doch, die Liebe auf den ersten Blick? Oder ist das nur ein Tagtraum eines Mädchens, das mit zwölf zu lang vor dem Fernseher saß? Bin ich unvernünftig, wenn ich den Bus verlasse und auf eigene Faust nach Hause fahre? Bin ich eine schlechte Ehefrau, wenn ich Werner schmollen lasse? Bin ich egoistisch, wenn ich bei Markus bleibe?

Was ist richtig, was ist falsch? Gibt es das überhaupt in so einer Situation? Und wer will darüber richten?

Sogenannte »egoistische« Entscheidungen brennen gerade Frauen auf der Seele und waren ein häufiges Thema bei ROMY RÄT. Frauen werden offenbar besonders gern des Egoismus' bezichtigt, wenn sie an sich selbst denken. Am häufigsten aber passieren diese Schuldzuweisungen von den Betroffenen selbst. Spezialausführung des schlechten Gewissens: die Rabenmutter-Selbstgeißelung.

Liebe Romy,

ich habe zwei Kinder (zwei und drei), und mein Mann arbeitet unter der Woche in einer anderen Stadt, was bedeutet, dass wir ihn nur an den Wochenenden zu Gesicht bekommen. Meine Eltern unterstützen mich, haben aber – da sie beide noch berufstätig sind – hauptsächlich an den Wochenenden Zeit. Nun habe ich mit einer Freundin ein Wellness-Wochenende vereinbart. Die Kinder werden bei meinen Eltern schlafen. Mein Mann versteht nicht, dass ich zwei Tage ohne ihn verbringen möchte. Er sagt, dass die Wochenenden Familienzeit sind und ich deshalb zu Hause sein sollte. Wir hatten deshalb schon öfter Streit.

Uff. Das war schwierig. Man erster Reflex war natürlich: recht hat sie! Wellnesswochenende mit der Freundin und zwar möglichst oft! Andererseits kann man auch die Position des Mannes verstehen. Und da es meine Aufgabe war, einen möglichst »objektiven« Tipp zu geben, antwortete ich:

Eine Wellness-Wochenende mit Ihrer Freundin zu verbringen ist Ihr gutes Recht und wird Ihnen guttun. Sie könnten Ihrem Mann aber vorschlagen, zum Ausgleich ein weiteres kinderfreies Wochenende mit ihm gemeinsam zu planen. Möglicherweise lässt es sich einrichten, mit den Kindern gemeinsam eine Familientherme zu besuchen, vielleicht kommen ja auch die Großeltern mit, um Sie bei der Betreuung der Kinder zu unterstützen.

Ich fand das damals wahnsinnig gerecht. Heute frage ich mich, ob eine Lösung immer gerecht sein *muss*. Das Leben ist als solches nicht gerecht. Und die meisten Entscheidungen lassen sich erst im Nachhinein beurteilen.

Wenn ich tief in mich hineinhorche, was sagt mein Bauch? Er sagt: im Bus bleiben. Bei Markus. Herausfinden, was mich da reitet. Ob es sich nur um eine ins Alter herübergerettete Teenagerphantasie handelt. Oder um eine Begegnung, die fähig ist, meinem Leben einen neuen Drall zu geben. Denn wenn ich die Körpersignale richtig deutet, dann bin ich tatsächlich ... verliebt? Ist das möglich?

Ich bin verliebt, du meine Güte.

Romy Rukovsky, Mutter zweier erwachsener Kinder, Adoptivmutter von zwanzig Orchideen, demnächst Ex-Kolumnistin und Ratgeberin der (weiblichen) Nation, loyale Freundin und (bisher) treue Ehefrau ohne Fehl und Tadel, ist verknallt.

Ich bitte Lilo ein alleralleralllerletztes Mal um ihr Handy. Diese eine Mitteilung muss ich noch loswerden.

Ich bitte Kata, Lilos Nummer zur Dinner-Gruppe hinzuzufügen. Zumindest für die Dauer der Reise. Immerhin ist diese Gruppe die letzte Verbindung in mein altes Leben!

Glücklicherweise ist Kata pausenlos online. Ich frage mich, wann sie arbeitet. In Windeseile habe ich Zugang zur Gruppe.

Mädels, hier ist Romy mit Lilos Handy, weil meins … ach, Kata wird euch alles erklären. Jedenfalls muss ich euch etwas mitteilen, schreibe ich mit klopfendem Herzen. Jetzt kommt's: *Ich habe einen Mann kennengelernt.*

Einen – was? (Kata) Smiley, das ungläubig den Mund aufsperrt.

Hast du den bei einer Präsentation ersteigert? (Britt)

Noch einmal wg. Bratenthermometer: Das BLAUE, bitte, nicht das GELBE. Monika, na klar. Gnadenlos ehrlich.

Romylein, so schlimm ist das nicht mit dem Venenforum. Brauchst deshalb nicht dein Leben über den Haufen werfen. Die erste Kolumne deiner Nachfolgerin ist übrigens … na ja, sagen wir: grotesk. Die Drescher weiß noch nicht, ob sie die so ins Blatt stellen möchte. (Kata)

Okay. Keine einzige Frage, die sich auf Markus bezieht. Sie glauben mir nicht. Oder nehmen mich nicht ernst. Ich überlege, ob ich beleidigt sein soll – und beschließe, es nicht zu sein. Das ist mein Leben, und ich brauche nicht für jeden Schritt Applaus.

Als der Bus auf den Parkplatz einbiegt, brandet ein Wind auf. Diesmal gibt es weder Tankstelle noch Gasthaus, sondern bloß ein langgestrecktes Toiletten-Gebäude, verkleidet mit Holzlamellen, ausgestattet mit zwei Automaten, einen für Kaffee, einen für Getränke. Wir flüchten vor dem Wind unter das Dach.

Ines gesellt sich zu uns, einen Kaffeebecher in der Hand. »Na, ihr beiden, schon entschieden?«

Wir sehen uns an, dann nicken wir. Was macht dieser Kloß da plötzlich in meinem Hals? Nicht heulen, Romy, du sentimentale Ziege, fang jetzt bloß nicht zu Heulen an.

Markus steht ein wenig abseits und unterhält sich mit dem Busfahrer. Immer wieder schaut er zu mir rüber und ich fange seine Blicke auf, ratlos, ein wenig verwirrt, aber auch mit einem dumpfen Gefühl der Vorfreude. Worauf? Ich habe keine Ahnung.

»Ich möchte dir noch was sagen«, sage ich zu Lilo.

»Das klingt immer so geschwollen«, sagt sie, »wenn man ankündigt, dass man etwas sagen will. Einfach raus damit.«

»Erinnerst du dich noch daran, als du mir gesagt hast, ich sehe aus, als würde ich mir jeden Spaß verbieten?«

Ein Lächeln umspielt ihren Mund, sie zieht an ihrer Zigarette. »Klar.«

»Das will ich nicht mehr. Ich will nicht mehr so aussehen.«

»Das tust du auch nicht mehr«, sagt sie und küsst mich auf die Wange.

»Wir bleiben in Kontakt«, sage ich. »Du hast keine andere Wahl, du bist ja derzeit sogar Mitglied unserer exklusiven Dinner-Gruppe.« Ich grinse.

»Ich werde euch besuchen und von den Plätzen fegen mit meinen fetten Burgern.«

Wir lachen. Ines schaut amüsiert von einer zur anderen, als verfolge sie ein Tennismatch.

Dann umarmen wir uns. Ein Gefühl, als würde ich Lilo tausend Jahre und einen Tag kennen.

»Bist du mir noch böse? Wegen Polonia?«, flüstert sie mir ins Ohr.

»Natürlich nicht«, flüstere ich zurück. »Es gibt keinen besseren Bus auf der Welt als diesen.«

»War ein Abenteuer«, sagt sie. »Und alles Gute zum … du weißt schon.«

Ich ringe mir ein Lächeln ab. »Danke«, flüstere ich. »Mach's gut. Und pass auf, mit wem du mitfährst.«

»Das mach ich doch immer.«

»Sobald ich mein Handy wiederhabe, schicke ich dir meine Nummer. Ich will ein Bild. Von dir und Bernd.«

»Wird gemacht!«

Ohne weitere Verzögerung marschiert sie in Richtung der Brummis, die hintereinander aufgefädelt auf der Straße stehen. Dann dreht sich noch einmal, winkt. Wir winken zurück.

Fühlt sich nach Abschied an, überlege ich. Und dann: Denkfehler. Es *ist* ein Abschied.

Eine Träne hat sich im Augenwinkel verfangen, ich wische sie mit dem kleinen Finger fort.

»Hier«, sagt Ines. Sie hält mir ein Papiertaschentuch hin.

»Ist nur der Wind«, flüstere ich.

»Klar«, sagt Ines.

Ich beobachte Lilo, wie sie mit einem Trucker verhandelt, und hätte jetzt nichts lieber als eine zweite Romy an meiner Seite – eine Romy, die mir rät, was ich jetzt tun soll.

TEIL III

30 STUNDEN DANACH

»Wo ist Ihre Freundin? Haben wir die vergessen?«

Clarissa beugt sich vor und deutet auf den leeren Fensterplatz. Wie sich alle um uns sorgen!

Ich schüttle den Kopf, lächle. »Alles in Ordnung. Lilo hat andere Pläne«, sage ich. Ich setze mich dennoch nicht ans Fenster. Dieser Platz soll frei bleiben.

»Schade, da versäumt sie eine Menge«, sagt Clarissa. »Ich war schon drei Mal in Tschenstochau. Jedes Mal ein Erlebnis, wirklich wahr.« Sie nickt bedeutungsschwer und schließt die Augen, um ihren Worten Nachdruck zu verleihen.

Ich ermuntere sie, ein wenig aus dem Nähkästchen zu plaudern, damit ich beim nächsten Gespräch mit Markus nicht völlig ahnungslos wirke. Unter normalen Umständen würde ich »Schwarze Madonna« googeln, aber ohne Handy ist man in die Achtziger zurückgeworfen. Jetzt habe ich nicht einmal mehr Lilos Telefon zur Verfügung. Niemand weiß mehr, wo ich mich befinde. Keiner kann mich kontaktieren. Ein ungewohntes Gefühl der Schwerelosigkeit. Du bist ab sofort allein, Romy. Ganz auf dich gestellt. Ich öffne die Faust: Wenigstens ist Christophorus immer noch da, auch wenn er dreinschaut, als hätte er schon genügend Sorgen und könnte sich nicht meine auch noch aufhalsen.

»Eines muss ich vorausschicken«, sagt Clarissa und streicht ihr Kleid glatt. »Es ist wahnsinnig überlaufen. Alles voll mit Pilgern. Vier Millionen im Jahr! Kein Wunder«, fährt sie fort und muss über ihren unbeabsichtigten Scherz lachen. »Also schon ein Wunder, wenn man bedenkt, dass die Madonna vom Evangelisten Lukas höchstpersönlich auf ein Stück Holz gemalt wurde! Und dass das Holz vom Tisch der Heiligen Familie stammte, den Josef selbst getischlert hat.«

Jetzt mischt sich ihr Nachbar ein. Grauer Hofrats-Bart, Nickelbrille.

»Schön ist sie ja nicht gerade«, sagt er. »Sie schaut drein, als hätte sie sich den Zeh am Schrankbein angeschlagen. Ganz ehrlich: Die würde ich mir nicht ins Schlafzimmer hängen.«

»In die Verlegenheit wirst du auch nicht kommen, Franz«, sagt Clarissa streng.

»Also, ich weiß nicht«, meldet sich jetzt auch Ines. »Tisch der Heiligen Familie! Wenn ich das schon höre. Das sind doch alles Legenden. Woher will man das denn wissen?«

»Wie auch immer«, sagt Clarissa, »man muss aufpassen, bei den Besuchszeiten sind sie sehr streng. Punkt zwölf endet die Audienz und bis drei hält die Madonna ihr Mittagsschläfchen, da wird der Rollladen runtergefahren und *do widzenia*.«

»Wie bitte?«

»Das ist polnisch und heißt auf Wiedersehen.«

Ich versuche, mir möglichst viele Details einzuprägen. Mit Pilgerfahrten habe ich in etwa genauso viel Erfahrung wie mit der Zubereitung von Saltimbocca. Werner hätte hier einiges beizutragen, oh ja, der könnte mitreden, aber der ist weit weg. Ich bin auf mich allein gestellt. Und ich werde mir selbst beweisen, dass ich auch so gut zurechtkomme.

»Pst«, macht Ines und winkt. »Magst du dich zu mir setzen?«

Wie freundlich von ihr. Ich wechsle die Reihe.

»Was ist mit Lilo passiert?«, will jetzt auch Ines wissen.

»Unterwegs in Sachen Liebe«, sage ich.

Ines lächelt. »Wie beneidenswert.«

Sie selbst sei Single, sagt sie, und auf so ziemlich allen Dating-Portalen angemeldet, »aber wenn jemand mit einem Wisch sein Interesse zeigt, dann wischt er dich genau schnell wieder aus deinem Leben. Jede Woche sage ich mir: *Melde dich ab. Es ist lächerlich. In deinem Alter.* Und dann bleibe ich doch wieder. Weil du halt auch nette Nachrichten bekommst, und solche Rückmeldungen sind Balsam für die Seele. Vielleicht hilft ja die Schwarze Madonna, die soll schon einige Wunder bewirkt haben. Die Hoffnung stirbt zuletzt.«

»Das ist doch keine Frage des Alters«, werfe ich ein. Ich kenne tatsächlich einige Pärchen, die sich online kennengelernt haben und trotz aller Unkenrufe sogar den Weg zum Altar gemeinsam gegangen sind.

»Dann zumindest eine Frage der Selbstachtung. Ich weiß übrigens, wer dir die Zettelchen geschrieben hat. Und muss dich warnen.«

Ich versuche, nicht zu zeigen, wie ich erschrecke. Bestimmt kennt sie Markus' dunkelste Geheimnisse und wird mich gleich damit konfrontieren, dass er nachts wie ein Wolf den Mond anheult oder in eine existenzielle

Krise schlittert, wenn die Marmeladengläser nicht exakt in einer Linie stehen.

»Ach ja«, flüstere ich. Eine Einladung, weiterzureden, denn plötzlich mustert sie mich stumm.

»Er hat eine komplizierte Beziehung zu seiner Mutter«, sagt sie schließlich. »Obwohl: kompliziert ist vielleicht nicht das richtige Wort. Ich kann dir nur sagen: Die Gerüchteküche brodelt!«

Was denn dann das richtige Wort sei, möchte ich fragen, als etwas anderes meine Aufmerksamkeit auf sich zieht.

»Mist, das darf nicht wahr sein«, sagt Ines und deutet aus dem Fenster. »Sieh dir das an. Na, wir haben vielleicht ein Glück.«

Ich beuge mich vor, um sehen zu können, was sie meint.

Vor uns ist eine Fahrzeugkolonne, die sich bis an den Horizont schlängelt. Roberto bremst ab. Zunächst geht's noch im Schritttempo weiter, dann bleibt der Bus ächzend stehen.

Ratlosigkeit macht sich breit.

»Wir hatten bisher jedes Jahr einen Stau«, weiß Clarissa zu berichten. »Der gehört zu unseren Chorausflügen wie das Amen zum Gebet.«

»Deswegen schlage ich immer vor, übers Land zu fahren«, ruft Franz so laut, damit es auch der Letzte versteht. »Aber unser Robbi hört ja nie nicht auf mich.«

»Magst du das nächste Mal fahren?«, schallt es zurück.

»Wenn der Franzi am Ruder ist, müssen wir die Straße sperren lassen«, ruft ein anderer.

Gelächter. Franz verzieht keine Miene, verschränkt nur stoisch die Arme vor der Brust.

Jemand klopft ins Mikrofon. Und schon schlängelt sich Markus' Stimme in meinen Gehörgang. »Meine Lieben, wie ihr sicher bemerkt habt, müssen wir eine unfreiwillige Pause einlegen.«

Warum wundert mich das jetzt nicht? Meine Reise scheint gepflastert zu sein mit Pausen. Gefühl bin ich länger gestanden als gefahren. Ich öffne meine Faust. Und jetzt, lieber Christophorus? Was jetzt? Bitte wundertätig werden! Markus hat gesagt, dass du eine besondere Rarität bist, also walte deines Amtes!

»Singen«, ruft einer der Zwillinge.

»Ja!« – »Den Kanon!« – »Ubi caritas!« – »Ave verum!«

Alle rufen durcheinander. Markus gemahnt zur Ruhe. Denn er hat sich bereits etwas überlegt. »Damit unser Zeitplan nicht zu sehr durcheinandergerät, werde ich zunächst herausfinden, wie lange wir hier stehen werden. Danach bin ich gerne bereit zu dirigieren. Zuerst Brot, dann Spiele, richtig?«

Einer Eingebung folgend springe ich auf und gehe vor, die Hand hebend wie eine Vorzugsschülerin, die aufs Klo muss. Markus sieht mich überrascht an, als ich auf ihn zueile.

»Ich«, sage ich, »*ich* gehe raus. Bleib du nur bei deinem Chor. Ich werde die Lage sondieren und berichten.«

»Sehr freundlich von dir, aber das brauchst du nicht«, sagt Markus in bestimmendem Ton und legt seine Hand auf meinen Oberarm. »Bitte geht auf deinen Platz zurück. Du bist unser Gast.«

»Das ist lieb«, sage ich und fühle die Hitze in meine

Wangen kriechen, »aber ich mach's gern. Wirklich.« Endlich kann ich mich nützlich machen.

Er legt den Kopf schief und betrachtet mich. Zu gerne würde ich wissen, was jetzt in seinem Kopf vorgeht. Er presst die Lippen zusammen und nickt ein paar Mal, dann greift er zum Mikrofon: »Meine lieben Freunde, fangt doch schon einmal an. Ich schlage vor, ihr singt die »Schwarze Madonna«, und der Alt bitte Vorsicht im Refrain bei *Erlaubet: da-diiiii-di*, nicht *da-di-diiii*. Aufs richtige Atmen achten, nicht die Schultern hochziehen, richtig?«

Alle greifen nach ihren Mappen, blättern. Man hört Geräuspere, manche singen sich ein. »Sch-sch-ssss! Sch-sch-sch-sssss! Sch-sss-schsch-sss-«

»Rob, mach bitte die Tür auf«, sagt Markus zum Busfahrer.

Wie jetzt, hat er seine Meinung geändert?

»Einen Ort auf dieser Erde gibt es, wo Maria strahlt. Wo ihr Antlitz ist zerschnitten, das so liebevoll geweiht«, ertönt es in meinem Rücken. Markus legt den Finger an die Lippen und deutet zur Tür. »Komm, wir hauen ab«, flüstert er mir zu. Und zu Roberto sagt er: »Wir schauen mal, was da los ist. Du hast meine Nummer, richtig?«

Ich kann es nicht fassen. Wir gehen gemeinsam! Offizielle Mission. Mein Herz hüpft in Vorfreude. Und ich hüpfe auch – die Stufen vom Bus auf den Asphalt hinunter. Der Wind hat sich beruhigt, der Himmel ist weiß wie Cappuccino-Schaum. Die frische Luft tut mir gut. Ich atme tief ein.

»Auf geht's!«, sagt Markus und nickt mir fröhlich zu. Als würden wir gemeinsam wandern gehen.

Wir sind nicht die Einzigen, die auf die Idee gekommen sind, Erkundigungen einzuholen. Viele stehen bereits neben ihren Fahrzeugen, unterhalten sich über Autodächer hinweg.

Zwei junge Mütter beruhigen ihre jeweiligen Babys, indem sie vor und zurück tänzeln. Ein Teenager schlängelt sich mit zwei riesigen Doggen an der Leine zwischen den Autos hindurch. Der Stau bildet die ganze Bandbreite der automobilen Gegenwart ab: E-Autos zwischen SUVs, groß wie Panzer; Familienkutschen mit Dachträger hinter tiefergelegten Polos mit zwei glänzenden Auspuffen; japanische Kleinwagen, die »auch für Tiere bremsen« vor Kombis, in denen »Lea-Ylvy« oder »Jason-André« mitfährt.

Wir laufen den Pannenstreifen entlang, der von niedrigen Büschen gesäumt ist. Ein Kleinflugzeug pflügt brummend durch den Himmel, sonst ist es eigenartig still an diesem Ort, an dem es sonst immer ohrenbetäubend laut ist. Einige Ungeduldige überholen uns in Richtung des unsichtbaren Staubeginns.

»Wisst ihr vielleicht, was geschehen ist?«, fragt Markus, als wir auf ein heftig diskutierendes Grüppchen treffen. Im Stau ist es wie auf zweitausend Metern Seehöhe: Man duzt sich, vereint durch außergewöhnliche Umstände. Viel zur Aufklärung tragen diese Befragungen jedoch nicht bei, tatsächlich hat jeder eine andere Erklärung.

»Ein Lkw hat Ladegut verloren«, sagt ein beleibter Mann im gestreiften Lacoste-Polo. »Das kann dauern. Angeblich zwei Stunden, bis die Fahrbahn wieder frei ist.«

»Denke nicht«, widerspricht ihm ein anderer. »In einer halben Stunde müsste es weitergehen. Spätestens.«

»Also, die da vorne« – eine Frau mit Schirmkappe deutet auf einen unbestimmten Ort in der Ferne – »haben gesagt: Geburt. Eine Geburt im Rettungswagen.«

Markus wendet sich mir zu. »Das wäre ja eine schöne Nachricht, richtig?«

Richtig.

Sie gibt uns noch einen guten Tipp mit auf den Weg: »Da vorn gibt's was zu trinken. Gratis. Von der Autobahnmission.«

Das motiviert! Wir machen uns auf den Weg. Und jetzt beginnt Markus zu erzählen. Von seinem Nebenjob als Reiseführer – tatsächlich ist es bereits seine neunte Reise nach Tschenstochau –, von den Schwierigkeiten, die es mit sich bringt, einen Chor zu leiten (»mit dem Alter kann es sein, dass ein Sopran in den Alt wechseln muss, aber bring das mal einer Dame bei. Das ist die wahre Knochenarbeit.«).

Ich hänge an seinen Lippen. Wir lachen viel. Er fragt mich wenig, aber das ist in Ordnung, mein Reservoir an erzählenswerten Geschichten ist nur wenig gefüllt. Hin und wieder überfällt mich die irrationale Angst, dass wir den Bus verpassen könnten. Aber das kann niemals der Fall sein. Solange die Kolonne steht, wird unser Bus immer *hinter* uns sein, daran gibt's nichts zu rütteln.

Wir marschieren vorbei an quengelnden Kindern, turnenden Erwachsenen und schimpfenden Paaren. Wir entdecken ein Dufti-Baustellenklo mit einer langen Schlange wartender Frauen davor und sehen Männern dabei zu, wie sie sich ins Gebüsch schlagen.

Gut, dass ich bequeme Schuhe trage. Dass die Autobahn nicht für Fußgänger gemacht ist, merkt man erst so richtig, wenn man auf ihr entlanggeht. Keinerlei Abwechslung fürs Auge, eine einzige ewige Gerade, und irgendwo da vorn am Horizont ein umgekippter Last- oder Rettungswagen. Oder ein hoffentlich gesundes Baby.

Bald habe ich jedes Gefühl für Zeit verloren. Hoppla, die Autos kommen mir bekannt vor, sind wir etwa im Kreis gegangen? Nicht möglich. Zwei Männer spielen Karten auf dem Dach eines roten Kombi. Auf dem Pannenstreifen ein Lkw, der sich an den nächsten reiht. Brummis aus aller Herren Länder, mit Wimpeln und bunten Lichtern, bestückt wie Christbäume. Es riecht nach Wurstbrot und Bier. Festzeltstimmung. Nicht bei allen, wohlgemerkt. Zwei Endfünfziger in Anzug und Schlips marschieren, das Handy ans Ohr gepresst, wutentbrannt um ihren Wagen wie Rumpelstilzchen ums Feuer.

Ich liebe diesen Stau. Er ermöglicht es mir, neben Markus zu gehen und mit ihm zu plaudern. Zwar nicht gerade die erträumte Strandszene, doch wir haben Zeit für uns. Und sind allein. Sofern man allein sein kann zwischen einer Trillion Autos.

»Da!«, rufe ich. »Die Bar!«

Die Getränkeausgabestelle der Autobahnmission besteht aus einem improvisierten Stand mit einigen übereinandergestapelten Mineralwasserkisten und ein paar Bierbänken neben einem verhungerten Baum am Straßenrand. Eine junge Frau im blauen Anorak teilt Flaschen aus. Auf dem Tisch liegen Traubenzuckerdrops für die Erschöpften – man darf sich bedienen. Vor uns wartet ein junges Paar mit einem auf den Rücken gebundenen Baby, das schlaff im Tuch hängt und mit offenem Mund schläft. Der Anblick von Babys löst bei mir unweigerlich einen Lächelreflex aus. Die ganze Schönheit und Großzügigkeit der Schöpfung kommt in diesen Wesen zum Ausdruck. Wann es wohl bei Emma oder Tim so weit sein wird? Mein Gott, dann sind wir Großeltern. Romy-Omi, wie das klingt. Das wäre wenigstens der Anlass für eine neue Kolumne: ROMY-OMI RÄT. Möge noch einige Zeit bis dahin vergehen.

Der zu Beginn noch so schweigsame Markus hat sich mittlerweile warm geredet und berichtet über die zahlreichen Dankesbekundungen, die er nach jedem Konzert mit seinem Chor erhält: Briefe, Nachrichten, Mails, Anrufe – die Begeisterung seitens des Publikums ist offenbar nicht enden wollend.

Wir gehen ein paar Schritte in die Wiese, entfernen uns vom Trubel. Unbebautes Land. Sehr flach, sehr eintönig. Braunes, hartes Gras.

»Hier ist es gut«, sagt Markus und zeigt auf einen Baumstumpf. »Setzen wir uns.«

Der Durchmesser des Stamms ist bescheiden, daher sitzen wir nah beisammen, Schulter berührt Schulter, ein Oberschenkel den anderen Oberschenkel. Aus Verlegenheit trinke ich mein Mineralwasser in wenigen Zügen leer.

Markus schaut verzweifelt in die Ferne – wie ein Kapitän, der das Land, das er ansteuern soll, aus den Augen verloren hat. Dann wendet er den Kopf, mustert mich. »Weißt du, was mich interessiert?«

Ich warte ab.

»Warum bist du im Bus geblieben? Du möchtest doch nach Italien, richtig?«

Und jetzt? Soll ich mit der Wahrheit rausrücken? Lieber heiliger Christophorus, steh mir bei, ich weiß nicht, was ich antworten soll.

»Weil ich noch Zeit mit dir verbringen will?«

Es klingt wie eine Frage und ist doch viel mehr als das: ein Bekenntnis.

»Warum?«

Was heißt warum? Er hat doch alles provoziert mit seinen Zettelchen.

»Wegen des WIR«, flüstere ich.

»Wie?« Er beugt sich vor, um besser zu verstehen.

»Das WIR«, flüstere ich. »Das WIR, von dem du geschrieben hast. In dem Gedicht.« Ich drücke Christophorus in meiner Faust so fest zusammen, dass er schon völlig zerknautscht sein muss. »Du hast geschrieben, dass du einsam warst und niedergedrückt«, füge ich hinzu. »Das hat mich berührt. Weil ich mich wiedererkannt habe. Ich fühle mich ... na ja, wie soll ich sagen, im Moment auch nicht gerade bombig. Im Moment kugelt in meinem Leben alles ein bisschen durcheinander.«

Ich erzähle von meinen Problemen im Job, meinen Überlegungen, ANNAROSA zu verlassen. Ich erzähle davon, dass Emma und Tim ausgezogen sind und was es mit einem macht, wenn das Nest plötzlich leer ist. Von Werner erzähle ich nicht.

»Deine Kolumne heißt ROMY RÄT, richtig?«, sagt er, als ich fertig bin und tief Luft hole.

Ich nicke stumm.

Sanft, ganz sanft greift er nach meiner Faust, in der

das Heiligenbildchen steckt, und öffnet sie, indem er jeden einzelnen Finger behutsam aus seiner Stellung herauslöst. »Liebe Romy, es gibt eine Frau, die mich ganz verrückt macht. Sie heißt ebenfalls Romy. Und sie weiß nicht, was sie für ein Schatz ist. Wie kann ich ihr nur begreiflich machen, dass ich mir wünsche, sie möchte mich nach Tschenstochau begleiten und, wenn's geht, auch weiter? Ich möchte so viel Zeit wie nur möglich mit ihr verbringen. Was also rätst du mir, Romy?«

Und dann tut er etwas ganz und gar Unerwartetes: Führt meine Hand an seine Lippen und drückt einen langen, trockenen festen Kuss darauf. Das ist so herrlich romantisch und galant zur selben Zeit! Ich kenne kein Gewächs, das so zittert wie ich in diesem Augenblick. Espenlaub ist nichts dagegen.

»Ich kann nicht glauben, dass du mich meinst«, sage ich.

»Warum?«, fragt er.

Darauf gäbe es zahlreiche Antworten. Weil ich eine so hartnäckige Aufmerksamkeit nicht mehr gewohnt bin? Weil ich zwar Kleider-Maki rollen kann, aber nicht flirten? Weil mein Ego am Boden zerstört ist, nun da Betty G. meine mühsam errungene Reichweite übernehmen darf? Weil er, Markus, der Inbegriff meiner Kleinmädchenträume ist? Weil es Romanzen wie die Dornenvögel im richtigen Leben nicht gibt? Weil Liebe nichts als eine Vorstellung ist, wir aber ein Leben ohne diese Idee nicht ertragen würden?

»Ich warte immer noch auf Romys Rat«, flüstert er.

»Romys Ratschläge sind oft nur ein Stochern im Nebel«, sage ich. »Und manchmal weiß Romy überhaupt nicht, was sie antworten soll. Weil sie sich selbst in ihrem Leben nicht mehr auskennt.«

Da legt er den Arm um mich, und gleichsam in einem Reflex lege ich meinen Kopf an seine Schulter. Der Stoff seines Jacketts fühlt sich weich und kratzig zugleich an. Sein Aftershave riecht nach Cowboy und Prärie. Ich werfe einen Blick hinauf in den Himmel, der mit einem Mal von einem unromantischen, verwaschenen Grau ist. Wo bleibt der orangefarbene Sonnenuntergang, wenn man ihn braucht? Ich kneife fest die Augen zusammen und wünsche mir nichts anderes als für immer hier zu sitzen. Im Stau auf einer Autobahn. Irgendwo im Nirgendwo. Mit einem Mann, der vielleicht ein Priester ist, vielleicht aber auch nicht. Von dem ich im Grunde nur weiß, dass er ein Faible für Kirchenmusik hat und schon neun Mal bei der Schwarzen Madonna war. Und von dem Ines behauptet, dass er eine schwierige Beziehung zu seiner Mutter hat, was mir im Übrigen weder besonders verdächtig noch bedenkenswert erscheint. Es ist ohnehin der Moment, der zählt. Ich fühle mich beschützt und aufgehoben.

Und warte auf den Kuss wie eine unerlöste Prinzessin. Ich bin bereit. Ach was: mehr als bereit. Schmiege meine Wange noch etwas näher an seinen Mund, hebe das Kinn, um ihm meine Lippen darzubieten. Ich kann seinen Herzschlag fühlen, sein kräftiges, selbstsicher schlagendes Herz. Wartet er vielleicht darauf, dass ich die Initiative ergreife, um nicht aufdringlich zu wirken? Ist diese Umarmung nur ein Zeichen, dass er mich mag, aber nicht mehr als das? Oder kann es sein, dass ich komisch rieche? Was kein Wunder wäre angesichts der Tatsache, dass meine Ankerbluse ein paar Flecken abbekommen hat, ich noch keine Gelegenheit hatte zu duschen, dafür aber jetzt ganz bestimmt vor Aufregung schwitze. Mist. Wie kann man dieser Gedankenmaschine den Stecker ziehen?

Da löst Markus auch schon seinen Arm von meiner Schulter und erhebt sich. Die Enttäuschung lässt mich auf dem Baumstumpf zusammensinken.

»Auch noch einen dieser fantastischen Drinks?« Er hält seine leere Wasserflasche hoch.

Ich nicke.

Die Kolonne hat sich noch keinen Millimeter vorwärtsbewegt.

Ich sehe Markus zu, wie er sich zwei weitere Flaschen bei der Autobahnmission geben lässt. Er kehrt in Gedanken versunken zurück und reicht mir das Wasser. »Der ganze Zeitplan kommt durcheinander«, sagt er. »Wenn wir da noch länger herumstehen, hat Roberto sein Tagespensum erreicht und darf nicht mehr weiterfahren.«

Ach, der auch.

»Und dann?«

»Dann werde ich eine Bleibe für die Nacht suchen müssen. Wobei es da noch einiges zu organisieren gäbe.« Er stützt sein Kinn ist die Hand. Denkerpose.

»Richtig«, sage ich, weil ich es bei seiner letzten Aussage schon vermisst habe. »Kann ich irgendwie helfen?« Wie gern würde ich einfach sagen: Nutzen wir diese Zeit für uns. Laufen wir hinein in die Felder, hauen wir ab, mein Gott, seien wir so unvernünftig wie nur möglich. Der Asphalt soll unser Strand sein, die Felder dahinter unser Meer. Spielen wir Ralph und Meggie, und wenn es nur für eine Stunde ist. Wir müssen aufhören, alles kontrollieren zu wollen. Das hat meine Freundin Lilo mir geraten. Und genau das werde ich tun. Weil Kontrolle eine Illusion ist. Hörst du, Markus? Kontrolle ist eine Illusion.

Weil ich diese Worte jedoch nur denke und nicht ausspreche, passiert gar nichts, und die Möglichkeit eines magischen Moments wird einfach davongespült.

»Danke, du«, sagt Markus und klopft mir kumpelhaft auf den Oberschenkel, »aber was hier passiert, ist höhere Gewalt, richtig? Da kann man jetzt nichts machen. Da muss man durch.«

Er zückt sein Handy und beginnt ohne Verzögerung zu telefonieren.

»Servus, Fanny, Markus hier. Wir stecken in einem Stau, fünfundvierzig Leute, richtig? Habt ihr vielleicht ... ist gut, danke trotzdem, Handkuss an die Frau Mutter.« Nächster Anruf. »Stroh hier, Markus Stroh. Bei Ihnen noch Zimmer für eine Gruppe von fünfundvierzig Leuten frei? Ja, von heute auf morgen. Gut, ich warte.«

Habe ich das richtig verstanden? Er heißt Stroh?

Als Teenager hatten wir Mädchen es uns zur Angewohnheit gemacht, unseren Vornamen mit dem Nachnamen unseres gerade aktuellen Schwarms zu kombinieren. Diese neuen Namen schrieben wir dann in verschnörkelter Schönschrift auf die letzte Seite des Hausaufgabenhefts und flüsterten ihn abends vor dem Einschlafen. Die neuen Namen waren eine Verheißung. Sie versprachen eine ereignisreiche Zukunft mit Eigenheim, Doppelgarage und Thujenhecke. Klang die Kombination jedoch gruselig, versetzte dies meiner Verliebtheit einen gehörigen Dämpfer. Das war der Grund, weshalb es Johannes Kothgasser und Sigi Wurmst schließlich doch nicht in die letzte Runde schafften. Ein Markus Stroh wäre aller Wahrscheinlichkeit nach noch durchgerutscht.

Markus erhält wieder eine Absage. »Ach«, sagt er. »Wir haben kein Glück. Alles belegt.« Zwischen seinen Augen hat sich eine tiefe Falte gebildet. Ich fühle mich ein wenig unbehaglich, weil ich gar nichts beitragen kann, um seine Sorgen zu mildern, fühle mich dennoch genötigt, sein promptes Einschreiten für die Gruppe zu loben.

»Nicht der Rede wert«, sagt er mit einer wegwerfenden Handbewegung, »ist mein tägliches Brot.«

»Darf ich fragen, was du arbeitest?«

Es ist so weit. Die Sekunde der Wahrheit.

»Flöte.«

Flöte? Was soll das heißen? Ist er Flötist bei den Wiener Philharmonikern? Im Royal Philharmonic Orchestra? Oder stellt er Flöten aus seltenen Hölzern her?

»Flötenlehrer in der Musikschule«, sagt er. »Seit. Über. Dreißig. Jahren.« Bei jedem Wort klatscht er in die Hände. »Das ist die erste Übung für Anfänger. Im Rhythmus klatschen, richtig?«

»Ha«, sage ich. Es hätte ein Lachen werden sollen, ist aber eher ein Laut der Überraschung geworden. Flötenlehrer – nun, warum nicht. Ein ehrenhafter Beruf, und wenigstens hat er am Sonntag frei, im Gegensatz zu einem Priester. »Und da musst du so viel organisieren? Weil du gesagt hast, das ist dein tägliches Brot.«

»Na, was denkst du. Die eine Schülerin sagt ab, die andere möchte einen anderen Termin, der dritte hat seine

Flöte zu Hause vergessen.« Er schüttelt missmutig den Kopf. »Das reinste Chaos. Jeden Tag. Da ist das hier«, er zeigt auf den Stau, »geradezu eine Erholung.«

»Kann ich mir lebhaft vorstellen«, sage ich und bin – das muss ich zugeben – irgendwie ernüchtert. Ich stelle mir Markus mit einer Flöte in der Hand vor. Wie er die Lippen spitzt, die Flöte ansetzt, reinbläst. Nun. Unser Gespräch versickert. Zum Thema Flöte kann ich nun wirklich nichts Sinnvolles beitragen. Dunkel ist mir in Erinnerung, dass Werner einmal erwähnt hat, Archäologen hätten in China neuntausend Jahre alte Knochenflöten gefunden. Nicht der größte Knüller, um unsere Konversation anzuheizen.

Markus' Telefon beginnt zu brummen. Mit geschäftiger Miene geht er dran, steht auf, dreht groß gestikulierend ein paar Runden. Nachdem er aufgelegt hat, sagt er: »Neue Lage. Roberto braucht mich, es gibt einen Notfall im Bus. Einer der älteren Damen ist schwummrig geworden, angeblich zu viel Sekt. Wenn du möchtest, kannst du die Mission allein fortsetzen, richtig?«

»Natürlich«, sage ich und springe auf, um meine Bereitschaft zu zeigen, mitzuhelfen. »Telefon habe ich allerdings keins dabei, du kannst mich nicht erreichen.«

»Selbstverständlich warten wir auf dich«, sagt Markus und schenkt mir einen liebevollen Blick.

Ich schmelze, Flötenlehrer hin oder her.

Und dann kommt er tatsächlich näher, näher, noch näher. Ich kann es nicht fassen, mein Herz bleibt stehen, seine Arme umfangen mich und ich umarme ihn, und er drückt sich an mich und ich drücke mich an ihn, und flüstert mir »Pass auf dich auf« ins Ohr, seine kratzige Wange an meiner. Ich zerfließe, so wunderbar ist es, bleib, bitte bleib, lass uns so stehen bis morgen früh.

Aber dann ist es schon wieder vorbei; Markus macht sich los, lächelt mich ein letztes Mal an, und ich sehe ihn mit großen Schritten davoneilen.

Dann gehe auch ich, setze einen Fuß vor den anderen, rechts, links, rechts, links, während meine Gedanken durcheinanderwirbeln.

Du meine Güte, Romy. Was fällt dir ein!

Aber wenn's doch so schön ist!

Ich beginne ein Streitgespräch mit mir selbst.

Du bist falzig, Romy, lass dir das auf der Zunge zergehen. Fal-zig. Bei jeder Silbe einmal in die Hände klatschen. *Flötenlehrer in der Musikschule!*, mokiert sich die kritische Stimme in meinem Kopf.

Na und?, entgegnet jener Romy-Teil, der sich mehr Romantik wünscht. *Ist das ehrenrührig? Und denk dran: Diese Umarmung wirst du nie vergessen. Dieser Mann will dich! Er mag dich!* Während ich den Stau entlangmarschiere, beginnt mein Herz aufgeregt zu schlagen. *Er mag dich, Romy! Hättest du gedacht, dass du noch mal so was erlebst? Na eben. Genieße es.*

Da fällt mir die Nachricht einer Ratsuchenden ein, die mich vor nicht allzu langer Zeit erreicht hat. Ich wollte sie nach meinem Urlaub beantworten. Und nun wird das nichts. Egal. Ich werde ihr eine private Nachricht senden. Es handelt sich um eine junge Frau mit zwei kleinen Kindern, Alleinerziehende in einer Kleinstadt. Sie sitzt an einer Supermarktkasse und kommt notdürftig über die Runden. Sie schrieb: *Ich werde meinen Kindern nie einen Karibikurlaub spendieren können und auch*

Markenkleidung gibt es bei uns nicht. Ich lebe von Tag zu Tag und von der Hand in den Mund. Ich habe vor drei Wochen einen netten Mann kennengelernt. Wir können uns kaum sehen, weil auch er sehr eingespannt ist. Wenn wir uns treffen, dann immer nur für eine halbe Stunde. Ich habe das Gefühl, dass mein Leben immer so weitergehen wird. Ich hatte so große Pläne. Nichts davon ist in Erfüllung gegangen. Ich weiß nicht, was Glück ist. Dabei habe ich nichts falsch gemacht.

Die Nachricht ließ die Verzweiflung der jungen Frau durchspüren. Sie machte mich selbst traurig. Vor allem, weil sie Erwartungen an das Leben hatte und nun enttäuscht war. Das Leben aber ist nichts anders als das, was du draus machst. *Du selbst hast es in der Hand*, das hätte ich ihr am liebsten geschrieben. Ich wusste, ich muss diplomatischer sein. Aber es ist eine Wahrheit, der wir uns früher oder später alle stellen müssen. Für dein Lebensglück ist jene Person verantwortlich, die dir im Spiegel entgegenblickt: du selbst. Und dabei geht es nicht darum, dass man etwas richtig oder falsch macht. Abgesehen davon, dass man es ohnehin erst im Nachhinein beurteilen kann. Was einem zustößt, ist weder Strafe noch Belohnung.

Du selbst hast es in der Hand, sage ich mir, als ich den Stau entlangstapfe, und du kannst dich jeden Tag neu entscheiden. Vielleicht kannst du nicht die Ereignisse beeinflussen, die von außen in dein Leben treten, aber sehr wohl deine Gedanken. *Ich habe mir so viel mehr erwartet* ist da nicht hilfreich.

Rechts, links, rechts, links, ein Schritt nach dem anderen. Irgendwann werde ich den Anfang des Staus erreicht haben. Irgendwann werde ich erfahren, wann wir weiterfahren können. Irgendwann wird auch diese Reise zu Ende gehen. Irgendwann werde ich in die Stadt, in mein Leben zurückkehren. Irgendwann werde ich Werner gegenüberstehen, und er wird wissen wollen, was in diesen Tagen, in denen wir getrennt waren, passiert ist. Irgendwann werde ich mir eine Geschichte überlegen müssen, die ich ihm erzählen kann. Oder auch nicht. Irgendwann werden Werner und ich vielleicht unseren gemeinsamen Weg verlassen. Irgendwann werde ich mich mit einem nostalgischen Seufzen an diese Stunden auf der Autobahn erinnern.

Irgendwann wird alles gut werden.

Irgendwann.

Zaghaft wagt sich eine müde Sonne hervor. Ich freue mich riesig über diese letzten wärmenden Strahlen, auch wenn ich mir eine Lösung für mein Kleidungsproblem überlegen muss. Ich brauche eine Jacke. Die Abende sind immer noch empfindlich kühl und eine Erkältung ist das letzte, was ich im Moment benötige.

Einige Staugeplagte haben es sich auf Decken im Feld neben der Straße gemütlich gemacht. Sie packen belegte Brote und halbe Hühner aus, beißen in Äpfel, schälen Bananen, werfen Erdnüsse in den Mund, knallen mit Chips-Packungen, trinken knallbunte Energydrinks. Schön langsam meldet sich mein Magen. Ich könnte auch was zu essen vertragen.

Und ich frage mich, wie es wohl Lilo gehen mag. Ich hoffe, dass sie eine akzeptable Mitfahrgelegenheit gefunden hat und auf dem Weg ist zu Bernd. Dass sie ihm und sich eine Chance gibt, auch wenn er ein paar Jährchen jünger ist. Was spielt das schon für eine Rolle? Vor allem auf lange Sicht gesehen: Der Altersunterschied flacht ab mit der Zeit. Außerdem ist man mit neunzig froh, wenn sich der Ehemann ohne Rollator vom Schlafzimmer in die Küche bewegen kann.

Apropos Küche: Den Autofahrern beim Essen zuzusehen, entfacht meinen Hunger erst richtig. In genau diesem Augenblick steigt mir ein verführerischer Duft in die Nase, den ich sofort identifiziere, weil … tja, weil ich ihn erst kürzlich gerochen habe. Würste? Hier? Auf der Autobahn? Und dann werde ich fündig: Zwischen der Schnauze eines Brummis und dem Hinterteil eines anderen stochert ein bärtiger Mann mit einem Stock in einem Behältnis, aus dem es rausraucht. Muss ich mir näher ansehen. Wird hier etwa gegrillt? Tatsächlich: Ich entdecke einen Gasgrill, darin brutzeln rund ein Dutzend Würste in allen Größen und Formen.

»Essen fassen!«, ruft der Typ und nimmt einen kräftigen Schluck aus seiner Bierdose.

Einfach mal vorsichtig heranpirschen.

»Sorry«, sage ich, »aber wann geht das hier weiter? Der Stau, meine ich. Habt ihr eine Info für mich?«

Der Typ sieht mich an, will schon seine Bierdose zum Mund führen, lässt es dann bleiben.

Gibt's ja nicht.

Wir starren uns an. Das ist doch Richie mit den fleischigen Lippen!

»Hey«, ruft er aus, »dich kenn ich! Na so was. Komm, iss mit uns eine Wurst!«

Großes Hallo, als auch Charly und Guido auftauchen.

Einer drückt mir eine Bierdose in die Hand, der andere einen Kuss auf die Wange.

»Die Puppe kommt gleich, die ist pinkeln«, informiert uns Charly.

Guido reicht mir eine in eine Serviette gebettete und in Senf getunkte Bratwurst. Ich beiße ab. So viele Würste wie in den vergangenen Tagen habe ich lange nicht gegessen.

»Gut?«, fragt Guido.

»Köstlich!«, gebe ich zurück. »Bitte an die Küche weitergeben.«

Ich will gerade wieder abbeißen, als sich das Gestrüpp neben dem Brummi bewegt. Zuerst sehe ich nur zwei Arme, die das Geäst teilen, dann einen rosa Schopf, einen grauen Jogginganzug mit wenigen Rest-Pailletten und zuallerletzt ein breites Grinsen. Mir bleibt der Mund offenstehen.

Lilo!

30 ½ STUNDEN DANACH

»Muss man dir alles aus der Nase ziehen? Was war dann?«

Lilo tunkt ihre Wurst in die Mayonnaise. Wir haben es uns in Richies Brummi bequem gemacht, der voll ist mit Katzenfutterdosen. Helene Berg – oder ist es Andrea Fischer? – singt von Liebe, Tränen und Abschied, das Duftbäumchen verströmt Nadelwald-Aroma und Lilo überkreuzt ihre Beine auf dem Armaturenbrett.

»Das war's eigentlich«, sage ich mit vollem Mund. Ich habe drei ausgewachsene Würste rot-weiß verspeist. Neuer Romy-Rekord.

»Du machst Sachen«, sagt Lilo in gespieltem Entsetzen. »Und wirklich kein Kuss? Nicht einmal ein klitzekleiner?« Lilo schnappt sich die Mayonnaisetube und drückt eine ordentliche Portion auf den Pappteller, der auf ihrem Schoß liegt.

Ich sitze hinterm Lenker, hoch oben wie auf einer Empore. Von hier oben hat man einen sensationellen Blick auf den Stau.

»Kein Kuss«, sage ich und schüttle den Kopf.

»Weil du nicht wolltest?« Sie wirft mir einen herausfordernden Blick zu.

Darauf sage ich erstmal nichts. »Und wie hat sich deine Mitfahrgelegenheit ergeben? Ich bin ganz Ohr.«

»Lenk nicht ab. Du willst mir doch nicht erzählen, dass das alles ist! Frau Romy turtelt mit einem Priester –«

Oha. Da habe ich wohl ein kleines Detail vergessen.

»Er ist kein Priester, Lilo.«

»Sondern?«

Ich atme tief ein. Soll ich's ihr sagen? Ich beschließe, mit der Wahrheit rauszurücken.

»Flötenlehrer.«

Sie legt den Kopf schief, bevor sie herausprustet. »Du bist richtig lustig, Romy, weißt du das? Du bist sagenhaft unterhaltsam.«

»Das ist kein Witz, Lilo.«

Ihr Lachen erstirbt. Ich kann förmlich zusehen, wie sich die einzelnen Gedankenfetzen in ihrem Hirn zu einem Satz zusammenfügen. Um Zeit zu gewinnen, malt sie mit ihrer Wurst ein Muster in die Mayonnaise. »Na ja«, sagt sie schließlich gedehnt. »Er hätte auch Politiker sein können. Oder Börsenmakler. Oder Leichenwäscher.«

Das scheint ihre Art zu sein, mir ihren Segen zu geben.

»Interessant, welche Berufe in deiner Hierarchie noch unter einem Flötenlehrer stehen«, sage ich.

»Komm schon, war nur ein Witz.« Sie wirft einen prüfenden Blick in den Minikühlschrank im Fußraum und entscheidet sich für ein Bier. »Du auch?«

Ich schüttle den Kopf. Möchte nüchtern bleiben, so nüchtern wie nur möglich.

Lilo öffnet die Dose und nimmt einen kräftigen Schluck. »Hauptsache, er ist kein Priester. Flötenlehrer ist zwar nicht mega-sexy, aber – «

»Lilo, ich möchte ihn nicht heiraten. Ich bin schon verheiratet, wenn ich dich daran erinnern darf.«

»Könntest ihn ja auch nur ... besser kennenlernen wollen.« Sie grinst.

»Auch dazu wird es nicht kommen. Er gefällt mir – klar, das schon. Aber deswegen werde ich mein Leben nicht auf den Kopf stellen.«

Lilo lacht auf und verschluckt sich beinahe an ihrem Bier. »Bitte, Romy, mach die Augen auf! Du sitzt mit einer Verrückten, die du vor drei Tagen noch nicht gekannt hast, in einem Lkw, der bis obenhin voll ist mit Katzenfutter. Noch vor drei Minuten hast du mir erklärt, dass du einem Flötenlehrer beinahe das Hemd vom Leib gerissen hättest, und jetzt willst du mir weismachen, dass du dein Leben nicht auf den Kopf stellen möchtest? Meine Liebe, hör gut zu, hör ganz genau zu: Dein Leben steht schon auf dem Kopf.«

Richie taucht vor dem Brummi auf und winkt. Lilo öffnet die Tür.

»Kann noch dauern, meine Damen«, sagt er. »Da vorn bewegt sich nichts.«

Lilo hebt die Hand zum Dank und schließt die Tür wieder. »Ich glaube, der ist ein bisschen verknallt in mich.«

»Hat er gerade *Damen* gesagt?«

»Ein Kavalier der alten Schule.«

»So alt ist er doch gar nicht. Wie hast du ihn überhaupt wiedergetroffen?«

»Bin zuerst ein bisschen per Autostopp gefahren, leider falsche Richtung. Also bei nächster Gelegenheit raus. Und siehe da: Da steht Richie vor seinem Truck und raucht eine schöne Zigarette. So trifft man sich wieder. Der ist zwar auch in die falsche Richtung gefahren, aber wenigstens haben wir gemeinsam mehr Spaß.«

»Und Bernd?«

»Wir telefonieren.« Sie nimmt einen weiteren Schluck aus der Dose.

»Was heißt das?«

»Wir telefonieren heißt: Wir telefonieren.«

Ich bin verwirrt. »Ich dachte, du fährst zu ihm«, sage ich. »Und ihr seht euch.«

Sie beißt von ihrer Wurst ab. »Vielleicht holt er mich ab.«

»Ach ja?« Ich setze mich auf. Jetzt wird's interessant.

»Hat er zumindest vorgeschlagen.«

»Und du?«

»Och, ich lasse mir Zeit«, sagt sie. »Wenn er mich wirklich will, kann er die paar Tage auch noch warten. Noch 'ne Wurst?«

Ich winke ab. Bin pappsatt.

Sicherheitshalber werfe ich alle dreißig Sekunden einen Blick nach draußen. Es ist uns schon einmal gelungen, einen Bus zu versäumen, das hinterlässt Spuren.

Guido, der Schmale, klopft ans Fenster. »Braucht ihr männliche Unterstützung?«

»Hau ab, wir wollen in Ruhe über euch lästern!«, ruft sie zurück, und zu mir sagt sie: »Ich glaube, die sind schon ein bisschen unrund, weil wir allein hier hocken. Das wirkt verdächtig.«

»Verdauungsspaziergang?« Ich klappe den Pappteller zusammen. Ich darf nicht vergessen, dass ich mich immer noch auf einer offiziellen Erkundungsmission befinde.

»Okay«, sagt Lilo.

Wir öffnen die Türen, klettern runter.

Charly, Guido und Richie stehen ehrfürchtig um den Grill herum wie um ein Heiligtum. Auf dem Rost brutzeln schon wieder neue Würste.

»Na, Ladies, Nachschub?«

»Witzbold«, grummelt Lilo und hält sich den Bauch. »Ich brauche dringend einen Kaffee.«

»Und ich eine neue Bluse«, sage ich. »Oder zumindest einen Waschsalon.«

»Verstunken ist noch keiner. Aber viele sind schon an Koffeinmangel zugrunde gegangen.«

»Bist du sicher?«

»Das geht ganz schnell«, sagt Lilo. Plötzliches Hirnversagen.«

Aus den Radios dudeln aktuelle Hits. Lilo deutet ein paar Tanzschritte an. An den Rändern der Autobahn prangen unnötig gewordene Straßenschilder und Tempobeschränkungen. Kinder, die Fangen spielen. Ein auffällig hagerer Mann mit grauem Zopf kniet auf dem Asphalt und baut am Fahrbahnrand ein Zelt auf. Richtet er sich tatsächlich darauf ein, die Nacht hier zu verbringen? Dann fällt mein Blick auf ein interessantes Gerät auf seinem Campingtisch. Oha.

»Ich sehe was, was du nicht siehst«, sage ich.

»Keine Kraft für doofe Spiele«, entgegnet Lilo.

»Was, wenn ich sage: Kaffeemaschine?«

»Was. Wo.« Sie hält mich fest.

Ich deute auf den Campingtisch des dünnen Mannes.

Lilo überlegt keine Sekunde und stürzt auf ihn zu. »Funktioniert dieses Gerät?«

Der arme Mann fährt hoch, Entsetzen im Blick. Ganz ehrlich: Ich kann ihn verstehen.

Dann richtet er sich auf. »Pardon? Je ne comprends pas. Que voulez-vous?«

»Oh. Romy, du sprichst sicher Französisch.« Lilo schiebt mich vor.

Mein Schulfranzösisch ist so eingerostet, dass es sogar ohne Fremdeinwirkung zusammenkracht. Diese Blamage hat mir gerade noch gefehlt.

»Öh«, sage ich. »Tu as du café? Pour nous? Je – äh, nous aidons.«

Habe ich den armen Herrn gerade geduzt? Und noch schlimmer: Habe ich ihm tatsächlich angeboten, beim Zeltaufbau zu helfen? Ich schaff's doch nicht einmal, das DOOFKOPP-Regal aus dem schwedischen Möbelhaus ordnungsgemäß zusammenzuschrauben.

Verdutzt blickt der Mann auf das Gestänge in seinen Händen.

»Comment?«

Mein Glück: Er hat nichts verstanden.

»Elle«, ich zeige auf Lilo, »café. Boire.« Ich deute auf die Kaffeemaschine, dann hebe in einer hilflosen Pantomime eine Fantasietasse an die Lippen und trinke daraus.

Lilo bestätigt das Schauspiel heftig nickend. »Oui oui!«

Ächzend erhebt sich der Mann. Wie mir das unangenehm ist! »Ah, vous voulez du café? En effet, j'en ai. Suivez-moi.«

»Was sagt er, was sagt er?«

»Ich glaube, er hat Kaffee. Wir sollen mitgehen.«

»Warum? Die Maschine steht doch auf dem Tisch.«

»Vielleicht funktioniert die nicht? Was weiß ich! Soll ich das jetzt mit ihm diskutieren?«

Der Mann öffnet die Hintertür eines antiken VW-Busses mit abgeklebten Seitenscheiben und deutet hinein. »Allez-y.«

»Was?«, fragt Lilo.

»Wir sollen da rein. Sicher nicht. Ohne mich.« Schon erscheint wieder eine Schlagzeile vor meinem geistigen Auge: FRAUEN IM STAU GEKIDNAPPT!

»Ach, komm, jetzt sei nicht so ein Hasenfuß. Was soll schon passieren? Den mach ich platt, wenn der mir blöd kommt, so'n Hemdchen, wie der ist.«

Nun, da ist was dran. Der Typ ist schon im Inneren des Wagens verschwunden. Er winkt uns zu sich.

Lilo steigt ein ohne zu zögern, dreht sich zu mir um. »Was ist los? Brauchst du eine schriftliche Einladung?«

Ich spähe ins Halbdunkel, irgendwas macht *klack klack klack*.

»Kapseln!«, ruft Lilo. »Er hat hier drin noch eine Kapselmaschine!«

Der Typ grummelt Unverständliches.

Also gut. Ich kann sie ja schlecht mit dem allein lassen. Also springe ich über meinen Schatten und klettere in den Bus, wo sich bereits Röstaromen bemerkbar machen. Lilo hockt auf einer ebenso niedrigen wie schmalen Bank an der Seitenwand, der Mann kniet vor einer Kaffeemaschine. Ich zwänge mich neben Lilo. Überall stapeln sich Kartons bis zur Decke. Der Typ reicht Lilo eine Tasse, die sie glücklich im Empfang nimmt. »Merci, merci!«

Er richtet das Wort an mich: »Et pour vouz?«

Ich ringe ein paar Sekunden mit meiner Erinnerung, bis mir das richtige Wort einfällt. »La même chose. S'il vous plait.«

»Toll«, sagt Lilo. »Was haben wir für ein Glück heute, was, Romy? Zuerst finden wir uns wieder, dann gibt's Würste bis zum Abwinken und jetzt kannst du sogar Französisch.«

Ich sag's, wie es ist: Der Typ ist mir suspekt. Bewegt sich lautlos zwischen den Kisten wie ein Geist, und was sind das überhaupt für Kartons? Wie ein stinknormaler Campingbus wirkt der Wagen jedenfalls nicht.

Die Kaffeemaschine röchelt, dann fließt dunkle Flüssigkeit in die Tasse. Meine Tasse.

»Merci beaucoup«, sage ich, als der Mann mir die Tasse mit einem schiefen Grinsen reicht.

Und dann – es passiert im Bruchteil einer Sekunde – springt er aus dem Bus und knallt die Tür hinter sich zu. Wir sitzen mit unseren Tassen im Halbdunkel.

»Du, der ist weg«, stelle ich fest.

»Macht ja nichts«, meint Lilo. »Wir trinken aus und dann machen wir auch die Fliege. Ich hätte Lust, nachzuschauen, was sich in den Kartons befindet.«

»Bist du wahnsinnig?«

»Nur ein kleiner Blick, ein winziger.«

»Und wenn er zurückkommt? Mit einem Messer?«

»Na klar, wohl zu oft *Aktenzeichen XY* gesehen als Kind?«

Lilo nimmt sich die Kiste neben sich vor, groß wie ein Umzugskarton und nicht zugeklebt, sodass sich mit wenig Aufwand hineinschielenlässt. Sie hebt die Seitenlasche hoch. »Gibt's ja nicht«, flüstert sie. Dann beugt sie sich vor zu einer anderen Kiste und blickt hinein. »Alles voll mit Kaffeemaschinen, Romy, das musst du dir ansehen!«

»Lilo, bitte, lass das gefälligst!«

Mir ist schon ganz komisch. Vielleicht ist der Typ ein Räuber, ein Hehler, ein Dieb, der alles braucht, nur keine Zeugen für sein Verbrechen?

Lilo pfeift. »In allen Farben. Die hier sind rot, die anderen blau, und die ... warte mal –«

»LILO! Was, wenn er zurückkommt – hör sofort auf! Mir reicht's. Ich gehe.«

Gehen ist ein großes Wort. Ich robbe vor zur Tür und rüttele am Griff. Mist, wie geht die auf?

»Hilf mir, Lilo.«

Aufsteigende Panik. Wir sind eingeschlossen. Das Ende ist besiegelt. Gleich ist er da, sticht uns ab und mahlt unsere Körper zu Kaffeepulver. Ich versuche mich zu erinnern, ob ich in letzter Zeit etwas von einen Kaffeemaschinenmörder gelesen hatte.

Schon ist Lilo an meiner Seite. »Geh weg da, lass mich mal«, sagt sie.

Wir tauschen Plätze, und jetzt ist sie es, die am Griff rüttelt. Aber auch ihr gelingt es nicht, die Tür zu öffnen.

»Mistmistmist. Grrrrr!« Das ist alles, was sie rausbringt.

Und jetzt? Was will uns das Schicksal damit sagen? Okay, erst mal wahrscheinlich gar nichts.

»Das Handy«, sage ich tonlos. »Ruf an, egal wen.«

»Das Handy? Das ist bei den Jungs«, sagt Lilo.

»Ganz großartig, Lilo. Ganz, ganz toll.«

»Wenn die Tür nicht gleich aufgeht, schrei ich«, sagt Lilo.

Mein Herz rast. Die Angst kriecht durch meine Adern, meine Finger sind eiskalt. Ich nehme alles überdeutlich wahr, so als hätte ich plötzlich Augen, mit denen ich durch Wände sehen, und Ohren, mit denen ich verstehen könnte, was auf der anderen Seite der Halbkugel gesprochen wird.

Und mit einem Mal höre ich Werner in mein Ohr flüstern: *Keine Panik, Romy, Panik blockiert die Gedanken. Atme ruhig und denke nach*. Das hat er gesagt, als ich ihn damals heulend anrief. Ich hatte Emma im Schwimmbad verloren. *Die schlimmste Befürchtung tritt nie ein*, sagte er. *Du kennst deine Tochter am besten. Was ist die wahrscheinlichste Lösung? Wo könnte sie am ehesten sein?* Ich versuchte, mich zu beruhigen und nachzudenken. Am wahrscheinlichsten war, dass sie einfach zurück zur Liege, zu ihren Spielsachen, gegangen war. Ich lief zurück – und siehe da: Emma saß neben der Liege und kämmte ihrer Barbie das Haar. Sie sang dabei. Ruhte völlig in sich. Als sie mich sah, lachte sie auf.

»Hilfe«, krächzt Lilo. »Hiiiilfe!«

Ein ersterbender Schrei, den niemand hört, nicht einmal einer, der mit dem Ohr an der Karosserie klebt.

»Hey, alles ist gut«, sage ich, fasse sie am Oberarm. »Jetzt beruhige dich. Die schlimmste Befürchtung tritt nie ein.«

»Woher willst du das wissen?«

»Das weiß ich einfach, glaube mir. Ist sicher ein Missverständnis. Das wollte der nicht. Hörst du mir zu, Lilo?«

Lilo zittert. Ich kann es zwar nicht sehen, aber spüren.

Da hat jemand ganz große Angst, der zuvor eine ganz große Klappe hatte. Für mich bedeutet das: kühlen Kopf bewahren. Nachdenken. Ein Schritt nach dem anderen.

»Wir werden verschleppt«, sagt Lilo. »Und an Menschenhändler verkauft. Für drei Kamele oder fünf Pässe.«

»Ich bin sicher nur noch ein halbes Kamel wert.« Ich versuche zu lachen.

Lilo lacht nicht mit. Sie macht einfach weiter. »Oder sie nehmen uns die Organe raus und verkaufen sie auf dem Schwarzmarkt.«

»Denkst du wirklich, dass die für deine Leber noch was bekommen? Mal im Ernst.« Ich halte sie an Schulter fest. »Glaubst du, dass der Typ wie eine Spinne auf zwei dahergelaufene Kaffee-Junkies wartet, um sie heimtückisch in seinem VW-Bus einzusperren? Außerdem kann er uns ja gar nicht entführen. Wir stecken im Stau, wenn ich dich erinnern darf. Und unter normalen Umständen hätten wir jetzt ein Handy dabei.«

»Haben wir aber nicht.«

»Das weiß er ja nicht.«

Vor so viel Vernunft kapituliert sogar Lilos Panik. Sie schnauft nur noch leise. »Wenn Bernd jetzt da wäre«, sagt sie. »Er hätte uns schon befreit.«

»Bernd ist eine Art Superman?«

»Irgendwie schon.«

»Schön, aber er ist nicht da. Deshalb verlassen wir uns ganz auf unser Hirn. Also, noch mal von vorn. Die Tür geht nicht auf. Verschlossen dürfte er sie nicht haben, das hätten wir gehört. Also ist sie wahrscheinlich nur verkeilt. Und was macht man bei einem verkeilten Schloss?«

»Keine Ahnung.«

»Man rüttelt auf verschiedene Arten und schlägt gleichzeitig auf die Tür.«

»Woher weißt du das?«

Tja. Wir hatten zehn Jahre lang eine widerspenstige Haustür. Sowas heftet man unter Lebenserfahrung ab.

»Also lass mich noch mal probieren«, sage ich zu Lilo. Ich lege die Hand auf den Griff, ziehe ihn fest an mich und drehe gleichzeitig. »Und jetzt schlage bitte mit der Faust drauf. Fest.«

Bumm!

Und zack. Die Tür springt auf. Ohne Gegenwehr.

»Gott sei Dank«, sage ich. »Danke.«

»Aber ich habe doch gar nichts getan«, schnieft Lilo.

»Das war auch nicht an dich gerichtet«, sage ich.

Sie muss ja nicht alles wissen.

Draußen, vor dem Bus, ist es friedlich. Niemand, dem etwas aufgefallen wäre. Die Luft: herrlich. Alles schön auf dieser Welt.

Mit wackeligen Knien klettern wir aus dem VW-Bus.

»Und?«, will ich wissen. »Alles okay?«

»Ich war panisch, aber vor allem traurig. Weil ... na ja, wenn es das Ende gewesen wäre, dann hätte ich doch einiges versäumt.«

»Bernd«, sage ich.

Sie zuckt mit den Schultern. »Aber warum warst du so cool? War das der Christophorus?«

Weil eine von uns beiden cool sein *musste*? Aber Lilo hat recht. Obwohl mir ebenfalls recht mulmig zumute war, fühlte ich mich stark. Und da war eine Stimme im Hinterkopf, die mir sagte: *Alles wird gut*.

Der Mann mit dem weißen Zopf hat tatsächlich anderes zu tun, als uns zu erdrosseln: Er hockt immer noch ratlos vor seinem Zeltgerippe, die Verzweiflung ist ihm ins Gesicht gemeißelt. Dass er keine Lust hatte, uns Gesellschaft zu leisten, ist ihm nicht vorzuwerfen. Immerhin war er so freundlich, uns zum Nulltarif zu bewirten.

»Merci!«, rufe ich ihm zu, »merci mille fois!«

Er hebt den Kopf, braucht einen Moment, um uns zu erkennen – dann grinst er und hebt die Hand.

»Wofür bedankst du dich?«, fragt Lilo. »Für die Todesangst?«

Aber nein, denke ich. Ganz im Gegenteil: für die Lebensfreude.

Wir laufen. Und bleiben stehen, weil wir lachen müssen. Laufen weiter. Aus den Autoradios ertönt »Every breath you take«, »Funky Town« und »We are the Champions«. Wir singen mit und ich fühle mich etliche Jahre jünger als falzig.

Da vorn ist er: Richies Lkw. Mit Wimpeln und Lichtern bestückt wie ein Weihnachtsbaum. Den erkennt man zehn Kilometer gegen den Wind.

»Wer erzählt? Du oder ich?« Lilo brennt unser Abenteuer sichtlich auf der Zunge.

»Du«, sage ich. Ich habe meine großzügige Viertelstunde.

Richie, Guido und Charly sitzen etwas abseits im Gras.

»Ihr glaubt nicht, was uns passiert ist«, ruft Lilo und winkt aufgeregt. Alles richten den Blick auf uns. Auch der vierte Mann. Ein besonders attraktiver junger Kerl im schwarzen Hemd und schwarzer Lederhose mit Stiefeletten, Typ Countrysänger, unterwegs zu seinem nächsten Konzert.

Lilo bleibt wie angewurzelt stehen. »Heilige Scheiße«, flüstert sie.

»Was ist los?«

»Da ... da vorn ... Bernd.«

31 STUNDEN DANACH

Liebe Romy,

keiner versteht mich. Ich bin siebzehn und will so schnell wie möglich ausziehen!! Meine Mutter nervt, immer muss ich auf meinen kleinen Bruder aufpassen! Ich habe die Schule geschmissen, meine Lehrer haben mich gedisst! Ich wollte zu meinem Freund ziehen, aber jetzt ist es auch mit ihm aus!! Muss meine Mutter mir eine Wohnung zahlen, wenn ich nicht mehr bei ihr wohnen will? Ich habe niemanden, den ich fragen kann! Bitte antworten Sie mir schnell!!

Irina hieß die junge Dame, die sich so aufgeregt an mich wandte – und sie erwartete wohl eher eine Zuhörerin als den Rat einer mittelalten Kummertante. Wie kam ein Teenager überhaupt an ANNAROSA? Hatte sie die Zeitschrift beim Friseur entdeckt? Beim Zahnarzt?

Die Anzahl der Ausrufezeichen alarmierte mich, denn Ausrufezeichen sind immer ein Zeichen von Atemlosigkeit und zeugen von der Angst, überhört zu werden. Jeder Satz gerufen! Wenn ich solche Briefe las, kam ich in Versuchung, mir die Ohren zuzuhalten.

Genauso aufgeregt ist Lilo jetzt. »Komm!«, ruft sie und läuft davon. »Weg von hier!«

Und schon wieder sprinten wir die Autobahn entlang, als trainierten wir für einen Zehntausendmeterlauf. Keine Ahnung, was los ist in meinem Leben, das Schicksal erlaubt sich offenbar einen schlechten Scherz. Lilo legt eine olympiaverdächtige Geschwindigkeit vor, ich keuche hinterher wie ein Walross mit Meniskusproblemen. Gelangweilte Stau-Opfer beäugen uns neugierig bis belustigt.

»Hopp hopp, die Damen!«, ruft ein beleibter Zaungast, eine gebratene Hühnerkeule in der Rechten.

»Darf ich mitlaufen?«, fragt ein anderer mit sportlichem Käppi, der in der offenen Wagentür steht und raucht. Er grinst mitleidig.

Zwei Mädchen in kurzen Shorts klatschen und rufen »Bravo!«, als wir an ihnen vorbeilaufen.

»Jetzt warte doch! Lilo!« Meine Stimme überschlägt sich.

Lilo wird langsamer, bleibt stehen, stützt keuchend die Hände in die Knie. Dann sieht sie sich um und zerrt mich hinter einen froschgrünen Kleinlasters. HUNDETRAINING WOLFI WUFF steht in großen Lettern darauf. Und darunter: *Wolfi weiß, wie Hunde ticken*.

Gut für Wolfi. Gut für die Hunde. Und gut für uns.

»Hey, reiß nicht so an mir, Lilo, passt doch auf – der Knopf!«

Ich sehe ihn noch durch die Luft fliegen, er macht ein Salo und dann ist er futsch. Ist wohl unter Wolfi Wuffs Karosserie gesprungen. Den finde ich nie wieder, da brauche ich mich gar nicht erst hinzuknien, sonst platzt mir am Ende auch noch die Hose und dann stehe ich bald nackt da.

»Sorry«, sagt Lilo, »aber weißt du was? Deinem Dekolleté schadet es überhaupt nicht, wenn man mehr sieht.«

»Soll ich mich jetzt auch noch dafür bedanken?«

»Hör mal, ich wollte nicht, dass Bernd mich sieht.«

»Und warum nicht? Kannst du mir das erklären? Der ist doch deinetwegen hier!«

Lilo runzelt die Stirn. »Ich kapier das nicht. Ehrlich. Ich wollte nachdenken. In Ruhe. Ich wollte mich auf ihn vorbereiten! Wie kommt der überhaupt hierher? Mitten in den Stau? Hat der sich herbeamen lassen?«

»Mit dem Motorrad vielleicht?«

Lilo schnippst mit den Fingern. »Genau! Mit dem Motorrad. Du hast recht. Aber wie hat er mich gefunden?«

»Geortet? Dein Handy?«

»Wie soll das gehen?«

»Das fragst du mich? Keine Ahnung, sag's du mir.«

»Ich kenn mich nicht aus mit diesen Dingern ...«

»Na, und ich schon gar nicht. Ist auch egal. Tatsache ist: Er ist da. Und du solltest ihn schleunigst begrüßen. Sonst ist er wieder weg.«

»Aber Romy ... Romy!« Lilo zieht neuerlich an meiner Bluse. Ich fürchte, dass der nächste Knopf daran glauben muss, und entferne sanft ihre Hand.

»Jetzt beruhig dich einmal. Sei doch froh, dass er gekommen ist! Gibt's einen schöneren Liebesbeweis?«

»Aber ich weiß nicht ... Ich weiß nicht, was richtig ist. Er wird mir das Herz brechen und dann bin ich wieder unglücklich.«

»Lilo.« Ich schüttle sie sanft. »Was ist los, hm? Du kannst dich nicht verstecken vor dem Leben. Und Leben heißt, dass man eben nicht alles kontrollieren kann. Und dass manches auch schiefgeht.«

»Aber in meinem Leben ist schon genug schiefgegangen.« Sie schaut mich an, Trotz blitzt in ihren Augen auf. »Nicht noch einmal, Romy, das sag ich dir. Nicht noch einmal.«

Da kommt mir in den Sinn, wie ich auf Irinas Brief reagiert habe. Ich habe ihre Telefonnummer ausfindig gemacht und sie angerufen. Es klang dringend, wie sich aus dem verschwenderischen Umgang mit den Ausrufezeichen herauslesen ließ; sie konnte bestimmt nicht bis zum Erscheinungstermin der nächsten ANNAROSA warten. Abgesehen davon, dass ich ohnehin nicht vorhatte, den Brief zu veröffentlichen. Als ich sie an der Strippe hatte, stellte ich Irina zwei Fragen: Was muss passieren, damit die Situation für dich erträglich wird? Und: Was kannst du selbst dazu beitragen?

Also frage ich jetzt auch Lilo: »Was muss passieren, damit du hier rausgehst und ihn begrüßt?«

»Na ja.« Sie nestelst am T auf ihrem Pulli herum und schnippst ein paar Pailletten auf den Asphalt.

»Ich höre?« Ich hebe die Augenbrauen. Vielleicht hilf ja ein wenig Strenge.

»Ich bin nicht sicher, dass ...«

»Dass er der Richtige ist?«

»Nö. Dass ich ...« Sie fährt sich mit der Hand über den rosafarbenen Schopf. »Also, dass ich gut genug aussehe.«

»Ich hoffe, das ist ein Witz.«

Sie grinst. »Ja klar, ich bin zu schön für diese Welt.«

»Lilo, du –«

In diesem Moment tritt Bernd hinter dem Kleinlaster hervor. Ich verstumme. Lilo hält die Luft an.

»Also habe ich mich doch nicht verschaut«, sagt er statt einer Begrüßung. Tiefe Radiomoderatorenstimme. Er scheint nicht einmal beleidigt zu sein. Sein schwarzes ist zur Hälfe Hemd aufgeknöpft trotz der mittlerweile kühlen Temperaturen. Dunkles, frech herausquellendes Brusthaar. Mindestens fünf Halsketten mit Muscheln, Steinen und Federn. Für meinen Geschmack etwas zu viel des Guten.

Lilo sagt eine Weile nichts, sondern nestelt nur nervös an ihrem Piercing. Dann deutet sie mit dem Kopf auf mich. »Das ist Romy«, sagt sie im Flüsterton. »Romy, das ist Bernd.«

»Und was ist das?«, fragt Bernd.

»Was?«

»Na das hier.« Er deutet auf den Kleinlaster. »Euer Versteck.«

»Kein Versteck«, sagt Lilo. »Ich wollte mich nur hübsch machen.«

»Ich geh dann mal«, sage ich und deute in die Richtung, aus der ich gekommen bin. Nichts mehr zu tun für mich. Die sollen sich in Ruhe beschnüffeln. Außerdem drängt es mich zurück zum Bus. Wenn immer sich Markus in meine Gedanken schleicht, erwacht ein warmes Gefühl in meinem Magen. Eine kleine Explosion der Freude. Es gibt da einen Mann, der in diesem Moment vielleicht auch an mich denkt.

»Nichts da.« Lilo hält mich am Arm fest. »Du bleibst da. Mitgehangen, mitgefangen.«

»Muss kontrollieren, ob der Bus noch da ist.«

»Kommt nicht infrage.« Sie lässt mich nicht los. Flackernder Blick. Jetzt sieht mich auch Bernd an. Bitte, was tue ich hier? Ich fühle mich furchtbar fehl am Platz.

»Ich habe einen Helm für dich mitgebracht«, sagt Bernd zu Lilo. »Komm jetzt, wir fahren, Lili.«

Also ist er tatsächlich mit dem Motorrad gekommen, ich wusste es.

»Das denke ich nicht«, sagt Lilo.

»Was?«

»Meine Reise ist noch nicht vorbei.«

Bernd sieht sich um. »Reise? Was für eine Reise? Sprichst du vom Herumstehen auf der Autobahn?«

»Ich habe meine Meinung geändert. Möchte noch ein wenig bei meiner Freundin bleiben.« Sie hakt sich bei mir unter. »Ist gerade so spannend. Du bist doch einverstanden, Romy, oder?«

Das wird ja immer besser! Beide sehen mich erwartungsvoll an. Was auch immer ich jetzt sage: Ich bin schuld.

Ich öffne den Mund. »Äh –«

»Ja?« Lilo zieht die Augenbrauen hoch.

»Was wäre denn, wenn Bernd einfach mit uns mitkommt?« Eine plötzliche Eingebung.

»Mitkommen – wohin?«, fragt Bernd trocken.

»Na, nach Polen! Ein kleiner Ausflug!«

»Polen? Ausflug?«, wiederholt Bernd mit zahlreichen Fragezeichen, so als hätte er meinen Vorschlag akustisch nicht verstanden.

»Tschenstochau, um genau zu sein«, sage ich. »Da warst du doch sicher noch nicht.« Ich versuche ein Lächeln. Scheint ja ganz nett zu sein, der junge Mann. Also warum nicht. »Aber vielleicht das Hemd vorher zuknöpfen. Also, bevor du die Madonna besuchst.«

Bernd greift in seine Hosentasche und steckt sich einen Zahnstocher seitlich in den Mund, auf dem er gedankenverloren herumkaut. »Wir fahren also alle nach Tschesnotau oder wie.« Er nimmt den Zahnstocher aus dem Mund und betrachtet ihn argwöhnisch.

»Warum nicht? Dort singen wir für die Schwarze Madonna und dann fahren wir alle wieder nach Hause.« Ich bin hochzufrieden mit meinem Plan. Lilo könnte mir den Rest der Fahrt bezüglich Markus beratend zur Seite stehen und ich würde mir im Gegenzug ihre Bernd-Stories anhören. In Polen würden wir uns trennen, und ich wüsste bis dahin auch, welche Rolle Markus in meinem Leben spielt. Und irgendwann wird sich auch Werner beruhigt haben. Ich brauche bloß ein bisschen Zeit zum Nachdenken. Und Nachfühlen.

»Ihr wollt also mit diesem Typen – diesem Charly – mitfahren?«, will Bernd wissen. »Und was ist mit mir?«

Ich korrigiere ihn augenblicklich. »Da hast du was falsch verstanden. Wir gehen zurück zu unserem Bus, nicht wahr, Lilo?« Ich werfe ihr einen verschwörerischen Blick zu.

»Du folgst uns mit dem Motorrad«, sagt Lilo. »Du wartest einfach, bis unser Bus vorbeifährt und hängst dich dran, okay? ZACKIG-REISEN. Nicht GLOBO-TOURS oder so. ZACKIG. Merkst du dir das?«

»Na hör mal.« Er verzieht das Gesicht und kratzt sich das Brusthaar.

»Und in der Windschutzscheibe steckt ein Hinweisschild. POLONIA, okay?«

»Alles klar.« Er wirft den Zahnstocher in hohem Bogen fort.

In diesem Augenblick tut sich was. Das Erste, was wir hören, sind zuschlagende Autotüren. Ich sehe mich um. Die Menschen steigen in ihre Autos ein, vereinzelt werden Motoren gestartet. Jetzt hat auch Wolfi Wuff den Motor angelassen. Er steckt seinen Kopf aus dem Seitenfenster raus. »An eurer Stelle würde ich ganz schnell von da verschwinden!«

»Hast du gehört?«

Schon wieder ist es Lilo, die ewig nicht in die Gänge kommt. Es wird gehupt, vermutlich vor Freude. Ich stehe schon am Fahrbahnrand, bereit, zum Bus zurückzusprinten. Zu Hause werden sie überrascht sein von meiner neu aufgeblühten Kondition.

»Warte!«, ruft Bernd. Er läuft zu uns, drückt Lilo ihr Handy in die Hand. »Das wirst du brauchen.«

Ich lobe innerlich Bernds Geistesgegenwart. Ich muss doch wissen, ob Werner sich schon gerührt hat. Und was meine Freundinnen zu dem ganzen Schlamassel zu sagen haben.

Die Schlange beginnen zu zuckeln und zu ruckeln. Ganz gemächlich schiebt sich die Kolonne vorwärts, während ich mit Lilo zügig den Weg zurück zum Bus antrete. Die Zunge hängt mir bis zu Knien, als ich am Horizont den Bus zu erkennen glaube. Schemenhaft zittert er im Dunst wie eine Fata Morgana. Er steht halb auf dem Pannenstreifen, halb auf einem Feld. Sie haben auf uns gewartet. Wie versprochen.

Als Rob uns sieht, öffnet er die Tür. Wir steigen die Stufen hoch wie zwei Kriegsberichterstatterinnen, denen die Flucht aus dem Gefechtsgebiet gelungen ist: den Kopf hoch erhoben und ein wenig keuchend.

Rob grinst und wackelt in seinem pneumatischen Sitz. »Fast wären wir gefahren«, sagt er und zwinkert.

Als die anderen uns sehen, brandet Applaus auf.

»Meinen die uns?«, zische ich.

»Keine Ahnung.« Lilo schubst mich vorwärts. »Los, mach.«

Und dann steht Markus vor mir, das Mikro in der Hand. Mein Herz macht einen Sprung.

»Sie hat es geschafft, richtig?«, ruft er ins Mikro. »Romy ist zurück. Und sieh mal einer an! Sie hat sogar ihre Freundin mitgebracht, die uns unterwegs abhandengekommen ist.«

Zahlreiche Arme gehen hoch, einige rufen »Huhu!« und »Kuckuck!«. Als seien wir es gewesen, die den Stau wie Hilfspolizistinnen aufgelöst hätten. Horst zückt sogar sein Handy und fotografiert uns.

Ich will mich schon an Markus vorbeidrücken, um zu meinem Platz zu gelangen, als er mich aufhält. »Warte einen Moment«, flüstert er mir ins Ohr. »Ich habe dich vermisst! Setzt du dich zu mir?«

»Sorry, aber ich ... ich glaube, meine Freundin braucht mich. Sie steckt in ... äh, Turbulenzen.« Weil's doch wahr ist.

Er lächelt, drückt dabei meine Hand. »Das verstehe ich. Ich bin so froh, dass du wieder da bist, richtig?« Er guckt in mein Dekolleté.

»Ich bin auch froh«, sage ich und denke an das Kaffee-Abenteuer.

Neugierige Blicke, die mich mustern, als ich zu meiner

Reihe zurückwanke. Wahrscheinlich brodelt es schon in der Gerüchteküche. Einer der Zwillinge wirft mir ein anerkennendes »Bravo!« zu, und frage mich, worauf er anspielt – darauf, dass ich lebendig wiedergekommen bin oder darauf, dass mein Flüstern mit Markus zweifelsfrei als Flirt enttarnt ist?

Lilo ist der Star des Busses. Alle wollen wissen, wie es dazu kam, dass wir uns zunächst getrennt und dann überraschenderweise wiedergefunden haben. Als ich an meinen Platz zurückkehre, ist Lilo mit Ines ins Gespräch vertieft und gibt gerade unser Kaffeeabenteuer zum Besten. Ines ist fasziniert von so viel Mut und Leichtsinn.

»Und ihr habt keine Angst gehabt?«

»Kaum«, flunkert Lilo. »Es gab vielleicht ein, zwei Momente, in denen mir ein bisschen mulmig war, aber sonst –«

»Ein bisschen mulmig, soso«, sage ich. Klammheimlich wird da eine riesengroße Dummheit in einen Heldinnenmythos umfrisiert.

Lilo zwinkert mir zu.

»Und wie seid ihr aus dem Auto wieder rausgekommen?«, will Ines jetzt wissen.

»Also, ich habe mich dran erinnert, dass solche Türen manchmal klemmen und wie die wieder aufgehen«, sagt Lilo und dreht an ihrem Nasenring.

»*Du* hast also die Tür wieder aufgekriegt, das ist aber schön«, sage ich und überlege mir eine Retourkutsche. »Ach, darf ich ganz kurz dein Handy, hm?« Ich lächle breit und hoffe, dass ihr klar ist, was ich meine: Entweder reicht sie mir umgehend das Telefon oder ich stelle hier einige Dinge klar.

Murrend greift Lilo in ihren Rucksack. »Sind auch ein paar Nachrichten für dich drauf«, sagt sie. »Aber nicht in meinen herumschnüffeln!«

»Wie – und das sagst du mir jetzt?«

»Du warst ja beschäftigt«, meint sie und deutet mit dem Finger in die Markus' Richtung.

Mit klopfendem Herzen entsperre ich das Display und öffne die Dinner-Gruppe.

Wir sitzen zusammen und beraten. Bitte melde dich, wir sind alarmiert! Wo bist du? (Kata)

Die nächste Nachricht wurde eine Stunde später geschickt.

Romy, wo bist du??? Sollen wir die Polizei rufen? Wurdest du entführt? Britt sagt, es gibt Überfälle auf Busse, nachts, aber auch tagsüber.

Britt sollte weniger Revolverblätter lesen.

Das Telefon läutet in meiner Hand, ich lasse es beinahe fallen, sosehr erschrecke ich mich.

Ich reiche es Lilo, sie hält es an ihr Ohr, gibt es mir dann aber zurück.

»Für dich«, sagt sie knapp.

Ich forme mit meinen Lippen eine Frage: *Ein Mann?* Vielleicht ist es ja Werner.

»Frau«, antwortet Lilo tonlos.

Ich nehme das Handy entgegen.

»Ja?«

»Hutschnur hier, ARCHÄO-OASE.«

Wie? Was? Wieso die Hutschnur? Um ein Haar hätte ich »falsch verbunden« ins Telefon gekrächzt.

»Ihre Sekretärin ist aber nicht sehr gesprächig«, tönt es an mein Ohr.

»Meine Sekretärin ist nicht sehr gesprächig, finden Sie?«, wiederhole ich und wechsle einen Blick mit Lilo, die sich an die Stirn tippt. »Nun, das tut mir leid, wir haben derzeit sehr viele Anfragen. Bezüglich – also, wegen der Abonnements. So viele Menschen wollen unsere Zeitschrift abonnieren.«

Du lieber Himmel.

»Und deswegen kann sie nicht grüßen?«

»Ich werde ein ernstes Wort mit ihr sprechen«, sage ich und zwicke Lilo ins Bein. Sie stößt meine Hand fort, um sich weiter ungestört mit Ines unterhalten zu können.

»Weshalb ich anrufe: Ich konnte mit Herrn Dr. Rukovsky sprechen«, sagt die Hutschnur jetzt.

»Oh. Tatsächlich?« Ich halte die Luft an. »Wann denn?«

»Gerade eben. Wegen des Interviews für Ihre Zeitschrift. Wie heißt sie noch mal?«

»Ach ja. Unsere Zeitschrift«, sage ich etwas dümmlich und überlege fieberhaft, wie ich sie genannt hatte. Kopf und Zahl? Pfeil und Bogen? Nein, es war ein Reim. Herz und Schmerz?

»Stein und –«, probiert es jetzt Frau Hutschnur.

»Stein & Bein«, falle ich ihr ins Wort. »Genau, so heißt unsere Archäologie-Zeitschrift. Das haben Sie sich gut gemerkt.«

»Ich habe mir erlaubt, ein wenig zu recherchieren, aber nichts über diese Zeitschrift gefunden.«

»Das kommt daher, weil sie noch so neu ist«, sage ich ohne nachzudenken, »total neu. Quasi neugeboren. Hat gerade erst das Licht der Welt … nein, Moment: die

Schwärze der Welt erblickt ... also die Druckerschwärze«, stottere ich herum.

»Ach ja«, sagt die Hutschnur und klingt so gar nicht überzeugt. »Aber kommen wir zum Geschäftlichen. Herr Rukovsky ist gerne bereit, sich für ein Interview zur Verfügung zu stellen. Er wäre Ihnen sehr verbunden, wenn er die Fragen vorher sehen könnte.«

Die Fragen vorher sehen? Das ist ein No-Go im Journalismus. »Sind Sie sicher? Ich meine, hat er das wirklich gesagt?«

»Nicht wegen einer möglichen Zensur«, beeilt sich Frau Hutschnur hinzuzufügen, »es geht nur darum, dass er es bevorzugt, sich länger auf ein Interview vorzubereiten.«

Aha. Das wundert mich jetzt. Ich dachte, Werner sei unheimlich spontan und würde wie aus der Pistole geschossen jede auch noch so heikle Frage aus dem Stegreif beantworten.

»Bitte per E-Mail«, fügt die Hutschnur hinzu. »Ich werde sie ihm weiterleiten.«

»Per E-Mail? Oh. Wir haben im Moment Serverprobleme.« Das klingt immer plausibel. »Wenn es in Ordnung ist, gebe ich Ihnen die Fragen zeitnah am Telefon durch.«

»Wie Sie möchten«, sagt Frau Hutschnur, dann verabschiedet sie sich und schon ist sie fort.

Erst als ich Lilo das Handy zurückgebe, bemerke ich, wie sehr meine Hand zittert. STEIN & BEIN, was habe ich mir eigentlich dabei gedacht? Und jetzt darf ich mir sogar noch Fragen überlegen, die ich meinem eigenen Mann stellen werde. Aber vielleicht ist das nicht die schlechteste

Idee. Endlich könnte ich herausfinden, was in seinem Kopf so vorgeht. Denn offenbar kenne ich ihn immer noch nicht genug. In Krisenzeiten offenbar sich der Charakter des Menschen, sagt man. Nun, da uns das Schicksal – oder besser: der Busfahrer – getrennt hat, zeigt sich, was uns wirklich verbindet. Und was uns trennt.

Ein lautes Pochen reißt mich aus meinen Überlegungen. Markus steht im Gang und klopft auf sein Mikrofon, um zu testen, ob es eingeschaltet ist. »Liebe Freundinnen und Freunde der geistlichen Musik«, sagt er. »Wir haben unser kleines Abenteuer unbeschadet überstanden, und das gilt auch für die Verursacher des Staus, richtig? Wie soeben im Radio vermeldet, hat es ein Baby nicht mehr erwarten können, auf diese wunderbare Welt zu kommen. Leider hat sich ein kleiner Auflauf gebildet, wohl auch wegen Schaulustiger, die sich bei solchen Gelegenheiten immer versammeln.« Er schüttelt missbilligend den Kopf.

»Er hat *unsere wunderbare Welt* gesagt«, zischt Lilo mir zu. »Logisch, dass der verknallt ist.«

Ich lege den Zeigefinger mahnend an meine Lippen, denn Markus ist noch nicht fertig.

»Zehn Fahrzeuge sind ineinander gekracht«, sagt er. »Ich fasse zusammen: eine Geburt und zehn Mal Blechschaden. Das gibt unterm Strich eine positive Bilanz, richtig?«

Das ist die Stunde von Clarissa, der Hebamme, die am Gang rechts von mir sitzt. »Ich hätte helfen können!«, ruft sie durch den Bus. »Ich hätte gern geholfen!«

Alle klatschen und jubeln, so als hätte tatsächlich sie das Autobahnbaby auf die Welt gebracht.

Baby. Ein Gedanke schießt mir ein. Ich hatte auch Babys. Die nun so gut wie erwachsen sind. Nein: sie *sind* erwachsen.

Die Kinder. Ich wollte sie doch schon die ganze Zeit anrufen! Du meine Güte, das hätte ich beinahe vergessen.

Und schon wieder muss ich von Lilo das Handy erbitten.

»Ich durchschaue dich«, sagt Lilo und zeigt mit dem Finger auf mich. »Du wolltest, dass ich mitkomme. Aber eigentlich willst du nur mein Handy. Gibt's zu.«

»Erwischt«, sage ich und hoffe, damit meine Schuldigkeit getan zu haben.

Und selbst, als sie es mir zähneknirschend überreicht, bin ich noch nicht zufrieden. Denn selbstverständlich weiß ich weder Emmas noch Tims Telefonnummer auswendig. Jetzt heißt es, systematisch vorgehen. Tims Freund betreibt einen kleinen Eissalon in der Innenstadt, der wird wohl eine Website haben. ICEKALT. Wenigstens ist mir der Name eingefallen.

Schon gefunden! Wenn es nicht so doof aussähe, würde ich mir selbst auf die Schulter klopfen. Binnen zwei Minuten habe ich Tim am Apparat.

Er ist überrascht, mich zu hören. »Ist was passiert?«

»Ja – also nein. Jein.«

»Was jetzt?«

»Uns geht's gut, wenigstens glaube ich das.«

»Du *glaubst*, dass es euch gut geht? Mama, was ist los?«

»Ich wollte nur sagen, dass – also, falls Papa anruft –«

»Hat er schon!«

»Was heißt das?«

»Das heißt, dass er schon angerufen hat.«

»Ja, muss man dir denn alles aus der Nase ziehen? Was hat er gesagt?«

»Mama, stimmt was nicht? Der sitzt noch neben dir, oder?«

»Nicht ganz.«

»Hör mal, ich muss wieder zurück – der Laden ist rappelvoll.«

Ach so. Ich dumme Nuss. Denke nur an mich, habe überhaupt nicht gefragt, wie es ihnen geht.

»Bei euch alles in Ordnung?«

»Besser geht's nicht. Und bei euch? Schöne Reise?«

Die Dämmerung ist hereingebrochen. Ich sehe raus auf die Autobahn, und denke an Markus, an die überraschende Umarmung vorhin, spüre immer noch die Hitze an den Stellen, die er berührt hat.

»Wunderschön«, sage ich. »Sag mir nur noch schnell, was Papa gesagt hat.«

»Was weiß ich. Dass ihr unterwegs seid, er hat ein paar Fotos geschickt.«

Ach, na, das ist ja mal interessant.

»Bin ich da auch drauf?«

»Nein«, sagt Tim, »glaub nicht.«

»Schickst du sie mir weiter? Aber bitte an diese Nummer, du müsstest sie auf dem Display haben. Mein Handy hat den Geist aufgegeben.«

»Okay«, sagt Tim.

Im Hintergrund höre ich Leute quatschen. Ein Mädchen kreischt: »Hallo, hallo, warum geht hier denn nichts weiter?«

»Ich lass dich«, sage ich, »grüß mir deine Schwester, wenn du sie vor mir sprichst. Wir melden uns.«

»Tschüss, Mama!«

Schon ist er fort.

Ping. Ping. Ping. Drei Fotos treffen ein. Ich öffne sie. Wer bitte hat die denn gemacht? Auf dem ersten ist Werner ganz allein drauf. Im Bus. In der Hand eine Flasche Bier. Ich spüre ein Piksen im Magen. Dem geht's gut, das lässt sich nicht leugnen. Von Tränen der Reue und Verzweiflung nichts zu sehen. Auf dem zweiten... Ja, darf denn das wahr sein? Da sitzt eine Frau neben ihm. Gundi mit dem Eiffelturm am Ohr. Jene Gundi, die Lilo so herzlich begrüßt hat, damals, als wir unsere Würstchen an der Tankstelle verputzt haben.

Na bestens. Warum schickt er diese Bilder an die Kinder? Was will er ihnen damit sagen? Und was will er vor allem *mir* damit sagen? Er kann sich doch denken, dass ich die irgendwann zu Gesicht bekomme!

Wut brandet auf. Kurzentschlossen reiche ich Lilo das Handy und stehe auf. »Muss mal wohin«, sage ich. Wenn es Werner gut geht, dann lasse ich es mir auch gutgehen. Und da gibt's im Moment nur einen Platz, an dem ich lieber wäre als neben Lilo.

32 STUNDEN DANACH

Liebe Romy,

Sie kennen doch sicherlich das Buch: Männer sind vom Mars, Frauen von der Venus. Zu Beginn einer Beziehung habe ich das Gefühl, dass sich der Mann wirklich auf mich einlässt und mich zu verstehen versucht. Dass er das »typisch Weibliche« an mir schätzt. Ich rede viel, lache herzlich, wie er zu Beginn meinte, jetzt plötzlich ist es »gackernd«, und er findet es gar nicht mehr gut, ob ich mich mit Freundinnen zum Shoppen treffe oder zwei Mal im Monat zum Friseur gehe. Alles ist seiner Meinung nach »übertrieben«, und ich versuche, sagt er, einem Trend hinterherzulaufen. Das enttäuscht mich jedes Mal aufs Neue. Wieso können sich Frauen und Männer nicht ohne Vorurteile begegnen und den anderen einfach »sein« lassen? Sind wir wirklich so gegensätzlich oder hat uns die Gesellschaft dazu gemacht?

Ich tippe Markus auf die Schulter. »Hier noch was frei?«

Markus rutscht sichtlich erfreut rüber, um mir den Gangplatz zu überlassen. »Was für eine Überraschung!«, sagt er. »Danke noch einmal für deine Erkundigungen.«

»Nicht der Rede wert«, sage ich und wedle mit der Hand, obwohl ich mir denke: *Schon der Rede wert – und danke, dass du's erwähnst.* »Ich habe mich nur gerade etwas gefragt.«

»Ja bitte?« Er beugt sich vor. Ein Lächeln umspielt seinen Mund.

»Findest du, dass Männer und Frauen zusammenpassen – also so grundsätzlich?«

Er sieht mich überrascht an. »Hat diese Frage einen aktuellen Grund?«, fragt er und ich höre ein erschrockenes *Meinst du uns damit?* heraus.

Ich seufze präventiv, um anzudeuten, dass mich diese Frage belastet. »Ach, es ist nur, weil ... nun. Eine Leserin hat mich das gefragt. Also nicht mich persönlich, du weißt schon. Die Romy aus der Zeitung sollte auf jede Frage eine Antwort wissen, während die echte Romy oft ganz schön im Dunkeln tappt.«

»Und?« Sein rechtes Auge zuckt.

»Im ersten Moment war ich überrascht und dachte mir: Die kann das doch nicht ernst meinen. Natürlich passen sie *nicht* zusammen. Wir versuchen alle nur, das Unmögliche möglich zu machen. Quadratur des Kreises.« Ich lächle zaghaft.

»Das hast du ihr geantwortet?«

»Nicht direkt«, sage ich und zucke mit den Schultern. »Ich habe ihr geschrieben, dass zwei Menschen immer von unterschiedlichen Planeten abstammen. Egal, ob Männlein oder Weiblein. Und dass wir mit einer Fähigkeit zur Empathie uns das Leben generell erheblich vereinfachen können. In der Beziehung, aber auch in der Freundschaft.«

Markus sieht mich mit großen Augen an, den Mund leicht geöffnet.

»Warum nur habe ich dich nicht früher getroffen«, flüstert er.

»Und selbst wenn?«, frage ich. »Was passiert nach der Schwarzen Madonna? Da fahren wir alle wieder zu unseren Familien nach Hause und tun so, als wäre nichts passiert.«

Ich habe das Bedürfnis, Klartext zu reden. So viel gemeinsame Zeit bleibt uns nicht.

»Ich habe keine Familie. Nicht mehr«, sagt er mit Grabesstimme.

Reflexhaft führe ich die rechte Hand zur Brust. »Oh, das tut mir ... oh, mein Gott, das tut mir so leid.«

Er winkt ab. »Nicht wie du denkst«, sagt er, »sind alle noch am Leben, richtig?«

»Ach so, ich –«

»Es würde mich nicht wundern, wenn Margit dir auch einen Brief geschrieben hätte. Also nicht dir, sondern Romy. Wenn sie einen Ratschlag eingeholt hätte.«

»Margit ist deine Frau?«

»Meine Exfrau. Sie war sehr wütend. Sehr. Sie hat sogar gemeint, ich soll bei der Schwarzen Madonna um Gnade winseln, richtig? Um Gnade winseln – genauso hat sie es ausgedrückt.«

»Aha«, sage ich, und dann nichts mehr. Wenn ich ehrlich bin, möchte ich es nicht wissen. Ich will nicht in anderer Leute Eheschmutz hineingezogen werden, wenn ich nicht dafür bezahlt werde. Und ich möchte nicht, dass mein gemeinsamer Moment mit Markus Flecken bekommt, die aus einer alten Beziehung herrühren. So weit sind wir noch nicht.

Markus starrt wütend Löcher in die Rückenlehne vor

sich. Als würde in seinem inneren Kino ein Film abgespult, den er garantiert nicht sehen will.

»Saxofon«, stößt er plötzlich hervor.

Ich schrecke auf. »Wie bitte?«

»Ich hasse Saxofon.«

»Aber wieso?«

»Sie ist mit einem Saxofonlehrer durchgebrannt. Und sie wollte unbedingt die Waschmaschine und den Toyota Corolla.«

»Und die ... äh, Kinder?«

»Keine Kinder, zum Glück. Nur Cäsar.«

»Cäsar?«

»Das Meerschweinchen. Es war schon alt. Sehr alt. Elf Jahre. Ein Methusalem. Einen alten Baum verpflanzt man nicht, heißt es. Aber sie hat Cäsar unbedingt mitnehmen müssen, richtig? Und dann ist er gestorben, nach nur drei Wochen in der neuen Wohnung. Tja. Aber Hauptsache, mir die Schuld geben.« Er schüttelt den Kopf, so als sei er noch immer nicht darüber hinweg.

»Das alles tut mir sehr leid«, sage ich.

»Nun«, sagt er und dreht den Kopf. Jetzt sieht er mir direkt in die Augen. »Wir haben schon lange auf zwei unterschiedlichen Planeten gelebt. Wie heißt dieses Buch noch einmal? Frauen sind vom Mars, richtig?«

»Von der Venus. Männer vom Mars.«

»Ich glaube, es ist eher umgekehrt«, sagt er. »Margit war eine Amazone.« Er wirft einen imaginären Speer, zuckt zusammen und greift sich an die Schulter. »Die Arthrose, sie kommt zurück. Teufel auch. Das ist auch ihre Schuld. Meine Mutter hat mich vor Margit gewarnt.

Sie hat das richtige Gespür, weißt du. Einmal nicht auf sie gehört – und schon: Katastrophe.«

Er hört auf die Frau Mama in Liebesdingen? Ich erinnere mich daran, dass Ines seine besondere Beziehung zu seiner Mutter erwähnt hatte. Nun.

Ich kann mich des Eindrucks nicht erwehren, dass dieses Gespräch in Sphären abgleitet, die ich niemals betreten wollte.

»Entschuldige, dass ich dich damit belästige«, sagt er. »Aber jetzt«, er blickt mir tief die Augen, »jetzt bin ich frei.«

Huch. Das war ganz schön direkt. Ich zwirble eine Haarsträhne um meinen Finger. Das geht mir nun doch ein wenig zu schnell. Ich stelle mir vor, wie Pater Ralph Maggie zu bezirzen versucht, indem er ihr von seinem Meerschweinchen erzählt und davon, dass er bei der nächsten Liebschaft aber wieder auf seine Mutti hören wird. Wie schnell doch der Lack ab ist.

»Ich bin verheiratet«, sage ich, nur um das noch mal klarzustellen. Das *Auch wenn im Moment nicht sehr glücklich* verkneife ich mir. »Ich brauche was zum Schreiben, hast du einen Zettel für mich?« Ablenkungsmanöver.

»Ach, du willst auch ein Gedicht schreiben?«, fragt er mit sanfter Stimme. Ein Lächeln umspielt seine Lippen. Er kramt in seiner Geldbörse und reicht mir eine weitere Restaurantrechnung. Dieser Mann geht definitiv oft essen.

Ein Gedicht? Daran hatte ich ehrlich gesagt nicht gedacht. Ich kann keine Gedichte schreiben. Obwohl – habe ich nicht mit vierzehn ein paar Versuche gewagt? Irgendwann habe ich die rosa Kiste mit meinem lyrischen Gestottere entsorgt, damit meine Kinder das Bild, das sie von mir haben, in ferner Zukunft nicht revidieren müssen.

»Und?«, fragt Lilo.

»Was und.«

»Was hast du da vorn getrieben?«

»Wir haben uns unterhalten.«

»Ach nein. Das ist der Dank dafür, dass ich dir alle fünf Minuten mein Handy leihe?«

»Also gut. Ich habe ihn um einen Zettel gebeten. Muss was aufschreiben.«

»Deine Memoiren, habe ich recht? *Romy verRÄT. Alle Geheimnisse, Band 1 bis 5.*«

»Kuli.« Ich halte die Hand auf. »Bitte.«

»Nur, wenn ich mich beteiligen darf.«

»Beteiligen woran?«

»An dem, was du aufschreibst.«

Ich seufze. Und dann erzähle ich ihr, was ich vorhabe. Dass die Hutschnur von mir einen Fragenkatalog erwartet. Für das Interview mit Werner. Das selbstverständlich nie stattfinden wird.

»Du bist irre«, sagt Lilo. Täusche ich mich oder funkelt da Bewunderung in ihrem Blick? »Und das hat sie dir abgenommen?« Sie prustet los. »Stein & Bein? Na hör mal.« Sie schüttelt meinen Arm. »Du hast Talent, du bist eine Komikerin! Ich fasse es nicht.« Ihr schiefer Eckzahn blitzt auf.

Natürlich möchte jetzt auch Ines erfahren, was da so lustig ist und versucht, mich mit Keksen zu bestechen.

Ich greife zu, und im nächsten Augenblick baumelt eine Flasche Prosecco vor meinem Gesicht. »Muss man runterspülen, sonst bleiben die Krümel im Hals stecken, und das kann böse enden!«

Klingt total überzeugend. Ich greife nach der Flasche und nehme einen ordentlichen Schluck. Der Schaumwein perlt in meiner Mundhöhle. Sollte dies hier irgendwann zu Ende gehen, muss ich mich entscheiden, wohin ich zuerst gehe: zu den Anonymen Alkoholikern oder zu den Weight Watchers.

Fragen an Dr. Werner Rukovsky. Das steht ganz oben auf dem Zettel.

Wie eigenartig es sich anfühlt, in die Rolle einer Fremden zu schlüpfen! Ist das Betrug, was ich gerade mache? Ich beschließe, dass es eine »weiße Lüge« ist – ein Flunkern, das allen nützt. Zugegeben: mir am meisten. Also los. Ich bin ab sofort die Chefredakteurin von STEIN & BEIN.

Dr. Rukovsky, Sie sind ein anerkannter Wissenschaftler, der viel um die Welt reist. Wie gelingt es Ihnen, Ihre Familie für Archäologie zu begeistern?

Ha, das ist in der Tat eine gute Einstiegsfrage! Zu gern wäre ich Mäuschen und würde dabei zusehen, wie er sich windet, wenn er diese Frage liest. Denn Werner ging es nie darum, seine Leidenschaft für uns in kleinen Häppchen aufzubereiten. Er hat sich nie sonderlich um unser Interesse gekümmert. Nein, es wurde vorausgesetzt, dass wir der Materie die gleiche Hingabe entgegenbringen wie er. Schließlich ging es um fundamentale Dinge, die Menschheit betreffend – und wer bitte nimmt sich das Recht heraus, hier zu sagen: *Nö, will ich nicht?* Der Besuch von Ausgrabungen und archäologische Funden wurde mit einer Selbstverständlichkeit in den Urlaubsalltag integriert, die mich immer wieder verblüffte. Schon allein beim Wort »Sammlung« ratterten meine inneren Rollläden runter. Aber gut – das habe ich in Kauf genommen. Weil Kata stets sagt: *Jeder hat eine Macke. Willst du deinen Mann mit seinen Macken nicht, kriegst du einen anderen mit anderen Macken. Ohne Macken – das ist vom Universum nicht vorgesehen. Und überleg mal: Vielleicht bist du ja in seinen Augen genauso gaga*. Dabei wedelt sie mit der Hand vor ihrem Gesicht herum.

Ich stoße Lilo mit dem Ellenbogen an. »Sag mal, komm ich dir irgendwie komisch vor?«

Sie ist gerade dabei, sich noch einen Schluck Prosecco zu genehmigen, hält aber inne. »Wie meinst du das? Komisch oder richtig komisch?«

»Richtig komisch.«

Ich erwarte, dass sie sagt: *Natürlich nicht, Darling. Du agierst völlig rational – so, wie man es von einem vernunftbegabten Menschen erwarten kann.*

Stattdessen wiegt sie den Kopf hin und her und verzieht den Mund zu einer Schnute. »Schon«, sagt sie schließlich. »Du bist komisch. Wenn ich es mir richtig überlege, sogar *sehr* komisch.«

»Also hör mal!« Ich richte mich erbost auf.

»Wolltest du eine ehrliche Antwort oder nicht?«

Ich reiße ihr den Prosecco aus der Hand. Darauf erst einmal ein Schluck. »Also ich finde mich sehr normal.«

»Das tut jeder«, sagt Lilo. »Ist unser toter Winkel. Wie im Auto. Das, was wir sehen sollten, können wir nicht sehen. Und dann: bääämmm!« Sie lässt ihre Fäuste zusammenkrachen. »Unfall. Auf der Straße. Und zu Hause, mit dem Partner.«

Ich verstehe immer noch nicht. »Und was?«, frage ich. »Was genau ist komisch an mir?«

Lilo wendet sich mir zu. »Zuerst den Prosecco – danke! Überleg mal: Du warst völlig überzeugt, dass dich der Hirsch in Helgas Geweihkammer fressen wollte. Dann verknallst du dich Hals über Kopf in einen Flötenlehrer und bist bereit, ihm bis nach Polen zu folgen. Obwohl du eigentlich nichts von ihm willst. Auf einer Reise, die du unternommen hast, um herauszufinden, ob dein Mann und du immer noch zusammenpassen. Also wenn das nicht komisch ist, dann weiß ich es auch nicht.« Sie lehnt sich zurück. »Zufrieden?«

Ich zücke den Bleistift. »Muss weitermachen, aber danke für die ausführliche Antwort.«

Lilo grinst. »Jetzt ist Romy beleidigt.«

»Ach was.«

Wenn mich nicht alles täuscht, bin ich sogar errötet. Meine Güte – sie hat ja recht. Schnell wieder aufs Interview konzentrieren.

Zweite Frage: *Was ist Ihnen wirklich wichtig im Leben, Herr Dr. Rukovsky?*

Die Antwort auf diese Frage kann ich mir bereits lebhaft vorstellen. »Karriere«, würde er sagen, wäre er ehrlich. Siegfried Berghammer als Chef der ARCHÄO-OASE beerben. Doch weil so eine Antwort nicht gut ankommt, wird er antworten: *Dass ich meinen schmalen wissenschaftlichen Beitrag leisten und zumindest ein kleines Scherflein zur Forschung beitragen kann.*

Sein Licht unter den Scheffel stellen: Das kann Werner.

Nächste Frage: *Sie zeigen erstmals Lady Alligator-Fuß in Europa. Was erhoffen Sie sich persönlich von dieser Ausstellung?*

Schließlich muss ich auch fachspezifische Fragen stellen, um keinen Verdacht zu erregen. Auch diese Antwort wird er sehr vorsichtig formulieren, wie ich ihn kenne. Ach, nur ein minimaler Beitrag, um das Interesse an präkolumbianischer Kunst in Europa zu wecken, und sollte dies die wissenschaftliche Diskussion fördern, so sei das Ziel bereits erreicht und so weiter.

Wie ich recherchiert habe, arbeiten Sie nun bereits zehn Jahre in der ARCHÄO-OASE. Wie wichtig ist ein positives Arbeitsklima für den Erfolg Ihrer Mission?

Gut – ein etwas plumper Versuch, auf Frau Hutschnur selbst anzuspielen, aber ich weiß nicht, wie ich es anders formulieren soll. Es ist nicht davon auszugehen, dass er auch nur ein kritisches Wort über sein Team fallen lässt – dennoch interessiert mich, wie er seine Arbeitssituation einer »fremden« Person schildert.

Wenn Sie einen Wunsch frei hätten, was würden Sie sich wünschen?

Wahrscheinlich wird er sagen: *Jedes Jahr eine international hochwertige Ausstellung mit zigtausend Besuchern aus dem In- und Ausland.* Oder so was Ähnliches.

Fertig, das muss genügen.

Als ich Lilo wieder um ihr Handy bitte, habe ich kein schlechtes Gewissen, schließlich hat sie mich fast ein wenig beleidigt mit ihrer scharfen Analyse – und tatsächlich erweist sie sich als überaus freigiebig und überreicht es mir ohne Diskussion.

»Hutschnur?«

»Ich bin's noch einmal. Elli Voss von Stein & Bein. Ich bin bereit.«

»Wie bitte?« Sie weiß nicht mehr, worum es geht. Typisch.

»Die Fragen! Ich kann Ihnen jetzt die Fragen durchgeben.«

Die Hutschnur seufzt zwar, aber schon bald höre ich Tastaturgeklapper.

»Gut, Frau Voss. Ich wäre dann so weit. Erste Frage?«

33 STUNDEN DANACH

»Lass mich durch, bitte.«

Lilo quetscht sich an meinen Beinen vorbei, um zu ihrem Fensterplatz zu gelangen.

»Und?«, frage ich.

»Er ist immer noch dran. Ich fasse es nicht.«

Mit »er« ist Bernd gemeint. Laut Lilo tut er, was er versprochen hat: Er fährt uns nach. Sie ist zur letzten Reihe marschiert und hat durch die Heckscheibe gelugt.

»Er hat sogar gewunken.«

»Na siehst du.«

»Was soll ich sehen.«

»Was dieser Mann alles in Kauf nimmt, damit du ihn erhörst.«

»Ach was.« Sie schüttelt den Kopf. »Entweder man ist mit jemandem befreundet oder man hat eine Beziehung mit ihm. Dazwischen gibt's nix. Jedenfalls nichts Gescheites.«

»Woher hast du denn diese Weisheit?«

»Von ROMY RÄT?« Sie lacht.

»Mach dich nur lustig«, sage ich.

»Schau mal: Ich glaube ja auch nicht daran, dass man befreundet sein kann, wenn die Liebe einmal vorbei ist. Vorbei ist vorbei, aus die Maus. Warum sollte es also umgekehrt funktionieren?«

»Weil das Leben und die Liebe sich vielleicht nicht an Kalendersprüche halten?«

Lilo zupft eine der letzten verbliebenen Pailletten von ihrem Sweatshirt.

»Was ist nur aus der Electric Woman geworden?«

»Was?«

Ich zeige auf den Schriftzug. »Jetzt glitzert nichts mehr.«

»Egal. Ich glitzere ohnehin mehr hier.« Sie zeigt auf ihren Kopf.

Wir lachen beide.

Draußen ist es nun fast völlig dunkel. Keine Ahnung, wo wir sind, und ich will es auch gar nicht wissen. Wenn der platte Spruch *Der Weg ist das Ziel* tatsächlich einmal stimmt, dann jetzt. War ich am Anfang des Abenteuers auch ungeduldig, so ist die Ungeduld mittlerweile einer gelassenen Ruhe gewichen. Ich bin ein Mensch, der gern die Zügel in der Hand hält und die Richtung vorgibt. Das geht nun nicht mehr. Was mich diese Reise lehrt: Lass dich drauf ein, auch wenn's eine Butterfahrt ist. Am Ende kommt mehr dabei raus als ein bisschen KÜCHENGLÜCK. Hinter den Lärmschutzwänden erstreckt sich eine saftig grüne Hügellandschaft. Auf den Kuppen sind Häuser auszumachen. Sie leuchten von innen heraus wie Puppenhäuser, und mir wird sofort warm ums Herz. Ich vermisse unsere Wohnung, meine Orchideen, die Sitzlandschaft, die wir so nachdrücklich besessen haben, dass die Abdrücke unserer Hinterteile für immer darin eingegraben sind. Ich vermisse die Aussicht aus dem Küchenfenster auf einen kleinen, aber heimeligen Innenhof, der mit dunkelgrünem Efeu berankt ist, und gleichzeitig weiß ich: Ich werde dorthin zurückkehren. Meine Welt wird auf mich gewartet haben. Nur ich werde eine andere geworden sein. Vielleicht ein bisschen abenteuerlustiger und mutiger. Ein bisschen gelassener, wenn's nicht nach meinem Kopf läuft. Ein bisschen offener gegenüber neuen Bekanntschaften. Vielleicht werde ich spontan auch mal was Verrücktes machen.

»Pssst!« Ines hält mir ihre Faust entgegen. Ist das ein Gruß unter Jugendlichen? Oder will sie mir noch ein Keks zustecken?

»Hand«, sagt sie.

Ich halte meine Hand unter ihre Faust.

»Was ist denn da schon wieder los?« Lilo setzt sich auf.

Und tatsächlich: ein weiteres Zettelchen.

Lilo versucht, das Geschriebene zu entziffern, aber ich drehe mich von ihr weg.

»Hey, hast du Geheimnisse?«

»So wie du vor mir!«

»Jetzt wird es aber kindisch. Nur ein Blick! Komm schon!«

So schnell wie nur möglich falte ich den Zettel auseinander und wieder zusammen.

Ich warte auf das Gedicht!
20 Uhr auf der Beifuß-Wiese

Zuerst soll ich singen, jetzt dichten. Was kommt als Nächstes? Mit fünf Bällen jonglieren?

»Och, nichts Interessantes«, sage ich schnell und knülle den Zettel zusammen.

»Du lügst! Ines, bitte, schau dir die Romy an, die lügt doch, oder?«

Jetzt ruft sie schon Ines als Zeugin auf! Wohin wird das noch führen?

Ines dreht sich um. »Braucht ihr noch ein wenig Prosecco da hinten?«

Ich hebe abwehrend die Hand, fühle mich ohnehin bereits beschwipst.

Lilo stemmt die Hände in die Hüften, was angesichts der Platzverhältnisse im Bus zu einer ziemlichen Verrenkung führt.

»Mitgehangen, mitgefangen! Muss ich dich wirklich daran erinnern? Was glaubst du, warum ich hier mitfahre und nicht bei Bernd auf dem Sozius sitze? Ich will live mitkriegen, wie die Lovestory weitergeht! *Dornenvögel* und so.«

Ich seufze. »Ist ja gut. Beruhige dich. Er erwartet, dass ich ihm auch ein Gedicht schreibe. Zufrieden?«

Sie beugt sich zu mir und schaut mir tief in die Augen. »Das ist nicht alles. Gib's zu.«

Ganz sicher verrate ich ihr nicht, dass ich ein Date auf der Wiese habe. Sonst lauert mir am Ende noch die ganze Truppe dort auf.

Sie versucht, mit ihren Fingern meine Faust zu öffnen – ja, ist denn das die Möglichkeit? Das geht entschieden zu weit. Mit einer raschen Bewegung stopfe ich mir den Zettel in den Mund.

»Du hast ... Du hast tatsächlich den Zettel GEGESSEN? Nein, sag bloß.« Lilo bricht in hysterisches Gegacker aus.

Das Papier weicht sofort auf. Und schmeckt nach – hm, nach absolut nichts. Ich presse die Lippen aufeinander und versuche zu lächeln. Jetzt nur nicht den Mund öffnen! Schön einspeicheln, damit es dann auch geschmeidig die Kehle runterrutscht.

Ines greift nach ihrer Sonnenbrille und schiebt sie in Richtung Nasenspitze. »Toll«, sagt sie. »So was sieht man sonst nur im Kino. Wenn der Bösewicht den Code schluckt, der die Welt rettet. Oder so ähnlich.«

»Oder so ähnlich«, sagt Lilo. »Da hast du's wieder! Wenn es nicht wichtig gewesen wäre, hätte sie's nicht geschluckt, nicht wahr?«

Tja. Niemand wird erfahren, dass ich ein Rendezvous auf der ... Moment. Wie hieß die Wiese? Mist. Nicht gemerkt. Verstohlen versuche ich, den Zettel mit der Zunge in die linke Backe zu bugsieren. Sobald keiner herschaut, hole ich ihn raus.

Das kann allerdings dauern. Denn Lilo behält mich im Auge. Ich bete darum, dass Ines sie in ein Gespräch verwickelt und versuche es mit Gedankenübertragung. *Bitte, Ines, mach schon, frag sie was, bitte, los, geht schon.*

Plötzlich: das Wunder. Ines schlägt die Hände über dem Kopf zusammen und ruft: »Das gibt's doch nicht!«

Lilo schnellt vor. »Was ist passiert?«

Ich nutze den Moment, um nach den Überresten des Zettels in der Wange zu forschen. Nichts mehr da. Meine Zunge tastet das Innere der anderen Wange ab. Fehlanzeige. Doch, hier! Am Gaumen scheint noch ein Rest zu kleben. Ich nehme meinen Finger zu Hilfe und bringe ein nasses Kügelchen zum Vorschein, das nicht mehr die entfernteste Ähnlichkeit hat mit dem, was ich in den Mund gesteckt habe. Kein einziger Buchstabe, der sich entziffern lässt. Großartig, das hat mir gerade noch –

Und noch bevor ich den Satz zu Ende denke, zweigt der Bus ab, schlängelt sich ein paar Kurven ins Land und bleibt dann unter Ächzen vor einem niedrigen Gebäude stehen.

»Pensum«, höre ich Lilo zu Ines sagen. »Das Pensum ist erschöpft, Wetten? Rob muss schlafen gehen. Mir ist alles recht, Hauptsache, es gibt eine Sauna und ein Sternerestaurant.«

Ein Neonschild sagt: HEIM MATHILDE. Die »Zimmer-frei«-Fahne weht. Nicht mehr drüber nachdenken, alles so nehmen, wie es kommt: Das ist meine Devise für die kommenden Tage. Immerhin habe ich heute noch ein Date, und das ist mehr, als die meisten von sich behaupten können.

Wir steigen aus. Ein frisches Lüftchen weht mir meine seltsam riechenden Haare ins Gesicht. Die Straße ist menschenleer, und unser Bus ist das einzige Fahrzeug auf dem Parkplatz, der so groß ist wie zwei Fußballfelder. Irgendwo kräht ein verwirrter Hahn. Ich erwarte, dass Markus mir gentlemanlike sein Sakko um die Schultern legt, aber er ist schon in der Lobby verschwunden. Der Rest der Truppe zuckelt hinter ihm her. Lilo läuft Bernd und seinem Motorrad entgegen. Bernd nimmt den Helm ab, die beiden küssen sich. Wie schön, da wird mir ganz warm ums Herz. Wenigstens *ein* Happy End.

Es stellt sich heraus, dass die Hoffnung auf ein Sternerestaurant nicht nur maßlos übertrieben, sondern gänzlich unrealistisch ist. Im HEIM MATHILDE gibt es nämlich überhaupt kein Restaurant. Auch keine Snackbar. Niente.

Ich treffe Lilo vor der schlecht gelüfteten Rezeption wieder, wo uns eine Dame mit Dutt und Hornbrille empfängt. Sie trägt ein streng geschnittenes olivgrünes Kostüm über einer bis obenhin zugeknöpften weißen Bluse. Hinter der Rezeption: ein altertümliches Schlüsselfach aus dunklem Holz, daneben hängt das Gemälde einer Maria Muttergottes mit einem kleinen Jesus auf dem Schoß. Wilde Partys finden hier wohl eher selten statt.

»Ich kann sie auf der Liste nicht finden«, sagt der Dutt.

»Auf welcher Liste?«, will Lilo wissen.

»Auf der Gästeliste.«

»Und die anderen schon?«

»So ist es.« Sie rückt ihre Brille zurecht. Nicht einmal ein angedeutetes Lächeln schenkt sie uns.

Ich frage mich, was das für ein »Heim« ist. Für gestrandete Busse? Für gestrandete Frauen um die falzig samt emotional ramponiertem Flötenlehrer?

Sobald man an die Sonne denkt, scheint sie: Markus nähert sich uns federnden Schrittes. Wir sind die Einzigen, die noch keinen der überdimensionalen Zimmerschlüssel mit Holzanhänger in Form einer Kuhglocke erhalten haben.

»Probleme?«, fragt er.

»Wir stehen nicht auf der Liste«, sage ich. Was ich auch verstehe. Schließlich sind wir blinde Passagiere. Ich wechsle einen eindringlichen Blick mit Markus und erwarte, dass er mir ein Plätzchen in seinem Zimmer anbietet, damit Lilo und Bernd in Ruhe –

»Ach, ich sehe gerade, ich könnte den Damen unseren

Raum 0 geben«, unterbricht die Rezeptionistin meinen Tagtraum.

Wenn das nicht vielversprechend klingt!

»Dort könnten wir zwei Matratzen auflegen – natürlich nur, wenn Ihnen das nichts ausmacht.«

»Drei«, sage ich. »Wir sind zu dritt.« Wir wollen schließlich Bernd nicht vergessen.

»Wie im Jugendlager«, grinst Lilo.

»Nun, das sind wir auch«, sagt die Rezeptionistin. »Genauer gesagt: ein Pfadfinderheim.«

»Das trifft sich gut«, sage ich. »Ich habe sowieso immer Schwierigkeiten, den richtigen Weg zu finden.«

»Bekommen wir ein Halstuch?«, fragt Lilo begierig.

»Das könnte ich gut gebrauchen«, sage ich und deute auf den Ausschnitt der Bluse, wo einst ein Knopf saß.

»Das steht dir doch wunderbar, richtig?«

Ich fange Markus' Blick auf. Verschmitzt sieht er aus! Unser Date. Ich habe es nicht vergessen. Auf der Barfußwiese – oder war's Bärfuß? Bleifuß? Bärlauch? Ich hoffe, Markus fragt nicht nach dem Zettel, ich kann ihm wohl schwer verständlich machen, dass ich ihn aufgegessen habe. Und Gedicht habe ich auch keins. Versagen auf allen Ebenen.

Die Rezeptionistin greift nach dem Hörer eines altmodischen Tastentelefons. »Linda? Bitte lass drei Matratzen in die Wäschekammer bringen.«

Wäschekammer! Großartig. Eins weiß ich jetzt schon: Diese Geschichte wird der Hammer beim nächsten unperfekten Dinner. Ich höre die Mädels schon vor Vergnügen und Schadenfreude jauchzen. *Romy, die es unter einem Boxspringbett nicht tut, schläft auf einer zerschlis-*

senen Matratze auf dem Boden einer Wäschekammer in einem Pfadfinderheim! Und warum? Weil sie Aussicht hat auf ein Rendezvous mit einem Flötenlehrer, der romantische Gedichte auf Restaurantrechnungen kritzelt.

»Ja, es ist die Wäschekammer«, sagt die Rezeptionistin. »Aber die Kinder sind mit der Unterbringung immer sehr zufrieden!«

Na dann. Die will mir doch von vornherein den Wind aus den Segeln nehmen. *Die Pfadfinder sind zufrieden, also sei du es auch, du verwöhnte Stadtschnepfe.*

Jetzt erst sehe ich, dass Markus drei Jute-Beutelchen in seiner Hand hält. Mit seinem liebenswürdigsten Lächeln überreicht er mir ein Exemplar, Lilo bekommt zwei ausgehändigt. Was da wohl drin ist? Ein Piccolo-Sekt zum Vorglühen? Ein paar Kaschmirsocken, damit wir es auch warm haben auf dem Boden der Wäschekammer? Eine CD mit einer Aufnahme des Ohr Gottes-Chors, auf dass ich ihn niemals mehr vergesse?

»Danke«, flüstere ich und drücke das Beutelchen ans Herz.

»Ach«, sagt er, »ist nichts Besonderes. Nur weil es hier kein Restaurant gibt. Wir müssen improvisieren.« Er schickt dem letzten Satz ein hüstelndes Lachen nach.

Ich lockere das Zugband und zum Vorschein kommen:

2 Scheiben Knäckebrot
1 Apfel
1 Miniatur-Butter
1 Käseeck
1 Aufstrich
1 hartes Ei

1 Schokoriegel

1 Dose Orangensaft. Plus Zettel mit Blümchen und einem »Guten Appetit!« Alles mindestens haltbar bis ins Jahr 2050. Erinnerungen an Wandertage mit der Klasse werden lebendig. Stundenlanges, langweiliges Steigen über Stock und Stein. Irgendwo unter einem Baum im feuchten Moos sitzen und ein hartes Ei pellen. In die Büsche pinkeln.

»Oh«, sage ich. »Das sieht ja köstlich aus.«

»Aus unserem Lager«, sagt die Rezeptionistin und rückt ihre Brille zurecht. Mein sarkastischer Unterton ist ihr nicht entgangen. »Unsere Kinder beschweren sich nicht, die sind immer sehr zufrieden mit dem Essen!«

Natürlich, natürlich. Wir haben wahrscheinlich noch Glück, dass wir in der Wäschekammer schlafen dürfen und nicht auf einer Pritsche im Lebensmittellager, umgeben von einer Tonne Eckchen-Käse und staubigem Knäckebrot.

Während Lilo noch auf Bernd wartet, der sein Motorrad putzt, beschließe ich, unser »Zimmer« zu inspizieren. Ich verabschiede mit von Markus, der mir verschwörerisch zuzwinkert, bevor er im Treppenhaus verschwindet. Mist. Schon wieder vergessen, ihn nach dem Namen der Wiese zu fragen.

Die Wäschekammer liegt im Erdgeschoss neben dem Kofferaufbewahrungsraum. Ein längliches, rund zwanzig Quadratmeter großes Zimmer mit deckenhohen Regalen, in denen sich Tonnen blütenweißer und nach Stärke duftender Bettwäsche türmen. Das Fenster ist ein schmaler Schlitz an der Stirnseite. Darunter eine

Art Wanne mit einem Haufen nackter Polster und Bettdecken. An der Decke glimmt eine einzige Glühbirne mit der ganzen Kraft ihrer zwanzig Watt. Bad: keines vorhanden. Ich stehe ratlos mit meinem Beutelchen zwischen den Regalen, als es klopft und zwei Zimmermädchen drei hauchdünne Matratzen hereintragen.

»Wohin sollen die?«, fragt die Jüngere.

Gute Frage. Liegen die erst einmal auf dem Boden, gibt es weder vor noch zurück. Das reinste Bettenlager. Privatsphäre: Fehlanzeige.

»Egal. Legen Sie sie auf den Boden«, sage ich. »Wir machen das dann schon.«

»Decken und Polster sind da vorn«, sagt das Mädchen und deutet auf die Wanne. »Einfach rausnehmen und beziehen. Hiermit.« Sie deutet auf das Regal mit der Bettwäsche.

Super Service, alle Achtung. Die Kinder waren sicher total begeistert davon.

»Brauchen Sie noch was?«, fragt das Mädchen in einem Tonfall, der mir zu verstehen gibt: *Ich hoffe, das war's.* Ich schüttle den Kopf, sie geht raus, schließt die Tür.

Ich lasse mich auf die Matratze fallen. Wenn ich etwas weiß, wenn ich etwas ganz genau weiß, dann dieses: Ich werde heute Nacht bestimmt nicht gemeinsam mit Lilo und Bernd in dieser Kammer nächtigen. Niemals. Komme, was wolle.

34 STUNDEN DANACH

Bernd hat einen Putzfimmel. Er hat nämlich beschlossen, jetzt auch noch die Gepäckboxen vom Motorrad zu saugen. Interessanterweise scheint das Lilo nicht zu stören. »Wir geben uns viel Freiraum«, sagt sie. »Ich brauche das! Ein Kerl, der ständig an mir klebt – schrecklich.«

»Das ist weise«, sage ich. »Und sein Motorrad, das hat er sehr gern, oder?«

»Egal«, gibt sie zurück. »Manche mögen ihre Autos, andere ihren Job. Oder Fußball. Auf einem Motorrad kann ich wenigstens mitfahren.« Sie verteidigt ihn. Das ist schön!

Lilo steht immer noch im Türrahmen der Wäschekammer. Sie hat genug gesehen. »Großartig«, sagt sie. »Die Matratzen sind so dünn wie das Knäckebrot im Lunchpaket. Aber weißt du, was? Irgendwie werden wir das schon hinkriegen, besser als eine weitere Nacht im Bus. Komm, wir erkunden die Umgebung.«

Wir marschieren einen langen, düsteren Gang entlang. Kahle Wände, kaltes Licht. Das Laminat unter unseren Schuhen quietscht. Krankenhausflair.

»Hast du schon rausbekommen, wo das Klo ist?«

»Die Rezeptions-Domina hat gesagt, dass wir das Bad im Erdgeschoss mitbenutzen dürfen. Nach dem Festsaal zwei Mal rechts.«

Den Festsaal hätten wir schon mal gefunden. Wir öffnen die Tür einen Spalt und lugen hinein. Flackernde Neonröhren beleuchten einen quadratischen Raum, der an einen Bunker erinnert. Niedrige, dunkle Decke, gardinenlose Fenster, schmutziggrauer Boden. Die in Beton gegossene Trostlosigkeit. Völlig ausgeschlossen, dass hier irgendwas Unterhaltsames passiert, von einem »Fest« ganz zu schweigen.

»Da hat sich die Mathilde aber keine große Mühe gegeben«, sage ich.

»Wer?«

»Wir sind im HEIM MATHILDE, wenn ich dich erinnern darf.«

»Ja, wunderbar«, sagt Lilo und lächelt.

Vorhin im Bus war sie noch so kampfwütig und jetzt so streichelweich? Da ist doch was im Busch.

Wir gehen zurück in unsere Kammer und setzen uns auf die Matratzen. Ich sinke sofort ein bis zum Boden. Zuerst Apfel, dann hartes Ei oder andersrum? Die Wahl fällt schwer.

Lilo hat sich für den Apfel entschieden und putzt ihn, indem sie ihn an ihrem Sweater reibt. Ob er dadurch tatsächlich sauberer wird, wage ich zu bezweifeln. Zumindest glitzert er jetzt. Sie beißt krachend ab. »Weißt du was, Romy«, sagt sie mit vollem Mund. »Ich muss was gestehen: Als ich dich da gesehen habe, in dem Zelt, mit dem grauenhaft pomadisierten Typen und den Küchenglück-Pfannen, da dachte ich mir: Diese Frau hat alles. Zwei Kinder, einen Mann, ein Zuhause, einen Superjob, ein Leben. Ich habe dich beneidet.«

»Mich? Beneidet?« Das kann sie nicht ernst meinen.

»Aber Lilo – du bist wundervoll. Und so jung! Wenn eine die andere beneidet, dann bin das doch eher ich.«

»Ich bin fünfunddreißig«, sagt Lilo. »In zwei Monaten sechsunddreißig. Und bald siebenunddreißig. Das geht immer so weiter.«

»Könnte was dran sein«, sage ich.

Wir lachen.

»Aber mal ernsthaft«, sagt sie. »Wenn ich noch ein Kind wollte – also theoretisch –, dann sollte ich nicht mehr zu lange warten.«

»Das sind ja ganz neue Töne!«

»Ich habe gesagt: theoretisch.«

»Ja, klar.«

Wir kauen beide still. Aus Versehen esse ich sogar Kerne und Gehäuse mit.

»Kinder sind toll«, sage ich, um den thematischen Faden nicht ganz abreißen zu lassen.

»Ach, ich weiß nicht.«

»Die nimmst du einfach mit auf deine Reisen! Am Anfang können sie sich eh nicht wehren.«

»In so einen Bus? Bist du sicher?«

»Bernds Motorrad ist vermutlich nicht das optimale Gefährt für einen Ausflug mit Baby. Apropos: Wo bleibt der eigentlich?«

»Er hat draußen einen Motorradfreak getroffen. Den Mann von der Hornbrille. Jetzt sitzen sie bei einem Bier zusammen.«

»Der findet aber schnell neue Freunde.«

»Darin sind wir uns ähnlich.« Sie grinst und steckt sich den Stängel in den Mundwinkel. »Aber wahrscheinlich wird das eh nichts«, sagt sie leise. »Alles nur ein Traum.

Du hast es geschafft. Hast alles bekommen, was man sich nur wünschen kann. Und jetzt sogar noch einen hartnäckigen Verehrer. Und ich? Was habe ich?« Sie schaut auf ihre leeren Handflächen.

»Mein Gott, Lilo.« Ich stehe auf, gehe rüber zu ihrer Matratze, setze mich und lege den Arm um ihre Schulter.

Sie legt ihren Kopf an meine Schulter, und so sitzen wir eine Weile, atmen still und keine sagt was. Mondlicht tropft durch den Fensterschlitz und fällt auf den Polster- und Deckenberg im Container. Man will doch immer das, was man nicht hat. Und das, was man hat, kommt einem klein und schäbig vor. Dieselbe alte Geschichte, in Millionen Variationen durchlebt und erlitten.

Und immer steht vor dem Neid die Unwissenheit. Weil man eben nicht wissen kann, welchen Preis die andere gezahlt hat für das, was sie hat. Weil man nicht einen Tag in den Mokassins der anderen gegangen ist. Und wenn es ein Fazit gibt aus einem Leben, dann wohl dieses: Du zahlst für alles einen Preis. Ja, ich habe zwei Kinder, einen Mann und ein schönes Zuhause, dafür bin ich keine Chefredakteurin geworden, auch nicht Chefin vom Dienst, nicht einmal Ressortleiterin. Ich werde – wenn das so weitergeht – bald keinen Job mehr haben und möglicherweise hat sich mein Mann in junges Archäologie-Gemüse verguckt.

»Weißt du was? Ich beneide *dich*«, sage ich zu Lilo. »Weil du so viele Entscheidungen noch nicht getroffen hast. Das macht das Leben doch erst spannend!«

»Aber vielleicht ist es irgendwann zu spät.«

»Blödsinn. Das Tor baust du dir selbst.«

Sie runzelt die Stirn. »Welches Tor?«

»Das Tor, das man für die Torschlusspanik braucht. Das steht ja nicht fix und fertig in deinem Leben herum. Das baust du dir selbst zusammen. Die Anleitung dafür liefern dir die Leute rund um dich, alle die sagen: *Na, wird es nicht langsam Zeit für …?* Da kannst du Beliebiges einsetzen.«

»Weißt du was: Du könntest glatt eine Lebenshilfe-Kolumne schreiben.« Sie grinst.

Und weil's mir gerade einfällt, erzähle ich Lilo von Rosalinda, die fixiert war auf ihre Ziele und darüber zu leben vergaß.

Liebe Romy,

ich organisiere mein Leben mit To-Do-Listen. Ich schreibe einen für jeden Tag, dann zusätzlich eine für die Woche, noch eine für jeden Monat und eine Jahresliste mit den Zielen, die ich erreichen möchte. Mein Mann findet, dass ich nicht spontan genug bin. Er sagt, ich bin die Sklavin meiner Listen und dass ich eine eigene Liste brauche, um meine To-Do-Listen abzuarbeiten. Ich finde, dass er maßlos übertreibt, doch in letzter Zeit streiten wir immer öfter über unsere gegensätzliche Art, den Alltag zu organisieren. Langsam gehen mir die Argumente aus. Was hältst du davon? Über eine Antwort (gern in Listenform) bis 25. Mai würde ich mich freuen.

»Du vergleichst mich jetzt aber nicht mit der?« Lilo ist überrascht.

»Nein, Schätzchen. Obwohl du tief in deinem Innersten auch ein bisschen daran glaubst, bestimmte Ziele auf jeden Fall erreichen zu müssen – oder irre ich mich?«

»Aber ich klebe nicht daran! Unfassbar, mit der Deadline hat sie dich ja richtig in die Enge gedrängt.«

Da hat Lilo recht. Darauf bin ich aber gar nicht erst eingestiegen. In meiner Antwort stand, dass Rosalinda es mit einem »gemäßigten Entzug« versuchen könne: Nur noch eine Liste pro Woche und eine fürs ganze Jahr mit den wichtigsten Zielen. Kombiniert mit einer spontanen Aktion pro Woche.

»Und? War sie zufrieden?«

»Ich denke schon«, sage ich, obwohl das eine dicke Lüge ist. Rosalinda beschwerte sich bei der Chefredakteurin über meinen »sinnlosen Rat«. Sie habe eine fundierte psychologische Analyse erwartet und keine unqualifizierte Wortmeldung auf dem Niveau von Teebeutel-Weisheiten. Sie habe ANNAROSA daher von der Liste ihrer abonnierten Zeitschriften gestrichen.

Wie auch immer. Mein Date mit Markus naht, und was ich jetzt benötige, ist ein frisches Oberteil. Meine maritime Bluse taugt nicht einmal mehr für den Einsatz in der Kohlengrube. Ich begutachte die Stapel in den Regalen. Alles Bettwäsche. Soll ich vielleicht mir nach der Mode im alten Rom eine Toga binden?

»Lass uns die Betten später machen«, sagt Lilo.

»Ich suche einen Ersatz hierfür.« Ich deute auf meine Bluse.

Sie zeigt auf das Regal auf der gegenüberliegenden Seite. Und tatsächlich! Auf Augenhöhe finde ich einen Stapel sorgfältig gebügelter Zimmermädchen-Oberteile. Schlichte weiße Polo-Shirts mit einem roten HEIM MAT-

HILDE-Schriftzug über der Brust. Kleiner Pluspunkt, wenn man schon in der Wäschekammer schlafen muss. Flugs knöpfe ich die Bluse auf und schlüpfe in das nach Stärke duftende Shirt. Sitzt etwas stramm. Habe ich unabsichtlich ein Small erwischt?

»Sexy«, sagt Lilo und pfeift. »Suchst nicht ohnehin einen neuen Job?«

»Bitte ein Foto«, sage ich, werfe mich in Pose und fahre mit den Fingern durch das, was einst eine Frisur war. Das müssen Kata und die anderen sehen. Da fällt bestimmt sogar Kasimir vor Begeisterung von seinem Ast. Ich schicke es umgehend in die Dinner-Gruppe. Beipacktext: *Fange neues Leben an. Ab sofort Zimmermädchen im Pfadfinderheim.*

Ein schneller Blick auf die Liste der entgangenen Anrufe. Vielleicht hat Werner sich ja gemeldet? Hat er nicht.

Ich seufze und ziehe mein Shirt glatt. »Ich muss jetzt los. Termin.«

»Termin nennt man das also.« Lilo nickt übertrieben, um anzudeuten, dass sie mir kein Wort glaubt.

Just in diesem Augenblick öffnet sich die Tür und Bernd tritt herein. Groß, breitschultrig, raumfüllend. Wie ein Ritter von der Tafelrunde. An seinem Handgelenk baumelt lässig der Helm. Drei Personen in dieser Kammer ist mindestens eine zu viel. Die Luft wird knapp.

Lilo springt auf, um ihn gebührend zu begrüßen.

»Lili love«, sagt Bernd und bietet Lilo seinen Mund zum Kuss dar. Wie romantisch. Ich schmelze. Zeit, mich auf die Suche nach der Barfußwiese zu begeben.

»Tschüss!«, krächze ich, aber die beiden zucken nicht

einmal. Die stehen da, ineinander verhakt und murmeln einander Dinge zu, die ich nicht hören will.

Lilo, ach, Lilo.

Eine Angestellte des Heims kommt mir entgegen und beäugt misstrauisch mein Shirt. Tja, so schnell wird man von der blinden Passagierin zur Kollegin. Ich schenke ihr ein aufmunterndes Lächeln. Nun guckt sie noch verwirrter.

Überraschenderweise finde ich ohne Probleme zurück zur Rezeption. Im letzten Augenblick bedecke ich den HEIM MATHILDE-Schriftzug mit der rechten Hand, damit die Hornbrille nicht bemerkt, dass ich mich an den Uniformen bedient habe. Sieht bestimmt komisch aus. Als würde ich einen Eid ablegen.

»Alles in Ordnung?«, fragt die Hornbrille.

»Ja – äh. Alles bestens. ich frage mich nur gerade, ob es hier irgendwo eine ... eine Wiese gibt.«

Sie stutzt. »Es gibt viele Wiesen hinter dem Haus. Alles ist Wiese! Wenn Sie spazieren gehen möchten –«

»Danke«, unterbreche ich sie. »Ich suche eine spezielle Wiese. Sie heißt Bärlauch. Oder Bärfuß. Barfuß?«

Sie deutet auf meine Hand. »Haben Sie Schmerzen? Kann ich Ihnen helfen?«

»Im Gegenteil«, sage ich und mache, dass ich rauskomme.

Und jetzt stehe ich hier, ganz allein, unter dem magersüchtigen Mond. In der Ferne rauscht die Autobahn. Ein Tier huscht durch einen Busch. Dann ist wieder alles ruhig. Nur mein Herz, das schlägt mir bis zum Hals.

Vor wenigen Tagen noch habe ich mich auf das Konzert von Rocco Minelli gefreut. Auf ein paar Tage ganz allein mit Werner. Jetzt stehe ich vor einem Pfadfinderheim in der Zimmermädchenkluft und in Erwartung eines Dates auf einer Wiese, deren Name auf dem Zettel stand, den ich aufgegessen habe, damit ihn niemand zu sehen kriegt. Und Morgen bin ich fünfzig. Wahrscheinlich schaue ich im Moment aus wie gut erhaltene sechzig. Innen drin übrigens immer noch zwanzig. *Nel tuo cuore non hai mai più di vent'anni.*

»Na so was. Wurdest du eingestellt?«

Ich schrecke zusammen. Markus hat sich lautlos von hinten angepirscht.

»Gut, dass du hier bist«, sage ich nach einer Schrecksekunde. »Ich wusste den Namen der Wiese nicht mehr.«

»Beifuß«, sagt er. »Hier«, er öffnet die Arme weit, »ist alles voller Beifuß. Komm, lass uns ein paar Schritte gehen, richtig?«

»Du kennst dich hier aus?«, frage ich.

»Wir steigen öfter in der Gegend ab«, sagt Markus und bietet mir seinen Arm an. So bin ich schon lange nicht mehr gegangen, und es fällt mir schwer, mit seinem flotten Schritt mitzuhalten.

»Mathilde ist eine alte Freundin«, sagt er. »Eine gute Freundin. Großartig, wie sie mit den Kindern umgehen kann, richtig? Dieses neue Shirt steht dir übrigens ausgezeichnet. Es unterstreicht deinen Typ.«

Der Themenwechsel kommt recht abrupt.

»Was – was für ein Typ bin ich denn?« Ich verlangsame meinen Schritt.

»Ach, ich denke da an ... Rubens?«, sagt er und malt mit seiner freien Hand ein paar Kurven in die Luft.

Rubens! Ich hoffte ja eher auf Aphrodite oder so. Aber jetzt bloß nicht die beleidigte Leberwurst spielen. Magermodel werde ich in diesem Leben keines mehr. Außerdem haben wir nun bereits das HEIM MATHILDE umrundet. Vor uns erstreckt sich – soweit ich es bei dem schütteren Mondlicht erkennen kann – tatsächlich eine schier unendliche Blumenwiese. Bärlauch, Beifuß, Bleifuß – bestimmt alles dabei. Was hat Markus vor?

Er schreitet munter voran, quer durch die Botanik, mit mir an seinem Arm. Bilde ich es mir ein oder versucht er tatsächlich, mich fester an sich zu drücken?

»Ich wollte dir etwas mitteilen«, sagt er nach einer Weile des stillen Schreitens. Unter unseren Sohlen raschelt das Gras. Dann bleibt er abrupt stehen und wendet sich mir zu.

Jetzt. Jetzt. *Maggie und Pater Ralph*. Wenigstens einmal im Leben.

Er versucht, mir eine verirrte Strähne aus dem Gesicht zu streichen. Sie will nicht und hüpft immer wieder zurück. Als ich ihm dabei helfe, berühren sich unsere Hände.

»Ich muss dir etwas sagen«, sagt er und hält meine Hand fest.

»Ja?«

Die Sekunden verrinnen. Ein paar Mal öffnet er den Mund, dann schließt er ihn wieder. Ich warte. Da kommt nichts. Nicht einmal ein einziges, verirrtes: »Richtig?«

»Ich bin –«, fängt er an.

»Ja?«, hauche ich.

Statt einer Antwort drückt er seine Lippen auf meine. Schwarze Madonna, bitte bewahre mich vor einem Fehler! Meine Kniegelenke sind aus Schaumstoff, in meiner Brust springt etwas auf. Die Welt, zusammengezurrt auf diesen einzigen Moment hier auf der Bleifuß-Wiese.

Seine Hände gehen auf Wanderschaft, sind überall zugleich. Als wäre er eine dieser indischen Göttinnen mit den vielen Armen.

Ich warte auf Geigenmusik. Auf das himmlische Konzert. Wenigstens der Himmel könnte Erbarmen haben und sich kurz Orange färben. Aber es bleibt stockdunkel. Wohin mit meinem rechten Arm? Und wie kommt Markus auf die Idee, meinen Rettungsring oberhalb der Hüfte zu kneten? Weiß er nicht, dass ich das nicht ausstehen kann? Ich versuche mit aller Kraft, mich in mein Fantasiebild hineinzubeamen: Ich bin Meggie und vor mir steht Pater Ralph. Wir befinden uns auf der Schaffarm, bald werden wir uns im Heu wälzen. Aber irgendwas stimmt an diesem Bild nicht, denn ich falle immer wieder heraus und in die Wirklichkeit hinein, in eine Wirklichkeit, in der es eine Markus-Mutter gibt, die über seine Liebschaften urteilt, ein altersschwaches Meerschweinchen und eine Ex, die mit dem Saxofonlehrer Sex hat. Ich löse meine Lippen von seinen und trete einen Schritt zurück: »Ich ... ich kann das nicht, tut mir leid. Das geht mir alles zu schnell.«

Ich verfluche den Fernseher. Warum habe ich damals überhaupt schon *Dornenvögel* gucken dürfen? War ich dafür nicht noch viel zu jung? Ich muss dringend meine Eltern befragen, sobald ich zurück bin. Das war ein schwerer Erziehungsfehler!

Markus ist sichtlich verstört. »Habe ich etwas falsch gemacht? Ich bin nur so überwältigt von meinen Gefühlen, dass ich ... Ich habe mich nicht mehr Griff, entschuldige ...«

»Schon gut«, sage ich und lege ihm beschwichtigend die Hand auf den Unterarm. Am liebsten würde ich sagen: *Ich versteh's doch selbst nicht*. Wie gern würde ich in dieses Gefühl der Verliebtheit hineinkippen! Mich hineinstürzen! Aber wenn ich ihn küsse, dann spüre ich nichts. Wie komme ich da wieder raus?

»Wir haben nicht mehr viel Zeit miteinander, Lilo, bitte –«

»Was?« Ich trete einen Schritt zurück.

»Was was.«

»Du hast Lilo gesagt.«

»Ich habe Lilo gesagt?«

»Hast du.«

»Du bist nicht Lilo.«

»Haarscharf erkannt. Ich heiße Romy.«

»Aber das weiß ich doch, richtig?«

»Warum hast du dann Lilo gesagt?«

»Ich habe es vielleicht gesagt, aber nicht gemeint!«

»Wie bitte?«

Ich fröstle. Kühler als gedacht. Ich habe Lust, mich auf meiner Matratze zusammenzukauern, egal, wie dünn sie ist.

»Romy, bitte, das war ein Versehen. So viele Frauen hier im Bus –«

»Das wird ja immer besser! Willst du mir damit sagen, dass du dir keinen Namen merken kannst bei den vielen Frauen, also auch nicht den Namen der Frau, in die du dich verliebt hast?« Bei »verliebt« male ich zwei Anführungszeichen in die Luft. Meine Laune ist im Keller.

»Romy, es tut mir leid, richtig? Ich entschuldige mich. Wie kann ich Buße tun? Mit einem Gedicht?« Er geht vor mir in die Knie. Greift nach meiner Hand.

Bitte nicht. Gnade.

»*O holde Maid mit güldenem Haar.*«

»Steh auf, Markus.«

Mit dem spontanen Hinknien sollte man besser aufpassen, wenn man älter ist als dreißig. Wenn Werner das jetzt sehen könnte. Oder Kata. Britt. Corinna Drescher. Sie würde mich gleich dazu verdonnern, das Meniskus-Forum zu moderieren.

45 STUNDEN DANACH

Ich schlage die Augen auf. Liege ich tatsächlich auf einer Wolke? Bin ich gestorben und im Himmel? Alles um mich herum ist weiß und weich. Daunenwolkenweich. Mein Kopf wiegt eine Tonne, dennoch versuche ich, ihn zu heben.

Okay. Keine Wolken, sondern Kissen und Decken. Ich schaue auf meine Armbanduhr. Halb elf. Trotzdem todmüde. Was ist bitte passiert? Ach, genau: Markus. Der Kuss auf der Wiese. Die Namensverwechslung, die eigentlich zur rechten Zeit kam, weil sie mir einen Vorwand gegeben hat, um abzuhauen. Der Restabend mit Lilo und Bernd bei einer Flasche Prosecco, die sie in den Untiefen des Wäscheschranks aufgetrieben hatten. Moment mal. Eine Flasche? Ich setze mich auf und versuche, das verschwommenes Bild scharf zu stellen. Möglicherweise waren es auch zwei Flaschen. Oder drei? In meinem Kopf wummert ein Presslufthammer. Wunderbar.

Lilo wälzt sich herum, gleitet von der Matratze hinunter auf den Boden.

»Was ... is ... los?« Eine Stimme, mit der man Parmesan reiben könnte. Sie rollt auf den Bauch, sieht zu mir hoch.

»Guten Morgen«, sage ich.

»Ist es ... Morgen?«

»Später Vormittag.«

»Ooooh. Mein Kopf.« Sie rollt sich auf den Rücken. »Hastnspro?«

»Was?«

»Aspro?«

»Ich habe gar nichts, falls du das vergessen haben solltest.«

Nichts. Was für ein Wort. Da bist du fünfzig, wachst auf und hast nicht einmal eine Zahnbürste.

Irgendwo schnarcht Bernd. Ich kann ich nicht sofort entdecken, sein Kopf steckt unter einem Regal. Ich denke mit Wehmut daran, wie mir die Kinder an meinem Geburtstagsmorgen immer Zeichnungen und Kaffee ans Bett gebracht hatten. Was für ein geschäftiges Treiben das immer schon in aller Herrgottsfrühe war! Werner, der einen Strauß Tulpen mit schlappen Blättern gekauft hatte, die am nächsten Tag in Schönheit auf unserem Esstisch verenden würden.

Und heute – alles anders. Niemand, der an meinen Geburtstag denkt. Nicht eine schlappe Blume. Ich bin von der Welt vergessen. Auch gut.

Lilo rappelt sich auf, streckt sich. »Ich glaube, ich geh ins Bad«, grunzt sie. »Treffen wir uns in … sagen wir … zwanzig Minuten beim Frühstück?«

Frühstück. Kaffee. Magische Worte.

Ich nicke. Und wundere mich doch ein wenig, warum sie mir nicht gratuliert. Sie weiß ganz genau, dass ich heute Geburtstag habe. Wahrscheinlich hat sie es bloß vergessen.

Auch gut. Was aber sage ich Markus, wenn ich ihm begegne? *Hallo* und *hast du gut geschlafen*? Du meine Güte.

Ich schlage die Hände vors Gesicht. Was habe ich nur erwartet?

Ich ziehe ein neues Zimmermädchen-Shirt aus dem Regal. Die Kinder haben immer gesagt: *Zwei Mal umziehen ist wie ein Mal waschen.*

Fühlt sich gleich ein bisschen frischer an. Bernd rührt sich noch immer nicht. Den lasse ich besser schlafen. Leise öffne ich die Tür. Der Flur vor dem Zimmer: menschenleer. Zum Glück. Auf ins Bad.

Die Person, die mich im Spiegel anglotzt, ist mir nicht bekannt. Die Haare stehen in alle Richtungen ab vom Kopf. Die Augen sind verquollen und verklebt, auf der Stirn tiefe Querfalten wie Notenlinien. Spiel mir das Lied vom Tod. Ich spitze mir kaltes Wasser ins Gesicht. Ein zweiter Blick in den Spiegel. Schöner bin ich jetzt nicht, nur nasser. Mit den Fingern kämme ich mir ein paar Mal durchs Haar. Der graue Nachwuchs ist deutlich zu sehen. Tja. Alles Gute zum Geburtstag, Romy-Omi. Ich habe Lust zu heulen.

Auf zum Frühstücksraum. Wo war der schnell noch einmal? Neben der Rezeption? Ich schlurfe durch den Gang und durch die Lobby an der Rezeption vorbei. Da. FRÜHSTÜCK. Ich hoffe auf mehr als auf ein Knäckebrot mit Käseecke.

Schwingtür wie im Saloon. Drinnen: gähnende Leere. Büffet ist keines vorhanden. Irgendwo tropft ein Wasserhahn. Die Kaffeemaschine macht keinen Mucks. Ausgesteckt.

Ich brauche aber einen Kaffee! Und zwar sofort, sonst drehe ich durch. Wo steckt Lilo überhaupt?

Zurück in den deprimierenden Korridor. Da raschelt

was im Festsaal. Ich presse das Ohr an die Tür, höre Musik. Ganz leise. Und traue meinen Ohren nicht. Ist das tatsächlich …

Ich öffne die Tür einen Spalt.

BOOOOOM!

Geschrei, Licht, Musik, Trompeten, Konfetti. Lilo springt auf mich zu, hält mich am Arm fest, brüllt in mein Ohr: »Na, was sagst du jetzt? Überraschung!«

Und was für eine. Alle haben sich im Saal versammelt, in der Mitte prangt ein festlich gedeckter Tisch mit nahezu weißem Tischtusch. Auf den Tellern Luftschlangen und Konfetti. Eine Torte. Im Hintergrund ist deutlich und klar Rocco Minelli zu hören. *Nel tuo cuore … nel cuore … non hai mai più di vent'anni, vent'anni!*

Ich stehe einfach nur da, zitternd. Als der Song ausläuft, drückt Lilo die Stopp-Taste des CD-Players, und alle stimmen ein mehrstimmiges Happy Birthday an. So wunderschön, dass mir die Tränen aus den Augen tropfen.

In einem Moment glaubst du noch, du hast nichts, und im nächsten Moment hast du alles.

Und dann haben sie fertiggesungen und stehen da und schauen mich an, erwartungsvoll lächelnd. All diese freundlichen Menschen, womit habe ich nur das verdient?

Und dann heule ich so richtig los. Aus tausend Gründen.

Weil ich glücklich bin.

Weil ich traurig bin.

Weil ich fünfzig bin.

Wegen Werner.

Wegen der Kinder.

Weil ich alles bisher doch ganz gut gemeistert habe.

Weil ich erkenne, dass ich jeden Tag noch dazulernen kann.

Weil ich mich endlich aus meiner Komfortzone rausgekämpft habe.

»Mir fehlen die Worte«, flüstere ich, weil ich wirklich nicht weiß, was ich sagen soll. Und dann umringen mich alle, um zu gratulieren, und da ist so viel ehrliche Wärme und Freude, dass ich zerfließe vor Rührung. Ich bekomme Geschenke: Clarissa, die Hebamme, überreicht mir eine originalverpackte Zahnbürste. Von Horst bekomme ich ein Buch mit sämtlichen Marienliedern in fünf Sprachen. Die Zwillinge schenken mir ein kleines Haarshampoo. Ines überreicht mir ein Heftchen über die Schwarze Madonna von Tschenstochau.

Lilo sagt zu mir: »Hand auf.« Dann lässt sie etwas Winziges hineingleiten. Ein Kieselstein? Ich schaue es mir genauer an: Es ist mein Blusenknopf.

»Aber woher –?«

»Bernd und ich haben uns noch einmal auf die Suche gemacht.« Sie strahlt.

Ich umarme sie. »Danke vielmals«, flüstere ich ihr ins Ohr. »Für alles.«

Sie führt mich zum Tisch. Ich darf vor Kopf sitzen. Einer der Zwillinge stellt ein fettes Tortenstück vor mich hin: Biskuit, Schoko, Himbeer, obendrauf eine Marzipanglasur. Inzwischen läuft wieder die CD mit den größten Hits von Rocco Minelli. Ich wippe mit dem Fuß im Takt, esse und bin glücklich. Und dann sehe ich mich um und bemerke: Markus ist nicht da.

Irgendwann kehrt Lilo an den Tisch zurück, das Telefon in der Hand. »Für dich.«

»Werner? Markus?«

Sie zuckt mit den Schultern.

Ich nehme das Handy entgegen und laufe hinaus auf den Gang.

Es ist Emma. »Alles Gute, Mama, wie geht es dir?«

Ich schlucke.

»Mama?«

»Danke, Emma. Es geht mir gut. Alles bestens.«

»Seid ihr am Meer?«

»Ja, am Meer«, sage ich. »Wir ... also, wir gehen gleich runter. Zum Strand.«

»Habt ihr schönes Wetter?«

Ich schlüpfe aus dem rechten Schuh, setze den Zeh aufs Linoleum. »Wunderbar. Der Sand heizt sich auf durch die Sonne, ohne Sandalen kann man da nicht drüber.«

»Das kann ich mir vorstellen! Was macht ihr heute noch?«

»Irgendwas mit vielen Z. Pizza und Frizzante. Ganz gemütlich.«

»Und das Konzert?«

Mein Herz wird schwer. »Das ist erst morgen, Emma. Erst morgen.«

Wir verabschieden uns. Ich benötige noch ein paar Minuten für mich. Da vorn, ein Treppenabsatz. Ich setze mich auf die oberste Stufe, lege das Handy neben mich. Wohltuende Ruhe. Mein Herz ist immer noch in Aufruhr, als ich bemerke, dass das Handy aufgeregt blinkt. Unbekannte Nummer. Ich hebe trotzdem ab. »Hier bei Lilo?«

»Hutschnur.«

Was will denn die von mir? Mir gratulieren?

»Ich rufe Sie von meinem privaten Handy an«, sagt die Hutschnur. »Es schien mir wichtig.«

»Ach so«, sage ich. »Könnten wir das vielleicht vertagen? Das passt gerade nicht so.«

»Es tut mir leid, Frau Voss. Aber was ich Ihnen zu sagen habe, duldet keinen Aufschub.«

Ich setze mich kerzengerade auf. Bitte keine schlechten Nachrichten jetzt nicht. Hat Werner seinen Job verloren? Haben er und die Hutschnur sich verlobt? Bekommt sie ein Kind von ihm? Meine Hände sind schweißnass.

»Dr. Rukovsky hat mir die Antworten auf Ihre Fragen durchgegeben.«

Ach so, das. »Wunderbar, aber das eilt nicht, Frau Hutschnur, wirklich nicht.«

Sie überhört meinen Einwand.

»Die erste Frage lautete: *Sie sind ein anerkannter Wissenschaftler, der viel um die Welt reist. Wie gelingt es Ihnen, Ihre Familie für die Archäologie zu begeistern?* Herr Dr. Rukovsky antwortete – schreiben Sie mit, Frau Voss?«

»Schießen Sie los.«

»Er antwortete: *In der Tat habe ich mich seit meiner Kindheit für kaum ein Thema so begeistern können wie für die Archäologie. Die Zeugnisse der Generationen vor uns sind von unschätzbarem wissenschaftlichem und ideellem Wert für das Menschheitsgedächtnis. Durchaus möglich, dass mir da einige der Alltagsprobleme aus dem Fokus geraten sind. Weil es doch immer so ist: Wenn man von einer Sache komplett in Beschlag genommen wird, vernachlässigt man andere. Weil wir alle nur eine bestimmte Anzahl von Stunden zur Verfügung haben. Ich gebe daher zu, dass es mir nicht immer gelungen ist, meine Familie mit meiner Leidenschaft anzustecken. Heute sehe ich auch, dass da einiges aus dem Lot geriet. Und es tut mir leid. Ja, ich möchte mich dafür bei ihnen entschuldigen. Ich weiß, dass es keine Entschuldigung dafür gibt, dass ich bei Emmas Abschlussball nicht dabei war. Ich weiß, dass meine Frau sich nicht für Ausgrabungen interessiert und ich dennoch darauf bestanden habe, dass sie mich im Urlaub stets begleitet. Ich habe nach bestem Wissen und Gewissen versucht, sie zu begeistert, aber wie bei jedem Versuch ist auch bei diesem das Scheitern ein realistischer Ausgang. Und ich bin damit gescheitert. Mit heutigem Wissen würde ich das Gespräch suchen und –*

Was bitte ist in Werner gefahren?!

»Frau Hutschnur, entschuldigen Sie … aber hat er das wirklich so gesagt?«

»Ja, natürlich«, entgegnet sie ungerührt. »Glauben Sie, ich habe das erfunden? Hören Sie, ich muss noch einiges erledigen heute. Kommen wir also zur zweiten Frage: *Was ist Ihnen wirklich wichtig im Leben, Herr Dr. Rukovsky?*«

»Ich höre.« Meine Hände zittern.

»Hier sagte er, warten Sie mal …«

»Er sagte: Warten Sie mal?«

»Nein, warten *Sie* mal, ich muss meine Unterlagen sichten. Ja, also, er sagt Folgendes: *Ich weiß nicht, ob es die Leser von STEIN & BEIN interessiert, was ich nun zu sagen habe, aber wenn Sie drauf bestehen, dann öffne ich mein Herz und bin ganz ehrlich. Als ich vor zwanzig Jahren meine Frau das erste Mal küsste, da regnete es. Wir saßen völlig durchnässt in einem Lokal, und ich wusste: diese oder keine. Es war kein Blitz, eher ein ruhiger Moment der Erkenntnis. Zugleich wusste ich: Es wird eine Herausforderung, schließlich war diese junge Frau eine streitlustige Germanistin –«*

»Frechheit!«, entfährt es mir.

»Wie bitte?«

»Oh. Nichts. Ich sagte nur: Freiheit. Freiheit für den Geist! Fahren Sie fort.«

Sie räusperte sich. »Also gut. Wo waren wir?«

»Streitlustig. Germanistin.«

»Ach ja. *Sie war mir in so vielem voraus. Gut, die Orientierung ist nicht ihr größter Pluspunkt, hier konnte ich schon öfter helfend eingreifen, aber ich muss sagen: Ich bewundere diese Frau. Für alles, was sie in ihrem Leben geschaffen hat. Wenn ich nun zurückkomme auf Ihre Frage, Frau Voss, so muss ich sagen, dass mir meine Familie tatsächlich das Wichtigste ist im Leben. Ich würde alles dafür tun, sie glücklich zu sehen. Und ich könnte mir in den Hintern beißen – pardon, ich könnte mich dafür ohrfeigen, dass ich das meine Frau nicht immer spüren lasse. Weil wir auf einer gewissen Ebene miteinander konkurrieren. Sie tut sich schwer damit, Hilfe anzunehmen. Und wenn ich ehrlich bin: Mir geht es nicht anders. Doch falls unsere Beziehung jemals Hilfe von außen bedarf, ich würde nicht zögern, sie anzunehmen und über meinen Schatten springen.*

»Unfassbar«, murmle ich.

»Wie bitte?«

»Ach nichts, lesen Sie nur weiter!«

»So wie ich meine Frau kenne, würde sie an dieser Stelle »unfassbar« murmeln. Sie glaubt, dass ich alles dafür tun

würde, der neue Direktor der ARCHÄO-OASE zu werden, aber das stimmt nicht. Ich bin in mich gegangen – und ich muss sagen, dass Frau Hutschnur mich hier wirklich unterstützt hat –«

»Wie bitte? Das sind doch Sie, oder?«

»Ich bin nebenberuflich Lebensberaterin«, sagt sie.

Na bestens. Großartig! Was denn noch? Beinahe hätte ich gesagt: *Sie haben meinen Mann gecoacht? Was fällt Ihnen ein!*

»Wieso machen Sie das dann nicht hauptberuflich, wenn Sie so gut darin sind?«

»Meinen Sie, das interessiert Ihre Leser?«, gibt sie spitz zurück.

»Nein, natürlich nicht. Also ... was hat er noch gesagt?«

»... und ich muss sagen, dass Frau Hutschnur mich hier wirklich unterstützt hat –«

»Das hatten wir schon, Frau Hutschnur.«

»Und ich daher zu dem Entschluss gekommen bin, dass ich mich ab dem nächsten Jahr als Archäologe selbständig machen werde, um an einigen Publikationen mitzuarbeiten. Gerne werde ich dann auch einige Artikel für Ihre wertvolle Zeitschrift STEIN & BEIN verfassen.«

»Das ist aber schön«, piepse ich mit kläglicher Stimme.

»Ja, nicht wahr? Dann schrieb er: *Die ARCHÄO-OASE ist ein Disneyland der Archäologie. Nichts anderes. Ein großer Bluff. Ich bezweifle, dass wir damit eine neue Generation an die Wissenschaften heranführen können. Mein restliches Arbeitsleben möchte ich mich mit der Realität befassen. Und ich möchte mehr Zeit mit meiner Frau verbringen. Mich für das interessieren, was sie interessiert.* Und dann sagte er noch: *12 Uhr in HELGAS PARADIES*. Das verstehe ich jetzt nicht, ich gebe es aber trotzdem mal so weiter.«

Ich schlucke meine Tränen hinunter. »Schon in Ordnung«, flüstere ich. »Ich weiß, was Dr. Rukovsky meint.«

»Geht's Ihnen gut, Frau Voss?«

»Bestens. Und danke, Frau Hutschnur. Danke für alles.«

46 STUNDEN DANACH

Ich weiß nicht, wie lange es her ist, dass ich das letzte Mal auf einem Motorrad saß. Fünfundzwanzig Jahre?

Bernd reicht mir Lilos Helm. Der ist Lila und mit goldenem Glitzer. Typisch. »Der ist von der Einhorn-Prinzessin«, sagt er, »probier mal.«

Passt wie angegossen. Ich nehme ihn wieder ab.

Lilo steht vor mir und nestelt an ihrem Nasenring. »Ich hoffe, du weißt, was du tust.«

»Noch nie war ich mir so sicher«, sage ich. »Hey, komm her.« Wir umarmen uns. Sie riecht nach Veilchen. »Nicht heulen, bitte«, flüstere ich. »Mach das Beste draus. Ich versuche das Gleiche. Und ich höre von dir, okay?«

Lilo nickt stumm.

Es ist kurz vor Mittag. Die Sonne scheint mit voller Kraft. Wir drei und das Motorrad auf dem riesigen Parkplatz. Der Asphalt glänzt. Im Sonnenlicht sieht sogar das HEIM MATHILDE einladend aus. Ich halte das Lunchpaket-Säckchen fest in der Hand. Das harte Ei ist noch übrig. Und ich habe alle Geschenke darin untergebracht. So kann es kommen: An einem Tag scheint alles verloren, und am nächsten hast du mehr, als du dir vorstellen kannst.

Im Gegenlicht sehe ich einen Mann auf uns zukommen. Eine dunkle Silhouette. Markus.

Ich atme tief ein. »Okay«, sage ich, »wartet einen Moment, bitte. Ich muss mich noch von jemandem verabschieden.«

Ich gehe ihm entgegen. Bei Licht betrachtet sieht er nun doch nicht aus wie Pater Ralph. Nicht einmal im Entferntesten.

Wir küssen uns auf die Wangen. Er entschuldigt sich, dass er bei meiner Geburtstagsparty gefehlt hat. »Ich konnte nicht, Romy, verstehst du das?«

»Na klar, kein Problem.«

»Entschuldige das Schlamassel. Ich wollte dich nicht verletzen.«

Ich lächle. »Das hast du nicht. Alles in Ordnung.«

»Aber jetzt fährst du sogar, richtig?«

»Nicht deswegen, Markus.« Alles muss er nicht wissen. »Danke für die außergewöhnlichen Erfahrungen«, sage ich. »Ich habe viel gelernt während dieser Fahrt.« Und das ist nicht einmal übertrieben.

Er greift nach meinen Händen. »Und wenn ich dich kontaktieren möchte, kann ich ROMY RÄT einen Brief schreiben?«

Ich grinse. »Grüße die Schwarze Madonna von mir. Ich werde sie ein anderes Mal zu sehen bekommen.«

»Mache ich«, sagte er.

Ich drehe mich um und gehe. Ohne Wehmut. Okay: fast ohne Wehmut. Ein wenig zerrt es in meinem Herzen.

»Und ich glaube es immer noch!«, ruft Markus mir nach.

Ich bleibe stehen, drehe mich um. »Was?«

»Dass du singen kannst.«

Wir lächeln beide.

Als ich zurück beim Motorrad bin, zeigt mir Lilo die neuesten Nachrichten von Kata, die auf ihrem Telefon eingetrudelt sind. Reaktionen auf das Foto, das ich geschickt hatte.

Wow. Ich dachte mir ja immer schon, dass du ein ideales Zimmermädchen abgibst. Besser als Venenforum! Britt meint, dass dir ein Schürzchen auch gut stehen könnte. Und ein Häubchen, du weißt schon. Wir vermissen dich hier. Ganz schön langweilig ohne Romy! Ach ja: dicken Schmatzer zum Geburtstag. Endlich kommst du in ein vernünftiges Alter.

Ich reiche Lilo das letzte Mal ihr Handy. Wir müssen los.

Hui, ist das schnell! Die Beschleunigung drückt mich gegen die Gepäcksbox. Ich klammere mich mit aller Kraft an die Griffe. Noch vor einer Woche hätte ich mich nie im Leben auf so eine Maschine gewagt. In meinem Alter! Und noch dazu auf der Autobahn! Nein, danke. Bernd hat mir noch einmal in aller Ruhe die Verhaltensregeln erklärt: Beim Start und beim Bremsen zurücklehnen, damit die Helme nicht aneinanderkrachen. Und in die Kurven hineinlegen, nur nicht dagegen lehnen. Das sei sehr wichtig, betonte er, und ich dachte mir: Eigentlich wie im Leben. Auch da ist es wichtig, sich richtig in die Kurven hineinzulegen.

»Versuche, es zu genießen«, sagte Bernd. »Dann ist es auch für mich leichter.«

Die Landschaft fliegt an uns vorbei. Was für ein Gefühl der Freiheit! Wenn ich Jauchzen könnte, würde ich es tun. Ich fürchte jedoch, Bernd zu erschrecken, also lass ich's besser bleiben.

Das Motorrad ist unheimlich wendig. Als wir einen Kleinwagen überholen, wird mir die Kraft bewusst, die in dieser Maschine steckt. Und dann entspanne ich mich. Es wird alles gut gehen. Ich habe es ohnehin nicht in der Hand. Wie hatte es Lilo an der Bar von HELGAS PARADIES noch einmal formuliert? Dass ich eine Frau sei, die sich den Spaß am Leben selbst verbiete? Das fühlt sich nun ganz anders an: Ich tauche ins Leben hinein. Springe über zahlreiche Schatten. Und es fühlt sich herrlich an.

Weil Busfahrer Rob zahlreiche Pausen machen musste, kommen wir mit dem Motorrad flotter voran als gedacht. Schon bald biegen wir in die allseits bekannte Raststätte ein. Ich erkenne jeden Stein wieder, mit jeder Zapfsäule bin ich per du, die Eissorten auf dem Schild kann ich auswendig runterrattern.

Ich steige ab, meine Knie zittern. Unter dem Helm bin ich völlig verschwitzt, aber die Erleichterung ist so groß, dass ich Bernd um den Hals falle. »Danke für alles«, sage ich. »Und pass gut auf Lilo auf.«

Er zeigt auf mich. »Danke auch dir, du hast etwas bei Lilo verändert.«

»Ich bei ihr? Ich glaube, das war eher umgekehrt.«

Ich reiche ihm den Helm, den er in einer der Boxen verstaut. Dann steigt er wieder auf, lässig wie auf einen Pferderücken. »Da bin ich mir nicht so sicher«, sagt er. Tippt grüßend mit zwei Fingern an seinen Helm und wendet. Der Motor heult auf. Bald ist er nur noch ein kleiner Punkt am Horizont.

Und ich könnte schon wieder heulen. So viele Abschiede in diesen Tagen!

Mehr Herz rast, als ich die Tür zu HELGAS PARADIES öffne. Kaum Betrieb hier drin. Ich scanne den Gastraum. Werner ist jedenfalls noch nicht da.

Als Helga mich sieht, lässt sie einen Schrei los. »Nein, Mäuschen! Schon wieder hier?« Sie läuft mir entgegen, umschlingt mich und drückt mir einen dicken Kuss auf die Wange. »Uh, du schwitzt ja, jetzt komm erst mal mit.« Sie nimmt mich bei der Hand, wir gehen durch die Tür mit dem PRIVAT-Schild, und sie führt mich bis ans Ende des Ganges. »So. Jetzt dusch mal schön. Du riechst wie ein vermodertes Eichhörnchen. Hubsi hätte seine Freude mit dir.«

Eine Dusche! Jetzt weiß ich, wieso Helga ihre Hütte als PARADIES bezeichnet. Weil es tatsächlich eines ist.

Sie drückt mit ein dickes Frottee-Handtuch in die Hand und entlässt mich mit den Worten: »Wenn du da wieder rauskommst, bist du schön wie eh und je!«

So schnell habe ich mich noch nie ausgezogen. Das Bad ist winzig und die Dusche so eng, dass man sich kaum zu atmen traut, doch als endlich das warme Wasser auf meinen Kopf prasselt, bin ich der glücklichste, der allerglücklichste Mensch auf Erden.

Tropfnass steige ich aus der Dusche. Helga hat sogar eins ihrer schwarzen HELGAS-PARADIES-Leibchen für mich herausgelegt. Und eine schwarze Trainingshose mit Gummizug. Auf der Ablage unterhalb des Spiegels liegt eine Bürste. Endlich kann ich meine Haare entwirren. Und einen Föhn gibt es auch. Herrlich.

Als ich schließlich frisch gewaschen und gekämmt wieder den Gastraum betrete, klatscht Helga vor Begeisterung in die Hände. »Na schau mal einer an, was habe ich gesagt? Du schaust gleich ganz neu aus. «

Ich setze mich an die Bar. Helga beugt sich zu mir: »Jetzt erzähl, Schnecke, was hast du denn schon wieder bei mir verloren? Und was hast du mit der Lilo gemacht?«

Doch statt einer Antwort schniefe ich nur ein paar Mal. Und dann kullern mir die Tränen aus den Augen.

»Schon gut, mein Mäuschen, schon gut!« Helga tätschelt mir den Arm und legt mir einen Berg Servietten vor die Nase. Sie wendet sich an ihre Mitarbeiterin. »Ist irgendwas mit dem Mond, Moni?«, ruft sie, und Moni antwortet prompt: »Bald Neumond, Chefin!«

Helga seufzt. »Dann ist alles klar. Zu Neumond drehen sie alle durch.«

»Nicht zu Vollmond?«

»Zu Vollmond auch. Eigentlich immer, wenn ich's mir genau überlege.«

»Ich habe Geburtstag«, heule ich.

»Und das ist ein Grund, so traurig zu sein?«

»Es ist nur alles im Moment ... ein bisschen ... viel.«

Ich werfe einen Blick auf die Uhr über dem Tresen. Punkt zwölf Uhr Mittag. Blick auf die Tür.

Fünfzehn Minuten und drei Cappuccini später: Werner ist immer noch nicht da. Der zuverlässige, überpünktliche Werner taucht einfach nicht auf. Lässt mich hier sitzen. Und wenn er gar nicht mehr kommt? Hätte ich wenigsten ein paar Euro, um den Kaffee zu bezahlen? In krame in den Taschen meiner alten Hose, die ich auf den Barhocker neben mir abgelegt habe. Kein Euro, nicht einmal ein Cent kommen zum Vorschein. Dafür: das Christophorus-Bildchen. Ich lege es auf den Tresen, um es genauer zu betrachten. Eigentlich hat es mich bisher gut beschützt.

Danke, Christophorus! Ich spreche still in mich hinein. *Hilf mir bitte noch ein einziges Mal. Ein einziges Mal nur noch, und ich verspreche dir alles, was du willst.*

Vierzig Minuten nach zwölf.

HELGAS PARADIES hat sich zwei Mal gefüllt und wieder geleert. Helga steht hinter dem Tresen und zapft Bier. »Wird alles gut, Schnecke«, sagt sie in regelmäßigen Abständen in meine Richtung, und ich nicke ebenso regelmäßig, weil ich im Moment keinen Nerv habe für ein Gespräch.

»Schau dir den Typen an, rührt sich schon seit einer Stunde nicht. Schläft oder was weiß ich.« Sie deutet auf eine Gestalt im hintersten Eck neben der Jukebox. Sein Kopf liegt auf den Armen. Wenigstens scheint er noch zu atmen. Tragisch. Noch ein Abgehängter, der seine Tage auf der Autobahnraststätte verplempert. Ich wende mich wieder meinem mittlerweile kalt gewordenen Kaffee zu, drehe mich dann aber doch noch einmal zu dem Typen um. Dieser Rücken, der kommt mir verdächtig vor.

Ich stehe auf, nähere mich dem Mann und tippe ihm vorsichtig auf die Schulter. Er ist überraschter, als ich es bin.

»Romy!«

Werner. Ich setze mich ihm gegenüber.

»Bist du die ganze Zeit schon da?«

»Seit halb zwölf. Ich dachte, du kommst nicht mehr.«

»Oh.«

Wir sehen uns an. Sonst nichts.

»Was trägst du für Sachen?«, fragt er.

Als ob das wichtig wäre.

Helga stellt uns eine kleine Vase mit einer Rose auf den Tisch. »So lässt es sich gleich besser reden«, sagt sie und ist schon wieder fort.

»Und jetzt?«, frage ich. Ich horche in mich hinein. Meine ganze Wut ist wie weggeblasen.

»Frau Voss«, sagt er leise.

»Du hast das gewusst? Woher?«

Er schüttelt den Kopf. »Elli Voss«, sagt er. »So heißt doch niemand. Das ist ein ausgedachter Name, das war mir sofort klar. Und selbst wenn nicht: Ein Magazin, das Stein & Bein heißt ...«

»Okay, Werner. Das war ein eher ... spontaner Einfall.«

»Geschickt eingefädelt. Weil es ein guter Weg war, um dir mitzuteilen, was mir wichtig ist. Ohne es dir direkt zu sagen.«

»Aber warum zum Teufel hast du dich nie gemeldet? War dir völlig egal, was mit mir passiert? Wolltest du mir Angst einjagen?«

Er verschränkt die Finger und fixiert einen langen Moment den Salzstreuer. »Ich habe immer gewusst, dass es euch gut geht. Ich wusste auch, wo ihr seid.«

»Wie bitte? Wieso das? Jetzt sag schon!«

Zwei Männer an der Theke drehen sich neugierig zu uns um. Ich war wohl ein wenig laut.

»Du erinnerst dich an Lilos Freundin mit diesem Ohrring?« Er zeigt auf sein Ohrläppchen.

»Der Eiffelturm?«

»Ja, genau. Gundi.«

»Von dir und Gundi gibt es dieses Foto! Tim hat es mir geschickt.« Ich bin plötzlich ganz aufgeregt.

»Exakt. Ich habe ihn gebeten, es dir zu schicken.«

»Aber warum?« Ich verstehe überhaupt nichts mehr.

»Gundi ist eine gute Freundin von Robert.«

»Welcher Robert?«

»Euer Busfahrer.«

»Du meinst Rob?«

»Sie hatten die ganze Zeit über Kontakt. Wir wussten also immer, wo ihr seid und dass es euch gut geht. Ich dachte ... schau mal, Romy.« Er versetzt den Salzstreuer wie eine Schachfigur. »Ich dachte, du brauchst Zeit für dich. Zum Nachdenken. Das verstehe ich. Die wollte ich dir schenken. Ohne im Weg zu stehen.«

Mein Mund ist trocken, ich muss dringend was trinken. Meine Gedanken klumpen sich zusammen.

»Also war das Ganze ein abgekartetes Spiel?«

»So würde ich es nicht bezeichnen.« Er seufzt, dann lehnt er sich zurück. »Das hat sich ergeben. Es war nicht geplant.« Er sieht mir in die Augen. »Du hast doch auch nicht geplant, noch vor der Kofferpräsentation abzuhauen, oder?«

»Ach, jetzt sieht es wieder so aus, als hätte nur *ich* Zeit zum Nachdenken gebraucht. Und was ist mir dir?«

»Ich doch auch. Und ich weiß jetzt, was mir wichtig ist.«

»Seid ihr hungrig?«, ruft Helga von der Theke herüber. »Es gibt Hirschknödel!«

Ich sehe Werner fragend an.

»Seit wann isst du Wild?«, fragt er verdutzt.

Seit ich selbst wild bin, denke ich.

48 STUNDEN DANACH

Und dann geht alles ganz schnell.

Werner geht aufs Klo, lässt sein Handy neben dem Teller liegen. Ich will eigentlich gar nicht hinsehen, als es vibriert. Da es jedoch nicht aufhört, wage ich einen winzigen Blick und lese: ELKE H.

So ist das also. Die Hutschnur. Sein *Lebens-Coach*, dass ich nicht lache! Er hat sie unter ihrem Vornamen eingespeichert. Kurz darauf blinkt das Handy erneut auf. Eine Nachricht ist eingetrudelt. Wirklich nur eine zufällige Berührung, ein winziger Blick. Mit Entsetzen lese ich: ALLES VORBEREITET. ICH LIEBE DICH FÜR IMMER – IN ORDNUNG?

Mit einer wütenden Bewegung werfe ich den Salzstreuer um. Schachmatt. Tränenblind laufe ich aus HELGAS PARADIES. Werner hat zuvor gesagt, dass er jetzt weiß, was ihm wichtig ist. Nun weiß ich es: Es ist Elke Hutschnur. Sie liebt ihn für immer. Das konnte er der Zeitschrift STEIN & BEIN natürlich nicht mitteilen. Dass ich für immer abgeschrieben bin. Alles Lüge.

Ohne zu schauen, laufe ich aus dem Lokal und an einem weißen Minivan vorbei in Richtung Tankstelle. Wo nur soll ich mich verstecken? Ich muss jetzt allein sein mit meiner Trauer.

Als ich mich kurz umdrehe, um zu checken, ob mir

schon jemand folgt, sehe ich Werner, der aus dem Lokal stürzt. Noch hat er mich nicht entdeckt.

Ich kauere mich hinter die Eistafel, die *Erdbeer-Flip, Kokos-Becher und Zitronella, das Zisch-Frisch-Eis am Stiel* anpreist. Wenn ich mich ganz klein mache, dann findet mich keiner. Ich werde hier so lange hocken, bis ich verrotte. Alles ist aus. Ich habe es gewusst. Elke Hutschnur. Die größte aller Erniedrigungen. Er hat sich gegen mich und für sie entschieden.

Vorsichtig luge ich an der Tafel vorbei auf HELGAS PARADIES. Jetzt hat sich auch noch Helga höchstpersönlich an meine Fersen geheftet. Helga und Werner rufen einander unverständliche Satzfetzen zu. Und ich werde ganz ruhig hinter meiner Eistafel. So geht eben eine weitere Beziehung auf diesem Erdball zu Ende. Das Leben wird weitergehen. Irgendwie. Wir werden es den Kindern begreiflich machen. Irgendwie. Jetzt kann sich Werner endlich mit Elke Hutschnur und Lady Alligator-Fuß in einer Ménage à trois einrichten. Mögen sie endlos glücklich sein.

»Was machst du denn da, Schnecke?«

Mist. Helga hat mich gefunden. War doch nicht so gut, das Versteck.

»Komm sofort da heraus, was soll das? Du kannst nicht einfach so weglaufen!«

Wieso sollte ich das nicht können? Klar kann ich das! Meine Knie schmerzen. Ich ächze.

»Schneckelein, das hast du falsch verstanden, sagt dein Mann. Er wird es dir erklären.«

»Was gibt es an *Ich liebe dich für immer* falsch zu verstehen?«

»Jetzt komm da mal raus, aber sofort!«, schimpft Helga.

Großartig! Jetzt hat Werner sie gehört. Schon läuft er auf uns zu. Das habe ich jetzt davon. Von meiner vertrauensdusseligen Art. Woher kommt dieser Kinderglaube, dass alles immer gut ausgeht? Dass das Ende gut sein muss, sonst ist es noch nicht das Ende? Es gibt auch schlechte Enden, ganz schlechte. Dies ist so eines.

»Hier«, sagt Helga und hält mir eine Serviette hin. »Jetzt trockne dir einmal die Äuglein. So kannst du nicht unter die Leute.«

Ich will auch nicht unter die Leute!, möchte ich rufen. *Ich will nie wieder unter Leute! Die können mir alle gestohlen bleiben!*

Werner bleibt ein paar Schritte vor der Eistafel stehen.

»Romy«, sagt er. »Ich bitte dich.« Er ist außer Atem und spricht mit mir, ohne mich zu sehen.

»Was? Was bittest du mich? Willst du meinen Segen? Für dich und Frau Hutschnur? Ach, ihr duzt euch ja, entschuldige. Elke und du.«

»Jetzt mal ganz ruhig mit den jungen Pferden«, sagt Helga. »Und du, Romy, hör bitte eine Sekunde lang zu. Ohne gleich in die Luft zu gehen.«

Ich luge vorsichtig hinter der Tafel hervor. Werner hält sein Handy hoch wie ein Beweisstück. »Weißt du, was das war?«, ruft er. »Weißt du, was das war?«

»Du wirst es mir gleich sagen, oder?«

»Ich musste umbuchen wegen des kleinen Ausflugs« – der Ton, in dem er »Ausflug« ausspricht, macht klar, dass er ihn gedanklich in Anführungszeichen setzt – »und Elke hat mir bei der Organisation des neuen Hotelzimmers geholfen. Das sich übrigens nur zehn Minuten entfernt von dem Strand befindet, an dem Rocco Minelli morgen Abend singen wird, oder hast du das auch vergessen? Und das ICH LIEBE DICH FÜR IMMER bezieht sich auf den Schriftzug aus Rosenblättern auf der Bettdecke. Rosenblätter, Romy. Für dich. Auf *unserer* Bettdecke. Das hätte eine Überraschung werden sollen. Und wenn du's genau wissen willst: Elke Hutschnur hat mich überhaupt erst auf das Konzert von diesem Rocco aufmerksam gemacht, ich kenne mich doch überhaupt nicht aus mit diesen italienischen Schlagerfuzzis!«

»Den Schlagerfuzzi nimmst du zurück!«

»Vor mir aus. Elke hat mir jedenfalls geholfen. Weil sie meine Assistentin ist. Sonst nichts, Romy. Meine Assistentin. Die uns noch dazu in einem Monat verlässt, weil sie einen Job im archäologischen Park Posillipo in Neapel annehmen wird.«

Oh Mann. Oh Mann.

Ich fühle mich so elend.

Ich möchte mich in ein Loch verkriechen und tausend Jahre schlafen. Und ich brauche keinen Prinzen, der mich aufweckt, ein schnöder Wecker tut's auch.

Ich spioniere nie wieder in einem fremden Telefon herum, nie wieder, Hexenehrenwort. Mir ist übel. Der zweite Hirschknödel war einer zu viel. Ich traue mich hier nicht raus. Also bleibe ich einfach hocken und halte die Luft an.

»Romy, kommt sofort da raus. Bist du fünf oder fünfzig?«

Keine Ahnung. Bitte den Publikumsjoker!

»Also gut«, sagt Werner. »Ich hab's versucht. Dann

fahr ich eben allein.« Wütende Schritte, die sich eilig entfernen. Helga, die sich über die Tafel beugt. Ihr breites, freundliches Gesicht ist in diesem Moment zerfurcht vor Sorge. »So, jetzt aber flott, Mädchen. Keine Sperenzchen, der fährt sonst tatsächlich.«

»Egal«, sage ich. »Ich bleibe hier.«

»Jetzt sei nicht kindisch«, sagt Helga.

»Also, ich finde das ganz schön erwachsen!«

»Dass du nicht zugeben kannst, dich geirrt zu haben? Wirklich? Weißt du was? Du kannst gerne wieder bei mir übernachten. Aber eins sag ich dir: Der ausgestopfte Hirsch wird dich fressen. Diesmal wirklich.«

Und mit einem Mal löst sich ein Knoten in meinem Inneren und ich lache laut auf. Logisch, dass sie mich nicht noch eine weitere Nacht beherbergen möchte – wer weiß, welche schrecklichen Szenen ich noch in Hubsis Geweihkammer liefere.

Meine Knie schmerzen, als ich hinter der Tafel hervorkrieche.

»Na, Gott sei's gepriesen.« Helga seufzt laut. »Nein, was man hier alles mitmacht!«

Der schneeweiße Minivan fährt in Zeitlupe quer über die Raststätte. Werner sitzt hinten drin. Der hat extra dieses Fahrzeug für uns gechartert, ist das denn zu fassen?

»Komm an mein Herz«, sage ich zu Helga, aber sie scheucht mich fort. »Beeil dich, wird's bald! Lauf! Er fährt davon!«

»Helga, versprich mir –«

»Gar nix verspreche ich dir. Mach, dass du weiterkommst!«

»Ich werde mir den Spaß am Leben nie mehr selbst verbieten. Was sagst du dazu?«

»Beweg dich endlich!«

»Und weißt du was? Ich pfeif auf das Venenforum! Ich will meine Kolumne zurück!«

Mario steht schon eine geraume Weile mit gezücktem Benzinschlauch da und beobachtet die Szene mit offenem Mund.

»Ich brauche meine Freiheit, Helga.«

»Willst du jetzt philosophieren? Du dumme Nudel!«

Und dann hole ich tief Luft, winke ihr noch einmal zu und laufe los. Laufe wie nie zuvor in meinem Leben. Filmreif.

Würde mich die Polizei jetzt aufhalten und nach meinen Personalien fragen, dann hätte ich sogar eine Antwort parat: Ich bin Romy Rukovsky, seit heute falzig – Moment: fünfzig. Und ich laufe zurück in mein altes neues Leben – Moment: in mein neues altes? Ach, einfach in mein Leben. Das unperfekt ist, ebenso wie die Dinner mit meinen Freundinnen. Das Perfekte ist leblos, das will ich gar nicht. Ich habe soeben beschlossen, bei ANNAROSA zu kündigen, denn Sicherheit ist eine Illusion, und das richtige Leben spielt sich außerhalb der Komfortzone ab. Ich weiß immer noch nicht hundertprozentig, wie es mit Werner weitergeht, aber nachdem es ohnehin kein hundertprozentiges Wissen in Herzensangelegenheiten gibt, spielt das keine Rolle.

Kurz vor der Auffahrt auf die Autobahn bleibt der Minivan mit quietschenden Reifen stehen. Wie von Zauberhand öffnet sich die Schiebetüre. Ich lasse mich neben Werner in den Ledersitz plumpsen.

»Nur zur Info: Ich bin nicht mehr die alte Romy«, sage ich keuchend. Die Schiebetüre schließt sich. Wir fahren los.

»Damit kann ich umgehen«, sagt Werner. »Ich bin auch nicht mehr der alte.«

»Das werden wir ja sehen.«

Der Fahrer legt eine CD ein. Die Hülle liegt auf der Mittelkonsole: *The Best of Rocco Minelli.* Ich kann sehen, dass er zu Track 5 vorspult. Gut gebrieft, der Junge.

Die Geigen setzen ein. Die ersten Takte von *Vent'anni*. Ein warmes Gefühl der Geborgenheit durchströmt mich. Ich bin zu Hause.

»Und was hast du so erlebt die letzten Tage?«, fragt Werner. Er legt einen Arm um meine Schulter.

»Och. Nichts Besonderes«, sage ich, »wirklich. Überhaupt nichts Besonderes.«

»Okay«, sagt Werner. »Lass dir Zeit. Lass dir alle Zeit der Welt.«

Ich öffne meine rechte Faust, werfe einen Blick auf das Christophorus-Bildchen. »Danke«, flüstere ich.

Dadadamm … dadadidamm … Nel cuore … nel cuore …

Ich summe die Melodie mit, dann falle ich in den Refrain ein, zunächst leise, aber dann immer lauter.

Nel cuore… nel cuore non hai piu die vent' anni, vent'anni, vent'anni!

Im Rückspiegel das breite Lächeln des Fahrers.

Ich lächle zurück.

Vielleicht kann ich ja tatsächlich singen.

377 TAGE DANACH

Ein strahlender Tag im Mai.

Ich weiß nicht nur, wie man Kleider-Maki rollt, ich bin mittlerweile auch eine Expertin in der Herstellung von Kleider-Sushi. Man nehme eine textile Grundlage – etwa ein Nachthemd – und wickle darin einen empfindlichen Gegenstand ein, zum Beispiel eine Gesichtscreme im Glastiegel. Sodann lege man einen schwereren Gegenstand wie ein Buch auf die Rolle und fixiere das Ganze mit einem Gürtel oder einem Kniestrumpf. Auf diese Weise schlägt man gleich mehrere Fliegen mit einer Klappe: Durch die Kombination von hart und weich, leicht und schwer wird Zerbrechliches geschützt, und die Fixierung mit Gürtel oder Schnur hilft, dass die Kleidung in Form bleibt. Ich gebe zu: Bei den Sushis hat's länger gedauert als bei den Makis, bis ich den Dreh raushatte. Aber Rie, die sympathische japanische Influencerin mit dem Schlangen-Tattoo auf dem Hals, hat eine besondere Gabe, auch den Unbegabtesten zu Erfolgserlebnissen zu verhelfen. Nun ist mein kleiner Trolley zu einem Glanzstück der textilen Sushi-Maki-Kunst aufgestiegen.

Dieser Trolley steht gerade neben mir. An meiner anderen Seite: Werner. Und neben ihm seine Reisetasche. Denn wir sind wieder unterwegs und warten auf den

Bus, der uns in wenigen Minuten abholen wird. Diesmal nicht ZACKIG REISEN, sondern KULTOURS – garantiert ohne Produktpräsentation.

Wohin es geht? Nach Tschenstochau zur Schwarzen Madonna. Diesmal wirklich. Werner war begeistert von der Idee und ganz schön überrascht, dass ich so viel darüber wusste. Bis heute kennt er nicht die ganze Wahrheit. Denn was nützt einem die Wahrheit, wenn sie nicht dienlich ist? Wir werden ein paar Tage Polenrundfahrt anschließen: Burg Awra, Zakopane, Debno mit seinen Holzkirchen, Besichtigung von Krakau und dem Ojców-Nationalpark, dann zwei Tage an der Ostsee.

Meine Freundinnen von der Dinner-Runde haben mir zum Abschied eine Hundemarke geschenkt, die ich mir »um den Hals« hängen soll – falls ich wieder verlorengehe. Mit meinem Busabenteuer habe ich drei Dinner lang unterhalten und erfolgreich über meine mittelmäßigen Kochkünste hinwegtäuschen können. Hin und wieder erkundigt sich Kata noch nach Pater Ralph und dessen Verbleib. Dann google ich die Website des Ohr Gottes-Chors und schaue mir an, wo sie demnächst singen werden. Einmal sind sie in unserer Stadt aufgetreten, zwei Monate ist es her. Ich habe lange überlegt, ob ich mich in die Kirche schleichen soll, um einen Blick auf Markus zu erhaschen. Schließlich ließ ich es bleiben.

Übrigens hat Ines ihr Versprechen gehalten und mir in Windeseile einen Job als Redakteurin vermittelt. Ich darf bei der Frauenzeitschrift HELENA wieder Kolumnen schreiben und mir wurde vertraglich zugesichert, dass ich niemals ein Gesundheitsforum – zu welchem Thema auch immer – betreuen werde müssen. Die Chefredakteurin wunderte sich zwar, weshalb ich auf diese Klausel bestand, letztlich aber ging sie darauf ein.

An dem Tag, an dem ich bei HELENA unterschrieb, stießen wir abends bei Kata mit Champagner an.

»Zum Glück wirst du weiterhin die Leserinnen in Lebensfragen beraten«, sagte Kata, nachdem sie den Kern einer Olive auf dem kleinen Tellerchen vor sich platziert hatte.

»Nicht ganz«, sagte ich. »ROMY RÄT gibt's nicht mehr. Das ist vorbei.«

»Ach ja?« Monika rückte die Brille auf ihrer Nase zurecht. »Und was machst du dann?«

»ROMY REIST«, sagte ich.

Mit ein wenig Fantasie hätte man das Geräusch, das zu hören war, als Applaus interpretieren können. Aber Kasimir war bloß von seinem Ast hinuntergefallen. Danach breitete sich ein Moment der Stille auf der cremefarbenen Wohnlandschaft auf, auf der wir mit unseren Drinks herumfläzten.

Britt war die Erste, die ihre Stimme wiederfand. »Und lass mich raten, wo du als Erstes hinfahren wirst – ich sage nur zwei Worte: Schwarze Madonna. Hab ich recht?«

Darauf stießen wir an.

ROMY REIST – so heißt übrigens auch mein brandneuer Instagram-Account, auf dem ich allerlei Tipps gebe, wie und wo Frauen jenseits der falzig ihre Urlaube verbringen können. Von der optimalen Reisevorbereitung bis zur Auswahl der Reisebegleitung. Zu meiner großen Überraschung haben sich bereits 347 Fans eingefunden und zahlreiche Herzchen hinterlassen, obwohl ich erst drei Fotos gepostet habe: Das erste Foto zeigt meinen

Trolley mit sorgfältig geschichteten Kleidungs-Maki und -Sushi. Das zweite zeigt ein aufblasbares Nackenhörnchen, um das Kopfhörer geschlungen sind. Text: *Romy rät zu Accessoires, die das Reisegepäck nicht belasten, dafür aber die Reisequalität verbessern*.

Das dritte zeigt mich und Werner vor der Bushaltestelle. Ich habe es gerade erst gepostet. Ein lächelndes, glückliches Paar. Ich trage eine neue Bluse – keine Anker diesmal, sondern zahllose kleine Violinschlüssel. Schon trudelt das erste Herzchen ein.

Der neue Job ist nicht die einzige Veränderung in meinem Leben, keineswegs.

Eines Nachmittags klopfte ich schüchtern an eine Tür. Sie führte zum Proberaum des Chors »Ton in Ton«. Zunächst erfuhr ich, dass ich »Alt« war – was sich jedoch keinesfalls auf mein Alter, sondern auf meine Stimmlage bezog. Ich bekam einen Platz zugewiesen, jemand drückte mir eine Mappe mit Notenblättern in die Hand, ein anderer klopfte mir aufmunternd auf die Schulter, und schon ging's los. Wir sangen Gospel, danach ein paar toll arrangierte Hits aus den Achtzigern. Ich weiß nicht, ob ich immer den richtigen Ton traf – am Ende aber schenkte mir die Chorleiterin ein anerkennendes Nicken. Nach der Probe fühlte ich mich, als wäre ich in ein Energiebad getaucht worden: Ich vibrierte nur so vor Freude.

Zu Hause übte ich weiter. Und zwar in *meinem* Zimmer. Werner und ich haben beschlossen, dass es uns guttut, wenn jeder seinen eigenen Bereich hat. Ich habe Emmas Zimmer umfunktioniert, nachdem sie mir zwanzig Mal versichert hat, dass sie sich darüber freut.

Von Lilo höre ich regelmäßig. Sie ist mit Bernd in eine Zweieinhalb-Zimmer-Wohnung gezogen und ist jetzt Influencerin. Ihr Einsatzgebiet: Typberatung. Lilos Kanal auf YouTube heißt nicht LILO RÄT, das konnte ich ihr gerade noch ausreden, sondern LILO STYLT UM. Bernd ist für Kamera, Licht und Ton zuständig. Die beiden sind ein tolles Team, die sich bereits einen Namen in der Szene gemacht haben. Ihr Zielpublikum: Frauen in der Lebensmitte. Lilos Profilfoto zeigt ihren neuen Style: Babyblau statt rosa. Ihren einfachen Nasenring hat sie durch ein Exemplar mit glitzerndem Schmuckstein ersetzt. Sie lächelt so breit, dass ihr schiefer Eckzahn im Licht erstrahlt.

Eines Tages rief sie mich an.

»Stell dir vor, ich habe Fritz getroffen, Elas Mann. Er hat endlich die Kraft gefunden, ihre Dinge zu ordnen. Und weißt du, was er gefunden hat? Einen Brief, den sie an ROMY RÄT geschrieben hat!«

Was? An mich? Mein Herz rast. Wie kann das sein, dass ich mich nicht erinnere? Lilo las ihn mir vor.

Liebe Romy,

ich halte es nicht mehr aus, ich überlege, mich nach fünfzehn Ehejahren zu trennen. Mein Mann behandelt mich wie ein Möbelstück. Ich bin vorhanden. Mehr aber auch nicht. Wir gehen nicht aus, fahren nicht in den Urlaub. Wenn ich die Ausflüge mit meiner Freundin nicht hätte, ich wüsste nicht, wie ich meinen Lebensmut zusammenkratzen sollte. Wie bekomme ich meinen Mann dazu, wieder etwas mit mir zu unternehmen und das

Leben als Herausforderung zu sehen? Haben Sie eine Idee?
Mit verzweifelten Grüßen
Ela

Konnte es tatsächlich sein, dass ich gerade den Brief von Ela verschlampt hatte? Und dann traf mich der Blitz. Vielleicht war ja sie die Urheberin des Dankesmail, die mir die Tränen in die Augen getrieben und die ich an meine Pinnwand geheftet hatte? Fieberhaft durchsuchte ich die Kiste, die alle persönlichen Gegenstände von meinem ehemaligen ANNAROSA-Arbeitsplatz enthielt, warf alles auf den Boden, Familienfotos, kleine Glücksschweinchen, Briefbeschwerer, Büroklammern, USB-Sticks. Hier! Hier war das Bild des Mannes, der neben dem lila blühenden Oleander ein Sektglas in den griechischen Himmel hielt. Ich flog zu den Initialen am Ende der Mail und sank enttäuscht auf meine Fersen zurück: *M.T.* Doch nicht Ela. Wie hätte es mich gefreut, wenn ich tatsächlich ein wenig zu ihrem Liebesglück hätte beitragen können, das ohnehin nur noch wenige Monate gewährte hatte.

Ich rief Lilo an und bat sie nachzufragen, ob Fritz vielleicht auch meine Antwort gefunden hatte. Dann würde sich die Sache bestimmt aufklären und meine Erinnerung zurückkehren.

Nur einen Tag später rief sie mich zurück. Fritz hatte sie gefunden!

Liebe Ela,

Beziehungen neigen dazu, sich abzuwetzen wie Ledermöbel. Die meisten werden dadurch aber nur langlebiger und interessanter, auch wenn sie auf den ersten Blick vielleicht schon ein wenig mitgenommen wirken. Trick siebzehn gibt es leider keinen. Ich wäre die Erste, die ihn überall herumerzählen würde, glauben Sie mir!

Obwohl: Vielleicht gibt es doch ein Geheimnis. Ich nenne es den »Münz-Trick«. Wenn Sie eine Münze werfen, wie oft werfen Sie Zahl, wie oft Kopf? Es kann sein, dass das Verhältnis 60 zu 40 ist oder 70 zu 30, sogar 80 zu 20 ist denkbar. Doch je öfter Sie die Münze werfen, desto mehr nähert sich das Verhältnis 50/50 an. In der Mathematik nennt man es das »Gesetz der großen Zahl«. Natürlich funktioniert eine Ehe nicht nach mathematischen Gesetzen, doch meine Erfahrung hat mich gelehrt, dass Sie perfekte gemeinsame Tage haben können (Kopf) und nicht so perfekte (Zahl). Betrachtet man die Beziehung langfristig und aus der Distanz, so zeigt sich, dass sich das Verhältnis – auch wenn Anfangs die guten Zeiten überwiegen und später vielleicht einmal die problematischen in der Überzahl sind, es insgesamt ebenfalls auf ein 50/50-Ergebnis hinausläuft. Geben Sie daher nicht zu früh auf. Sondern werfen Sie eine Münze. Und schlagen Ihrem Mann einen Urlaub auf einer Insel vor. Von dort kann er kaum (jedenfalls nicht so schnell) flüchten und Sie haben eine weitere wertvolle Erinnerung, die Sie auf Ihr gemeinsames Erinnerungskonto einzahlen können.

Herzlichst
Ihre Romy

Natürlich. Das hatte ich geschrieben. Ich erinnerte mich an jedes Wort.

»Lilo? Kann es sein, dass Ela noch einen zweiten Vornamen hatte?«

»Nö. Aber einen längeren. Manuela.«

Alles klar.

Ich atmete tief durch.

Also war sie es doch gewesen. Emanuela Trimmel.

Initialen: E.T.

Ich hatte tatsächlich noch mit Ela vor ihrem Tod kommuniziert. Und sie war glücklich gewesen. Was für ein Geschenk.

»Danke«, flüsterte ich.

»Hey, bist du okay?«

»Alles bestens«, sagte ich.

»Hallo? Träumst du schon wieder?«

Ich drehe mich um. Werner hält mir die Thermoskanne entgegen. Ich nehme einen Schluck. Der Kaffee ist heiß und stark. Der Himmel in dieser frühen Stunde ist noch weiß wie Cappuccinoschaum, aber die Kraft der Sonne ist bereits deutlich zu spüren. Es wird ein schöner Tag werden. Ich habe mein Hängerchen dabei – Lilo hat mir gezeigt, womit ich es kombinieren kann, damit es immer noch flott aussieht. *This is pelfect!*

Einige der Nachbarn sind schon in aller Frühe mit ihren Hunden unterwegs. Ich sehe ein joggendes Paar mit Kinderwagen. Der Briefträger fährt auf einem wackeligen Lastenfahrrad vorüber.

»Ich hoffe, du hast deine Wanderschuhe dabei«, sagt Werner.

Ich stutze. »Wandern? Werden wir auf Berge gehen?«

»Ach, nur damit du nicht ausrutschst. In den Ausgrabungsstätten. Auf den glatten Steinen.«

Ich sehe ihn entgeistert hat.

»War nur Spaß, Romylein! Entspann dich!«

Ich boxe ihn in den Oberarm. »Schwörst du?«

»Stein und Bein.«

Wir grinsen beide.

Im Morgendunst ist ein großes Fahrzeug zu erkennen, das auf uns zurollt. Ich schnappe mir den Griff meines Trolleys.

Unser Bus. Er ist da.